JAN LUCAS
Cyrus Doyle
und der dunkle Tod

aufbau taschenbuch

JAN LUCAS ist das Pseudonym eines Autors zahlreicher erfolgreicher historischer Romane und Thriller. Er lebt in Deutschland, hält sich aber immer wieder gern auf der Kanalinsel Guernsey auf.

Im Aufbau Taschenbuch sind von ihm bisher erschienen »Cyrus Doyle und der herzlose Tod«, »Cyrus Doyle und das letzte Vaterunser« sowie »Cyrus Doyle und die Kunst des Todes«.

Mehr zum Autor unter www.facebook.com/Jan.Lucas.Autor

Auf Guernsey findet ein Symposium zu Ehren des Autors Victor Hugo statt, der während seines Exils auf der Insel lebte. Als Cyrus Doyle und Pat Holburn bei einer Filmvorführung mit ansehen müssen, wie in der Dunkelheit des Saals ein Victor-Hugo-Double erschossen wird, bricht Chaos aus. Cyrus Doyle befragt das Publikum, sucht nach Zusammenhängen und steht schon bald vor der Frage: Sollte das Opfer tatsächlich sterben? Als sein Kollege Calvin Baker in der Nacht einen Verdächtigen verfolgt, trifft ihn eine Kugel. Cyrus Doyle fühlt sich verantwortlich und setzt alles daran, den Mörder zu fassen.

JAN LUCAS

CYRUS DOYLE

und der
dunkle Tod

KRIMINALROMAN

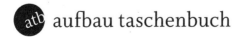 aufbau taschenbuch

ISBN 978-3-7466-3517-0

Aufbau Taschenbuch ist eine Marke
der Aufbau Verlag GmbH & Co. KG

1. Auflage 2019
© Aufbau Verlag GmbH & Co. KG, Berlin 2019
Dieses Werk wurde vermittelt durch die AVA international GmbH
Autoren- und Verlagsagentur, München. www.ava-international.de
Umschlaggestaltung © Mediabureau Di Stefano, Berlin
unter Verwendung zweier Bilder von
© Eyebyte / Alamy Stock Foto und © lizard / 123RF.com
Gesetzt aus der Whitman durch die LVD GmbH, Berlin
Druck und Binden CPI books GmbH, Leck, Germany
Printed in Germany

www.aufbau-verlag.de

Für alle Guernseygirls –
mögen sie immer lächeln wie Pat

Wenn die Freiheit zurückkehrt, kehre ich auch zurück.
Victor Hugo über die Dauer seines Exils auf Guernsey

GUERNSEY

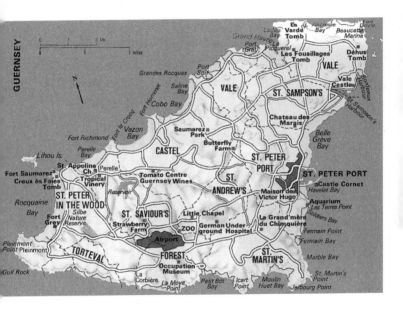

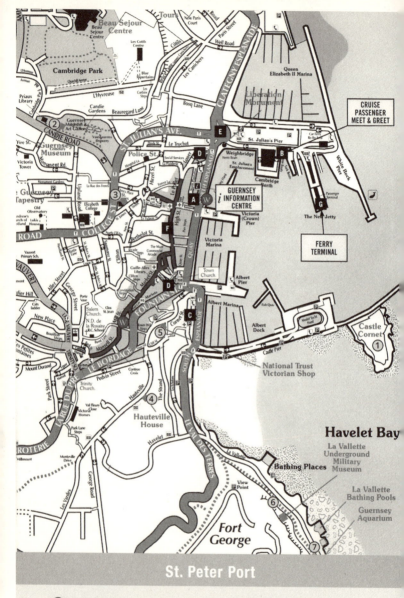

ERSTER TAG

Sonntag, 15. Mai

PROLOG

Um sie herum waren plötzlich Soldaten in französischen Uniformen – sie saßen in der Falle. Gilliatt reagierte schnell. In der einen Hand eine Pistole, griff er mit der anderen nach einem Stuhl und warf ihn nach dem schlichten Kerzenhalter unter der Decke des Wirtshauses. Treffer. Das Licht im Schankraum erlosch. Er packte die überraschte Drouchette und zog sie hastig mit sich, eine Treppe hinauf ins Obergeschoss. Die Tür zu einem Gastzimmer stand offen. Schnell hinein, und durch ein offenes Fenster sprangen sie ins Freie.

Die Morgendämmerung tauchte alles in ein diffuses Spiel aus schwachem Licht und noch nicht überwundener Dunkelheit. Das gab ihnen eine Chance, den Soldaten zu entkommen, die im Laufschritt aus dem Wirtshaus eilten und draußen noch Verstärkung erhielten. Sie hetzten durch den Wald in Richtung Strand, verfolgt von den Uniformierten.

Gilliatt schickte die protestierende Drouchette zum Boot, wehrte den vordersten Verfolger in einem kurzen Handgemenge ab, schnappte sich dessen Muskete und schoss. Der getroffene Soldat stürzte zu Boden. Zwei Feinde weniger. Gilliatt folgte Drouchette, die bereits ins Wasser gelaufen war, sich ihres Kleides entledigt hatte und zu dem kleinen Segelboot schwamm, das in Ufernähe auf sie wartete. Er streifte seine Jacke ab und entblößte seinen muskulösen, breitschultrigen Oberkörper. Dann stürzte auch er sich in die Fluten, und beide erreichten das Boot, auf dem der junge Willie auf sie wartete.

Die *Sea Devil* nahm Kurs aufs offene Meer. Heimwärts nach Guernsey – sie hatten es geschafft!

Gilliatt, dessen lockige Haarpracht durch das Wasser nicht im mindesten in Mitleidenschaft gezogen war, nahm Drouchette, deren ebenfalls lockiges und viel längeres Haar durch das Wasser auch nicht im mindesten in Mitleidenschaft gezogen war und die, wie durch Zauberei, wieder ihr Kleid trug, das noch dazu gänzlich trocken war, in seine Arme und küsste sie leidenschaftlich. Und auf der Leinwand stand in leuchtend roter Schrift: »The End – A Coronado Production«.

* * *

Während im Kino des Beau Sejour Leisure Centre langsam das Licht anging, brandete ein eher vorsichtiger Applaus auf. Die Filmfans unter den Zuschauern, wie Cyrus Doyle, die gewusst hatten, worauf sie sich einließen, bildeten nur einen Teil des Publikums. Kein Wunder, es war ja auch keine normale Kinovorstellung, sondern eine Sondervorführung im Rahmen des Victor-Hugo-Kongresses. Das Hauteville House veranstaltete den Kongress unter dem Motto »150 Jahre *Die Arbeiter des Meeres*«. Vor genau hundertfünfzig Jahren, 1866, war Hugos Guernsey-Roman erstmals erschienen. Die heutige Matineevorstellung der Romanverfilmung *Im Schatten des Korsen* aus dem Jahr 1953 fiel aus dem Rahmen der wissenschaftlichen Vorträge und Diskussionen und war auch für die Allgemeinheit zugänglich. Doyle als großer Fan des klassischen Hollywoodkinos hatte sich das nicht entgehen lassen, und er hatte auch Pat mitgeschleppt.

Ungefähr die Hälfte der knapp hundert Zuschauer applaudierte – wohl überwiegend die Filmfans und nicht die Literaturwissenschaftler, die aus aller Herren Länder zu der Hugo-Tagung angereist waren. Letztere hatten eher zweifelnde Mienen aufgesetzt, und einige blickten mit ungläubigem Stirnrunzeln auf die jetzt weiße Leinwand, als wollten sie sich vergewissern, ob die neunzig Minuten in knalligem Technicolor vielleicht nur ein Spuk gewesen seien.

Doyle hingegen hatte sich prächtig amüsiert und grinste bei der Vorstellung, was hinter den Denkerstirnen der angesehenen Wissenschaftler jetzt vor sich gehen mochte, in sich hinein. Mit der Romanvorlage hatte der Streifen wirklich nicht besonders viel zu tun. Aus dem grimmigen, verschlossenen Helden Hugos war ein smarter Draufgänger in der Gestalt von Rock Hudson geworden, und aus dem scheuen jungen Mädchen eine durchtriebene Doppelagentin, gespielt von der rassigen und nicht mehr ganz jungen Yvonne de Carlo. Was alles nicht weiter schlimm war, fand Doyle, war doch von Hugos Handlung auch nichts übrig geblieben. War Hugos Roman eine Geschichte vom Kampf gegen die Naturgewalten, angesiedelt in den 1820er Jahren, so hatten die Filmemacher das Ganze ein Vierteljahrhundert vorverlegt, in die Zeit Napoleon Bonapartes, und in ein mit viel Hauen und Stechen garniertes Spionageabenteuer verwandelt. Sogar Napoleon selbst hatte einen Auftritt gehabt.

»Raoul Walsh wird beim Drehen seinen Spaß gehabt haben«, sagte Doyle in den Applaus hinein.

»Wie bitte?«, fragte Pat, die eher pflichtschuldig als begeistert in die Hände klatschte. Er hatte sie nicht lange zu bitten brauchen, ihn in die Vorstellung zu begleiten, aber jetzt fragte er sich, ob er ihr wirklich einen Gefallen damit getan hatte.

»Raoul Walsh, der Regisseur«, erklärte er. »Nicht gerade ein

Vertreter der hohen Kunst, wie wir gerade gesehen haben, aber ein solider Handwerker und großer Routinier im Abenteuergenre. Einer seiner Lieblingssprüche beim Drehen war: ›Der Film wird gut, er erinnert mich an meinen letzten.‹«

Pat lachte, und sein Herz wurde bei diesem Anblick warm. Ihre Blicke trafen sich, und er hatte das Gefühl, sie könne in ihm lesen wie in einem offenen Buch.

Bevor die Situation peinlich werden konnte, trat ein breitschultriger Mann mit einer auffälligen Haarpracht, die ihm bis auf die Schultern reichte, vor Guernseys größte Kinoleinwand. Er hatte bereits vor der Filmvorführung ein paar einführende Worte gesprochen. Daher wusste Doyle, dass der Mittfünfziger mit der allmählich ergrauenden Löwenmähne Professor Simon Duvier war, einer der größten Victor-Hugo-Kenner und in seiner Rolle als Direktor von Hauteville House der Gastgeber des Kongresses.

Der Literaturwissenschaftler, der selbst aussah wie einem alten Abenteuerfilm entsprungen, blinzelte in das nach neunzig Minuten Kinodunkelheit blendende Licht und ließ seinen Blick über die Sitzreihen mit den rotbraunen Klappstühlen schweifen, offenbar nicht unzufrieden mit der gemischten Reaktion der Zuschauer auf das eben Gesehene. Er sprach in das Mikrofon, das eine junge Assistentin vor ihm aufbaute, wäre aber auch ohne technische Hilfe zurechtgekommen. Seine Stimme war tief und volltönend, was zusammen mit seinem Haar den Eindruck eines Löwen in Menschengestalt vervollständigte. Als seine Stimme durch den Kinosaal hallte, schwang in ihr ein nicht zu überhörender französischer Akzent mit.

»Das war ja ein Bombending«, sagte er mit einem dröhnenden Lachen, das auf einen Teil der bislang ernst dreinblickenden Kongressteilnehmer ansteckend wirkte. »Bis heute habe ich geglaubt, meinen Hugo in- und auswendig zu kennen. Aber diese Geschichte war mir neu. Ich möchte sagen, auch ein Victor Hugo hätte sie mit Erstaunen zur Kenntnis genommen. Aber hätte er sich darüber amüsiert oder geärgert? Um das herauszufinden, meine Damen und Herren, gibt es nur eine Möglichkeit: Fragen wir ihn selbst. Daher bitte ich jetzt niemand anderen auf die Bühne als den hochverehrten Monsieur Victor Hugo!«

Einige Besucher, darunter auch Doyle, begannen zögernd zu klatschen. Niemand schien zu wissen, was ihn erwartete. Im Programmzettel stand lediglich »Filmvorführung *Im Schatten des Korsen* von 1953, Regie: Raoul Walsh. Anschließend Filmeinordnung durch einen Überraschungsgast.« Vergebens hatte Doyle überlegt, wer dieser Überraschungsgast sein mochte. Ein höchst langlebiges Mitglied der Filmbesetzung oder des Drehstabs? Oder ein Filmhistoriker? Auf den Autor der Romanvorlage selbst war Doyle nicht gekommen. Wie auch, war Victor Hugo doch vor mehr als hundertdreißig Jahren gestorben.

Gebannt blickte er auf die Bühne, neugierig darauf, was Professor Duvier sich ausgedacht hatte. Die meisten anderen in dem großen Saal taten es ihm gleich, aber sie warteten vergebens auf den Überraschungsgast.

»Monsieur Hugo, wenn Sie bitte auf die Bühne kommen wollen!«

Duvier sprach jetzt in einem leicht drängenden Ton und richtete seinen auffordernden Blick auf die vorderste Sitzreihe im mittleren Block. Doyle, der mit Pat in der siebten Reihe desselben Blocks saß, reckte seinen Hals. An der rechten Seite des Mittelblocks, direkt am Gang, entdeckte er einen korpulenten Mann, den er vor Beginn der Vorstellung nicht bemerkt hatte. Der weißhaarige Kopf war nach vorn gesunken.

War der Mann, der sich als Hugo verkleidet hatte, während

der Aufführung eingeschlafen? Selbst von seiner Position aus konnte Doyle erkennen, dass der Weißhaarige einen Gehrock nach der Mode des neunzehnten Jahrhunderts trug.

Der Professor gab der jungen Frau, die ihm das Mikrofon gebracht hatte, einen Wink, und sie eilte zu dem offenbar Schlafenden. Sie sagte etwas zu ihm, aber er rührte sich nicht. Sie berührte ihn an der Schulter, erst leicht, dann heftiger. Jetzt rutschte der Mann im Gehrock aus dem Klappsitz und fiel auf den Boden vor der ersten Sitzreihe, wo er reglos lieben blieb.

Leicht nach vorn gebeugt, sah die Frau auf ihn hinab. Sie wirkte erschrocken und öffnete ihre Lippen zu einem seltsamen Laut, irgendwo zwischen Aufstöhnen und ersticktem Schrei.

»Da stimmt was nicht«, sagte Doyle zu Pat. »Komm mit!«

Sie drängten sich auf den Gang zwischen dem mittleren und dem rechten Zuschauerblock und eilten die wenigen Stufen nach unten, wo Duviers Assistentin noch immer mit verzerrten Zügen auf den Mann am Boden starrte. Dessen weißes Haar war verrutscht, eine Perücke. Darunter war er fast kahl, und in seinem Hinterkopf klaffte ein kleines blutiges Loch.

Doyle und Pat hockten sich neben den Reglosen und wussten sofort, dass er nicht schlief. Das Geschoss, das durch den Hinterkopf in seinen Schädel eingedrungen war, hatte ganze Arbeit geleistet.

»Was ist mit ihm?«, fragte Professor Duvier, der zu ihnen geeilt war.

Doyle erhob sich wieder. »Er ist tot.«

»Tot? Ein Herzanfall?«

»Sehen Sie doch genau hin.« Doyles Stimme klang härter als beabsichtigt. »Wenn es ein Anfall ist, dann ein Anfall von Kopfschuss.«

Während Duvier fassungslos auf den Toten starrte, wandte sich Doyle an Pat.

»Verständige das Hauptquartier. Großes Besteck. Jeder, der erreichbar ist, kann seinen beschaulichen Sonntag vergessen. Hier gibt es eine Menge Verdächtige zu überprüfen.«

Kurz glitt sein Blick über die Sitzreihen, und er sah in viele fragende, verstörte Gesichter. War darunter eine Person, die sich nur verstellte?

Pat, die mit dem Hauptquartier gesprochen hatte, hielt ihm ihr Handy unter die Nase und sagte leise: »Für dich, Cy. Der Chief will wissen, was los ist.«

Er nahm das Handy und meldete sich knapp mit seinem Namen.

»Cyrus, was ist passiert?«, fragte Chief Officer Colin Chadwick ohne jeden Gruß. »Warum wollen Sie am heiligen Sonntag die ganze Einheit mobilisieren?«

»Ein unnatürlicher Todesfall, Colin. Victor Hugo ist ermordet worden.«

KAPITEL 1

Eine Stunde später wimmelte es im Beau Sejour Leisure Centre von Polizisten, und es trafen laufend weitere Kollegen ein. Doyle tat es leid, dass er ihnen diesen traumhaft sonnigen Sonntag vermasselt hatte, aber an die hundert Zuschauer im Saal waren zu vernehmen. Hundert potentielle Zeugen – und potentielle Mörder.

Die Polizei hatte einige Räume in dem großen Sport-, Freizeit- und Erholungskomplex nördlich des Cambridge Parks mit Beschlag belegt, um die nach ihren Sitzplätzen in Gruppen Eingeteilten zu vernehmen. Eine langwierige Prozedur, über die weder die aus ihrer Freizeit und ihren Familien gerissenen Polizisten noch die Kinobesucher erbaut waren. Auch das Management von Beau Sejour hatte nur widerwillig zugestimmt, war heute doch ein besucherstarker Tag, an dem jede Einschränkung einen Einnahmeverlust bedeutete. Aber Doyle hatte keine andere Möglichkeit gesehen, die gewaltige Aufgabe logistisch zu bewältigen. Mit dem Argument, das Beau Sejour Centre sei eine staatliche Einrichtung und habe seine Ermittlungen, die dem öffentlichen Interesse dienten, nach besten Kräften zu unterstützen, hatte er sich schließlich durchgesetzt.

Alle Kinobesucher waren angewiesen worden, auf ihren ursprünglichen Plätzen zu warten, bis sie zur Vernehmung aufgerufen wurden. Der vernehmende Beamte trug dann den jeweiligen Namen in einen Sitzplan ein, um einen Überblick zu gewinnen, wer aus seiner Position was hätte sehen können. Das war Pflichtarbeit, aber Doyle gab sich keinen großen Hoffnungen hin, daraus wichtige Erkenntnisse gewinnen zu können. Pat und er selbst hatten nicht weit entfernt von dem Ermordeten gesessen und trotzdem nichts bemerkt.

Professor Duvier hatte ihnen verraten, dass das Mordopfer Terry Seabourne war, ein Laiendarsteller, der häufig bei Veranstaltungen als Victor-Hugo-Double gebucht worden war. Undeutlich erinnerte sich Doyle an einen Zeitungsbericht über die Eröffnung eines Restaurants oder eines Supermarkts vor ein paar Wochen, bei der ein Hugo-Double zum Einsatz gekommen war. Ein Foto hatte den Darsteller gezeigt, wie er mit großen Gesten eine Ansprache hielt. Er konnte beim besten Willen nicht sagen, ob das auch Terry Seabourne gewesen war, zumal der Ermordete, durch einen provisorischen Sichtschutz abgeschirmt, noch immer dort lag, wo er zu Boden gegangen war.

Sein Gesicht war in dieser Haltung nicht gut zu erkennen. Sie warteten auf Dr. Helena Nowlan, um die Leichenschau vor Ort durchzuführen.

Nervös blickte Doyle auf das Zifferblatt seiner Fliegeruhr. Die Chefärztin des Princess Elizabeth Hospital, gleichzeitig Guernseys Rechtsmedizinerin, ließ seit einer Stunde auf sich warten.

»Hast du heute noch etwas vor?«, fragte Pat, die seinen Blick auf die Uhr bemerkt hatte, mit einem leicht spöttischen Unterton.

Er lächelte wehmütig.

»Eigentlich wollte ich dich nach dieser Matineevorstellung zu einem ausgiebigen Lunch einladen, aber die Gelegenheit haben wir verpasst. Wahrscheinlich wird noch nicht einmal ein Dinner drin sein.«

»Ich verzeihe dir aufgrund der gegebenen Umstände und lasse mich gern ein andermal von dir zum Essen einladen.«

»Sehr nett von dir«, seufzte Doyle, war aber nur halb bei der Sache. »Eigentlich warte ich jetzt auf eine andere Dame.«

»So? Darf man erfahren, auf wen?«

Gerade als er antworten wollte, sah er oberhalb der Sitzreihen eine blonde Frau eintreten, deren schlanke Figur auch noch unter ihrem blauen Plastikoverall erkennbar war. Als sie die Plastikkapuze über ihr Haar zog, trafen sich ihre Blicke, und sie grüßte ihn mit einem knappen Nicken.

»Da kommt sie schon«, sagte Doyle zu Pat, die seinem Blick folgte.

Den Tatortkoffer in der Rechten, schritt Dr. Nowlan den Gang zwischen mittlerem und rechtem Sitzblock hinunter, von mehr als hundert Augenpaaren verfolgt.

»Ich glaube, ich habe an einem Leichenfundort noch nie vor

so viel Publikum gearbeitet«, sagte sie nach der kurzen Begrüßung. »Oder ist das hier ein wissenschaftliches Seminar?«

»Etwas in der Art«, erwiderte Doyle. »Allerdings geht es den Leuten hier nicht um die Leichenschau, sondern um Victor Hugo.«

»Victor Hugo?« Die Augen hinter Nowlans viereckigen Brillengläsern verengten sich. »Ich habe gehört, er sei das Mordopfer. Wäre heute der erste April, hätte ich mich nicht auf den Weg hierher gemacht.«

»Haben wir Sie aus dem OP-Saal geholt, Doc?«, fragte Pat.

»Nein, von einem Segelboot. Deshalb hat es etwas länger gedauert.«

»Augen auf bei der Berufswahl. Sind Sie sauer wegen der sonntäglichen Störung?«

Dr. Nowlan wiegte den Kopf leicht hin und her.

»Mein Skipper ist wohl ärgerlicher als ich. In meinem Beruf sind solche Störungen fast schon normal, leider.« Sie blickte zu dem Toten. »Das mit Victor Hugo ist also kein schlechter Scherz?«

»Nicht so ganz«, antwortete Doyle und setzte sie mit wenigen Worten ins Bild.

»Na, dann wollen wir mal!«

Die Ärztin stellte ihren Koffer ab, setzte den weißen Mundschutz auf und ging neben der Leiche in die Hocke.

»Der Tod müsste vor einer bis zweieinhalb Stunden eingetreten sein«, sagte Doyle. »Der Film lief ungefähr neunzig Minuten.«

»Allerdings saß zu Beginn der Vorstellung jemand anderer auf dem Platz«, ergänzte Pat.

»Bist du sicher?«, fragte Doyle. »Ich kann beschwören, dass dort kein Mann im viktorianischen Outfit saß, als das Licht ausging. Aber an einen anderen, der dort gesessen hat, kann ich mich nicht erinnern.«

»Ich mich schon. Es war ein Mann, aber mehr kann ich nicht sagen. Ich habe ihn nur von hinten gesehen, als er schon auf dem Stuhl saß.«

»Was macht dich da so sicher?«

Sie erlaubte sich ein kurzes Lächeln. »Als Single achte ich nun mal auf die Männer in meiner Umgebung.«

»Danke für die Info«, sagte Doyle leise und fuhr lauter fort: »Und wann ist er aufgestanden?«

Pat hob die Schultern an und ließ sie wieder sinken.

»Frag mich was Leichteres, Cy. Ich war dann ganz und gar gebannt von Rock Hudson.«

»Spotte nur weiter!«

Doyle drohte ihr spielerisch mit dem erhobenen Zeigefinger, bevor er sich nach Professor Duvier umsah und ihn herbeiwinkte.

»Ich nehme an, den restlichen Ablauf des heutigen Kongresstages kann ich vergessen«, sagte Duvier.

Doyle nickte.

»In diesem Punkt kann ich Sie leider nicht enttäuschen, Professor. Wir tun, was wir können. Aber bei so vielen Leuten, die zu vernehmen sind, dauert es seine Zeit. Die Victor-Hugo-Tagung hat gestern begonnen, nicht wahr?«

»Das stimmt.«

»Wann endet sie?«

»Mittwoch. Am Vormittag halte ich meinen Abschlussvortrag, und am Abend findet das Abschlussdinner für all jene statt, die dann noch nicht abgereist sind.«

»Haben Sie Terry Seabourne für die Rolle als Victor Hugo engagiert?«

»Ja, er sollte ein paar launige Worte zu dem Film sagen, der mit seiner Romanvorlage nicht sehr viel zu tun hat. Aber auf einem Kongress zum Thema *Die Arbeiter des Meeres* durfte die Hollywoodversion nicht fehlen, dachte ich. Durch Hugos – oder Seabournes – ironische Worte wollte ich eine allzu heftige Kritik seitens der ernsthaften Hugo-Forscher abmildern. Schließlich sollte die heutige Matinee die Tagung ein wenig auflockern und den Gästen vor allem Spaß machen.« Duviers Blick wanderte zu dem Toten, der von Dr. Nowlan gewissenhaft untersucht wurde, und er seufzte schwer. »Das ist nun gründlich misslungen. Vielleicht war das Ganze doch keine so gute Idee.«

Pat fragte erstaunt: »Wieso sagen Sie das? Glauben Sie, einer Ihrer Tagungsteilnehmer war so erbost über den Auftritt des falschen Victor Hugo, dass er ihn lieber vorher erschossen hat?«

»Gott bewahre, natürlich nicht! Wobei ich nicht sagen will, dass Literaturwissenschaftler im Grunde ihres Herzens alles friedliche Menschen sind. Der – natürlich auf wissenschaftlicher Ebene – ausgetragene Streit in unserer Zunft nimmt zuweilen sehr heftige Formen an. Aber dass einer von uns eine tödliche Kugel als Argument ins Feld führt, das habe ich wirklich noch nie gehört. Ich wollte eigentlich nur sagen, dass Mr Seabourne wohl noch am Leben wäre, hätte ich ihn nicht eingeladen.«

»Falls der Täter wirklich Mr Seabourne treffen wollte, hätte er auch an jedem anderen Ort und zu jeder anderen Zeit zuschlagen können«, sagte Pat.

Duviers Kopf fuhr zu ihr herum.

»Wieso falls? Sie glauben doch nicht, das war ein Unfall.«

»Wer weiß? Möglicherweise wollte der Mörder gar nicht Mr Seabourne umbringen, sondern den Mann, der vor ihm auf dem Platz saß.«

»Vor ihm? Ach, Sie meinen Professor Nehring. Den habe ich

kurz nach Beginn des Films tatsächlich gebeten, sich einen anderen Platz zu suchen. Auf diesem Stuhl sollte Seabourne sitzen, damit er nach der Filmvorführung schnell auf die Bühne gelangte. Ich hielt es für effektvoller, wenn er aus der Mitte der Zuschauer kommt. Den Zettel mit der Aufschrift ›reserviert‹ hat Nehring ignoriert. Typisch für ihn.«

»Sie scheinen Ihren Kollegen nicht besonders zu schätzen«, stellte Doyle fest. »Nehring – was ist das für ein Name? Klingt nach einem Deutschen.«

»Das haben Sie richtig erkannt, Chief Inspector. Nehring ist tatsächlich Deutscher. Er kommt aus Hannover und lehrt dort am Institut für Literaturwissenschaft und Medienpädagogik.«

»Und Sie mögen ihn nicht?«, hakte Doyle nach.

»Sagen wir, wir haben oft sehr unterschiedliche Ansichten, was Hugos Werk betrifft. Er hat an meiner grundlegenden Arbeit über den *Glöckner von Notre-Dame* als Inselroman kein gutes Haar gelassen, und das mit oft fadenscheinigen Argumenten. Wie ich später erfahren habe, wollte er selbst etwas in dieser Richtung publizieren und war stocksauer, weil ich ihm zuvorgekommen war. Seitdem macht er meine Thesen madig, wo er nur kann. Manchmal könnte ich ...«

»Ihn umbringen?«, ergänzte Pat, als Duvier abrupt verstummte.

»Nein, nein, das wollte ich nicht sagen.«

»Sondern?«

»Aus der Haut fahren. Manchmal könnte ich aus der Haut fahren, wenn ich einen seiner kruden Essays lese.«

Pats Augen waren auf den Professor fixiert, als wollten sie ihn festnageln.

»Wir haben es häufig mit Mördern zu tun, die einfach aus der Haut gefahren sind.«

Duviers kräftiger Körper straffte sich in einer Art Abwehrhaltung, und er wirkte verärgert.

»Sie wollen mich doch nicht ernsthaft beschuldigen, Terry Seabourne in der Annahme erschossen zu haben, er sei Nehring. Schließlich wusste ich doch, dass Seabourne seinen Platz eingenommen hatte.«

»Das scheint Sie vor dem Verdacht zu bewahren«, sagte Pat. »Trotzdem wüsste ich gern, wo Sie sich während der Vorführung aufgehalten haben.«

»Da ich den Film bereits kenne, habe ich mich die meiste Zeit über in einem Nebenraum mit dem Vortrag beschäftigt, den ich am Mittwoch auf dem Kongress halten will.«

»Kann das jemand bestätigen?«

»Jenny, meine Assistentin, hat hin und wieder reingeschaut. Sie hat mir auch Bescheid gegeben, als die Vorführung fast beendet war und ich auf die Bühne musste.«

»Die junge Frau, die dachte, Terry Seabourne wäre eingeschlafen?«, fragte Doyle.

»Ja, genau.«

»Dann waren Sie also die meiste Zeit während der Vorführung allein in dem Nebenraum«, nahm Pat den Faden wieder auf. Als Duvier nur stumm nickte, fuhr sie fort: »Das heißt, Sie haben kein Alibi.«

»Aber auch kein Motiv, wie ich Ihnen bereits sagte. Schließlich habe ich Terry Seabourne engagiert. Wenn ich nicht gewollt hätte, dass er seine Rede hält, hätte ich ihm das nur zu sagen brauchen.«

»Da haben Sie recht.« Ein flüchtiges Lächeln verlieh Pats Gesicht einen milderen Ausdruck. »Sie haben sich wacker geschlagen, Professor.«

»Heißt das, Sie verdächtigen mich nicht länger?«

»Wie Sie schon sagten, Ihnen fehlt jedes ersichtliche Motiv.«

»Sind wir fertig?«, fragte Duvier eher ungehalten als erleichtert. »Wie Sie sich vorstellen können, muss ich einiges umorganisieren. Die für den heutigen Nachmittag angesetzten Veranstaltungen an den drei folgenden Tagen unterzubringen, ist keine einfache Aufgabe.«

»Ich habe noch eine Frage«, meldete sich Doyle. »Zu welchem Thema halten Sie Mittwoch Ihren Vortrag?«

»Insel-Elemente bei Victor Hugo – ein Vergleich zwischen den Romanen *Der Glöckner von Notre-Dame* und *Die Arbeiter des Meeres*. Sie sind eingeladen, wenn es Sie interessiert.«

»Grundsätzlich ja«, sagte Doyle zu Duviers Überraschung. »Leider dürfte mir die Zeit fehlen. Eine Mordermittlung ist nicht weniger aufwendig als die Umstrukturierung eines literarischen Kongresses.«

»Ich muss mich wundern.«

»Worüber, Professor?«

»Die meisten Leute, die von Hugo keine Ahnung haben, fragen mich, warum ich den *Glöckner von Notre-Dame* als einen Inselroman bezeichne.«

»Glauben Sie, nur weil ich Polizist bin, habe ich keine Ahnung von Victor Hugo?«

Duvier musste lächeln.

»Jetzt haben Sie mich erwischt. So wie Sie und Ihre Kollegin mich voreilig als Verdächtigen eingestuft haben, habe ich Ihre Kenntnisse über Hugo unterschätzt. *Touché.*«

Als der Professor sich entfernte und zu seiner Assistentin ging, bemerkte Doyle Pats fragenden Blick.

»Ja?«

»Jetzt verrat mir schon, weshalb Der *Glöckner von Notre-Dame* ein Inselroman ist. Er spielt doch in Paris. Oder hast du eben geblufft?«

»Durch Paris fließt die Seine, und die umschließt die Île de la Cité, auf der wiederum die Kathedrale von Notre-Dame steht. Folglich spielt die Romanhandlung auf einer Insel.« Doyle grinste. »Vielleicht solltest du den Vortrag des Professors besuchen.«

»Schlaukopf!«

* * *

Professor Wolfgang Nehring war ein schlanker Mann in seinen Sechzigern, der mit seinem sonnengebräunten Teint und dem vollen dunklen, an den Schläfen bereits ergrauenden Haar zehn Jahre jünger wirkte. Die hervorspringende Nase gab dem Gesicht eine markante Note. Ein Professor, der wohl sehr beliebt gerade bei den weiblichen Studierenden war, schoss es Doyle durch den Kopf. Jenny Millard, Professor Duviers Assistentin, hatte ihn und Pat zu dem deutschen Literaturwissenschaftler geführt, der in der zweiten Reihe des Mittelblocks saß und sich mit einem anderen Mann unterhielt. Sie bedachte Nehring mit einem Blick, in dem eine gehörige Portion Wohlgefallen lag. Fast widerwillig entfernte sie sich, nachdem sie Doyle und Pat vorgestellt hatte.

»Ah, werde ich endlich zu meiner Vernehmung geholt?«, fragte Nehring in einem Englisch, in dem der deutsche Akzent nicht sehr stark, aber doch bemerkbar hervortrat.

»Die offizielle Vernehmung folgt noch«, sagte Doyle zu seiner Enttäuschung. »Wir haben aber vorab schon ein paar Fragen an Sie. Schließlich haben Sie bis zum Beginn der Filmvorführung auf dem Stuhl gesessen, auf dem dann der unglückliche Mr Seabourne Platz genommen hat.«

»Wer?«

»Der Hugo-Darsteller.«

»Ach, der Ermordete. Armer Mensch. Was kann so einer für Feinde haben?«

»Was können Sie für Feinde haben, Professor?«

»Ich, wieso?«

»Der Mord geschah in fast völliger Dunkelheit«, erläuterte Doyle. »Vielleicht hat der Mörder nicht bemerkt, dass Sie Ihren Platz Mr Seabourne überlassen hatten.«

Ein Schatten huschte über Nehrings Gesicht, war aber schnell wieder verschwunden.

»Wollen Sie mir Angst einjagen, Chief Inspector?«

»Ich muss alle Möglichkeiten in Betracht ziehen. Haben Sie Feinde, Professor?«

»Nicht, dass ich wüsste.«

»Nein? Wie ich von Professor Duvier erfahren habe, stehen Sie beide sich nicht gerade freundschaftlich gegenüber.«

»Das ist noch milde ausgedrückt«, platzte es aus dem Mann heraus, mit dem sich Nehring eben unterhalten hatte. Er war nicht besonders groß, dafür umso mehr in die Breite gewachsen. Mit dem wildwuchernden Vollbart, der dieselbe rötliche Färbung aufwies wie sein lichtes Haar, war sein Alter schwer zu schätzen. Er sah zumindest älter aus als Nehring, und auch er sprach mit einem Akzent, einem sehr deutlichen, der den Schotten verriet. Als er Doyles fragenden Blick bemerkte, sagte er: »Angus Campbell von der University of Edinburgh.«

»Professor Angus Campbell, nehme ich an?«, vergewisserte sich Doyle.

Der Schotte lächelte verschmitzt und hatte damit etwas vom Weihnachtsmann an sich.

»Was soll's, Titel sind in Wahrheit Schall und Rauch. Besser ein gutes Steak auf dem Teller als einen guten Titel auf der Visitenkarte, hm?«

»Vom Angus-Rind?«

Campbell brach in ein schallendes Lachen aus und klopfte Doyle kräftig auf die Schulter.

»Sehr gut, Chief Inspector. Aber wenn ein Detektiv schon Doyle heißt, muss er ja schlagfertig sein.«

»Sind wir mit den Namens-Bonmots jetzt durch?«, fragte ein leicht genervter Wolfgang Nehring und fixierte Doyle. »Ich dachte, Sie hätten ein paar Fragen an mich.«

»Ich hatte nach Ihren Feinden gefragt, Professor. Wie sieht es aus, würden Sie Simon Duvier als einen solchen bezeichnen?«

»Unsinn!«, sagte Nehring in seiner Muttersprache. »Wir vertreten auf unserem Fachgebiet oft gegensätzliche Meinungen, aber das macht uns nicht zu Feinden.«

»Das hat sich aber bei Ihrem Streit gestern nach der Eröffnungsveranstaltung ganz anders angehört«, kam es von Angus Campbell. »Sie beide haben sich gezankt wie die Kesselflicker.«

»So?«, fragte Doyle. »Um was ging es dabei?«

Nehring winkte ab.

»Ach, das Übliche. Ich habe zu erwähnen gewagt, dass ich einen ganzen langen Vortrag über Duviers Inselthema als Zeitverschwendung betrachte. Schließlich gibt es wichtigere Themen in Zusammenhang mit Hugos Guernsey-Roman. Dass der auf einer Insel spielt, steht ja wohl außer Frage.«

»Und da ist Duvier auf Sie losgegangen?«

»Das kann man so sagen.«

»Das muss man sogar so sagen«, mischte sich der Schotte ein. »Ich habe nur noch darauf gewartet, dass die Fäuste fliegen.«

Die Art, in der er das sagte, schien anzudeuten, dass er die Fäuste ganz gern hätte fliegen sehen.

Doyle lächelte.

»Ich hatte gedacht, Literaturwissenschaftler streiten allenfalls mit spitzer Feder.«

»Das ist der Nachteil von Kongressen«, sagte Nehring. »Da trifft man persönlich aufeinander, und manchmal schlagen dann die Emotionen hohe Wellen.«

Campbell nickte und kicherte in sich hinein.

Ein skurriler Streit unter Wissenschaftlern, der zu Handgreiflichkeiten führte? Fast hätte Doyle in das Kichern des Schotten eingestimmt. Aber als er an den Toten dachte, der nur ein paar Meter entfernt auf dem Boden lag, war jeder Anflug von Erheiterung verschwunden.

Er richtete seinen Blick auf Nehring.

»Sie haben also hier neben Professor Campbell gesessen, nachdem Sie Ihren ursprünglichen Platz für den Hugo-Darsteller geräumt hatten?«

»Ja, Chief Inspector.«

»Aber nicht die ganze Zeit über«, warf Campbell ein. »Der Film lief schon so ungefähr eine Stunde, da sind Sie für einige Minuten verschwunden, Herr Kollege.«

Nehring kratzte sich am Hinterkopf.

»Stimmt, das hatte ich jetzt in der ganzen Aufregung vergessen. In der Reihe hinter uns wurde laut getuschelt, weil den Leuten der Film wohl zu langweilig war. Ich habe mir einen anderen Platz in den oberen Reihen gesucht. Aber auch dort war es nicht gerade leise, obwohl ich einen abgelegenen Platz ausgewählt hatte. Da bin hierher zurückgekehrt.«

»Hat jemand Sie auf dem neuen Platz gesehen?«

»Ich glaube, nicht. Wie ich schon sagte, es war ein abgelegener Platz recht weit oben im Mittelblock.«

»Wie lange sind Sie dortgeblieben?«

»Keine fünf Minuten.«

Der Schotte schüttelte seinen rothaarigen Kopf.

»Es waren mindestens zehn Minuten, wenn nicht fünfzehn.«

Nehring setzte eine gleichgültige Miene auf.

»Wenn der Kollege das sagt, dann habe ich mich wohl getäuscht.«

* * *

Dr. Helena Nowlan sprach fast mechanisch, als sie, noch neben dem Toten stehend, ihren ersten Bericht ablieferte. Kein Zweifel, dachte Doyle, auch sie hätte den heutigen Tag lieber mit etwas anderem verbracht. So wie wohl all seine Kollegen vor Ort. Er dachte zurück an den letzten Mord, der sich an einem Sonntag auf Guernsey ereignet hatte. Drüben an der Westküste, in der Rocquaine Bay. Damals hatte es die lebenslustige Strandkünstlerin Lizzie Somers erwischt. Er schüttelte den Gedanken an den Fall Somers von sich ab und konzentrierte sich ganz auf die Worte der Ärztin.

»... ist der Todeszeitpunkt wahrscheinlich eine halbe Stunde vor dem Auffinden der Leiche anzusiedeln, plus minus zehn Minuten. Mit hoher Wahrscheinlichkeit war Seabourne augenblicklich tot. Sofortiger Stillstand von Atem und Kreislauf. Das Projektil scheint in die tiefen Hirnstrukturen eingedrungen zu sein. Genaueres weiß ich, nachdem ich den Schädel geröntgt habe.«

»Auf was für eine Waffe tippen Sie, Doc?«, fragte Pat.

»Das werden Sie sich selbst ausmalen können, Inspector. Da der Schädel des Toten zwar eine Eintrittswunde am Hinterkopf, aber keine Austrittswunde aufweist, können wir von einer kleinkalibrigen Waffe ausgehen.«

»Versehen mit einem Nachtzielgerät«, sagte Pat.

»Wieso?«

»Nach Ihrer Angabe über den Todeszeitpunkt wurde Seabourne während der Vorführung erschossen. Da war es hier im Saal ziemlich dunkel. Ich glaube nicht, dass der Täter direkt hinter Seabourne war. Dann müsste es selbst bei einer kleinkalibrigen Waffe eine Austrittswunde geben.« Sie wandte sich an Doyle. »Oder was sagst du, Cy?«

»Ich bin hundertprozentig deiner Meinung.«

»Aber? Du wirkst so nachdenklich.«

»Nichts aber. Ich habe nur gerade an Professor Nehring denken müssen. Der tödliche Schuss ist in dem Zeitraum abgegeben worden, als er nicht neben Professor Campbell saß.«

»Womit er kein Alibi hat.«

Doyle sah in Pats wunderschöne Augen.

»Schon wieder sind wir ganz einer Meinung.«

KAPITEL 2

Die Untersuchungen im Beau Sejour Leisure Centre waren noch längst nicht abgeschlossen, als Doyle und Pat das Gebäude gegen halb drei am Nachmittag verließen. Die milde, ja warme Frühlingsluft machte Doyle erst richtig bewusst, was für einen schönen Sonntag er und seine Kollegen verpassten.

Pat streifte in einer eleganten Bewegung ihre leichte Jacke ab und hängte sie über ihre Schulter. Sie sah zum einladenden Grün des Cambridge Parks hinüber, an dem sich ein paar Spaziergänger erfreuten. Darin eingebettet war die Skateranlage. Etliche Kids mit Skateboards und Stunt Scootern schossen über die Betonpisten. »Mir fallen tausend Dinge ein, die ich jetzt lieber täte.«

»Mir auch. Zum Beispiel irgendwo im Grünen ein schönes Picknick abhalten.« Während Doyle das sagte, fuhr er sich unwillkürlich mit der Hand über den reichlich leeren Magen. »Wir sollten unterwegs zumindest eine Kleinigkeit essen.«

Sie steuerten den Parkplatz an, auf dem Doyles TVR Tamora ohne Verdeck in der Sonne stand. Pat blieb abrupt stehen und deutete nach rechts.

»Sieh mal, die beiden kennen wir doch.«

Im Schatten einiger Bäume standen Professor Nehring und Professor Campbell und unterhielten sich lebhaft miteinander. Offenbar waren beide vernommen und in Gnaden entlassen worden. In diesem Augenblick hielt ein Taxi auf die beiden zu und hupte mehrmals. Eine brünette Frau in einem auffälligen grünen Kostüm stieg aus, eilte in ihren zartrosa Pumps auf die beiden zu und fiel Nehring um den Hals. Es sah so aus, als hätte sie sich große Sorgen um ihn gemacht. Schließlich zog sie ihn mit sich in das Taxi, und Campbell winkte dem davonfahrenden Wagen nach.

»Jetzt bin ich ein wenig neugierig«, sagte Doyle und hielt, gefolgt von Pat, auf den Schotten zu. »Eine attraktive Begleiterin hat Ihr deutscher Kollege.«

»Das war Tessa, seine Frau«, sagte Campbell. »Sie hat ihn nach Guernsey begleitet, hatte aber keine Lust auf den Film und hat stattdessen einen Bummel am Hafen gemacht.«

»Die Dame scheint mir etwas jünger zu sein als ihr Mann.«

»Etwas? Zwanzig Jahre. Aber Nehring ist ja ein jugendlicher Typ, da fällt das nicht so auf. Er tut, wie ich ihn verstanden habe, einiges für seine Fitness.« In Campbells Augen blitzte es auf. »Muss er wohl auch, bei so einer Frau.«

* * *

Trotz des herrlichen Wetters saßen Doyle und Pat schweigend in dem offenen Roadster, als sie am Hafen entlang nach Norden fuhren. Die Menschen auf den Ausflugsbooten und Segelyachten, die Passanten mit einem Eis in der Hand oder einer Tüte Fish & Chips, sie alle schienen besser drauf zu sein als die beiden Polizisten in dem schnittigen kleinen Sportwagen. Es war nie eine heitere Aufgabe, einem Menschen die Nachricht vom plötzlichen Tod eines nahen Angehörigen zu überbringen.

Schließlich brach Doyle das Schweigen: »Wer uns mit unseren ernsten Gesichtern sieht, hält uns bestimmt für ein heillos zerstrittenes Ehepaar.«

»Tut mir leid, dass sich das schöne Wetter nicht auf meine Stimmung auswirkt«, seufzte Pat. »Aber im Augenblick würde ich lieber mit Baker und Allisette tauschen und im Beau Sejour die Zeugen vernehmen. Vielleicht ist tatsächlich unser Mörder darunter.«

»Das glaube ich nicht. Ich an seiner Stelle hätte den Kinosaal direkt nach dem tödlichen Schuss verlassen. Immerhin haben wir keine Spur von der Tatwaffe gefunden.«

»Er könnte sie auch nur weggebracht haben und dann in den Kinosaal zurückgekehrt sein. Oder ein Komplize hat die Waffe für ihn verschwinden lassen.«

»Auch möglich«, gestand Doyle ein.

»Nehmen wir an, der Täter kommt tatsächlich aus den erlauchten Reihen der Kongressteilnehmer. Dann würde es doch auffallen, wenn er am Ende der Filmvorführung verschwunden gewesen wäre. Also müsste er jemand anderes sein. Oder es gibt tatsächlich einen Komplizen, der mit der Tatwaffe abgehauen ist.«

»Zum Beispiel eine Ehefrau, die angeblich einen Hafenbummel macht.«

Pat maß Doyle mit einem forschenden Seitenblick. »Du bist wohl scharf darauf, die attraktive Mrs Nehring in die Mangel zu nehmen?«

Jetzt grinste Doyle.

»Ein Polizist muss sich ohne Murren seiner Pflicht stellen.«

»Na klar. Aber glaubst du wirklich an diese Theorie? Diese Tessa ist nicht gerade unauffällig. Sie könnte leicht bemerkt worden sein, wenn sie heimlich im Beau Sejour war.«

»Vielleicht hat sie sich danach umgezogen.« Doyle rückte seine Sonnenbrille zurecht und überholte einen langsamen Mietwagen, in dem ein paar Touristen über die Hafenstraße schlichen. »Mir fehlt da eher das Motiv. Was sollte Nehring gegen Terry Seabourne gehabt haben?«

»Keine Ahnung«, sagte Pat und deutete nach vorn. »Wenn du da links abbiegst, könnten wir in Nelia's Bakery eins der phantastischen Schinken-Käse-Croissants essen. Oder hältst du es für sehr verwerflich, unseren Besuch bei Seabournes Frau hinauszuzögern, nur um uns den Bauch vollzuschlagen?«

»Vielleicht ist es ein wenig pietätlos, aber es wäre nicht weniger pietätlos, Mrs Seabourne mit laut knurrenden Mägen gegenüberzutreten.«

Er fuhr nach links auf die Victoria Avenue und parkte den Tamora vor der Bäckerei, deren portugiesische Betreiberfamilie sich durch ihre stets frischen Backwaren einen guten Ruf auf Guernsey erworben hatte. Jeder von ihnen verdrückte eins der nicht nur phantastischen, sondern auch riesigen Schinken-Käse-Croissants und trank dazu einen Kaffee.

»Du siehst aber nicht richtig zufrieden aus«, stellte Pat fest, als Doyle seinen leeren Teller zur Seite schob.

»Je voller der Magen, desto schlechter das Gewissen.«

»Du hast ja recht.« Pat erhob sich. »Dann machen wir uns mal an die wohl unangenehmste Aufgabe dieses verkorksten Tages.«

* * *

St. Sampson badete, wie die gesamte Insel, im Sonnenschein. Dadurch wirkte Guernseys zweitgrößter Ort, der den alten Industriehafen beherbergte, trotz einer gewissen Rauheit durchaus anmutig. Heute, am Sonntag, lagen die Frachtschiffe ruhig im Hafenbecken, standen die Lagerhäuser und Silos verlassen in der Sonne, schienen sich die Lastkräne nur in den blauen Himmel zu recken, um die Möwen zu einer Ruhepause einzuladen. Ein wenig Betriebsamkeit herrschte lediglich bei den Motor- und Segelyachten in der Marina, zu der man den inneren Teil des Industriehafens vor einigen Jahren umgebaut hatte. Doyle verfolgte aus den Augenwinkeln, wie ein Segelboot hinaus aufs offene Meer glitt, bevor er den Tamora nach links lenkte und das idyllische Bild außer Sicht geriet. Der Gedanke, er und Pat könnten jetzt auf dem Boot sein und einfach den Tag genießen, lenkte ihn für wenige Sekunden von der unangenehmen Aufgabe ab, die ihnen bevorsteht.

»Du lächelst so zufrieden, Cy«, bemerkte Pat neben ihm. »Woran denkst du?«

»Nanu, sonst liest du doch meine Gedanken.«

»Die Sonne macht mich faul und schläfrig. Aber du hast natürlich das Recht zu schweigen wie jeder Verdächtige.«

»Und wessen verdächtigst du mich?«

»Ich glaube, du denkst gerade an diese attraktive Brünette, die Frau von Professor Nehring.«

»Und wenn, wäre das schlimm?«

»Sagen wir, ich könnte es nachvollziehen.«

»Dann will ich dich erlösen. Die einzige Frau, an die ich eben dachte, verhört mich gerade.«

»Oh! Da sollte ich wohl nicht nach Einzelheiten fragen.«

»Es war alles jugendfrei. Ich dachte daran, wie schön es wäre, wenn wir beide jetzt, frei von allen Pflichten, eine Segeltour unternehmen könnten.«

»Cy, du bist und bleibst ein Romantiker.«

»Das ist für mich nichts Schlimmes«, sagte Doyle und steuerte den Roadster stadteinwärts über die Nocq Road, vorbei an Supermärkten, Geschäften und Wohnhäusern. »Für dich etwa?«

Sie setzte ein Pokerface auf.

»Private Fangfragen bitte erst nach Dienstschluss.«

»Da wirst du heute wohl lang warten müssen.«

Er bog nach rechts in die Lowlands Road ab, die ein ähnliches Bild bot wie die Nocq Road. Da die meisten Geschäfte heute am Sonntag geschlossen waren und sich kaum jemand auf der Straße aufhielt, wirkte St. Sampson fast wie ausgestorben. Wie aus einem dieser Science-Fiction-Filme, in der die Menschheit durch eine mysteriöse Katastrophe auf einen Schlag dahingerafft wird.

Der Nummer nach musste das Haus der Seabournes am Ende der Straße liegen. Doyle verlangsamte das ohnehin gelassene Tempo und hielt Ausschau. Pat entdeckte es zuerst. Es war das letzte Gebäude in einer kleinen Reihe von Einfamilienhäusern, und er fuhr den Wagen auf einen freien Platz neben der Hausreihe, auf dem bereits ein paar Fahrzeuge parkten.

Doyle drückte auf den Knopf einer schrillen Klingel. Er erschrak sich fast bei dem Geräusch. Nach zwanzig, dreißig Sekunden hörten sie eine Frauenstimme hinter der Tür.

»Ja?«

»Guernsey Police«, sagte Doyle in einem neutralen Tonfall, der nichts von dem Unheil verriet, das der zu überbringenden Botschaft innewohnte.

»Um was geht es?«

»Ich glaube, wir sollten drinnen darüber reden.«

Nach kurzem Zögern wurde die Haustür einen Spalt geöffnet, und das halbe Gesicht einer Frau erschien.

»Sie können sich doch ausweisen?«

Doyle hatte mit dieser Frage gerechnet und seinen Dienstausweis bereits in der Hand. Er hielt ihn vor das Auge der Frau, das er sehen konnte, und nannte dabei seinen Dienstrang und seinen Namen.

»In meiner Begleitung befindet sich Inspector Patricia Holburn.«

Die Frau öffnete die Tür und trat einen Schritt zurück. Sie war deutlich jünger, als Doyle erwartet hatte. Anfang bis Mitte vierzig, wogegen Seabourne sechzig oder älter gewesen sein musste. Ein ähnlicher Altersunterschied wie bei Professor Nehring und dessen Frau, ging es ihm durch den Kopf.

»Mrs Seabourne?«, fragte er vorsichtig, während er nähertrat.

»Ich bin Angela Seabourne, ja.«

»Die ...« – fast hätte er Witwe gesagt – »Frau von Terry Seabourne?«

»Ja. Warum? Was ist los?«

Doyles Augen hatten sich schnell an das Halbdunkel des Hauseingangs gewöhnt, und er sah vor sich eine attraktive Frau, schlank und mittelgroß, die ihr rabenschwarzes Haar halblang trug. Auf der linken Seite war es so weit ins Gesicht gekämmt, dass ein Auge fast vollständig verdeckt war. Sie trug helle Jeans und eine leichte Sommerbluse.

Pat war hinter Doyle eingetreten und schloss die Haustür.

»Vielleicht sollten wir in ein Zimmer gehen, damit Sie sich hinsetzen können, Mrs Seabourne. Wir haben keine gute Nachricht für Sie.«

Was stark untertrieben war, dachte Doyle. Aber wie sonst sollte man sich herantasten an den bösen Satz »Ihr Mann ist tot«?

»Geht es um Terry?«, fragte Angela Seabourne, ohne sich von der Stelle zu bewegen. »Ist ihm etwas zugestoßen?«

»Ja, leider«, sagte Doyle zögernd. »Meine Kollegin hat recht, wir sollten uns besser setzen.«

Mrs Seabourne nickte leicht und wies auf eine Tür hinter ihr.

»Bitte, folgen Sie mir.«

Das Wohnzimmer war, im Vergleich zum Eingangsbereich, recht hell. Eine Wand war mit schwarzweißen und farbigen Fotos von Terry Seabourne geschmückt. Die Aufnahmen zeigten ihn in verschiedenen Rollen und Masken, darunter mehrmals als Victor Hugo. Doyle und Pat nahmen auf einer cremefarbenen Couch Platz, ihre Gastgeberin in einem gleichfarbigen Sessel ihnen gegenüber.

Sie beugte sich zu ihnen vor und fragte: »Was ist mit Terry? Ist er tot?«

Doyle bestätigte es.

»Ein Unfall? Oder war es sein Herz? Das machte ihm in letzter Zeit sehr zu schaffen.«

Angela Seabourne sprach ganz gefasst, als käme die Nachricht nicht gänzlich unerwartet. Entweder hatte sie ihre Gefühle gut unter Kontrolle, oder es gab da nicht viel, was zu kontrollieren war.

»Weder noch«, seufzte Doyle. »Wir ermitteln in einem unnatürlichen Todesfall.«

»In einem unnatürlichen Todesfall? Das sagen sie im Fernsehen immer, wenn jemand ermordet wurde.«

»Ja«, war alles, was Doyle darauf antwortete.

Er beobachtete Mrs Seabournes Gesicht. Überraschung zeichnete sich darauf ab, aber kein jäher Schmerz. Hatte sie sich so sehr unter Kontrolle? Oder war sie auch eine geübte Schauspielerin?

»Was ist passiert?«

Doyle schilderte es in knappen, sachlichen Worten. Dann stellte er ihr die Frage, die er stellen musste – die nach ihrem Alibi.

»Da muss ich Sie enttäuschen, Chief Inspector. Ich war den ganzen Tag über zu Hause, allein. Die Woche war sehr anstrengend, wissen Sie. Ich brauchte etwas Erholung.«

»Die Arbeit?«

»Ja. Ich bin Geschäftsführerin in einem Fachgeschäft für Angelbedarf, gleich um die Ecke.«

»Ist Angeln Ihre Leidenschaft?«

»Keine Spur. Früher war ich Schauspielerin, so habe ich auch Terry kennengelernt. Wir waren in derselben Theatertruppe. Eigentlich eine bessere Laienspielschar, aber damals hofften wir, unser Geld damit verdienen zu können. Als sich das als purer Wunschtraum herausstellte, habe ich die Notbremse gezogen und einen sogenannten ordentlichen Beruf ergriffen.«

»Und Ihr Mann?«

»Terry hielt nichts von geregelter Arbeit. Er hat weiterhin geschauspielert, und manchmal hat er auch eine Gage dafür erhalten.«

»Dann hat er nicht von Ihrem Geld gelebt?«

»Doch, eigentlich schon. Wenn er mal eine Gage erhielt, hat er die meistens im Pub gelassen.«

Dass die Ehe offenbar nicht die beste gewesen war, erklärte den halbwegs gelassenen Eindruck, den Angela Seabourne angesichts der Todesnachricht machte. Trauer konnte Doyle auf ihrem länglichen Gesicht nicht ausmachen. Sie wirkte auf ihn, als nähme sie das traurige Ende eines traurigen Zustands mit der gebotenen Ernsthaftigkeit zur Kenntnis. Auf der anderen Seite zeigte sie keine Spur von Erleichterung oder gar Freude. Vorsicht, ermahnte er sich, die Frau hatte Erfahrung als Schauspielerin.

»Mrs Seabourne, hat Ihr Mann Sie geschlagen?«

Jetzt wirkte sie verwirrt.

»Wie ... kommen Sie darauf, Mr Doyle?«

»Das geht mir schon die ganze Zeit durch den Kopf. Würden Sie so nett sein und das Haar vor Ihrem linken Auge zur Seite ziehen?«

»Ich weiß nicht, warum ...«

»Bitte!«

Begleitet von einem leisen Seufzer, kam sie der Aufforderung nach und enthüllte ein stark geschwollenes Auge. Doyle empfand keine Freude darüber, mit seiner Vermutung richtig zu liegen. Er hatte nicht das geringste Verständnis für Männer, die ihre Frauen schlugen. In Pats Gesicht las er dieselbe Abscheu, die auch er empfand. Kein Wunder, in ihrer kurzen, lange zurückliegenden Ehe mit dem Bauunternehmer Randy Holburn hatte sich dieser als Trinker und brutaler Schläger entpuppt. Pat hatte Guernsey verlassen, weil nach damaliger Gesetzeslage die Abwesenheit eines Ehepartners von der Insel Voraussetzung für eine Scheidung gewesen war. In dieser Zeit hatte sie in Wales die Polizeiausbildung absolviert.

»Hat er zugeschlagen, wenn er betrunken war?«, fragte Doyle und bemühte sich um einen behutsamen Tonfall.

»Anfangs ja.« Angela Seabourne ließ die Haarsträhne wieder über ihr blaues Auge fallen. »Später hat er mich auch geschlagen, wenn er nüchtern war. Es war wohl der Frust darüber, dass ich viel mehr verdiente als er.«

Pat beugte sich zu ihr vor.

»Warum sind Sie bei ihm geblieben? Aus Liebe?«

»Liebe? Nein, die war schon lange gestorben. Eher aus Mitleid und aus Achtung vor dem, was Terry mir einmal bedeutet hat.« Nach einer kurzen Pause fuhr Mrs Seabourne fort: »Ich verstehe nicht, was das mit seinem Tod zu tun hat. Oder wollen Sie mir unterstellen, ich hätte ihn aus Hass oder Rache ermordet? Glauben Sie mir, wenn ich es nicht mehr ausgehalten hätte, hätte ich ihn schon längst verlassen.«

»Sie sind sehr leidensfähig«, stellte Pat fest.

»Haben Sie eine Idee, wer etwas gegen Ihren Mann hatte?«, fragte Doyle. »So sehr, dass ein Mord in Frage kommt?«

»Nein. Terry konnte unangenehm werden, wenn er getrunken hatte, keine Frage. Aber im Grunde war er harmlos.«

»Wie man's nimmt«, sagte Pat leise und starrte dabei auf Angela Seabournes Gesicht.

Doyle erhob sich, bedankte sich bei der Witwe für ihre bereitwilligen Auskünfte und sagte ihr, dass man sie morgen noch einmal behelligen müsse, um den Ermordeten offiziell zu identifizieren und um ihre Aussage zu protokollieren.

Als sie wieder im Tamora saßen und Doyle den Wagen wendete, fragte Pat: »Was hältst du von Terry Seabournes Witwe?«

»Auf jeden Fall ist sie eine tapfere Frau. Sie hat in ihrer Ehe einiges aushalten müssen. Du weißt besser als ich, wovon ich spreche.«

»Tja, ich habe viel früher die Reißleine gezogen. Über Jahre hätte ich das mit Randy nicht ausgehalten.«

Doyle lenkte den Tamora zurück auf die Lowlands Road.

»Meinst du, Angela Seabournes Leidensfähigkeit war überstrapaziert, und sie hat deshalb heute die Reißleine gezogen?«

»Sie hat kein Alibi.« Pat dachte kurz nach. »Ansonsten hat sie sich in meinen Augen nicht verdächtig verhalten.«

»Schon richtig. Aber wir sollten nicht vergessen, dass sie mit der Schauspielerei sehr vertraut ist.«

KAPITEL 3

Als Doyle den Tamora vor dem eher kleinen Doppelhaus in der Rue des Goddards anhielt und Pat ansah, bemerkte er einen Ausdruck des Bedauerns in ihren Zügen, aber auch die nur mühsam unterdrückte Müdigkeit. Wahrscheinlich sah er genauso aus, jedenfalls fühlte er sich so. Dieser Sonntag, den sie hatten gemeinsam genießen wollen, hatte sich als ein arbeitsreicher Tag entpuppt, anstrengend und frustrierend. Die Vernehmung aller Personen aus dem Kinosaal hatte bis in den frühen Abend gedauert, und bis jetzt war nicht viel Erhellendes dabei herausgekommen. Vielleicht war der Täter gar nicht unter den Befragten, sondern hatte den Saal noch während der Vorstellung verlassen, im Schutz des Kinodunkels. Dann hätte er sich unter die vielen Menschen mischen können, die sich an diesem Tag im Beau Sejour Centre beim Schwimmen, Squash, Volleyball oder Bowling erholten. Nicht einmal eine große Tasche mit der Tatwaffe wäre aufgefallen, jeder hätte den Inhalt für Sportkleidung gehalten. Es war so einfach, das beste Versteck für einen Menschen waren viele andere Menschen.

Doyle setzte ein Lächeln auf und blickte nach vorn, wo die Straße zur Vazon Bay führte.

»Vielleicht noch ein kleiner Strandspaziergang, um die nötige Bettschwere zu bekommen?«

»Die habe ich, glaube ich, schon.« Wie zum Beweis ihrer Worte musste Pat ein Gähnen unterdrücken. »Bist du enttäuscht?«

»Nicht von dir, nur von diesem Tag. Wenig Vergnügen, viel Arbeit und nichts erreicht. Aber du hast recht, wir sollten uns gut ausschlafen. Morgen wird es bestimmt nicht anders. Sobald der Fall gelöst ist, gibt es einen Tag Sonderurlaub, und dann wird der verlorene Sonntag nachgeholt. Einverstanden?«

»Sehr einverstanden, falls du als mein Vorgesetzter mir diesen Sonderurlaub gewährst.«

Er grinste breit.

»Selbstverständlich, auch im eigenen Interesse.«

Sie beugte sich zu ihm herüber und küsste ihn auf die Wange.

»Gute Nacht, Cy, und fahr vorsichtig!«

Doyle beherzigte ihre Warnung. Die Abenddämmerung hatte längst eingesetzt, und die Straßen auf Guernsey waren oft schmal und gewunden. Seit seiner Rückkehr aus London auf die Heimatinsel hatte er sich längst wieder an die hiesigen Verkehrsverhältnisse gewöhnt und kannte die meisten Straßen sehr gut, aber im Dämmerlicht war Vorsicht allemal besser als eine teure Reparatur seines seltenen Roadsters. Schon diverse Leute hatten ihn darauf aufmerksam gemacht, dass sein Wagen für die Verkehrsverhältnisse auf der Insel höchst unpraktisch sei. Er ärgerte sich über solche Hinweise. Natürlich wusste er, dass sein Tamora für Autobahnen und gutausgebaute Landstraßen gebaut war. Er fuhr den Roadster nicht, weil es praktisch war, sondern weil er es liebte. Wer das nicht verstand, der verstand auch nichts von Doyles Innenleben. Zum Glück gab er wenig bis gar nichts auf das, was andere über ihn dachten, und sein Ärger über besserwisserische Bemerkungen verrauchte schnell.

Er roch sein Zuhause, noch bevor er nach rechts in die Icart Road einbog. Da sein Verdeck noch im Kofferraum lag, wehte der Fahrtwind ihm den unverwechselbaren würzig-blumigen Geruch der Saints Bay entgegen. Salz und Jod des Meeres vermischten sich darin mit dem Duft der Blumen und Pflanzen, die im Frühjahr an den Klippen blühten: Grasnelken, Leimkraut, Habichtskraut, Wolfsmilch, Fingerhut und wie sie alle hießen. In seiner Kindheit war seine Mutter oft mit ihm auf den Klippenwegen gewandert und hatte ihm nicht nur die Namen beigebracht, sondern auch, die verschiedenen Gerüche zuzuordnen. Natürlich hätte er Geschichten über Freibeuter, Schmuggler und Soldaten, die sich in der Vergangenheit der Insel so oft in den Buchten herumgetrieben hatten, viel spannender gefunden, aber im Biologieunterricht hatte er gut gebrauchen können, was er von seiner Mum gelernt hatte. Ein Lächeln glitt über sein Gesicht, als die Bilder von damals vor seinem geistigen Auge erstanden. Fast automatisch stellte er die HiFi-Anlage an und wählte ein bestimmtes Stück aus: *Take Me Home* von Johnny Cash. Und wie in dem Song schien er einen weiteren Duft zu riechen: das frisch gebackene Brot seiner Mutter. Erst seit ihrem Tod vor wenigen Jahren war ihm bewusst geworden, wie sehr er allein diesen Duft geliebt hatte.

Eine große Möwe, offenbar von dem langen, warmen Tag noch nicht müde, meldete sich mit einem langgezogenen Ruf an und segelte in niedriger Höhe vor dem Tamora die Straße entlang, wie um Doyle nach Hause zu geleiten. Tatsächlich bog sie, als zur Linken die Silhouette von »Le Petit Château« vor ihm auftauchte, eben dorthin ab, schwebte über das Dach seines Elternhauses hinweg und verschwand irgendwo im Dämmer über der Bucht. Er ließ den Wagen durch die Einfahrt der alten, im letzten Herbst aufwendig restaurierten Steinmauer rollen und fand, dass das große Haus mit dem Turm vor ihm im Abendlicht noch mehr als bei Tag wie ein kleines Schloss aussah.

Als der Tamora im Carport neben dem Rover Streetwise stand, überlegte Doyle, ob er noch einen kurzen Spaziergang in die Bucht unternehmen sollte. Da ging das Licht im Eingangsbereich des Hauses an, und kurz darauf stand Moira Ingram in der offenen Tür und winkte ihm zu. Seit die Witwe seines Kollegen Dennis Ingram mit ihren beiden Kindern hier lebte, den Haushalt führte und sich um seinen hochbetagten Vater kümmerte, fühlte er sich wieder richtig wohl im »Petit Château«. Ein großes Haus wie dieses brauchte eine ordnende Hand, die sich um alles kümmerte. Erfüllt von Kinderstimmen, mal lachend, mal kreischend, mal bettelnd, war es endlich wieder voller Leben. Kurz dachte er daran, dass er keine eigenen Kinder hatte. Ein Gedanke, der ihn in letzter Zeit öfter heimsuchte und den er schnell wieder verscheuchte. Als er damals Guernsey und damit auch Pat verlassen hatte, um zur Londoner Metropolitan Police zu gehen, hatte er sich, ohne dass es ihm bewusst war, gegen eine eigene Familie entschieden. Es war einer dieser Wendepunkte im Leben, über die man erst dann richtig nachdenkt, wenn es zu spät ist.

Vorbei, sagte er sich, winkte ebenfalls und ging auf Moira zu. Sie trug leicht abgewetzte Jeans und einen dünnen Pullover. Selbst darin machte die große rothaarige Irin, die ihn an die Schauspielerin Maureen O'Hara erinnerte, eine gute Figur. Schöne Frauen kann nichts entstellen, dachte er und hatte plötzlich ein schlechtes Gewissen. Statt hier für Doyle und seinen Vater zu sorgen, könnte sie längst einen neuen Mann haben. Aber ihre täglichen Pflichten ließen ihr nicht viel Zeit, sich um einen neuen Partner zu kümmern. Ja, er hatte ein schlechtes Gewissen, und gleichzeitig war er heilfroh, dass sie sich auf den Job eingelassen hatte.

»Hallo Moira, wie von Geisterhand gerufen.«

»Sagen wir eher, vom unüberhörbaren Grollen des Raubtiers namens Tamora alarmiert.«

»Das verstehe ich nicht, ich bin doch ganz langsam und leise gefahren.«

»Mit dem Wagen kann man gar nicht leise fahren.« Moira lachte, ihre grünen Augen blitzten auf. »Sie sehen erschöpft aus, Cy, müde und hungrig.«

Er dachte an das Riesencroissant, das er am Nachmittag in Nelia's Bakery verspeist hatte. Eine ordentliche Portion, aber auch schon eine Weile her. Seitdem hatte er nichts mehr zu sich genommen, und in seinem Magen machte sich tatsächlich eine gewisse Leere breit.

»Falls noch irgendwelche Reste vom Dinner übrig sind, würde ich mich dagegen nicht wehren.«

»Wäre Ihnen aufgewärmtes Roastbeef mit Yorkshire Pudding und Rotweinzwiebeln recht?«

»Das klingt so verführerisch, ich würde es sogar kalt essen.«

»Gedulden Sie sich lieber ein paar Minuten und vertreiben Sie sich die Zeit mit einem Randalls Guilty. Im Kühlschrank liegen ein paar Flaschen. Übrigens sitzt Ihr Vater noch vor dem Fernseher.«

»Ist er noch nicht müde?«

»Eigentlich schon. Aber er bestreitet es, wenn ich sein Schnarchen unterbreche, um ihn ins Bett zu bringen.«

»Wie ging es ihm heute?«

Moira hob die Hand und wackelte damit hin und her.

»Mal so, mal so.«

Doyle nahm sich eine Flasche Stout aus dem Kühlschrank und ging in das große Wohnzimmer, während Moira in der Küche hantierte. Der Fernseher war nicht zu überhören, ebenso wenig wie das Schnarchen des alten Herrn. Irgendein Krimi lief, und er sah eine Rechtsmedizinerin im Schutzanzug neben einer Leiche hocken. Das hatte er heute schon live gesehen. Mit einer schnellen Bewegung griff er nach der Fernbedienung und schaltete den Fernseher aus.

Augenblicklich hörte das Schnarchen auf. Leonard Doyles Oberkörper, bislang entspannt gegen den Sessel gelehnt, ruckte ein Stück vor, seine Augen öffneten sich, und er sah sich verwirrt um.

»Was ist los? Wer hat den Fernseher ausgemacht?«

Doyle hielt die Fernbedienung hoch.

»Ich, Dad. Ich wünsche dir einen guten Abend.«

»Ah, Cy, auch schon zu Hause. Stell das Ding wieder an, sonst verpasse ich noch was!«

»Du hast schon eine ganze Menge verpasst, so laut, wie du eben vor dich hin geschnarcht hast.«

»Ich habe nicht geschnarcht. Ich war die ganze Zeit wach!«

In die Augen des weit über Neunzigjährigen trat ein Funkeln, das Doyle schon lange nicht mehr gesehen hatte. Früher als Kind, wenn er seinen Vater so verärgert hatte, dass er wütend wurde, hatte er den Blick gefürchtet. Er konnte sich gut vorstellen, dass dieser Blick eine Menge Straftäter ins Schwitzen gebracht hatte, wenn sie von Leonard Doyle, der auf eine lange Karriere bei der Guernsey Police zurückblicken konnte, vernommen worden waren. In diesem Zustand ließ sein Vater nicht mit sich reden, also änderte Doyle seine Taktik.

»Dann muss ich mich geirrt haben, Dad. Können wir den

Fernseher trotzdem auslassen? Ich hatte heute einen echten Mordfall, und das reicht mir.«

»Wen hat es erwischt?«

»Victor Hugo.«

Leonard Doyle lachte heiser.

»Glaubst du, du kannst mich verscheißern, nur weil ich alt bin?«

»Ich schwöre es.« Doyle setzte sich aufs Sofa und trank einen ordentlichen Schluck Stout. »Soll ich es dir erzählen?«

Der alte Herr nickte heftig.

»Ich bin gespannt.«

Auch wenn er gespannt war, seine Müdigkeit war unverkennbar, und immer wieder fielen ihm die Augen zu. Als das Schnarchen wieder den Raum erfüllte, beendete Doyle seinen Bericht vorzeitig.

»Wie hieß der noch?«, kam es da überraschend von seinem Vater, dessen eben noch geschlossene Augen ihn anzwinkerten.

»Wie hieß wer?«

»Dieser Deutsche, von dem du erzählt hast. Der Professor, der erst auf dem Platz des Opfers saß.«

»Du hast erstaunlich gut zugehört, Dad.«

»Ich hatte nur meine Augen geschlossen, um mich zu konzentrieren.«

Doyle hielt es für weise, das widerspruchslos hinzunehmen.

»Professor Nehring, Wolfgang Nehring. Wieso?«

»Der Name ist mir vertraut. Von damals, aus dem Krieg, als die Deutschen unsere Insel besetzt hielten.«

Leonard Doyle hatte noch nicht ganz ausgesprochen, als das Schreien eines Kindes das Haus erfüllte. Es klang nicht wie ein trotziges Kind, sondern nach Gefahr, Angst oder Schmerz. Dann hörte er Moiras Stimme, ebenfalls laut. Erschrocken.

»Moment mal, Dad.«

Doyle sprang auf und verließ eilig das Wohnzimmer. In der Küche traf er auf Moira und ihren elfjährigen Sohn Joel, der einen Pyjama trug. Joels rechte Hand war blutüberströmt. Auf den Bodenfliesen lagen Scherben in einer weißen Flüssigkeit, die sich mit dem herabtropfenden Blut vermischten. Doyle erfasste die Situation sofort: Joel hatte nicht schlafen können und noch ein Glas Milch trinken wollen. Irgendwie hatte er es geschafft, sich an dem Glas zu schneiden oder es gar in seiner Hand zu zerdrücken.

Während Moira ihren Sohn beruhigte, holte Doyle ein Desinfektionsspray und Verbandsmaterial, und binnen weniger Minuten war der Junge versorgt und lächelte sogar, nachdem Doyle ihm gesagt hatte, er sei jetzt so etwas wie ein im Einsatz verwundeter Polizist. Moira brachte den kleinen Helden zu Bett, und Doyle kehrte ins Wohnzimmer zurück, wo sein Vater im Sessel vor sich hin schnarchte.

»Auch für dich ist es Zeit, zu Bett zu gehen, Dad«, sagte Doyle laut, ohne dass der Schlafende reagierte. Doyle rüttelte ihn so sanft wie möglich, bis Leonard Doyle die Augen aufschlug. »Joel hatte sich verletzt. Bevor du ins Bett gehst, was war das noch mit diesem Nehring?«

Sein Vater blickte ihn verstört an und schien ihn erst nach einigen Sekunden zu erkennen.

»Was ist?«

»Du hast mir eben gesagt, du hast im Zweiten Weltkrieg einen Deutschen namens Nehring gekannt.«

»Gekannt? Das ist wohl zu viel gesagt. Von ihm gehört. War ein berühmter General und hat zeitweise das Deutsche Afrikakorps geführt.«

»War der mal auf Guernsey?«

»Quatsch. Der war Panzergeneral. Guernsey ist viel zu klein für Panzeroperationen, Junge!«

Doyle hatte sich mehr von der Auskunft seines Vaters erhofft und war enttäuscht. Ein Blick in Mark Boatners *Biographical Dictionary of World War II* bestätigte in ausführlicher Form das, was Leonard Doyle über den Panzergeneral Walther Nehring gesagt hatte. Es schien keine Verbindung zwischen dem deutschen General und Guernsey zu geben.

Noch im Bett, oben in seinem einsamen Turmzimmer, dachte Doyle darüber nach, ob sein Dad ihm ursprünglich mehr hatte erzählen wollen und es dann vergessen hatte. Das Grübeln brachte ihn nicht weiter, hielt ihn nur vom Schlafen ab. Denk an etwas Schönes, damit du einschläfst, ermahnte er sich. Und er dachte an Pat.

* * *

Pat wälzte sich unruhig im Bett hin und her. Obwohl sie todmüde war, fand sie keinen Schlaf. Vielleicht hätte sie nach ihrer Heimkehr nichts mehr essen sollen. Es war nur ein kleine Portion Hühnersalat gewesen, aber die lag ihr schwer im Magen.

Zwei Männer beherrschten ihre Gedanken, zwei Gesichter.

Da war ein Gesicht, das ihre ferne Vergangenheit mit der Gegenwart verband: gutgeschnittene, männliche, aber nicht zu harte Züge mit einem ausgeprägten Kirk-Douglas-Kinn. Die grauen Augen verrieten nur zu leicht, was hinter der Stirn vorging – jedenfalls dann, wenn sie Pat ansahen. Sie wusste, dass Cy seine vor mehr als zwei Jahrzehnten getroffene Entscheidung, Guernsey und damit auch sie zu verlassen, längst bitter bereute. Schon mehrmals war sie nahe daran gewesen, seinem mehr oder weniger versteckten Werben nachzugeben, aber etwas tief in ihr hielt sie zurück. Ihr fehlte das grundsätzliche Vertrauen, nachdem sie einmal von ihm so schwer enttäuscht worden war, dass sie eine Zeitlang geglaubt hatte, sie würde nie darüber hinwegkommen. Hatte Cy sich wirklich geändert? Bevor er nach Guernsey zurückgekehrt war, hatte er sich von seiner damaligen Freundin getrennt. So hart es manchmal war, sie hielt es für besser, es bei einer beruflichen und freundschaftlichen Beziehung zu belassen.

Seufzend drehte sie sich von einer Seite auf die andere und schloss fest die Augen. Aber der ersehnte Schlaf kam nicht. Ein anderes Gesicht tauchte vor ihr auf, ein härteres, das ihr manchmal wie aus Stein gemeißelt erschienen war. Ein Gesicht wie aus Guernseygranit, so hatte sie es einmal zu dem Mann gesagt, den sie inzwischen fast vergessen hatte. Aber heute Vormittag im Kinosaal des Beau Sejour Centre hatte sie für einen Augenblick geglaubt, ihn vor sich zu sehen. In der Menge der Kinobesucher, die in den Saal strömte. Einmal nur, dann war er so plötzlich verschwunden gewesen, wie er aufgetaucht war. Über den Mord an Terry Seabourne hatte sie es vergessen. Aber jetzt, als sie zur Ruhe gekommen war, schien ihr Unterbewusstsein sie mit Macht auf diesen kurzen Augenblick hinweisen zu wollen. Auf den Moment, als sie geglaubt hatte, Max Cooper vor sich zu sehen.

* * *

Wenige Minuten vor Mitternacht bog der Wagen nach rechts ab. Kurz hatten die Scheinwerfer ein Schild gestreift. Hier ging es zum Parkplatz von Bordeaux Harbour und zum Strandkiosk von Woodies. Um diese Uhrzeit war die Straße, die sich an der Bucht mit den dort liegenden Yachten und Fischerbooten entlangzog, unbefahren. Trotzdem verminderte die dunkel gekleidete Gestalt am Steuer die Geschwindigkeit.

Vor dem Kiosk ging es nach links, und aus der asphaltierten Straße wurde ein unbefestigter Feldweg. Der Wagen ließ das flache Kioskgebäude hinter sich, und das Scheinwerferlicht holte eine Anzahl von Bäumen und Büschen, die rechts des Wegs einen kleinen Wald bildeten, aus der Dunkelheit. Der rechte Fuß auf dem Gaspedal ging noch weiter zurück, bis der Wagen sich nur noch in Schrittgeschwindigkeit fortbewegte.

Eine Lücke zwischen den Bäumen entpuppte sich als eine Einfahrt, neben der ein Schild vor dem Betreten der Baustelle warnte. Der Wagen bog ab, fuhr durch einen schmalen Gebüschgürtel und hielt auf einer Lichtung an. Ein kleiner Parkplatz zur Rechten war leer, doch das Fahrzeug blieb einfach auf dem Weg stehen. Die Person auf dem Fahrersitz schaltete den Motor aus, ließ aber das Licht der Scheinwerfer an. Es fiel auf den Ausschnitt einer großen Grube, davor ein Bagger und eine Raupe. Wie zwei gigantische Vorzeittiere, die der Grube entstiegen waren.

Die dunkle Gestalt stieg aus und öffnete die Heckklappe des Wagens. Sie holte ein paar Plastikhandschuhe aus einer Jackentasche, streifte sie über und schlug dann das große Tuch auseinander, das einen Gegenstand auf dem Kofferraumboden verhüllte. Eine Waffe von seltsamer Form. Auf das Kleinkalibergewehr war ein Nachtzielgerät montiert. Mit der Waffe in einer Hand trat die Gestalt an den Rand der Grube und blickte kurz hinein. Sie streckte die Hand aus und ließ die Schusswaffe in einer fast gleichgültigen Geste auf den Boden der Grube fallen.

Langsam drehte sich die Gestalt um, ging zurück zum Wagen, drückte die Heckklappe wieder zu und setzte sich auf den Fahrersitz. Der Motor röhrte kurz auf, nicht sonderlich laut. Der Wagen wendete und verließ den Ort auf demselben Weg, auf dem er gekommen war. Nach wenigen Sekunden war er zwischen den Büschen hindurch und verschmolz mit der Nacht.

ZWEITER TAG

Montag, 16. Mai

KAPITEL 4

Die Sonne stieg über dem tiefen Blau des Atlantiks in das hellere Blau eines fast wolkenlosen Himmels auf. Unzweifelhaft würde der Tag wieder warm werden. Doyle hatte das Verdeck im Kofferraum gelassen, als er nach einer heiß-kalten Dusche von »Le Petit Château« aufgebrochen war. Er war nicht schlauer als gestern Abend bei seiner Heimkehr, aber er war ein gutes Stück optimistischer. Die Ermittlungen hatten erst begonnen, und heute würde es bestimmt die ersten Ergebnisse geben. Er zweifelte nicht daran. Als hätten es ihm die Möwen zugeflüstert, die rechts von ihm über den nahen Klippen kreisten. Kurz vor St. Peter Port, als die Soldiers Bay schon hinter ihm lag, erreichte ihn der Anruf, der seinen Optimismus zu bestätigen schien. Es war Mildred Mulholland, die gute Seele des Kriminaldienstes, und was sie ihm mitteilte, elektrisierte ihn.

»Wo genau ist das, Mildred?«, erkundigte er sich über die Freisprechanlage des Tamoras.

»Jenseits von St. Sampson, in der Nähe des Parkplatzes am Bordeaux Harbour, Sir.«

»Ich fahre direkt hin. Ist Inspector Holburn schon im Hauptquartier?«

»Nein, Sir.«

»Sagen Sie ihr bitte, sie soll mich da treffen. Und informieren

Sie Sergeant Baker, dass er bis zu unserem Eintreffen die Ermittlungen im Fall Seabourne koordiniert. Die Morgenlage erfolgt später.«

»Verstanden, Sir. Viel Erfolg!«

Doyle bedankte sich bei der Zivilangestellten, ohne die er sich seine Abteilung gar nicht vorstellen konnte, und beendete das Gespräch. Seine gute Laune steigerte sich noch, als er St. Peter Port erreichte und die Inselhauptstadt im doppelten Wortsinn links liegen ließ. Er lenkte den Tamora am schon geschäftigen Hafen entlang und genoss den Ausblick aufs Meer und auf die kleine Insel Herm, während er auf St. Sampson zuhielt. Er drückte auf den Einschaltknopf der HiFi-Anlage und wählte seine Charlie-Mills-Playlist aus. Mills' *Work in Progress* passte perfekt zu seiner Stimmung.

Als er in St. Sampson den Bogen um den Hafen schlug, musste er an den Besuch bei Angela Seabourne denken. Die frisch gebackene Witwe war nicht so traurig gewesen wie erwartet. Nicht länger mit einem Trinker und Frauenschläger verheiratet zu sein, war gewiss auch eine Erleichterung. Vielleicht eine größere, als sie es nach außen hin gezeigt hatte. Er nahm sich vor, Mrs Seabourne noch einmal genau unter die Lupe zu nehmen.

Bordeaux Harbour war ein pittoresker kleiner Hafen, in dem die kleinen Fischerboote bunte Punkte setzten wie von einem Maler entworfen. Am dazugehörigen Strand waren ein paar Spaziergänger mit ihren Hunden unterwegs, und ein junges Pärchen machte sich für eine Runde Schnorcheln bereit. Doyle ließ den Tamora am Parkplatz mit dem flachen Granitbau des Strandkiosks vorbeirollen und hielt Ausschau nach der von Mildred beschriebenen Stelle.

Hier musste es sein: ein unbefestigter Weg, der zwischen Bäumen und Büschen ins Nichts zu führen schien. Ein leicht schief stehendes Schild warnte: »Bauarbeiten – Gefahr! Durchfahrt verboten!«

Doyle betrachtete das als Aufforderung und fuhr langsam an dem Schild vorbei, da lief ihm auch schon ein wuchtiger Mann in gelber Warnweste und mit einem ebenfalls knallgelben Schutzhelm auf dem Kopf entgegen. Mit den Armen wedelnd, als wolle er eine ganze Herde Kühe verscheuchen, baute er sich mitten auf dem Weg vor Doyle auf.

»Sind Sie blind oder bescheuert, Mann?«

Doyle hielt den Tamora notgedrungen an und zeigte dem anderen seinen Dienstausweis.

»Noch besser, Mister, ich bin befugt. Mir wurde gesagt, Sie haben hier einen interessanten Fund gemacht.«

»Oh, Sie sind die Polizei.«

»Das kann man so sagen.« Doyle steckte den Ausweis wieder ein. »Darf ich weiterfahren, Mister …?«

»Orvin, Nick Orvin. Ich bin hier der Vorarbeiter. Folgen Sie mir vorsichtig, der Weg ist nicht der beste. Hinter dem Gebüsch rechts ist ein provisorischer Parkplatz. Da können Sie den Wagen abstellen, Sir. Ist übrigens ein tolles Geschoss. Sie wollen es nicht vielleicht verkaufen?«

»Ganz sicher nicht.«

»Schade, aber wohl besser für mein Bankkonto – und für den Ehefrieden. Also dann!«

Orvin drehte sich um, winkte Doyle, ihm zu folgen, und ging den Weg zurück, den er gekommen war. Auf dem Rücken seiner Warnweste prangte eine große blaue Raute mit der roten Inschrift »HOLBURN – wir bauen besser«.

Innerlich stöhnte Doyle auf. Ausgerechnet die Firma von Pats Exmann. Das erschien ihm wie ein böses Omen. Vielleicht ließ sich der Morgen doch nicht so gut an, wie er geglaubt hatte.

Er parkte den Tamora neben einem blauen Kleinbus, der ebenfalls Randy Holburns Firmenlogo trug, stieg aus und ließ seinen Blick über die versteckt liegende Baustelle schweifen. Er war enttäuscht, von einem im Bau befindlichen Gebäude war weit und breit nichts zu sehen. Es gab nur eine riesige Grube und ringsum aufgeschüttete Erdhaufen. Ein Teleskopbagger und eine Laderaupe, beide im typischen Holburn-Blau, standen untätig herum. Zwei weitere Arbeiter mit Schutzhelmen hielten sich am Rand der Baugrube auf und rauchten.

Doyle ging auf Orvin zu und fragte: »Was ist das hier? Sieht nicht so aus, als würde hier ein großartiges Bauwerk entstehen?«

»Bauwerk?« Der Vorarbeiter lachte. »Da haben Sie sich aber geschnitten, Sir. Hier wird nichts gebaut. Wir haben die Grube aufgemacht, und jetzt machen wir sie wieder zu. Fertig und aus.«

»Das müssen Sie mir näher erklären.«

»Hier entsteht kein Gebäude. Mr Holburn macht das Ganze für einen guten Zweck, um die Guernsey Past & Present Society zu unterstützen.«

Randy Holburn und ein guter Zweck? Doyle musste sich zusammenreißen, nicht laut loszulachen.

»Natürlich habe ich von der Guernsey Past & Present Society gehört. Sie erforscht die Geschichte unserer Insel. Aber was hat diese Grube damit zu tun?«

»Ein deutscher Munitionsbunker aus der Besatzungszeit, um Nachschub für die Küstenbatterien bereitzuhalten. Zur Abwehr der Invasion Guernseys, auf die Adolf Hitler vergeblich gewartet hat. Die Guernsey Past & Present Society erforscht sämtliche Überreste aus dem Krieg.«

»Wieso soll die Grube dann wieder zugeschüttet werden?«

»Weil hier alles erforscht, vermessen, fotografiert und gefilmt worden ist. Das ist so üblich. Hinterher wird niemand merken, dass unter dem Gelände ein alter Bunker vor sich hinschlummert. Wenn man jede ehemalige deutsche Militärstellung ausgegraben ließe, wäre auf der Insel bald kein Platz mehr für neue Gebäude.«

»Was schlecht für Randy Holburns Geschäfte wäre.«

Orvin kratzte sich im Nacken und grinste.

»So ist es.«

Doyle beschloss, sich auf den eigentlichen Grund seines Ausflugs zu konzentrieren.

»Was war heute Morgen hier los, Mr Orvin?«

»Bevor wir mit dem Zuschütten beginnen, kontrollieren wir die jeweilige Baustelle noch einmal genau, das ist so Vorschrift. Vielleicht liegen noch Geräte drin, oder irgendwer hat sich dort zum Pennen reingelegt, vielleicht ein Betrunkener. Ich war also noch mal unten in dem alten Bunker, und dabei habe ich das hier gefunden.«

Nick Orvin ging zu dem Kleinbus und nahm etwas vom Beifahrersitz, nachdem er sich Arbeitshandschuhe übergestreift hatte.

»Falls Sie das Ding auf Fingerabdrücke untersuchen.«

»Das werden wir, ganz sicher sogar.« Fast andächtig betrachtete Doyle das Fundstück in Orvins Händen, ein Kleinkalibergewehr mit Nachtzielgerät. »Ich glaube, Sie haben genau das gefunden, wonach wir seit gestern suchen.«

»Etwa die Waffe, mit der dieser Victor-Hugo-Schauspieler ermordet wurde?«

»Woher wissen Sie das?«

»Aus der Zeitung. Lesen Sie beim Frühstück keine Zeitung?«

»Das habe ich mir abgewöhnt. Ich will mir die gute Laune nicht schon früh am Morgen verderben lassen.«

Lautes Motorengeräusch ertönte, und ein Mercedes-SUV in Silbermetallic preschte mit viel zu hoher Geschwindigkeit über den unbefestigten Weg auf sie zu, bremste abrupt ab, was eine mächtige Staubwolke aufwirbelte, und kam auf dem kleinen Parkplatz zum Stehen. Ein hochgewachsener Mann in den Vierzigern stieg aus, und sein Anblick weckte in Doyle die Erinnerung an ein sehr unangenehmes Zusammentreffen. Damals, als er gerade noch rechtzeitig gekommen war, um Pat davor zu bewahren, von ihrem Exmann zu Hackfleisch verarbeitet zu werden.

»Ah, unser Superbulle ist auch schon da«, sagte Randy Holburn. »Gut, dass Sie mich angerufen haben, Nick. Was ist los? Dieses Ding da haben Sie in der Grube gefunden? Das stammt bestimmt nicht aus dem Zweiten Weltkrieg.«

Ein weiteres Fahrzeug näherte sich, diesmal sehr viel langsamer, und hielt dicht neben dem Tamora an. Pat entstieg ihrem alten Golf, nahm die Sonnenbrille ab und musterte die Anwesenden. Besonders lang ruhte ihr Blick auf dem Mann, dessen Namen sie noch immer trug. Sie hatte ihn behalten, um nicht zu vergessen, welchen Fehler man mit einer Heirat begehen konnte.

»Hallo, das wird ja ein richtiges Familientreffen«, rief Randy Holburn. »Meine Ex, ihr Ex und ich. Klingt wie eine Hollywoodkomödie.«

Doyle ignorierte ihn, begrüßte Pat und brachte sie mit wenigen Worten auf den Stand der Dinge.

Sie sah den Vorarbeiter an.

»Sind Sie sicher, dass das Gewehr vorgestern noch nicht hier gelegen hat, Mr Orvin?«

»Keine Ahnung, am Wochenende wurde hier nicht gearbeitet. Lange kann es hier jedenfalls nicht liegen. Der Bunker ist letzte Woche so genau untersucht worden, man hätte die Knarre bestimmt gefunden. Ist ja nicht gerade unauffällig, das Ding. Außerdem lag es relativ gut sichtbar auf dem Boden.«

»Als hätte jemand gewollt, dass man mit der Nase darauf stößt?«, fragte Doyle.

»Ja, Sir. Genau so würde ich es beschreiben.«

Randy Holburn trat einen Schritt vor, wie um sich wieder ins Gedächtnis zu bringen.

»Ich hoffe, dass meine Leute jetzt, wo die Sache geklärt ist, ihre Arbeit fortsetzen können. Auch wenn ich das Ganze hier ohne Bezahlung für einen gemeinnützigen Zweck mache, die Männer und die Maschinen könnte ich auch auf einer anderen Baustelle einsetzen. Zeit ist Geld!«

»Da muss ich Sie enttäuschen«, sagte Doyle genüsslich. »Das hier ist eine mutmaßliche Mordwaffe. Wenn der Mörder sie hier deponiert hat, hat er vielleicht Spuren hinterlassen. Das gesamte Gelände muss untersucht werden. Natürlich auch die Baumaschinen, falls sie hier über das Wochenende gestanden haben.«

»Das haben sie«, bestätigte Orvin.

Holburns Gesicht umwölkte sich.

»Wie lange soll das dauern?«

»Den heutigen Tag bestimmt.«

»Den ganzen Tag, so lange?«

»Wir haben ja noch nicht mal angefangen. Pat, bist du so gut und sagst Mildred, dass wir die Spurensicherung hier brauchen? Und zwei Constables, um den Ort abzusperren.«

Pat nickte, zückte ihr Handy und trat ein paar Schritte zur Seite.

Doyle bemerkte, dass Randy Holburn seine Hände mehrmals ballte, als stünde er kurz vor einem Wutanfall. Die Lider über seinen fischgrauen Augen zuckten nervös, und auf seiner hohen Stirn bildeten sich steile Falten.

»Ich weiß sehr wohl, was Sie hier spielen, Doyle«, stieß er schließlich hervor. »Sie nutzen die Gelegenheit, um mir eins auszuwischen, indem Sie meine Maschinen lahmlegen und meine Männer von der Arbeit abhalten.«

»Ihre Männer können Sie gern auf einer anderen Baustelle einsetzen, Holburn. Der Bagger und die Raupe allerdings bleiben hier, bis sie auf mögliche Spuren untersucht wurden.«

»Glauben Sie etwa, der Mörder hat seine Waffe mit dem Bagger in die Grube gelegt?«

»Ich weiß nicht, was hier geschehen ist«, erwiderte Doyle mit betont ruhiger Stimme. »Ich weiß auch nicht, weshalb er sich ausgerechnet Ihre Baugrube ausgesucht hat, um seine Waffe loszuwerden. Können Sie mir vielleicht etwas dazu sagen, Holburn?«

»Wollen Sie jetzt mich beschuldigen? Ich kannte diesen Schauspieler nicht mal. Außerdem wäre es reichlich blöd von mir, die Waffe auf einer meiner eigenen Baustellen zu verstecken. Oder?«

Doyle zuckte gelassen mit den Schultern.

»Vielleicht waren Sie wieder mal betrunken. Der Alkohol ist bestimmt noch immer Ihr bester Freund, hm?«

»Das muss ich mir nicht bieten lassen.« Holburn schrie es fast hinaus. »Ich habe sehr wohl gute Freunde, Freunde in hohen Positionen. Bei denen werde ich mich über Ihr Verhalten beschweren, Doyle.«

»Das Lied kommt mir bekannt vor. Aber lassen Sie sich nicht abhalten. Vielleicht sind Sie auch gar nicht verdächtig, weil Sie ein Alibi für den gestrigen Vormittag haben.«

»Das habe ich!«

»Lassen Sie mich raten: Ihr Alibi ist blond und heißt Eve. Richtig?«

»Das ist richtig, Doyle.«

Eve Holburn war seine zweite Frau, und sie hielt es seltsamerweise schon einige Jahre mit ihm aus, obwohl er auch sie schlug. Vielleicht war es wirklich Liebe oder eine seltsame Art von Abhängigkeit, über deren Natur Doyle lieber nicht näher nachdenken wollte. Vielleicht war es auch nur die Gewöhnung an den anderen, wie es wohl auch bei Terry und Angela Seabourne gewesen war. Ein Alibi, das Eve Holburn ihrem Mann gab, war nicht unbedingt belastbar, wie er aus Erfahrung wusste. Andererseits war es ein Alibi, und es musste erst einmal widerlegt werden.

Holburn sprach mit seinen Arbeitern. Sie trotteten zu dem Kleinbus und verließen den alten unterirdischen Bunker. Vorher hatte Nick Orvin das Kleinkalibergewehr Pat gegeben, die es vorsichtig in eine Plastikplane gewickelt und im Kofferraum ihres Wagens verstaut hatte.

»Ich setze die drei an einer anderen Baustelle ein«, sagte der Bauunternehmer zu Doyle. »Geben Sie mir sofort Bescheid, wenn die Polizei hier fertig ist. Die Grube sollte nicht länger offen bleiben als nötig. Sonst fällt noch jemand hinein und bricht sich den Hals.«

»Ein nächtlicher Trunkenbold vielleicht?«

»Möglich. Oder spielende Kinder. Was weiß ich. Ich übernehme jedenfalls keine Verantwortung dafür. Sollten Sie weitere Fragen an mich haben, Doyle, Sie kennen ja meine Anwälte.«

Randy Holburn sah zu Pat hinüber, nickte ihr knapp zu, stieg in seinen SUV und verschwand in einer großen Staubwolke.

»Es ist immer wieder eine Freude, sich mit deinem Ex zu unterhalten«, sagte Doyle zu Pat, lächelnd und kopfschüttelnd zugleich. »Auch wenn er beim Abflug reichlich Staub aufwirbelt, am liebsten sehe ich ihn von hinten.«

»Das geht mir ebenso.«

»Themawechsel: Hast du schon was gegessen?«

»Heute noch nicht.«

»Das ist noch eine Gemeinsamkeit zwischen uns.« Er blickte in die Richtung, wo der große Parkplatz mit dem Kiosk lag. »Hast du Lust auf Guernseys besten Kaffee, wie es in der Eigenwerbung heißt? Dann lade ich dich auf ein Frühstück bei Woodies ein, sobald die Kollegen hier sind.«

»Haben wir Zeit dafür?«

»Betrachte es als Arbeitsfrühstück. Schließlich muss ich mit meiner Stellvertreterin die Lage erörtern.«

Pat konnte sich ein Grinsen nicht verkneifen.

»Schon überredet, Boss.«

Zum Glück traf fünf Minuten später ein Streifenwagen mit den uniformierten Constables Hosier und Wood ein. Die Spurensicherung war nach ihren Worten bereits auf dem Weg hierher. Doyle wies die beiden Frauen kurz in die Lage ein, dann fuhren er und Pat zu dem nahen Parkplatz von Bordeaux Harbour.

* * *

Der Kaffee bei Woodies war heiß und wirklich gut, und das Frühstück mit Toast, Spiegelei, Speck und Bohnen genau das, was Doyle jetzt brauchte. Eine gute Grundlage für einen vermutlich langen und anstrengenden Tag. Sie saßen an einem der Holztische auf der Terrasse, ließen sich von der Morgensonne wärmen und blickten hinaus aufs Meer. Mitten aus dem Türkis des Atlantiks erhob sich ein Fleckchen Grün, die kleine Insel

Herm. Trotz des Mordfalls, den es aufzuklären galt, genoss Doyle den Anblick. Er wäre in diesem Moment nirgendwo auf der Welt lieber gewesen als hier auf Guernsey.

Pat schien das alles nicht richtig wahrzunehmen. Sie stocherte lustlos in ihren Bohnen herum und blickte mit ernstem Gesicht auf die Granitsteine des Kiosks, aber auch dort sah sie nicht wirklich hin. Sie war in Gedanken versunken, und ihre Miene verriet, dass es keine fröhlichen Gedanken waren.

Doyle glaubte den Grund ihrer schlechten Laune zu kennen.

»Die Begegnung mit Randy hätte ich dir gern erspart, aber ich habe erst von dem Vorarbeiter erfahren, dass die Firma Holburn dort arbeitet. Ehrenamtlich, ich kann es kaum glauben.«

»Traust du Randy nicht zu, dass er etwas Gutes tut?«

»Was soll ich dazu sagen? Der Beweis für seinen Altruismus scheint ja erbracht. Trotzdem kann ich nicht glauben, dass er etwas Gutes tut, nur um etwas Gutes zu tun.«

»Sondern?«

»Sein Einsatz für die Guernsey Past & Present Society bringt ihm sicher einiges an Ansehen in höheren Kreisen.«

»Was wiederum neue Bauaufträge generiert, meinst du das?«

»So ungefähr.«

»Die Hauptsache ist doch, er tut überhaupt etwas Gutes. Vielleicht hat er sich geändert.«

»Das glaubst du nicht wirklich, oder?«

»Ich weiß es nicht. Manchmal treffe ich Eve im Supermarkt. Erst kürzlich hat sie mir erzählt, dass Randy sich Mühe gibt, sich zu bessern.«

»Du meinst, er hat aufgehört, sich zu betrinken und dann seine Frau zu verprügeln?«

»Das habe ich nicht gesagt, Cy. Und Eve auch nicht. Aber sie sagte, es komme nicht mehr so häufig vor wie früher.«

»Na, herzlichen Glückwunsch. Dann ist Randy wohl ein richtig braver Bürger geworden, wenn er seine Frau nur noch gelegentlich zusammenschlägt.«

Pat zauberte ein Lächeln auf ihr Gesicht und berührte Doyle sanft am Arm.

»Reg dich nicht auf, es ist eine Sache zwischen Randy und Eve. Seien wir lieber dankbar, dass es diese Baugrube mit dem alten Bunker überhaupt gibt, sonst wäre das Gewehr nicht so schnell aufgetaucht. Ich gehe einfach mal davon aus, dass es sich um die Waffe handelt, mit der Terry Seabourne erschossen wurde.«

»Das dürfen wir wohl annehmen. Es ist kaum ein Zufall, dass die Waffe einen Tag nach dem Mord aufgefunden wird. Allerdings frage ich mich, ob es ein Zufall ist, wo sie aufgefunden wird.«

»Willst du damit andeuten, jemand hat das Gewehr absichtlich in die Grube geworfen? Damit es gefunden wird?«

»Vielleicht sogar, damit es *dort* gefunden wird. Stichwort Zweiter Weltkrieg.«

»Heißt was?«

Doyle berichtete, was ihm sein Vater am vergangenen Abend über den Panzergeneral Nehring erzählt hatte.

»Und heute wird das Gewehr in einem alten Weltkriegsbunker gefunden. Ein seltsamer Zufall, falls es denn einer ist.«

»Tut mir leid, ich sehe da keinen Zusammenhang. Auch wenn dieser deutsche General so heißt wie unser Professor, du selbst hast doch eben gesagt, dass es zwischen ihm und Guernsey keine Verbindung gibt.«

»So scheint es, ja. Gestern Abend hatte ich das Gefühl, dass Dad mir noch etwas anderes erzählen wollte. Aber wir wurden unterbrochen, und er hatte es wohl vergessen.« Doyle wischte ein Insekt beiseite, das vor seinem Gesicht umherflog, und seufzte. »Vielleicht bilde ich mir das auch nur ein.«

»Gut möglich. Sonst könntest du auch verdächtig finden, dass ein Frauenschläger ermordet wird und die Waffe auf der Baustelle eines anderen Frauenschlägers auftaucht.«

Doyle sah ihr ohne jedes Erstaunen in die Augen.

»Ganz ehrlich, Pat? Daran habe ich auch schon gedacht.«

KAPITEL 5

»Eine Nachricht vom Chief für Sie, Sir. Er bittet Sie zu sich, sobald Sie im Hauptquartier sind.«

Mit diesen Worten war Doyle von Mildred empfangen worden, und drei Minuten später saß er schon im Büro des Polizei- und Sicherheitschefs der Insel. Chief Officer Colin Chadwick begrüßte ihn freundlich, aber mit einer deutlich spürbaren Anspannung. Kaum hatte Doyle sich hingesetzt, da legte Chadwick auch schon die heutige Ausgabe des *Guernsey Spectator* so auf den Schreibtisch, dass Doyle direkt auf die Titelseite blickte. Der Aufmacher zeigte zwei große Fotos, ein schwarzweißes von Victor Hugo und ein farbiges vom Beau Sejour Centre. Dazwischen prangte in fetten Großbuchstaben die Schlagzeile VICTOR HUGO ERMORDET. Nur wenig kleiner stand darunter: HUGO-DOPPELGÄNGER IN ANWESENHEIT VON GUERNSEYS DCI ERSCHOSSEN.

»Haben Sie das gelesen, Cyrus?«

»Nein.«

»Der Artikel geht im Innenteil weiter«, sagte Chadwick in einem ätzenden Tonfall. »Da gibt es auch einen Extrakasten über Sie, samt einem schönen Foto von Ihnen. Soll ich es Ihnen zeigen?«

»Lieber nicht.«

»Ist eine blöde Geschichte.« Der Chief schnaufte, als stünde er kurz vor dem Atemstillstand. »Ein Mord im Beisein des DCIs ist dem allgemeinen Sicherheitsgefühl der Bevölkerung ebenso wenig zuträglich wie dem Ansehen unserer Einheit. Inspector Holburn war auch da, wie ich gehört habe?«

»Ja, privat, genauso wie ich. Ich hatte sie eingeladen.«

Chadwick tippte mehrmals mit dem Zeigefinger auf das Victor-Hugo-Foto.

»Dieser Aufmacher mit dem Mord an Victor Hugo macht die Angelegenheit besonders schlimm. Das Medienecho ist enorm, unsere Pressestelle erhält sogar Anfragen aus dem Ausland.«

»Inspector Holburn und ich haben, wie alle anderen, den Toten erst bemerkt, als das Licht wieder anging. Wir waren dort, um uns einen Film mit Rock Hudson anzusehen.«

Ein kurzes Lächeln huschte über Chadwicks spitzes Fuchsgesicht.

»Toller Typ. Mindestens einmal im Jahr muss ich mir mit meiner Frau *Giganten* ansehen.«

»Pat war nicht die treibende Kraft, ich wollte den Film sehen. Ich habe ein Faible für das alte Hollywood.«

»Verstehe.« Chadwick blickte durch das große Fenster neben ihm hinaus auf die Grünanlagen von Candie Gardens, wo seit mehr als hundert Jahren eine Statue des Dichters stand. »Dass der gute Hugo uns nach so langer Zeit noch Ärger macht.« Ruckartig wandte er sich wieder Doyle zu. »Und der Mörder ist entkommen?«

»Im Kinosaal von Beau Sejour waren an die hundert Zuschauer. Eine Vermutung ist, dass der Mörder den Saal verlassen hat, bevor das Licht wieder anging. Die andere, dass ein Komplize die Waffe aus dem Saal geschmuggelt hat.«

»Immerhin eine Spur. Die Waffe wurde heute gefunden, kam mir zu Ohren.«

»Inspector Holburn und ich kommen gerade vom Fundort. Ein Kleinkalibergewehr mit Nachtzielgerät, mit hoher Wahrscheinlichkeit die Tatwaffe. Holburn bringt sie gerade in die Kriminaltechnik. Da wir gerade von Holburn sprechen, da gibt es noch etwas.«

Doyle berichtete seinem Vorgesetzten von dem unerfreulichen Zusammentreffen mit Randy Holburn.

Chadwick hörte aufmerksam zu und sagte anschließend: »Sie und Mr Holburn, da wird auch keine Freundschaft mehr draus, hm?«

»Nicht in diesem Leben.«

»Jetzt weiß ich wenigstens Bescheid, falls seine Anwälte sich melden, um sich über Sie zu beschweren.«

»Trudeau, Trudeau & Billington«, ächzte Doyle. »Auf die könnte ich gut verzichten.«

Chadwick winkte ab.

»Machen Sie einfach Ihre Arbeit, Cyrus, ich halte Ihnen der Rücken frei. Und Sie halten mich auf dem Laufenden, ja?«

Doyle versprach es und verabschiedete sich mit einem guten Gefühl vom Chief Officer. Sie waren nicht immer einer Meinung, aber bisher hatten sie sich immer zusammengerauft. Es war eine Frage der Loyalität. Doyle wusste, dass sein Vorgesetzter große Stücke auf ihn hielt. Schließlich war Chadwick es gewesen, der ihn als DCI zur Guernsey Police geholt hatte. Beide hatten sich in London bei der Metropolitan Police kennengelernt und dort gut zusammengearbeitet.

* * *

Zehn Minuten später kamen die Ermittler des Kriminaldienstes im Besprechungsraum zusammen. Neben Doyle und Pat waren das der korpulente Sergeant Calvin Baker und die junge, drahtige Jasmyn Allisette im Rang eines Constables. Mildred versorgte ihre Truppe mit heißem Kaffee und Plätzchen, und Baker griff bei Letzteren begeistert zu.

Doyle konnte sich ein spöttisches Lächeln nicht verkneifen.

»Ich hoffe, Sie sind bei der Recherche in diesem Fall ebenso eifrig dabei, Sarge.«

Da Baker gerade den Mund voll hatte, antwortete Allisette: »Das ist er, Sir. Er hat etwas Interessantes herausgefunden. Soll ich es sagen, Calvin?«

Baker, dessen Zähne gerade zwei der Plätzchen auf einmal zermalmten und der deshalb kein Wort hervorbringen konnte, nickte ihr zu.

»Es geht um die Witwe unseres Opfers, Angela Seabourne«, fuhr Allisette fort. »Vor einem Jahr gab es eine Anzeige gegen Terry Seabourne, weil er sie angeblich zusammengeschlagen hatte. Mrs Seabourne musste sogar ein paar Tage im Krankenhaus verbringen.«

»Kam es zu einer Anklage gegen Terry Seabourne?«, fragte Pat.

»Nein. Seine Frau sagte aus, sie sei beim Aufhängen der Gardinen von der Leiter gestürzt.«

»Aber erst hatte sie ihren Mann angezeigt?«

»Nein, das ist ja das Interessante daran. Die Anzeige kam nicht von ihr.«

Doyle beugte sich gespannt vor. »Sondern?«

Allisette blickte zu dem neben ihr sitzenden Baker, der die beiden Kekse inzwischen verputzt hatte. Nur ein paar Krümel auf seinem Jackett waren übrig geblieben. Als Allisette sie mit einer Handbewegung wegwischte, wie es eine Ehefrau bei ihrem Mann tut, erinnerte das Doyle daran, dass die beiden seit geraumer Zeit unter einem Dach lebten. Seitdem sich Allisette von ihrer früheren Lebenspartnerin getrennt hatte, wohnte sie in Bakers Haus. Obwohl der Sergeant – das war ein offenes Geheimnis in der Abteilung – schwer in seine Kollegin verknallt war, ging Doyle nicht davon aus, dass es mehr war als eine platonische Freundschaft.

Baker blickte kurz in die Runde und sagte: »Es war niemand anderer als Professor Simon Duvier, der Leiter von Hauteville House, der damals Anzeige erstattet hat.«

»Das ist wirklich interessant«, sagte Doyle. »Es wirft ein ganz neues Licht auf die Sache. Duvier und Mrs Seabourne also. Wenn das kein Motiv für den Professor ist. Wann will Mrs Seabourne heute kommen, um ihre Aussage zu Protokoll zu geben?«

Allisette sah kurz auf den Monitor ihres Laptops.

»Am Nachmittag, Sir, um halb drei.«

»Schön, das wird ein interessantes Gespräch.«

Mildred trat ein, diesmal ohne Kaffee und Plätzchen. Wie immer war sie wie aus dem Ei gepellt, wirkte mit ihrem dezent gemusterten Kostüm und ihrer Hochfrisur aber wie aus der Mitte des vorigen Jahrhunderts. Sie hatte etwas Zeitloses an sich, und Doyle konnte sie sich gar nicht anders vorstellen.

»Was gibt es, Mildred?«

»Ein Anruf von Dr. Nowlan, Sir. Sie hat gerade die Autopsie beendet.«

»Sie ist wirklich von der schnellen Truppe.«

»Ja, Sir, ganz wie Sie sagen. Sie möchten Dr. Nowlan anrufen oder persönlich vorbeikommen.«

Als Mildred den Besprechungsraum wieder verlassen hatte, wandte sich Doyle an Pat.

»Was hältst du von einem Ausflug zum Princess Elizabeth?«

»Du brauchst mich dabei nicht wirklich, oder?«

Ihre Zurückhaltung wunderte ihn, und er konterte mit einem entwaffnenden Lächeln.

»Ich brauche dich immer, Pat.«

»Mit Dr. Nowlan kann ich dich hoffentlich allein lassen. Oder brauchst du eine Anstandsdame?«

»Wie du willst. Ich möchte nur gern wissen, was so wichtig ist. Oder hat es nichts mit unserem Fall zu tun?«

»Schon, aber ich möchte im Augenblick nicht darüber reden. Vielleicht erweist es sich als pure Luftnummer.«

»Frauen und ihre Geheimnisse.« Doyle stieß einen lauten Seufzer der Ergebenheit aus. »Okay. Dann fahre ich allein zum Krankenhaus, während du deine geheimen Ermittlungen durchführst.« Er richtete seinen Blick auf Baker und Allisette. »Ich schätze, Sie beide haben noch mit der Auswertung der vielen Zeugenbefragungen zu tun.«

Baker verzog die Lippen zu einer genervten Miene.

»Das ist in der Tat eine Menge Arbeit, Sir. Gegen etwas Hilfe würden wir uns nicht wehren.«

»An wen haben Sie da gedacht, Sarge?«

»An Constable Bunting von den Uniformierten, Sir. Mit seinem Undercover-Einsatz im Fall Somers hat er uns schon einmal sehr geholfen. Ich halte ihn für intelligent und engagiert. Offenbar möchte er gern in den Kriminaldienst wechseln. Wir könnten ihm die Sache als eine Art Bewährungsprobe verkaufen.«

»Aber warum betrachten wir es nicht wirklich als solche?«

»Oder so«, sagte Baker. »Wir könnten ja tatsächlich mal einen Ersatzmann brauchen, falls jemand aus dem Team länger ausfällt.«

»Ein Ausfall? Das will ich nicht hoffen.«

»Ich meinte ja nur so, Sir. Falls vielleicht mal jemand ...«

Baker wurde immer leiser und brachte den Satz nicht zu Ende.

»Falls mal jemand was?«, hakte Doyle nach und trank den Rest aus seinem Kaffeebecher.

»Zum Beispiel«, begann Baker stockend und sah unsicher zu Allisette hinüber. »Wenn mal jemand schwanger wird.«

Doyle konnte sich noch gerade so zügeln und seine Selbstbeherrschung bewahren, sonst hätte er vor Überraschung den Kaffee über den ganzen Tisch geprustet.

KAPITEL 6

Mit dem Anflug eines schlechten Gewissens ging Pat, nachdem sie ihren Golf auf dem kleinen Parkplatz an der Gas Lane abgestellt hatte, zur St. Georges Esplanade. Sie kam sich ein wenig vor, als würde sie Cy, der immerhin ihr Vorgesetzter war, hintergehen. Auf der anderen Seite hatte diese Sache einen Bezug zu ihrem Privatleben, und sie wollte mit ihm und den anderen Kollegen erst darüber sprechen, wenn sie etwas Konkretes vorweisen konnte. Da war nichts als ein Gesicht, das sie gestern kurz gesehen hatte – oder auch nur gesehen zu haben glaubte. Vielleicht war es ein Trugbild gewesen, und es gab nicht einmal den Schatten eines Verdachts. Als sie jetzt im hellen Schein der Mittagssonne an der Esplanade stand und das Meer roch, das an der anderen Seite der Küstenstraße leise gegen die Flutmauer schwappte, war sie geneigt, der Trugbild-Variante den Vorzug zu geben. Schatten aus der Vergangenheit schienen in diesem Ambiente vollkommen fehl am Platz.

Sie atmete tief durch, bis die würzige Seeluft sie ganz erfüllte, und beneidete Max Cooper fast darum, sich ein Büro in dieser Lage leisten zu können. Aber es war kein negativer Neid. Sie gönnte es ihm, zumal er für sie wirklich nicht mehr bedeutete als eine Erinnerung an längst vergangene Zeiten.

Das von der salzigen Luft leicht verwitterte Schild mit der verschnörkelten Aufschrift »Max Cooper – Private Investigations« hing neben dem Eingang zu einem kleinen Bürohaus, zwischen einem Friseursalon und einem Dessousgeschäft. Coopers Büro befand sich im ersten Stock, und Pat sparte sich den Fahrstuhl. Als sie die Treppe hinaufging, wurde die Seeluft von dem starken Geruch eines Reinigungsmittels verdrängt.

Sie war gar nicht mehr neidisch auf Max, als sie feststellte, dass seine Geschäftsräume, jedenfalls gemessen an dem spartanisch eingerichteten Vorzimmer, recht klein waren und nicht nach vorn zum Meer hinausgingen, sondern zu dem Parkplatz, auf dem ihr Golf neben ein paar anderen Wagen stand. Immerhin leistete er sich eine Vorzimmerdame, und deren Anblick katapultierte Pat auf eine Zeitreise in die vierziger Jahre des vergangenen Jahrhunderts. Die übermäßig geschminkte Blondine mit der Veronica-Lake-Frisur schien aus einem schwarzweißen Detektivfilm zu stammen. Pat kannte solche Filme und Namen wie Veronica Lake aus den Zeiten, als sie und Cy lange Filmnächte miteinander verbracht hatten. Einen Popcorn-Abend hatten sie es damals genannt.

Die langhaarige Blonde sah von ihrer Modezeitschrift auf, warf Pat einen skeptischen Blick zu und öffnete scheinbar widerwillig ihre dunkelrot geschminkten Lippen.

»Sie wünschen?«

»Ich möchte zu Max Cooper.«

»In welcher Angelegenheit?«

»Das werde ich ihm dann sagen.«

»Bedaure. Max … ich meine, Mr Cooper ist nicht da.«

»Wo ist er?«

»Das geht Sie wohl nichts an.«

»Das denke ich doch.«

Ein Hauch von Unsicherheit schlich sich in die starre, Abwehr ausdrückende Miene des Veronica-Lake-Verschnitts.

»Geht es um etwas Wichtiges?«

»Das wiederum geht Sie nichts an, nur Max und mich.«

Pat sah, dass sich die Unsicherheit im Gesicht ihres Gegenübers steigerte. Die Frau hinter dem schmalen Schreibtisch, die bei näherem Hinsehen nicht ganz so jung war, wie sie offenbar erscheinen wollte, klapperte mit den Lidern, und ihre Mundwinkel zuckten nervös. Pats Verdacht, dass sie für ihren Chef mehr war als eine Assistentin, erhärtete sich.

»Max und Sie, kennen Sie sich?«

Pat legte bei ihrer Antwort jene coole Überlegenheit in ihre Stimme, die sie aus den alten Filmen kannte: »Darauf können Sie wetten, Kleines.«

Ihre Worte kamen Pat schon in dem Moment, in dem sie sie ausgesprochen hatte, kindisch vor. Allerdings nicht kindischer als die Aufmachung der Vorzimmerdame.

»Wer sind Sie?«

Pat zeigte ihren Dienstausweis und fragte: »Und wer sind Sie?«

»Fiona Lihou. Ich arbeite für …«

»Max«, fiel Pat ihr ins Wort.

»Für Mr Cooper. Sie kennen ihn wohl von seiner Zeit bei der Polizei.«

»Ja.«

Ms Lihou atmete tief durch und schien erleichtert, dass es keine private Beziehung zwischen Pat und Max Cooper zu geben schien. Pat beschloss, sie in dem Glauben zu lassen. Es brachte sie nicht weiter, wenn sie bei der Vorzimmerdame einen Anfall von Stutenbissigkeit auslöste.

»Was kann ich für Sie tun, Inspector?«, fragte Fiona Lihou in einem jetzt rein geschäftsmäßigen Ton.

»Mir sagen, wo ich Max finde. Ich brauche dringend eine Auskunft von ihm.«

»Worum geht es?«

Pat hatte das Gefühl, dass sich ihre Unterhaltung im Kreis drehte.

»Darüber darf ich mit anderen nicht reden«, erwiderte sie schmallippig. »Es ist dienstlich.«

»Mr Cooper ist im Auftrag eines Klienten unterwegs. Mehr kann ich Ihnen nicht sagen. Auch wir haben unser Berufsgeheimnis.«

Pat trat zwei Schritte vor und stützte sich mit den Händen auf die Schreibtischplatte.

»Ihr Berufsgeheimnis in allen Ehren, aber es berechtigt Sie nicht, polizeiliche Ermittlungen zu behindern.«

»Mr Cooper hat mir eingeschärft, unter keinen Bedingungen die Namen unserer Klienten preiszugeben. Auch nicht gegenüber der Polizei.«

»Ich will nicht den Namen Ihres Klienten wissen, sondern den derzeitigen Aufenthaltsort von Max.«

Ms Lihou überlegte sichtbar angestrengt, was ein paar Falten auf ihre Stirn warf.

»Na ja, ich schätze, das kann ich Ihnen verraten. Sie müssten ihn derzeit irgendwo bei Hauteville House finden.«

»Danke«, sagte Pat ohne jede Freundlichkeit und fügte, bevor sie sich aufrichtete, hinzu: »Kein Anruf bei Max, wenn ich bitten darf! Ich möchte ihn überraschen.«

* * *

Als Doyle zur Mittagszeit auf den Parkplatz des Princess Elizabeth Hospital fuhr, war er ähnlich guter Stimmung wie am Morgen. Sie hatten das Kleinkalibergewehr gefunden, mit hoher Wahrscheinlichkeit die Mordwaffe, und die von Baker recherchierte Verbindung zwischen Angela Seabourne und Professor Duvier war ein wichtiger Ansatzpunkt. Möglicherweise würde Dr. Helena Nowlan ihm weitere bedeutende Erkenntnisse mitteilen. Selbst falls nicht, er freute sich trotzdem auf das Treffen mit ihr. Sie war auf Guernsey ungefähr so lange als forensische Pathologin tätig wie er als Detective Chief Inspector, und bei allen Fällen hatten sie gut zusammengearbeitet. Er schätzte ihre hohe Professionalität ebenso wie ihren leisen Humor.

Als er die Eingangshalle des Princess Elizabeth betrat, rief die Frau an der Anmeldung: »DCI Doyle?«

Erstaunt sah er sie an und ging zur Empfangstheke.

»Ja? Kennen wir uns?«

Die dezent, aber stilvoll geschminkte Frau in den Fünfzigern schüttelte den Kopf.

»Wir haben noch nicht miteinander gesprochen, aber ich kenne Sie vom Sehen, Sir. Dr. Nowlan hat mich gebeten, auf Sie zu achten. Falls Sie in der Mittagszeit kommen, soll ich Ihnen sagen, dass Sie Dr. Nowlan im Restaurant finden.«

Er bedankte sich und fuhr mit dem Lift hinauf in den zweiten Stock, wo der Gloucester Room lag, das Selbstbedienungsrestaurant. Die Chefärztin trug Zivil, einen Pulli und eine Baumwollhose in aufeinander abgestimmten Blautönen. Sie saß allein an einem der kleinen runden Holztische, vor sich ein Glas Wasser und einen Salat.

Schon von weitem grüßte sie ihn lächelnd und rief: »Mittagspause, Mr Doyle. Holen Sie sich auch etwas, und setzen Sie sich zu mir.«

Doyle kaufte eine kleine Flasche Wasser und ein Bitter Lemon und füllte, nachdem er sich zu Dr. Nowlan gesetzt hatte, einen Plastikbecher zur Hälfte mit beiden Getränken.

»Keine feste Nahrung?«, wunderte sich die Ärztin. »Sind Sie auf Diät?«

»Nein, aber ich hatte ein gutes Frühstück bei Bordeaux Harbour.«

»Dazu haben Sie Zeit, mitten in einem Mordfall?«

Er berichtete ihr von dem Waffenfund.

»Ist es die Tatwaffe?«, fragte Dr. Nowlan.

»Im Lauf des Tages werden die Kollegen von der Kriminaltechnik das einwandfrei feststellen, sobald sie die Waffe von Bordeaux Harbour mit der Kugel aus Terry Seabournes Kopf verglichen haben. Da wir gerade beim Kopf des Toten sind, was haben Sie herausgefunden, Doc?«

»Ich fürchte, nichts, was Sie weiterbringt. Es gibt nur eine akute Verletzung, nämlich durch besagte Kugel, und die war augenblicklich tödlich.«

»Und Seabournes Allgemeinzustand?«

»Für einen Säufer ziemlich anständig. Seine Leber war erstaunlich gut in Schuss. Wie es aussieht, hätte er noch etliche Jahre weitertrinken können.« Sie musterte ihn durch ihre viereckigen kleinen Brillengläser. »Sie scheinen nicht überrascht, dass er ein Trinker war.«

»Seine Witwe hat es uns bereits erzählt. Er war nicht nur ein

Trinker, er hat im betrunkenen Zustand auch seine Frau geschlagen.«

»Das klingt doch nach einem Motiv für die Witwe.«

»Oder auch für ihren Liebhaber.«

»Den gibt es auch?«

»Sieht ganz so aus, bald werde ich mehr wissen.«

»Da haben Sie doch schon einiges vorzuweisen. Raubt Ihnen die Fahrt zum Princess Elizabeth da nicht nur die Zeit? Das Wenige hätte ich Ihnen auch am Telefon sagen können.«

»Das wäre aber nicht so nett gewesen. Schließlich plaudern wir viel zu selten miteinander. Und wenn, dann geht es um Tote.«

»So wie jetzt.«

»Zugegeben, Doc. Aber die Atmosphäre hier ist ein wenig netter als am Fundort einer Leiche oder in der Pathologie.«

»Sagen Sie einfach Helena, wir kennen uns jetzt lange genug.«

»Helena. Ich bin Cy, Cyrus nur für den Chief Officer.«

Sie stießen mit ihren Plastikbechern an.

»Hat sich Ihr Skipper über die Störung gestern noch lange aufgeregt, oder konnten Sie ihn beruhigen?«

Dr. Nowlan betrachtete ihn mit einem hintergründigen Lächeln.

»Ist das etwa ein Trick, um mehr über mein Privatleben herauszufinden?«

»Nein, wirklich nicht.« Doyle schüttelte heftig den Kopf. »Bei Ihnen würde ich es niemals mit einem Trick versuchen, weil ich weiß, dass Sie zu clever sind.«

»Ähnlich clever wie Inspector Holburn, nehme ich an.«

»Ist das nun ein Trick von Ihnen, Helena, um mehr über mein Privatleben herauszufinden?«

Sie sahen sich in die Augen und lachten dann beide wie auf Kommando so laut los, dass einige Restaurantbesucher sich mit fragenden Gesichtern zu ihnen umdrehten.

* * *

Pat versuchte gar nicht erst, einen Parkplatz vor Hauteville House zu finden. Erfahrungsgemäß war das um diese Tageszeit nicht einfach. Außerdem wollte sie sich den Überraschungseffekt nicht verderben, vorausgesetzt, Fiona Lihou hatte dichtgehalten. Sie stellte den Golf deshalb weiter unten in der Cornet Street ab, auf dem Parkplatz des großen Granithauses, in dem die FIU residierte, die Financial Investigation Unit. Diese Behörde, deren Personal sich zum Teil aus Polizeikräften und zum Teil aus zivilen Spezialisten zusammensetzte, war vor wenigen Jahren ins Leben gerufen worden, um den weltweit angesehenen Finanzanlageplatz Guernsey vor verbrecherischen Finanztransaktionen zu schützen.

Nachdem sie dem jungen Constable am Empfang ihren Dienstausweis gezeigt und ihn darum gebeten hatte, ihren Golf nicht wegen missbräuchlichen Parkens abschleppen zu lassen, ging sie langsam die beständig ansteigende Straße hinauf und hielt Ausschau nach dem Mann, den sie längst aus ihrem Leben gestrichen hatte. Max Cooper war für sie nie die Option auf eine gemeinsame Zukunft gewesen, mehr ein romantisches Abenteuer, eine Liaison auf Zeit, die etwas Vergnügen in ihr Leben brachte und die Einsamkeit vertrieb. Sie hatten nie offen darüber gesprochen, aber sie war sich immer sicher gewesen, dass Max es genauso sah. Es hatte ebenso schnell geendet, wie es eines Abends nach einem Drink unter Kollegen begonnen hatte. Sein nicht ganz freiwilliger Abschied von der Polizei war auch sein Abschied von ihr gewesen, als hätte er sich nicht mehr getraut, ihr unter die Augen zu treten. Er hatte sich einfach nicht mehr bei ihr gemeldet – und sie sich nicht bei ihm. Wahrscheinlich wäre es über kurz oder lang ohnehin aus gewesen.

Hauteville House, auch Victor Hugo House genannt, lag vor ihr, die weiße Fassade von der Sonne beschienen. Über dem Eingang wehte das Blau-Weiß-Rot der französischen Trikolore und erinnerte daran, dass das Gebäude, in dem der große Dichter sein Exil auf Guernsey verbracht hatte, der Stadt Paris gehörte. Vor hundertfünfzig Jahren hatte Napoleon III., der sich in der Tradition seines berühmteren Onkels zum Kaiser aufgeschwungen hatte, über Frankreich geherrscht. Er hatte, wie jeder Diktator, nicht viel übrig gehabt für das freie Wort eines freien Dichters. Hugo hatte den Neffen Napoleon Bonapartes ganz offen als Verräter an Frankreich bezeichnet. Nach einem eher kurzen Aufenthalt auf Jersey, wo man ihn wegen seiner Kritik an Königin Victoria ausgewiesen hatte, war er auf Guernsey gestrandet, fern von seinem geliebten Frankreich, aber doch nah genug, um es bei gutem Wetter wenigstens sehen zu können. Von 1855 bis 1870, als die Herrschaft des dritten Napoleons endete, hatte er hier gelebt. 1856 hatte er das große Haus erstanden, das er später Hauteville genannt hatte, die hohe Stadt, weil das auf einem Hügel gelegene Gebäude einen so guten Ausblick bot auf St. Peter Port, auf die alte Küstenfestung Castle Cornet, auf das Meer mit den kleinen vorgelagerten Inseln und eben auf die Küste seiner Heimat.

Heute war das Haus ein Museum, fast schon mehr als ein Geheimtipp für Besucher der Insel. Hauteville House war ein Ort der tausend Wunder, hatte Hugo es doch in mühevoller Kleinarbeit, auf die er immerhin sechs Lebensjahre verwendet hatte, innen ganz nach seinem Gusto umgestaltet und dekoriert.

Es war, so hatte Pat es einmal gelesen und für treffend befunden, ein Labyrinth, das tief in die Seele des Dichters hineinführte. Ein teilweise recht düsterer und beklemmender Ort, was man nicht glauben konnte, wenn man hier draußen im hellen Tageslicht stand.

Durch die Gläser ihrer Sonnenbrille musterte Pat die am Straßenrand parkenden Autos. Alle waren leer, mit einer Ausnahme. Am Steuer eines nicht mehr ganz taufrischen Ford Mondeos saß jemand, und bei näherem Hinsehen machte sie den kantigen Schädel eines Mannes aus. Obwohl sie ihn nur von schräg hinten sah, glaubte sie, Max Cooper zu erkennen. Sein Blick schien unverwandt auf das Gebäude mit der Trikolore gerichtet.

Sie näherte sich dem Wagen so, dass der Mann am Steuer sie nicht sehen konnte, öffnete mit einem schnellen Griff die Tür auf der Beifahrerseite und ließ sich auf dem freien Sitz nieder.

»Hallo Max. Oder wie soll ich dich nennen? Philip Marlowe, Sam Spade oder Mike Hammer?«

Sein Granitgesicht fuhr zu ihr herum und zeigte wie gewöhnlich keinerlei Ausdruck. Nur ein Aufblitzen in seinen graubraunen Augen verriet seine Überraschung. Max war deutlich älter geworden in den vergangenen sechs Jahren, und erste graue Strähnen durchzogen sein dunkles Haar.

»Pat! Das ist ein Ding, nach so langer Zeit«, brachte er schließlich mit seiner rauen Stimme hervor. »Ich hatte schon geglaubt, du gehst mir absichtlich aus dem Weg.«

Sie schloss die Beifahrertür.

»Wieso das?«

»Unsere Insel ist klein, aber ich habe dich nie mehr getroffen. Und du hast dich auch nicht mehr bei mir gemeldet.«

»Du dich bei mir auch nicht, Max.«

»Stimmt.« Das leichte Zucken seiner Mundwinkel war seine Version eines Lächelns. »Aber das können wir ja nachholen.«

»An deiner Stelle würde ich es mir mit Fiona nicht verscherzen. Ich glaube, unter ihrer harten Schale verbirgt sich ein verletzliches Wesen.«

»So, bei ihr warst du schon. Was hat sie dir erzählt?«

»Wo ich dich finde. Im Nachhinein hat es mich nicht überrascht.«

»Was meinst du damit?«

»Na ja, gestern warst du im Beau Sejour Centre, heute bist du hier. Die Victor-Hugo-Tagung scheint dich sehr zu interessieren. Ein literarisches Interesse schließe ich mal aus. Du warst nie ein großer Leser. Es sei denn, es handelte sich um den Sportteil der Zeitung.«

»Man kann seine Interessen ändern, Pat.«

»Na klar. Weil du dich so für die literarischen Früchte der Tagung interessierst, wohnst du ihr hier draußen im Wagen bei. Und weil dich die Hugo-Verfilmung gestern so sehr angesprochen hat, hast du das Kino vor Ende der Vorstellung verlassen, solange es noch hübsch dunkel war. Damit niemand deine vor Begeisterung geröteten Wangen sieht, hm?«

»Ich weiß nicht, wovon du sprichst.«

»Tu nicht so unschuldig, wie du niemals gewesen bist. Ich habe dich gestern im Kino gesehen, aber nach der Vorstellung nicht mehr. Was auch heißt: vor dem Mord, aber nicht danach. Du weißt, dass es strafbar ist, eine Mordermittlung zu behindern. Wenn du also beschließt, hier den stummen Kameraden zu spielen, sitzt du binnen einer Viertelstunde in einer Zelle. Es gibt in der Einheit bestimmt ein paar Kollegen, die sich freuen würden, den lieben Sergeant Cooper dort zu begrüßen.«

»Das würdest du nicht tun, Pat. Schon um der alten Zeiten willen nicht.«

»Ja, die guten alten Zeiten«, sagte sie mit einem gespielten Sehnsuchtsseufzer. »Das waren doch auch die Zeiten, in denen du mich belogen hast, wenn ich mich richtig erinnere.«

»Die ganze Sache hatte gar nichts mit dir zu tun!«

»Nein? Wir waren ein Paar, und wir waren beide bei der Polizei. Glaubst du nicht, dass so mancher Kollege dachte, ich könnte vielleicht in deine Machenschaften eingeweiht sein? Vielleicht sogar, ich wäre deine Komplizin?«

»Wenn es so war, dann habe ich es jedenfalls nicht gewollt.«

»Ach Gott, den Song hört eine Polizistin aber wirklich selten. Hör zu, Max, dein Gejammer interessiert mich nicht. Sag mir, in wessen Auftrag du unterwegs bist. Ich will einen Namen von dir haben, und der lautet nicht Victor Hugo.«

»Du kennst das Wort Klientenschutz, oder?«

»Noch besser kenne ich das Wort Mordermittlung.«

»Vielleicht willst du den Namen gar nicht hören.«

»Jetzt komm mir nicht komisch, und spuck ihn aus!«

»Gib mir wenigstens die Gelegenheit, vorher mit meinem Klienten zu sprechen, bitte! Ich melde mich dann in den nächsten Tagen bei dir, mein Ehrenwort.«

In seinen Augen lag ein flehender Blick, wie sie ihn von Max nicht gewohnt war. Ein Gefühlsausdruck, der in einem krassen Widerspruch zu seinem unbewegten Gesicht stand. Vielleicht war es dieser Umstand, der sie weich werden ließ. Jedenfalls so weich, ihm ein Stück weit entgegenzukommen.

»Also gut, Max, sprich mit deinem Mandanten. Aber ein paar Tage Zeit hast du nicht. Bis heute Abend rufst du mich an. Falls nicht, lasse ich dich einfach zur Fahndung ausschreiben.«

Pat erwartete keine Dankesrede und verließ das Fahrzeug, um

mit schnellen Schritten die Hauteville und die Cornet Street hinunterzugehen. Sie war erleichtert. In Max' Wagen hatte sie sich wie in einem Käfig gefühlt, gefangen in der Vergangenheit. Heute Morgen die Begegnung mit Randy und jetzt die mit Max – das war mehr als genug für einen Tag. Sie schätzte sich als gute Polizistin ein, aber in einem war sie gar nicht gut: in der Auswahl ihrer Männer. Eine Niete nach der anderen.

Sie musste an Cy denken. Wie angenehm war er doch als Vorgesetzter und auch als Freund. Aber auch er hatte sie als Mann an ihrer Seite enttäuscht. Die erste große Enttäuschung in ihrem Leben – und zugleich die einzige, die sie tief ins Herz getroffen hatte.

»Kopf hoch, das Leben geht weiter!«, sagte sie leise zu sich selbst und steuerte den Parkplatz der Financial Investigation Unit an.

KAPITEL 7

Als Doyle am frühen Nachmittag ins Hauptquartier zurückkehrte, war Constable Bunting schon bei der Arbeit. Gemeinsam mit Baker und Allisette sichtete er die Protokolle der gestern durchgeführten Zeugenvernehmungen mit allen Personen, die bei der Vorführung des Abenteuerfilms anwesend gewesen waren. Wobei nicht ausgeschlossen war, dass sich jemand vorzeitig verdrückt hatte. Das musste nicht unbedingt der Mörder sein. Vielleicht gab es auch Filmbesucher, die sich gelangweilt hatten und vorher gegangen waren. Doyle war deshalb beim *Guernsey Spectator* vorbeigefahren und hatte veranlasst, dass in der morgigen Ausgabe ein Aufruf gedruckt wurde: Jeder, der während der Vorführung anwesend, aber vorzeitig gegangen war, wurde gebeten, sich wegen einer Zeugenaussage bei der Polizei zu melden.

»Wie läuft es, Sarge?«, fragte Doyle.

»Wir arbeiten konzentriert, aber bisher leider ohne Ergebnis, Sir.«

»Nichts Verdächtiges? Keine Widersprüche?«

Baker unterdrückte ein Gähnen.

»Nein, nichts dergleichen.«

»Gut, machen Sie weiter.« Doyle wandte sich an Bunting. »Einverstanden mit der Anforderung, Constable?«

Ein Lächeln glitt über das schmale Gesicht des jungen Uniformierten.

»Voll und ganz, Sir. Vielen Dank!«

»War Chief Inspector Frobisher auch einverstanden? Oder gab es Ärger?«

»Er war nicht sauer oder so etwas. Im Gegenteil, er sagt, er will mir keine Steine in den Weg legen. Äh, Sir?«

»Was ist, Constable?«

»Ist das nur für heute gedacht, oder bleibe ich Ihnen länger zugeteilt?«

»Bis der Fall geklärt ist.«

Doyle hielt große Stücke auf Bunting, aber beim Fall Somers hatte er seine Fähigkeiten nicht im Team beweisen können. Im Undercover-Einsatz war Bunting auf sich gestellt gewesen. Da Doyle ernsthaft mit dem Gedanken spielte, ihn eines Tages in den Kriminaldienst zu übernehmen, wollte er sehen, wie er sich in der Teamarbeit bewährte.

Wieder konnte Bunting den Anflug eines Lächelns nicht verbergen.

»Das freut mich, Sir. Dann komme ich morgen in Zivil zum Dienst.«

Doyle nickte und war in Gedanken schon woanders.

»Haben Sie etwas von Inspector Holburn gehört?«

Baker verneinte.

»Wenn sie sich irgendwann blicken lässt, richten Sie ihr aus, dass ich nach St. Sampson gefahren bin, um Mrs Seabourne zur Protokollierung ihrer Vernehmung und zur Identifizierung ihres Mannes abzuholen.«

»Nanu«, sagte eine Frauenstimme aus Richtung der Tür, »seit wann werden die geladenen Zeugen von uns abgeholt? Ist das ein neuer Service der Einheit, oder gilt das nur für attraktive Witwen?«

Das war Pat, die Doyle mit einem herausfordernden Lächeln ansah.

»Es gilt nur für attraktive Witwen. So eine zwanglose Autofahrt entlockt Mrs Seabourne vielleicht noch das eine oder andere. Besonders jetzt, wo wir dank Sergeant Baker neue Informationen haben.«

Pat trat ein paar Schritte auf ihn zu, und im Stillen bewunderte er die gute Figur, die sie in ihrem hellen Hosenanzug machte.

»Eine zwanglose Autofahrt in deinem Tamora, bei diesem Wetter sicher ohne Verdeck. Habe ich recht?«

»Hundertprozentig.«

»Dann erübrigt sich die Frage, ob ich mitkommen soll. Erstens passen nur zwei Personen in dein Superauto, und zweitens wäre die Situation dann nicht mehr so zwanglos.«

»Du hast es erfasst.«

Jetzt lächelte sie nicht mehr.

»Du freust dich wohl darüber, ohne mich zu Angela Seabourne zu fahren.«

Er zuckte mit den Schultern, als sei es ihm gleichgültig.

»Als ich allein zu Helena gefahren bin, hattest du nichts dagegen. Im Gegenteil.«

»Da wusste ich noch nicht, dass es jetzt Helena heißt und nicht mehr Dr. Nowlan.«

»Das wusste ich da auch noch nicht.« Doyle ging an Pat vorbei zur Tür und drehte sich noch einmal zu ihr um. »Hat dein Alleingang etwas Wichtiges ergeben?«

»Bis jetzt noch nicht. Sobald ich etwas Entscheidendes in Erfahrung gebracht habe, sage ich Bescheid.«

»Zu gütig.«

Doyle meldete sich bei Mildred Mulholland ab, verließ das Hauptquartier und ging auf den Polizeiparkplatz hinaus, wo der Tamora in der Sonne auf ihn wartete. Während er an der Küste entlang nach St. Sampson fuhr, zerbrach er sich vergeblich den Kopf über Pats Geheimnis. Ihm wollte kein Grund einfallen, weshalb sie ihn nicht in ihre Ermittlungen einweihte. Natürlich hätte er als Leiter des Kriminaldienstes ihr einfach befehlen können, ihm alles zu sagen. Aber sie war eine erstklassige Polizistin, und er vertraute ihr bei allem, was sie tat. Außerdem hatte er keine Lust, es sich mit ihr zu verderben.

* * *

Angela Seabourne war überrascht, als Doyle vor ihrer Haustür stand. Und Doyle war überrascht über ihr schwarzes Kleid. Richtige Trauerkleidung wurde heutzutage immer seltener. Aber trauerte sie wirklich um ihren trink- und schlagfreudigen Mann, oder spielte sie nur die trauernde Witwe, um den Schein zu wahren? Und wen wollte sie dann mit ihrer Verkleidung hinters Licht führen? Ihre Nachbarn? Oder die Polizei?

»Ich dachte, ich hole Sie besser ab«, erklärte Doyle, der sich auch schon eine kleine Geschichte zurechtgelegt hatte. »Nachdem die schreckliche Geschichte mit Ihrem Mann heute im *Spectator* so breitgetreten wurde, hatte ich Angst, dass Ihnen unterwegs irgendwelche vorwitzigen Reporter auflauern.«

»Dann sind Sie sozusagen mein Bodyguard?«

»Ja. Es sei denn, Sie ziehen Kevin Costner vor.«

Sie tat, als überlege sie, dann schlich sich ein scheues Lächeln auf ihr sehr dezent geschminktes Gesicht.

»Ich denke, ich versuche es mal mit Ihnen. Und vielen Dank, Mr Doyle, dass Sie sich meiner annehmen.«

»Nichts lieber als das«, sagte er und hoffte, dass er es mit dem versprühten Charme nicht übertrieb. Schließlich besaß er, im Gegensatz zu seinem Gegenüber, keine professionelle Schauspielerfahrung.

Sie bat Doyle für einen Augenblick herein und bot ihm einen Drink an. Er lehnte ihn ab und betrachtete, während sie sich zurechtmachte, die Wand mit den Fotos aus Terry Seabournes Schauspielerlaufbahn. Auf einigen älteren Fotos entdeckte er eine noch junge Angela. Zumindest glaubte er das. Hin und wieder hatte er Zweifel, ob die Frau in Kostüm und Maske tatsächlich Angela Seabourne war.

»Sehen Sie sich meine Jugendfotos an?«

Sie hatte das Wohnzimmer so leise betreten, dass er es nicht bemerkt hatte.

»Sind das tatsächlich immer Sie auf diesen älteren Fotos?«

»Wieso? Habe ich mich so sehr verändert?«

»Das habe ich nicht gemeint. Aber Sie scheinen erstaunlich wandlungsfähig zu sein.«

Sie lachte leise und durchaus sympathisch.

»Ich nehme das mal als Kompliment für mich als Schauspielerin.«

Als sie neben Doyle im Tamora saß und sie durch die Straßen von St. Sampson zur Küstenstraße fuhren, erkundigte sie sich nach dem aktuellen Stand der Ermittlungen.

»War es wirklich Mord, Mr Doyle?«

»Mehr Mord geht nicht. Es sei denn, man geht davon aus, jemand hat ein Kleinkalibergewehr mit in den Kinosaal gebracht, während der Vorführung vor lauter Langeweile daran herumgespielt und unabsichtlich einen Schuss ausgelöst, der zufällig Ihren Mann in den Hinterkopf getroffen hat. Der Richter, der einem Angeklagten diese Story abnimmt, ist wohl noch nicht geboren.«

»Hätten die anderen Kinobesucher den Schuss nicht hören müssen?«

»Nein. Kleinkalibergewehre sind leiser als großkalibrige Waffen. Wenn dann noch ein Schalldämpfer aufgeschraubt wird, ist bei lauten Szenen in einem Kino nichts von dem Schuss zu hören.«

»Gab es in dem Film viele laute Szenen?«

»Jede Menge, schließlich ist es ein Abenteuerfilm. Da wird gekämpft, geschrien und geschossen, wie es sich für so einen Streifen gehört.«

Sie sah ihn überrascht an.

»Dann hatte der Film wohl nicht viel mit Hugos Roman zu tun?«

»So gut wie gar nichts außer dem Umstand, dass beide auf Guernsey spielen. Haben Sie *Die Arbeiter des Meeres* gelesen, Mrs Seabourne?«

»Mehrmals. Und jedes Mal gefiel der Roman mir besser. Und Sie?«

»Willkommen im Klub.«

Sie hatten die breitere Küstenstraße erreicht und fuhren in südlicher Richtung, nach St. Peter Port. Doyle erhöhte aber die

Geschwindigkeit nicht. Er konzentrierte sich ganz auf das Gespräch mit Mrs Seabourne, das es jetzt in die richtige Bahn zu lenken galt.

»Die Identifizierung Ihres Mannes ist sicher nicht angenehm, aber es dauert nicht lange. Im Übrigen haben Sie uns gestern schon alles Wichtige gesagt. Das muss nur zu Papier gebracht werden, und Sie unterschreiben anschließend das Protokoll. Oder ist Ihnen in der Zwischenzeit noch etwas eingefallen, was für unsere Ermittlungen von Interesse ist?«

»Nein«, antwortete sie mit leichtem Zögern. »Ich wüsste nicht, was das sein könnte.«

»Na, vielleicht hat Ihr Mann Drohungen erhalten? Hatte er Angst vor jemandem? Gab es einen Feind, der ihm ans Leder wollte? Oder gar eine rachsüchtige Geliebte oder Ex-Geliebte?«

»Nichts von alledem, Mr Doyle. Ich fürchte, ich kann Ihnen nicht weiterhelfen.«

»Das ist ja nicht Ihre Schuld. Wenn Sie uns alles gesagt haben, was für die Ermittlungen relevant sein könnte, dann ist es nun mal so.«

»Ja, das habe ich«, seufzte sie, schloss die Augen und schien den Fahrtwind zu genießen.

In einem leutseligen Ton fuhr Doyle fort: »Oder werden Sie vielleicht bedroht? Haben Sie einen Feind oder einen Liebhaber beziehungsweise Ex-Liebhaber, der Ihrem Mann schaden wollte? Nur der Vollständigkeit halber.«

Sie öffnete die Augen wieder und blickte Doyle mit einem entschuldigenden Lächeln an.

»Nein, nichts dergleichen.«

»Dann ist es ja gut. Es macht sich in einer Mordermittlung immer schlecht, wenn man die Polizei belügt. Das fliegt meistens sehr schnell auf.«

»Dann bin ich ja froh, Ihnen die volle und ganze Wahrheit gesagt zu haben.«

»Ich auch, Mrs Seabourne, ich auch. Wenn Sie mir aber noch eine Frage gestatten.«

»Ja?«

»Als was würden Sie Professor Simon Duvier bezeichnen, wenn er nicht Ihr Liebhaber oder Ex-Liebhaber ist?«

Ein Blick zur Seite zeigte Doyle, dass sich ihr Körper versteifte, während ihre Miene gleichzeitig versteinerte. Sie schluckte schwer und sah ihn dann an, einen bitteren Zug um die Lippen.

»Sie haben mich in die Falle gelockt!«

»Augenscheinlich.«

»Sie sind gut, Mr Doyle. Ich bin Ihnen wirklich auf den Leim gegangen und habe Ihnen den konzilianten Gentleman abgenommen.«

»Ich nehme das mal als Kompliment für mich als Polizist.«

»Das alles war nur eine Show«, sagte Angela Seabourne leise, als könne sie es noch immer nicht ganz fassen. »Und dazu noch dieser Sportwagen. Haben Sie den für die Fahrt nach St. Sampson benutzt, um mich damit einzulullen?«

»Nein, den fahre ich immer. Ich hätte gedacht, dass Sie ihn gestern schon bemerkt haben. Aber manchmal, wie in diesem Fall, ist er sehr nützlich.« Er hatte seinen Tonfall verändert und sprach jetzt vollkommen sachlich. »Noch haben wir das Protokoll nicht geschrieben. Sie können Ihre Aussage noch ändern oder, sagen wir, ergänzen.«

»Was wollen Sie wissen?«

»Alles.«

Wieder schloss sie die Augen, wie um sich zu konzentrieren.

»Es begann vor vier Jahren. Damals feierte das Hauteville

House einhundertfünfzig Jahre *Die Elenden*. Das heute, neben dem *Glöckner von Notre-Dame*, wohl bekannteste Werk Hugos ist in wesentlichen Teilen auf Guernsey entstanden. Man hatte zu dieser Feier Terry und mich engagiert, um vor den geladenen Gästen eine kurze lustige Szene aufzuführen. Sagt Ihnen der Name Juliette Drouet etwas?«

Ms Seabourne öffnete die Augen wieder und richtete sie mit einem fragenden Blick auf Doyle.

»Sie war Hugos Geliebte«, antwortete er, ohne überlegen zu müssen. Er hatte sich schon immer für Hugo und sein Exilantendasein auf Guernsey interessiert. »Genauer gesagt, eine seiner Geliebten. Nichts, was ein Kleid trug, war wohl vor ihm sicher. Aber zu Juliette Drouet, einer ehemaligen Schauspielerin, hatte er ein besonders enges Verhältnis, das über viele Jahrzehnte bis zu ihrem Tod andauerte.«

»Stimmt alles.« Sie schien überrascht. »Hugo überlebte seine Gefährtin, wie man sie wohl mit Fug und Recht nennen kann, nur um zwei Jahre, und in dieser Zeit hat er keine einzige Zeile mehr geschrieben.«

»Und was hat das mit Ihnen und Professor Duvier zu tun?«

»Juliette Drouet lebte in einem Haus schräg gegenüber von Hugos Domizil, und er hisste jeden Morgen ein weißes Tuch am Fenster seines Arbeitszimmers, um sie wissen zu lassen, dass er eine gute Nacht verbracht hatte. In der auf Komik angelegten Szene, die Terry und ich damals gespielt und auch selbst geschrieben haben, spielte er Hugo, der verschlafen hat und nun verzweifelt versucht, das Tuch zu hissen, sich dabei aber hoffnungslos verheddert. Mich hält er für eins seiner Dienstmädchen, das ihm dabei helfen soll. Weil er so mit dem Tuch beschäftigt ist, erkennt er aber nicht, dass hinter ihm in Wahrheit seine Geliebte steht, die sich aufgrund des ausbleibenden

Signals Sorgen gemacht hat und ins Haus gekommen ist, um nach ihrem vergötterten Victor Hugo zu sehen. Das war auch schon alles, es sollte zur Auflockerung des Festabends dienen. Zu dem anschließenden Umtrunk waren auch wir eingeladen, und so lernte ich Simon kennen, Professor Duvier. Seine Frau war kurz zuvor nach Paris zurückgegangen, weil ihr Guernsey zu klein war. Schon eine Woche später waren Simon und ich ein Liebespaar.«

»Sind Sie das noch immer?«

»Ja. Aber wir bemühen uns, möglichst diskret zu sein. Simon und seine Frau sind noch verheiratet. Er möchte keinen Skandal heraufbeschwören, der seiner Position schaden könnte.«

»Ihr Mann wusste von Ihrem Verhältnis?«

»Anfangs nicht, da konnten wir es vor ihm geheim halten. Vor ungefähr einem Jahr hat irgendwer ihm einen Hinweis gegeben.«

»Und da hat er Sie besonders kräftig verprügelt.«

»Sie wissen das?«

»Wir haben die Anzeige gefunden, die Duvier damals gegen Ihren Mann erstattet hat. Wieso haben Sie dann gesagt, es sei ein Unfall beim Gardinenaufhängen gewesen? Hat Terry Sie bedroht?«

»Bedroht?« Sie sah nach links, aufs Meer, wo ein dichter Möwenschwarm über einer kreuzenden Segelyacht hing, fast wie eine Wolke. »Nein, bedroht hat er mich nicht, sondern angefleht. Er hat auch versprochen, sich zu bessern, so wie er es zigmal vorher schon versprochen hatte. Ich habe mich aus Mitleid bereit erklärt, ihm zu helfen. Ich wusste ja, dass der Alkohol an seinem Verhalten schuld war.«

»Das ist immer eine beliebte Ausrede«, schnaubte Doyle und dachte dabei an Randy Holburn. »Jeder entscheidet selbst, ob er zur Flasche greift oder nicht.«

»Sind Sie denn perfekt, Mr Doyle? Ein fehlerloser Mensch?«

»Ganz sicher nicht, aber um mich geht es hier nicht. Kommen wir also zu Ihnen, Terry und Duvier zurück. Warum hat der Professor Terry erneut als Victor Hugo engagiert?«

»Ich habe ihn darum gebeten. Terry hatte in letzter Zeit kaum noch Engagements. Seine Trinkerei hat sich wohl herumgesprochen. Ich wollte ihm helfen. Erst wollte Simon nicht, aber dann hat er doch eingewilligt.«

»Und Terry hatte keine Hemmungen, sich vom Liebhaber seiner Frau engagieren zu lassen?«

»Er hat es sich schöngeredet. Aus Terrys Sicht war es so, dass Simon einfach nicht an ihm vorbeikam, weil es weit und breit keinen besseren Hugo-Darsteller gäbe.« Nach einer kurzen Pause fügte sie hinzu: »Hätte ich das Ganze nicht angeleiert, wäre Terry noch am Leben.«

Doyle trat auf die Bremse, als die Ampel vor der nach rechts abzweigenden Elizabeth Avenue auf Rot sprang. Er sah Mrs Seabourne in die Augen und fragte: »Wenn Terry noch lebte, wären Sie dann glücklicher?«

Sie antwortete nicht, wandte nur das Gesicht von ihm ab und blickte wieder hinaus aufs Meer.

KAPITEL 8

Nachdem Angela Seabourne ihre von Mildred Mulholland protokollierte Aussage unterschrieben hatte, sollte Sergeant Rebecca Pleshette von den Uniformierten sie zur offiziellen Identifizierung der Leiche zum Princess Elizabeth fahren. Vorher bat Doyle die Witwe, nicht vor dem Abend mit Professor Duvier zu sprechen.

»Ich kann Ihnen das natürlich nicht verbieten, aber Sie würden mir damit einen großen Gefallen tun.«

»Ihnen vielleicht, Simon bestimmt nicht.«

»Nein, bestimmt nicht«, sagte Doyle kühl.

»Nennen Sie mir einen Grund, warum ich Ihnen diesen Gefallen tun sollte, Mr Doyle!«

»Im Gegenzug würde auch ich Ihnen einen Gefallen erweisen und vergessen, dass Sie uns gestern nicht die ganze Wahrheit gesagt haben.«

»Eine Hand wäscht die andere?«

»Genau. Ich würde es auch nicht kontrollieren, ich vertraue Ihnen einfach.«

»Also gut«, gab Mrs Seabourne schließlich nach. »Wir wollten ohnehin erst heute Abend miteinander telefonieren. Wegen des Kongresses ist es momentan bei Simon zeitlich sehr eng.«

»Okay, damit ist Ihre gestrige Einlassung vom Tisch.«

»Danke«, sagte sie genauso kühl wie er. »Das ist sehr freundlich von Ihnen.«

Als sie Mildreds Büro verlassen hatte, wandte sich Doyle an seine Sekretärin.

»Was halten Sie von ihr, Mildred?«

Mildred sah zu der Tür, durch die Mrs Seabourne gegangen war.

»Schwierig, Sir. Sie hatte bestimmt kein einfaches Leben mit ihrem Mann, aber das macht sie nicht automatisch zu einer Heiligen. Vielleicht war sie in den letzten Jahren unglücklicher, als sie uns glauben machen will. Vielleicht war sie sogar verzweifelt, und ihr Liebhaber, dieser französische Professor, auch.«

Er schaute sie an und nickte zustimmend.

* * *

Doyle rief sein Team im Besprechungsraum zusammen, wo Mildred bereits Tee und Sandwiches bereitgestellt hatte, und er berichtete allen in knappen Worten über Angela Seabournes korrigierte Aussage.

»Professor Duvier hätte somit ein starkes Motiv für den Mord an Terry Seabourne gehabt«, fuhr er fort. »Vielleicht konnte er es nicht mehr ertragen, quasi dabei zuzusehen, wie seine Geliebte von ihrem Mann misshandelt wurde.«

»Auch wenn wir bisher keine Beweise haben, fiele mir noch ein anderes Motiv für Duvier ein«, sagte Constable Allisette. »Vielleicht hat Terry Seabourne ihn erpresst. Duvier wollte laut Mrs Seabourne nicht, dass ihr Verhältnis in der Öffentlichkeit bekannt wurde. Und durch seine Trinkerei war bei Terry Seabourne immer das Geld knapp. Je mehr Drinks, desto weniger Engagements und desto weniger Geld, die Drinks zu bezahlen. Wir sollten uns unbedingt näher mit dem Professor befassen.«

»Nach dieser Besprechung werde ich mit Inspector Holburn zum Hauteville House fahren. Oder hast du etwas gegen einen Besuch dort einzuwenden, Pat?«

»Nein, warum sollte ich?«

Das klang in Doyles Ohren seltsam zögerlich, aber er dachte nicht weiter darüber nach. Die Punkte, die er in der Besprechung noch abhaken wollte, beschäftigten ihn.

»Gibt es schon einen Bericht über die bei Bordeaux Harbour gefundene Waffe?«, fragte er in die Runde.

»Liegt seit ungefähr zehn Minuten vor, Sir«, meldete sich Sergeant Baker und blickte auf seinen Monitor. »Die Waffe ist ein Varmint-Gewehr Kaliber .22, also ein Gewehr, das hauptsächlich zur Jagd auf Kleintiere verwendet wird. Hersteller ist die tschechische Firma CZ, deren vollen Namen ich mir hier schenke. Modell 452. Die Produktion dieses Modells wurde vor fünf Jahren eingestellt und durch das Modell 455 ersetzt. Das Wichtigste ist: Ein Vergleich mit dem Projektil aus Terry Seabournes Kopf hat zweifelsfrei ergeben, dass es sich um die Tatwaffe handelt.«

»Aus Tschechien also«, hielt Doyle fest.

»Nicht unbedingt«, sagte Baker. »CZ ist ein Global Player im Waffengeschäft und besitzt auch Niederlassungen in den USA und in Brasilien.«

»Offizielle Importeure auf den Inseln?«

Bakers Finger gaben einen Tastaturbefehl ein, und schon sagte er: »Laut Herstellerangabe zwei auf Guernsey, einer auf Jersey.«

»So schnell wie möglich überprüfen«, ordnete Doyle an. »Bitten Sie die Kollegen in St. Helier um Amtshilfe.«

»Schon so gut wie erledigt, Sir.«

Constable Bunting räusperte sich, und Doyle sah ihn an.

»Ja, Bunting?«

»Sollten wir nicht nach dem Schalldämpfer suchen, Sir? Ich meine, wir dürfen mit großer Wahrscheinlichkeit davon ausgehen, dass der Mord mit einer schallgedämpften Waffe ausgeübt wurde. Die Mordwaffe aus der Grube ist aber nicht mit einem Schalldämpfer versehen, und ein solcher wurde von den Kollegen auch nicht am Fundort der Waffe entdeckt. Vielleicht hat der Mörder den Schalldämpfer unmittelbar nach der Tat abgeschraubt, um das Gewehr besser transportieren zu können. Und dann hat er einfach vergessen, ihn mit in die Grube zu werfen. Möglicherweise schleppt er ihn noch mit sich herum und denkt gar nicht mehr daran.«

»Das kann ich mir nicht vorstellen«, sagte Allisette kopfschüttelnd. »So handelt kein Profi.«

»Niemand sagt, dass der Täter ein Profi ist«, stellte Doyle fest. »Es kann sein, dass er zum ersten Mal gemordet hat.«

»Nicht unbedingt«, wandte Allisette ein. »Bisher deutet alles darauf hin, dass er sehr überlegt vorgeht.«

»Was gerade bei einem Ersttäter meiner Annahme nicht entgegensteht«, wurde sie von Doyle belehrt. »Je höher die Konzentration und damit die Anspannung, desto höher auch die Wahrscheinlichkeit, dass der Mörder einen Fehler macht. Es wäre natürlich schön, wenn einem unserer Verdächtigen vor unseren Augen der Schalldämpfer aus der Jackentasche fiele. Aber darauf können wir nicht warten. Doch ich gebe Constable Bunting darin recht, dass wir dieses Detail nicht aus den Augen verlieren sollten.«

Plötzlich ertönte eine Klingeltonversion von John Barrys Titelmelodie zu dem Film *Frei geboren*. Pat griff hastig nach ihrem Handy und verließ eilig den Raum. Auf Doyle machte sie einen angespannten Eindruck, und einmal mehr wunderte er sich über ihre Geheimniskrämerei.

Er wandte sich an Baker und fragte nach der Arbeit an den Vernehmungsprotokollen.

»Immer noch ohne positives Ergebnis«, erklärte der Sergeant. »Die meisten der bei der Vorführung Anwesenden haben ein lückenloses Alibi durch die Angaben ihrer Sitznachbarn. Leider wissen wir nicht, wie viele Leute sich bereits vor Ende des Films verabschiedet haben. Das Beau Sejour scheint aus irgendwelchen Gründen nicht in der Lage zu sein, die genaue Anzahl der an diesem Vormittag verkauften Kinokarten zu ermitteln. Ein Problem mit der Software, soweit ich weiß.«

»Da kann ich weiterhelfen«, kam es von Pat, die unvermittelt wieder im Raum stand. »Der Anruf eben kam von der Leitung des Beau Sejour Centre.« Sie blickte Doyle an. »Als du mit Mrs Seabourne beschäftigt warst, habe ich beim Beau Sejour kräftig

Druck gemacht. Und siehe da, jetzt haben sie die genaue Zahl der verkauften Eintrittskarten doch herausgefunden. Es sind genau sechsundneunzig.«

»Sehr gut«, sagte Doyle und sah wieder Baker an. »Wie viele zahlende Kinobesucher haben wir nach der Vorstellung vernommen, Sarge?«

Baker hatte die Zahl im Kopf.

»Fünfundneunzig.«

»Dann«, sagte Pat gedehnt, »ist Nummer sechsundneunzig mit einiger Wahrscheinlichkeit entweder der Mörder oder ein Komplize, der rechtzeitig vor Entdeckung der Tat die Mordwaffe weggeschafft hat.«

KAPITEL 9

Doyle stellte seinen Tamora auf dem Parkplatz der Federal Investigation Unit ab und sagte zu Pat: »Ich gebe kurz Bescheid, dass der Wagen hier steht.«

»Mach das, ich gehe schon mal ein Stück vor.«

Pat schien es eilig zu haben, den Parkplatz zu verlassen. Doyle wurde stündlich gespannter, welches Geheimnis sie hüten mochte. Er gab einem jungen Constable am Empfang der FIU Bescheid und ging hinaus auf die Cornet Street. Dort sah er, dass Pat schon in die Hauteville genannte Straße abgebogen war. Sie schien sich suchend umzusehen. Als er endlich zu ihr aufschloss, wirkte sie irgendwie erleichtert.

»Was ist los?«, fragte er.

Sie setzte eine irritierte Miene auf.

»Wie? Was soll denn los sein?«

»Das wüsste ich gern. Du siehst aus, als hättest du gerade ein verlorenes Lottolos mit einem Millionengewinn wiedergefunden.«

»Das macht die frische Luft, sie wirkt sehr belebend.«

»Gehen wir hinein«, entschied Doyle und setzte sich wieder in Bewegung.

Er fand Pats maue Ausrede mit der belebenden Wirkung der frischen Luft alles andere als befriedigend. Langsam nervte ihn ihre Mata-Hari-Nummer, und hätte es sich nicht um Pat gehandelt, hätte er das auch deutlich gezeigt. Auch seine Geduld hatte mal ein Ende.

Ein großes Schild vor der Eingangstür von Hauteville House wies darauf hin, dass das Museum wegen des Kongresses derzeit für Besucher geschlossen sei. Die Tür aber war nicht verschlossen, und sie traten in den Eingangsbereich mit dem Verkaufstresen für allerlei Victor-Hugo-Devotionalien. Hinter dem Tresen stand eine junge Frau in engsitzenden Jeans und einem nicht weniger knappen Pullover.

»Es tut mir leid, aber das Haus ist derzeit für die Öffentlichkeit geschlossen«, sagte sie in der merkwürdigen Sprache, die die französischen Studentinnen, die hier arbeiteten und für gewöhnlich auch die Besucherführungen leiteten, für Englisch hielten. Wer halbwegs Französisch verstand, tat gut daran, sich für die Führungen in französischer Sprache zu entscheiden.

»Wir sind keine Öffentlichkeit.« Doyle hielt ihr seinen Dienstausweis vor das ein wenig zu grell geschminkte Gesicht. »Wir möchten zu Professor Duvier.«

»Polizei?«

Doyle nickte.

»Für Professor Duvier?«

Er nickte abermals.

»Was wollen Sie von ihm?«

»Das sagen wir ihm dann schon selbst.«

»Er kann jetzt nicht mit Ihnen sprechen. Wir haben hier gerade einen Vortrag, bei dem er anwesend ist.«

»Wer hält den Vortrag?«, fragte Doyle.

»Professor Nehring.«

»Unter diesen Umständen wird Professor Duvier Ihnen nicht allzu böse sein, wenn Sie ihn aus dem Vortragssaal holen.«

Die Französin schüttelte den Kopf so heftig, dass ihr schulterlanges, violett gefärbtes Haar hin und her flog.

»*Non*, das kann ich nicht tun.«

»Dann holen wir ihn selbst«, verkündete Doyle gelassen.

Sie sah ihn wütend an und schien mit sich zu ringen.

»Ich finde das nicht richtig, aber ich hole ihn.«

»*Merci beaucoup, Mademoiselle.*«

Doyle blickte ihr nach, wie sie davonrauschte und durch eine der Türen verschwand.

»Du musst ihr gar nicht hinterherschauen, Cy.« Pat schmunzelte. »Ich schätze, bei der hast du jede Chance verspielt. Oder stehst du gar nicht auf Frauen mit violettem Haar?«

»Nur wenn sie auf einer Mondbasis Dienst schieben, um die Erde vor außerirdischen Angriffen zu bewahren.«

Pats Verwirrung währte nur kurz, dann sagte sie: »Du und deine Fernsehserien.«

»Aha, du kennst *UFO* auch.«

»Klar, Commander Straker.«

Überraschend schnell kehrte die junge Französin zurück, im Schlepptau Professor Duvier, dessen düstere Miene ihre abwehrende Haltung zu bestätigen schien.

Schon aus einiger Entfernung knurrte er: »Müssen Sie mich mitten aus dem Vortrag holen?«

Doyle gab den Unschuldsengel.

»Ich dachte, Sie halten nicht viel von dem, was Ihr Kollege Nehring sagt.«

»Und genauso sieht mein Abgang jetzt auch aus.«

Pat war nicht so zurückhaltend wie Doyle und fragte mit einem forschen Unterton: »Möchten Sie, dass wir Ihnen eine Entschuldigung schreiben?«

»Schon gut. Was kann ich für Sie tun?«

»Ein paar Fragen beantworten«, sagte Doyle. »Gern auch unter sechs Augen, wenn es Ihnen lieber ist.«

Duvier nickte und wandte sich um.

»Folgen Sie mir.«

Als sie hinter dem Professor durch das Labyrinth des viergeschossigen Hauses gingen, wurde Doyle wieder bewusst, wie düster es hier drin war. Alles war vollgebaut und dekoriert mit den auf den ersten Blick unpassendsten Gegenständen, ob es nun Porzellanteller, Stuhllehnen oder Wandteppiche waren. Für alles hatte Victor Hugo mit der Akribie eines Besessenen einen neuen Verwendungszweck gefunden und einen ungeahnten Sinnzusammenhang hergestellt.

»Als hätte Hugo sich hier eine eigene Welt erschaffen.« Doyle sprach leise, fast andächtig.

»Da haben Sie vollkommen recht, Chief Inspector«, sagte Duvier. »Der kleine Napoleon, wie Hugo ihn nannte, hatte ihn verstoßen und ihn möglicherweise auf Lebenszeit aus seiner Heimat verbannt. Hugo schuf sich hier eine Ersatzheimat, indem er jedem noch so kleinen Gegenstand eine neue Bedeutung gab. Seine eigene Welt, in der er sich heimisch fühlen konnte, soweit ihm das im Exil möglich war. Für seine Frau Adèle, die sich auf Guernsey nie so richtig wohl fühlte, war es ein regelrechter Schock, als sie die Wahrheit erkannte: Ihr Mann richtete sich hier nicht für einen kurzen Zwischenstopp ein, sondern für einen dauerhaften Aufenthalt. Sie hat ihn dann auch während des Exils verlassen, um nach Frankreich zurückzukehren.«

»Die Duplizität der Ereignisse, das ist fast schon eine Ironie«, sagte Doyle, während der Professor sie in kleines verstecktes Büro führte. Es hatte nichts mit der überbordenden viktorianischen Ausstattungsorgie des restlichen Hauses zu tun, sondern wirkte praktisch, funktional und modern.

Duvier wies auf zwei Besucherstühle, die billig wirkten wie aus einem Mitnahmemarkt, und setzte sich selbst auf einen mit schwarzem Leder bezogenen Bürostuhl hinter einen Schreibtisch, der mit Akten bedeckt war und in dessen Mitte ein zugeklappter Laptop ruhte. Ein Fenster gab den Blick frei auf den großen herrlichen Garten, der eine Attraktion für sich war.

Hinter Duvier hing ein gerahmtes Schwarzweißfoto an der Wand. Victor Hugo stand an den Klippen der Insel in einer typischen Dichterpose. Beide Arme waren angewinkelt. Die rechte Hand war in die Hüfte gestützt, die linke Hand stützte den Kopf ab, während der linke Ellbogen an einen hohen Felsen gelehnt war. Ein Beherrscher nicht nur der Worte, sondern auch der Naturgewalten, so schien die alte Aufnahme es auszudrücken. Sie stammte aus der Zeit, als der Dichter noch nicht jenen weißen Vollbart getragen hatte, der den strengen Ausdruck in seinem breiten Gesicht mit den tiefen Augenhöhlen abgemildert hatte. Jetzt erst wurde Doyle bewusst, dass Simon Duvier mit seinem kräftigen Körperbau und dem langen Haar eine gewisse Ähnlichkeit mit Hugo aufwies.

»Wie haben Sie das eben gemeint, Chief Inspector?«, fragte der Leiter von Hauteville House. »Das mit der Duplizität der Ereignisse?«

»Hugos Frau hat ihn und Guernsey verlassen, weil es ihr auf Guernsey zu einsam war, zu eng, zu langweilig«, sagte Doyle.

»Ja, wie ich sagte.«

»Soweit ich weiß, hatte das durchaus Vorteile für Hugo. Er konnte das Verhältnis zu seiner Dauergeliebten Juliette Drouet umso intensiver pflegen.«

»Das stimmt«, sagte Duvier und wirkte erstaunt über Doyles Kenntnisse.

»So ähnlich verhält es sich auch beim aktuellen Herrn über Hauteville House, bei Ihnen, Professor.«

Duvier legte den Kopf schief, und Skepsis trat in seinen Blick.

»Ich glaube, jetzt kann ich Ihnen nicht mehr folgen.«

»Ich spreche von Ihrer Frau, Professor. Sie hat Sie vor vier Jahren verlassen, um nach Paris zurückzugehen. Jetzt können Sie sich ungestört Ihrer eigenen Juliette Drouet widmen, noch ungestörter sogar seit gestern, als sie zur Witwe wurde. Oder wollen Sie bestreiten, dass Angela Seabourne Ihre Geliebte ist?«

Duvier versteinerte in seinem Bürostuhl. Seine Augen zogen sich zu Schlitzen zusammen, die Mundwinkel zeigten verärgert nach unten. Er hatte jetzt noch mehr Ähnlichkeit mit dem fotografierten Victor Hugo hinter ihm. In seinem Gesicht zuckte es wieder und wieder, und mit hörbarer Schärfe sog er die Luft ein.

»Glückwunsch, Sie haben erfolgreich in meinem Privatleben herumgeschnüffelt«, sagte er schließlich mit dem verhaltenen Grollen eines sich ankündigenden Gewitters. »Was hilft Ihnen das weiter? Soll ich jetzt der Mörder sein?«

Doyle breitete die Hände aus, als wisse er es nicht.

»Gegenfrage, Professor: Sind Sie es?«

»Warum hätte ich Terry Seabourne töten sollen? Angela und ich, wir sind längst ein Liebespaar, seit Jahren schon.«

»Was Seabourne kaum gefallen haben dürfte«, warf Pat ein.

»Und? Er konnte nichts dagegen tun.«

»Wirklich nicht?«, entgegnete Pat. »Er hätte Ihr Verhältnis

mit seiner Frau an die Öffentlichkeit bringen können. Das wäre Ihrer Karriere sicher nicht förderlich gewesen.«

»Außerdem hat er seine Frau immer wieder geschlagen«, sagte Doyle. »Irgendwie hat sie das ertragen. Sie scheint es besser weggesteckt zu haben als Sie, Duvier. Vor einem Jahr haben Sie Anzeige gegen Seabourne erstattet.«

Jetzt war es mit Duviers Selbstbeherrschung vorbei. Seine rechte Faust donnerte mit solcher Gewalt auf die Schreibtischplatte, dass der Laptop heftig wackelte.

»Das Schwein hatte es nicht anders verdient!«

Pat beugte sich zu Duvier vor, ihr Blick fixierte ihn.

»Dann waren Sie wohl nicht damit einverstanden, als Mrs Seabourne das Ganze zu einem Haushaltsunfall erklärte.«

»Ganz und gar nicht. Ich habe Angela beschworen, die Sache durchzustehen und sich endlich von dem Schwein zu lösen. Aber sie wollte nicht. Als hätte sie etwas an ihm gutzumachen und nicht umgekehrt.«

»Jetzt ist sie von ihm gelöst«, stellte Pat fest. »Und Sie müssen sich nie wieder die Wunden ansehen, die Terry Seabourne ihr zugefügt hat.«

»Ich sage ja nicht, dass ich seinetwegen auch nur eine Träne vergieße. Aber ich habe ihn nicht getötet.«

»Wieso haben Sie ihn überhaupt für die Hugo-Rolle engagiert, wenn er für Sie nur ein Schwein ist?«, fragte Doyle.

»Erst wollte ich es nicht, aber Angela hat mich weichgeklopft. In dem Augenblick, als Terry Seabourne den Vertrag unterschrieben und das Honorar eingestrichen hatte, vorab natürlich, habe ich es schon bereut. Das Großmaul hat herumgetönt, dass es ohne ihn nicht ginge und was für ein toller Schauspieler er sei. Ich musste wirklich die Zähne zusammenbeißen, um ihm nicht ins Gesicht zu sagen, dass er alles nur Angela zu verdanken hat.«

»Warum haben Sie es ihm nicht gesagt?«, erkundigte sich Pat.

»Angela zuliebe. Es wäre für ihn vielleicht ein Grund gewesen, sie wieder zu schlagen. Das wollte ich vermeiden.«

»Verständlich«, meinte Doyle. »Und um auf Nummer sicher zu gehen, dass er Angela niemals wieder wehtun würde, haben Sie beschlossen, ihn ein für allemal aus dem Weg zu räumen. War es so, Professor?«

»Nein, nein, nein und nochmals nein!« Duvier hämmerte mehrmals auf den Schreibtisch ein, als wollte er ihn zu Kleinholz schlagen. »Ich schieße nicht auf Menschen, auch nicht auf solche Individuen, die man kaum als menschlich bezeichnen kann.«

»Im Zorn ist man zu vielem fähig, was man sonst nicht tun würde«, sagte Doyle. »Sie scheinen mir ein sehr zorniger Mann zu sein, ein jähzorniger sogar. Vielleicht hat Terry Seabourne einmal zu oft zugeschlagen, und bei Ihnen sind sämtliche Sicherungen durchgebrannt.«

»So eine Tat begeht man nicht im Affekt«, widersprach Duvier. »Die war doch sorgfältig geplant.«

»Aber der Entschluss dazu könnte im Affekt gefallen sein, und dann haben Sie es mit der Gründlichkeit eines Wissenschaftlers bis zum bitteren Ende durchgezogen.«

Duvier lachte, rau, dröhnend und unecht.

»Dass ich Wissenschaftler bin, spricht jetzt auch noch gegen mich? Brauchen Sie einen schnellen Fahndungserfolg für die Medien? Oder warum geben Sie sich solche Mühe, mich als Seabournes Mörder abzustempeln? Ich für meinen Teil habe jetzt die Nase voll davon. Wenn Sie mich für den Mörder halten, dann nehmen Sie mich fest. Das wird tolle Schlagzeilen geben. Ansonsten ist mir die Zeit zu schade, um mir noch länger Ihre wilden Anschuldigungen anzuhören. Falls Sie in der Angelegenheit noch Fragen haben, wenden Sie sich bitte an meine Anwälte. Es ist das Anwaltsbüro Trudeau, Trudeau ...«

»Und Billington«, unterbrach Doyle ihn. »Ich weiß Bescheid.«

Er gab Pat ein Zeichen, und sie verabschiedeten sich von dem verärgerten Professor. Er bestand darauf, sie zum Eingangsbereich zu begleiten, als befürchte er, Doyle und Pat könnten sich in Hugos Labyrinth verstecken, um heimlich zu spionieren.

* * *

Als sie vor dem Haus standen, wurde Doyle wieder bewusst, wie hell und warm dieser Tag war. Ein starker Kontrast zu der Düsternis drinnen. Zwei, drei Autos fuhren an ihnen vorbei, eine Gruppe deutscher Touristen steuerte gutgelaunt den nächsten Pub an, und über den Dächern kreischten ein paar Möwen. Hier war das wahre Leben. So faszinierend auch jeder Quadratzentimeter von Hauteville House sein mochte, er hatte sich in dem ehrwürdigen Gebäude gefühlt wie in einem Mausoleum.

Doyle atmete tief durch und wechselte einen langen Blick mit Pat.

»Schwer zu knacken, der Professor«, stellte sie fest. »Er hat sich gehalten wie ein Fels in der Brandung.«

»Zu recht, falls er wirklich unschuldig ist.«

»Glaubst du ihm?«

»Ich weiß nicht, was ich glauben soll. Für den Augenblick haben wir unser Pulver bei ihm jedenfalls verschossen.«

»Wir bräuchten einen konkreten Hinweis, um weiter gegen ihn vorzugehen.«

»Wie stellst du dir das vor?« Er sah zu dem Haus. »Sollen wir vielleicht den ganzen Kasten nach einem irgendwo versteckten Schalldämpfer durchsuchen?«

»Warum nicht? Wer nicht wagt, der nicht gewinnt.«

»Überleg dir doch einmal den Aufwand, Pat. Das Riesenhaus mit seinen vielen Geheimverstecken. Vielleicht weiß nicht einmal Duvier, was hier alles eingebaut ist. Und wenn es einer auf jeden Fall besser weiß als wir, dann ist das der Professor. Selbst wenn er der Mörder ist, kann er den Schalldämpfer längst entsorgt haben. Vielleicht hat er ihn einfach ins Meer geworfen. Oder er bewahrt ihn dreist in seiner Hosentasche auf.«

»Dann durchsuchen wir eben zuerst seine Hose.« Pat musste angesichts dieser Vorstellung schmunzeln. »Oder hast du Angst vor Trudeau, Trudeau & Billington?«

»Du solltest mich besser kennen. Aber auf diesem Fall liegt das Auge der Öffentlichkeit, auch wenn es nicht Victor Hugo selbst war, der gestern erschossen wurde. Behutsam vorgehen sollten wir schon. Übrigens können wir Hauteville House nicht so ohne weiteres durchsuchen.« Er blickte zu der Trikolore über ihren Köpfen hinauf. »Vergiss nicht, das hier ist exterritoriales Gebiet. Überhaupt, eine Hausdurchsuchung werde ich erst in Erwägung ziehen, wenn ich sämtliche Fakten kenne. Das ist nicht der Fall, wie du selbst am besten weißt.«

Von einer Sekunde zur anderen wich Pat seinem Blick aus.

»Ich weiß ja, dass ich dir eine Erklärung schulde. Gib mir noch ein paar Stunden, Cy, bitte!«

»Nur weil du es bist.« Erst wollte er sich den folgenden Satz verkneifen, aber dann kam er ihm doch über die Lippen: »Ich hoffe, du weißt, was du tust.«

KAPITEL 10

Der Rest des Tages erschöpfte sich in Routinearbeit. Sergeant Baker und Constable Allisette suchten die beiden auf Guernsey ansässigen Händler auf, die Waffen der Marke CZ importierten. Dabei stellte sich heraus, dass der eine Händler vier und der andere zwei Gewehre vom Modell 452 verkauft hatten. Baker und Allisette klapperten die betreffenden Waffenkäufer ab, um zu überprüfen, ob die Gewehre noch vorhanden waren. Unterdessen rief ein Sergeant Sillicoe der States of Jersey Police bei Doyle an. Der auf Jersey ansässige CZ-Importeur hatte drei verkaufte 452er in seiner Liste.

»Einer der Käufer ist zwischenzeitlich verstorben, und seine Erben haben die Waffe bei der Polizei abgegeben«, erklärte Sillicoe. »Die beiden anderen, beides Sportschützen, sind noch im Besitz der Waffen.«

Doyle bedankte sich für die schnelle Amtshilfe, da sie die große Nachbarinsel jetzt von der Landkarte ihrer Ermittlungen streichen konnten.

Er suchte zum zweiten Mal an diesem Tag Chief Officer Chadwick auf, der um einen Zwischenbericht gebeten hatte, und brachte ihn auf den aktuellen Stand der Dinge. Wobei er ihm nichts von Pats merkwürdigem Alleingang sagte. Erstens gab es nichts, was er darüber berichten konnte; zweitens wollte er Pat nicht in Schwierigkeiten bringen.

»Was Hauteville House betrifft, Cyrus, bin ich ganz bei Ihnen«, sagte Chadwick. »Wir sollten uns schon sehr sicher sein, bevor wir diplomatische Verwicklungen mit Frankreich riskieren.«

»Wie ist da die genaue Rechtslage?«, erkundigte sich Doyle.
»Ganz ehrlich? Ich habe keine Ahnung. Schließlich komme

ich nicht von hier. Manchmal denke ich, der Rest meines Berufslebens reicht nicht aus, um mich mit allen Eigenheiten dieser bemerkenswerten Insel vertraut zu machen. Aber ich werde mich erkundigen.« Der Chief lachte heiser. »Sonst erklärt uns Frankreich noch den Krieg wegen unbefugter Aktionen auf seinem Territorium und wegen des Mordes an Victor Hugo.«

Baker und Allisette kehrten spät zurück. Sie hatten die ganze Insel abklappern müssen, um alle Käufer des CZ-Modells 452 aufzusuchen. Aber es war ihnen gelungen, und sie hatten sich alle Waffen zeigen lassen.

»Also ist die Waffe, mit der Terry Seabourne ermordet wurde, nicht auf Guernsey gekauft worden«, stellte Constable Bunting fest. »Wir können die hiesigen Waffenkäufer als Verdächtige ausschließen, aber viel weiter bringt uns das auch nicht.«

»Vielleicht doch«, meinte Baker, während er einen Schokoladenriegel verdrückte. »Wir sollten nicht vergessen, dass der Mord im Rahmen des Victor-Hugo-Kongresses geschah. Ein Großteil der Teilnehmer ist dazu extra angereist, die meisten wohl per Flugzeug. Angesichts der strengen Kontrollen heutzutage dürfen wir davon ausgehen, dass die Mordwaffe nicht per Flieger zu uns gekommen ist. Vielleicht sollten wir uns diejenigen unter den Kongressteilnehmern genauer ansehen, die auf dem Seeweg nach Guernsey gekommen sind.«

Allisette schnippte mit den Fingern.

»Calvin, die Idee ist super!«

»Das finde ich auch«, sagte Doyle und blickte zu Baker, Allisette und Bunting. »Da wissen Sie drei ja gleich, womit Sie sich morgen beschäftigen werden.«

Aus den Augenwinkeln hatte er registriert, dass Pat immer wieder nervös auf ihre Armbanduhr blickte. Jetzt verließ sie den Raum und zückte ihr Handy, ehe sie noch die Tür erreicht hatte.

Doyle konzentrierte sich wieder auf den Sergeant und die beiden Constables.

»Verfassen Sie bitte Ihre Abschlussberichte für den heutigen Tag, damit Sie Feierabend machen können. Morgen wird es nicht weniger arbeitsreich werden.«

Er ging hinaus auf den Gang, wo Pat, ein wenig verloren wirkend, an der Wand gegenüber stand und frustriert auf ihr Handy starrte. Er blieb dicht vor ihr stehen und sah ihr in die Augen. Sie wirkte müde.

»Man kann niemandem helfen, der sich nicht helfen lassen will. Ich würde dir sehr gern helfen, aber dazu müsstest du dich entschließen, mit mir zu reden.«

»Tja, das sollte ich jetzt wohl tun.« Sie steckte das Handy ein. »Ich fürchte, ich habe einen großen Fehler gemacht. Ich habe einem Mann vertraut, der dieses Vertrauen absolut nicht verdient hat.«

»Sprichst du jetzt über etwas Privates oder etwas Berufliches?«

»Beides. Es hängt zusammen.«

»Kenne ich«, sagte Doyle. »Wollen wir das Gespräch in meinem Büro fortsetzen?«

»Gute Idee.«

* * *

»Sagt dir der Name Max Cooper etwas?«, fragte Pat, nachdem sie und Doyle in seinem Büro Platz genommen hatten.

»Cooper, Cooper. Den Namen habe ich schon gehört. Ich sehe sogar ein Gesicht vor mir. Sieht irgendwie aus wie versteinert. Wie einer von diesen alten B-Westernhelden, die nur zwei Gesichtsausdrücke draufhatten: mit und ohne Hut.«

»Das hast du treffend ausgedrückt.«

»Jetzt weiß ich es. Vor ein paar Monaten war ich Zeuge in einer Gerichtsverhandlung. Es ging um eine Betrugsgeschichte mit manipulierten Autos. Ein Zeuge war dieser Max Cooper, Privatermittler.«

»Genau den meine ich. Weißt du, dass er vor ein paar Jahren ein Kollege von uns war, Sergeant in der Einheit?«

»Nein. Das war dann wohl vor meiner Zeit.«

Pat nickte.

»Max hat seinen Abschied eingereicht und sich dann als Privatermittler niedergelassen. Der Vorgänger von Chief Chadwick hatte ihm das nahegelegt. Sonst wäre er gefeuert worden und hätte sich zusätzlich wohl auch vor Gericht verantworten müssen.«

»Weshalb?«

»Er war empfänglich für kleine Gefälligkeiten. Nichts im großen Rahmen. Entweder war er zu klug dafür oder zu ängstlich. Aber es sprach sich allmählich rum. Hätte es eine offizielle Anzeige gegeben, hätten Ermittlungen eingeleitet werden müssen. Was natürlich auch der Einheit geschadet hätte. Max ist vorher gegangen. Übrigens wohl kaum aus Rücksicht auf seine Kollegen.«

»Das ist ja eine feine Basis für einen Job als privater Ermittler.«

»Dagegen war nichts zu machen. Schließlich ist er nicht vorbestraft. Seine Kollegen – oder Exkollegen – waren natürlich nicht gut auf ihn zu sprechen.« Pat atmete hörbar schwerer, als sie fortfuhr. »Und eine Zeitlang auch nicht auf mich.«

»Wieso das?«

»Max und ich waren ein Paar. Es war für uns beide nicht die große Liebe, aber wir kamen ganz gut miteinander klar. Damals hatte ich noch nicht gemerkt, dass sich hinter seinem versteinerten Gesicht auch ein versteinertes Gefühlsleben verbirgt. Wie auch immer, als er die Einheit verließ, war das auch das Ende unserer Beziehung. Wiedergesehen habe ich ihn erst gestern Vormittag im Kino des Beau Sejour Centre.«

»Ich höre.«

Sie erzählte Doyle von dem kurzen Augenblick, als sie Max Cooper zu sehen geglaubt hatte, von ihrem Besuch bei seiner Vorzimmerdame und von ihrem Gespräch mit ihm vor Hauteville House.

»Max hat sich nicht bei mir gemeldet«, fuhr sie fort. »Natürlich nicht. Ich hätte es wissen sollen. Mehr noch, in seinem Büro geht niemand ans Telefon. Jetzt stehe ich ganz schön dumm da, bestenfalls als eine vertrauensselige dumme Pute.«

»Und schlimmstenfalls?«

»Die Kollegen könnten denken, ich sei noch immer in Max verknallt und decke ihn deshalb. Und sie werden denken, ich hätte ihn schon damals bei seinen krummen Touren gedeckt.«

Doyle schüttelte den Kopf.

»Ich kann mir beim besten Willen nicht vorstellen, dass du jemanden deckst, der in krumme Touren verstrickt ist, Pat. Das andere geht mich nichts an.«

»Was meinst du damit?«

»Ob du ihn noch liebst oder nicht.«

»Da ist nichts mehr zwischen Max und mir, gar nichts. Das musst du mir glauben!«

»Natürlich glaube ich dir, wenn du es mir sagst. Aber du bist mir über dein Privatleben keine Rechenschaft schuldig, weder über das vergangene noch über das gegenwärtige.«

In ihren Augen las er Enttäuschung.

»Ich dachte eigentlich schon, dass du dich dafür interessierst.«

»Als Mensch ja, aber nicht als DCI und dein Vorgesetzter. Und zu dem sprichst du doch im Augenblick. Oder nicht?«

»Manchmal machst du es einem nicht leicht, Cy«, sagte sie leise.

»Da kenne ich noch wen«, erwiderte er sachlich und schaltete seinen Computer ein.

»Was tust du?«

»Herausfinden, wo Max Cooper wohnt. Ich nehme kaum an, dass er in seinem Büro ist, wenn dort niemand ans Telefon geht. Vielleicht will er sich vor dir verstecken und spielt den toten Mann.« Er suchte vergeblich und sagte: »Ich komme immer nur auf seine Büroadresse an der St. Georges Esplanade. Wie, sagtest du, heißt seine Vorzimmerdame und mutmaßliche Freundin?«

»Lihou, wie die kleine Insel vor der Westküste. Fiona Lihou.«

»Versuchen wir es damit.« Seine Finger tanzten wieder über die Tastatur. »Na bitte, das ging doch schnell. Wie es aussieht, bewohnt sie ein Apartment an der Victoria Road. Fahren wir hin?«

»Klar, wenn du mich noch im Team haben willst.«

»Wieso sollte ich nicht?«

»Zum Beispiel wegen Behinderung der Ermittlungen?«

»Dazu hättest du mir verschweigen müssen, dass du etwas Relevantes weißt. Aber das war mir bereits bekannt. Du hast mir nur nicht gesagt, was du weißt. Ich hätte dich ja jederzeit dazu auffordern können.«

Ein schwaches Lächeln hellte ihre eben noch bekümmerten Züge auf.

»Ich glaube, ich habe dich gar nicht verdient.«

Er war schon auf dem Weg zur Tür, drehte sich aber noch einmal zu ihr um.

»An diesen Satz, das versichere ich dir, werde ich dich noch einmal erinnern.«

* * *

Gegen Abend wehte eine kühle Brise von See her über St. Peter Port, und Doyle hatte das Verdeck aufgesetzt. Mit langsamer Geschwindigkeit lenkte er den Tamora die Victoria Road hinauf, während er und Pat Ausschau hielten. Sie sah das große Gebäude, in dem sich mehrere Wohnungen befanden, zuerst. Dazu gehörte ein Parkplatz mit sauber abgetrennten Stellflächen. Ein Schild wies darauf hin, dass hier nur Hausbewohner parken durften und Parksünder abgeschleppt würden.

»Klingt gut«, sagte Doyle und lenkte den Tamora auf einen der Stellplätze. Bevor er ausstieg, legte er das Schild, das ihn als Polizisten im Einsatz auswies, hinter die Windschutzscheibe.

Pat stand vor ihm auf dem Hof und sah sich nach den anderen Autos um.

»Der Ford Mondeo, in dem ich Max heute Mittag gesehen habe, ist nicht darunter. Vielleicht ist er noch unterwegs.«

»Wir werden sehen.«

Auf einem der Klingelschilder neben der Haustür stand der Name Lihou. Der Name Cooper war nirgends zu entdecken.

Doyle drückte auf den Klingelknopf. Nach zwanzig Sekunden knackte es leicht in der Gegensprechanlage.

»Ja?« Eine Frauenstimme, sehr zaghaft.

Doyle nickte Pat zu, und sie sagte: »Hier ist Inspector Holburn. Sie erinnern sich bestimmt, Ms Lihou.«

»Ja, und?«

»Würden Sie mich hereinlassen?«

»Warum?«

»Ich muss Sie sprechen. Es geht um Max.«

»Es passt mir jetzt nicht.«

Pat verschärfte den Tonfall.

»Ich bin dienstlich hier. Öffnen Sie bitte sofort!«

»Es ist jetzt wirklich schlecht.«

Doyle brachte seinen Mund nahe an die Gegensprechanlage.

»Hier ist Detective Chief Inspector Cyrus Doyle. Wenn Sie uns nicht augenblicklich reinlassen, handeln Sie sich ordentlich Ärger ein.«

Ein Summen ertönte, und er drückte mit dem Ellbogen gegen die Tür.

»Ein Hoch auf deine gottgegebene Autorität«, meinte Pat, als er ihr die Tür aufhielt.

»Sagen wir besser, auf die mir vom Bailiwick of Guernsey verliehene Autorität.«

Die Wohnung lag im ersten Obergeschoss im rückwärtigen Teil des Hauses, zur Valnord Road hinaus, die dort parallel zur Victoria Road verlief. Doyle überlegte, ob die zögerliche Ms Lihou für ihren Freund Max Cooper Zeit geschunden hatte. Gab es nach hinten hinaus eine Feuerleiter, über die Cooper gerade verschwand? Aber bis Doyle wieder aus dem Haus und rüber zur Valnord Road gelaufen wäre, hätte sich ein fliehender Max Cooper längst abgesetzt.

Fiona Lihou stand in der einen Spalt geöffneten Wohnungstür, hatte aber eine Sicherheitskette vorgelegt. Doyle sah nur einen Ausschnitt ihres Gesichts, nur ein Auge, das ihnen zweifelnd, fast ängstlich, entgegenblickte. Es erinnerte ihn an die erste Begegnung mit Angela Seabourne. Hatte auch Ms Lihou vor, ihnen Theater vorzuspielen?

Er hielt seinen Dienstausweis in Augenhöhe vor den Spalt und bat darum, hereingelassen zu werden.

»Haben Sie einen Durchsuchungsbefehl?«, brachte die Frau zögernd hervor.

»Nein, warum auch? Wir wollen uns nur etwas mit Ihnen unterhalten. Und mit Max, falls er zu Hause ist. Er wohnt doch hier, oder?«

»Ja, aber er ist nicht da.«

Doyle hatte den Ausweis wieder eingesteckt und deutete auf die Sicherheitskette.

»Was ist? Dürfen wir reinkommen?«

»Wir können uns doch auch so unterhalten.«

»Wenn Sie möchten, dass das halbe Haus mithört, gern.«

Ms Lihou seufzte laut.

»Einen Augenblick.«

Sie lehnte die Tür an, zog die Kette ab und öffnete die Tür wieder. Langsam trat sie ein, zwei Schritte zurück.

»Dann kommen Sie rein. Aber glauben Sie nicht, dass ich extra Ihretwegen aufgeräumt habe.«

Als Doyle eintrat, lächelte er ohne wahre Erheiterung, nur um sie zu beruhigen.

»Das sind wir gewohnt. Außerdem konnten Sie ja nicht mit uns rechnen.« Für ein paar Sekunden blickte er tief in ihre blassblauen Augen, bevor er fortfuhr: »Oder haben Sie uns erwartet, Ms Lihou?«

Sie antwortete nicht sofort, schien zu überlegen. Doyle kannte solche Situationen. Jetzt fiel bei ihr die Entscheidung, ob sie lügen oder die Wahrheit sagen würde – oder wenigstens einen Teil der Wahrheit.

Er musterte sie eingehend. Pat hatte recht: Fiona Lihou, die zu flachen Pumps eine dunkelblaue Hose und eine weite, hellblaue Hausjacke mit einem asiatisch wirkenden Blumenmuster trug, hatte sich wirklich, ob bewusst oder unbewusst, als eine

Veronica-Lake-Kopie gestylt. Er wäre nicht überrascht gewesen, wenn jetzt Alan Ladd aus einem der Zimmer getreten wäre.

Ms Lihou hatte sich zu einer Antwort entschlossen und befeuchtete mit der Zungenspitze ihre dunkelroten Lippen.

»Max meinte, Inspector Holburn könne vielleicht vorbeikommen.« Von einer Sekunde zur anderen verformte sich ihr Mund zu einem Lächeln, und mit einem fast heiteren Unterton fuhr sie fort: »Folgen Sie mir bitte ins Wohnzimmer. Möchten Sie etwas trinken?«

Offenbar hatte sie entschieden, ihnen die Rolle der aufgeräumten Gastgeberin vorzuspielen.

Das Wohnzimmer war in einem dunklen Beige eingerichtet, und über der Couch hing ein James-Dean-Poster. Also eine Romantikerin, dachte Doyle, der sofort ausschloss, dass ein Mann wie Max Cooper sich freiwillig James Dean in die gute Stube hängte.

Doyle und Pat lehnten das Angebot, etwas zu trinken, ab und nahmen nebeneinander auf der Couch Platz. Fiona Lihou setzte sich ihnen gegenüber in einen Sessel und schlug betont lässig ein Bein über das andere. Auf dem niedrigen Glastisch stand ein halbgeleertes Rotweinglas, daneben lagen ein paar Frauenzeitschriften, teilweise aufgeschlagen: Klatsch, Körperpflege und Klamotten.

»Was hat Max Ihnen noch gesagt, Ms Lihou?«, fragte Doyle. »Hat er Ihnen erklärt, weshalb er mit Inspector Holburns Besuch gerechnet hat?«

»Es geht wohl um seinen derzeitigen Auftrag. Er sollte Inspector Holburn anrufen, wenn ich das richtig verstanden habe.«

Pat nickte und sagte barsch: »Was er nicht getan hat.«

»Ich glaube, er durfte es nicht.«

»Er durfte es nicht?« Pat richtete einen ungläubigen Blick auf Fiona Lihou. »Wer hat es ihm verboten?« Als keine Antwort kam, hakte sie nach: »Sein Auftraggeber?«

»Ich denke, so ist es.« Die Frau fuhr durch ihr sorgfältig frisiertes Haar. »Mir sagt er ja nie etwas.«

»Sind Sie nicht seine Assistentin?«, fragte Doyle,

»Na ja, offiziell. Max sagt, er kann mich von der Steuer absetzen. Eigentlich sitze ich da nur so rum.«

»Dann sagen Sie uns wenigstens, wer sein derzeitiger Auftraggeber ist«, verlangte Pat.

»Das hat Max mir leider auch nicht gesagt. Der Auftraggeber legt großen Wert auf Geheimhaltung. Das Einzige, was ich weiß …« Sie unterbrach sich. »Aber vielleicht darf ich Ihnen das auch nicht verraten.«

»Sie sollten uns alles sagen, was Sie wissen, Ms Lihou«, sagte Doyle. »Wir ermitteln in einer Mordsache. Fakten zurückzuhalten, kann Sie teuer zu stehen kommen.«

»Mord? Das kann ich mir nicht vorstellen. Max hat ganz sicher nichts mit einem Mord zu tun!«

»So, hat er nicht?«, fuhr Pat sie an. »Warum meldet er sich dann nicht bei uns, sondern versteckt sich geradezu?«

»Max hat wohl keine Zeit. Er hat gerade viel zu tun.«

Doyle beobachtete Fiona Lihou genau und konnte bei ihr nicht die typischen Anzeichen einer Lügnerin entdecken. Falls sie ihnen die Naive nur vorspielte, tat sie das mit bewundernswerter Perfektion. Aber warum nicht? Auch Angela Seabourne beherrschte diese Kunst.

»Sie wollten uns eben etwas sagen«, erinnerte er sie in einem freundlichen Ton, um ihre Kooperationsbereitschaft zu fördern.

»Der aktuelle Fall, also, da geht es wohl um Erpressung.«

»Wer erpresst wen?«

»Das weiß ich nicht. Max hat nur so eine Anmerkung gemacht, dass es um viel Geld geht. Auch für ihn, wenn er den Erpresser findet. Für seinen Auftraggeber scheint das sehr wichtig zu sein. Ja, jetzt erinnere ich mich. Max machte so eine Bemerkung, dass die Existenz seines Auftraggebers auf dem Spiel steht.«

Ms Lihous Blick huschte von Doyle zu Pat und wieder zurück. Falls sie hoffte, nach dieser Auskunft aus der Nummer heraus zu sein, hatte sie sich geirrt. Fast war er geneigt, Mitleid mit ihr zu empfinden.

»Jetzt müssen wir nur noch diesen Auftraggeber finden.« Pats Blick lastete schwer auf Fiona, und keinerlei Mitleid schwang darin mir. »Es muss doch irgendwelche Aufzeichnungen über ihn geben, zum Beispiel in Ihren Geschäftsunterlagen. Vielleicht sollten wir in Ihren Büroräumen nachsehen.«

»Da werden Sie nichts finden. Max sagt immer, ich sei sein Aushängeschild, aber sein eigentliches Büro habe er hier.« Sie tippte gegen ihre Stirn. »Er meint natürlich seinen eigenen Kopf, nicht meinen.«

»Tatsächlich?« Pat blickte sie an, als wäre Fiona eine Außerirdische. »Sind Sie sich da sicher?«

»Aber ja, ganz sicher.«

»Na, wenigstens etwas, worin Sie sich sicher sind.«

Ihre Gastgeberin versteifte sich.

»Hören Sie, ich habe Sie hereingelassen, und ich habe Ihre Fragen beantwortet. Sie haben keinen Grund, über mich herzufallen.«

»Das wollen wir auch nicht«, beeilte sich Doyle zu versichern. »Im Gegenteil, wir sind Ihnen sehr dankbar für Ihre Hilfe. Wenn Sie uns noch ein paar kurze Fragen beantworten, sind Sie uns auch schon los.«

Ms Lihou lächelte ihn an und vermied es, Pat anzusehen.

»Bitte sehr, Mr Doyle.«

»Wohnt Max hier mit Ihnen, oder hat er noch eine eigene Wohnung?«

»Nein, nur diese. Warum?«

»Weil er unter dieser Adresse nirgendwo registriert ist und weil nur Ihr Namensschild am Eingang prangt.«

»Aus Sicherheitsgründen. Max sagt, in seinem Beruf macht man sich viele Feinde.«

»Zweifellos, besonders im Fall von Max«, knurrte Pat, was ihr einen bösen Blick von Ms Lihou einbrachte.

Bevor sich bei Max Coopers Freundin schlechte Stimmung breitmachen konnte, ergriff Doyle wieder das Wort.

»Wie können wir Max jetzt erreichen?«

»Ich fürchte, gar nicht. Er ist unterwegs.«

»Er wird doch ein Handy haben.«

»Das hat er ausgeschaltet, weil er meinte …«

Fiona Lihou presste die Lippen zusammen und wich seinem Blick aus.

»Was hat Max gemeint, Fiona?«, fragte Doyle sanft. »Bitte, sagen Sie es mir.«

»Er meinte, sonst könnte die Polizei ihn orten.«

Pat konnte nicht an sich halten, und ein wütendes Funkeln trat in ihre Augen.

»Und da glauben Sie immer noch, dass er ein reines Gewissen hat?«

»Er … er will doch nur seine Arbeit beenden, damit er auch sein Honorar bekommt.«

Pat setzte zu einer Zurechtweisung Fionas an, aber Doyle kam ihr zuvor.

»Ist Max mit dem Mondeo unterwegs?«

»Ja.«

Er fragte Pat, ob sie das Kennzeichen kenne, und sie nickte.

»Ihr Max soll sich so schnell wie möglich bei uns melden«, ermahnte Doyle Ms Lihou. »Sagen Sie ihm das, sobald er heimkommt oder Sie anruft. Falls die Sache, an der er dran ist, etwas mit dem Mord zu tun hat, der gestern im Beau Sejour Centre verübt wurde, kann es für ihn gefährlich werden. Lebensgefährlich!«

Fiona nickte und schien ihn wirklich verstanden zu haben. Ihr ohnehin blasses Gesicht wurde noch blasser.

DRITTER TAG

Dienstag, 17. Mai

KAPITEL 11

Mitternacht war schon vorüber, und Calvin Baker, der eigentlich gern Polizist war, verwünschte seinen Job. Er hatte sich schon auf einen gemütlichen Feierabend mit Jasmyn gefreut, da hatte DCI Doyle die Fahndung nach Max Cooper herausgegeben. Beim Strohhalmziehen hatte es Baker mit der ersten Wache in der Victoria Road erwischt. Seitdem hockte er in dem Škoda, einem Zivilfahrzeug der Einheit, und beobachtete das Apartmenthaus, in dem dieser Max Cooper und seine Freundin wohnten. Mit jeder Stunde, die verrann, wurde er müder. Zum Glück hatte er einen Vorrat an Schokoriegeln mitgenommen, die griffbereit auf dem Beifahrersitz lagen, und die regelmäßige Zuckerzufuhr hielt ihn wach. Jasmyn, die versuchte, seinen Schokoladenkonsum einzugrenzen, durfte er das natürlich nicht erzählen, aber sie würde es ohnehin merken.

Vor einer halben Stunde hätte er sich fast beim Kauen verschluckt, als plötzlich ein Ford Mondeo direkt vor ihm aufgetaucht und zu den Stellplätzen des Apartmenthauses eingebogen war. Baker hatte das Kennzeichen nicht lesen können, und er konnte die Stellplätze von seiner Position aus nicht einsehen, aber er hätte seine Hand dafür ins Feuer gelegt, dass Max Cooper heimgekehrt war. Er war schlagartig putzmunter gewesen und hatte über Funk im Hauptquartier angerufen, wo Sergeant Topley von den Uniformierten die nächtliche Fahndung koordinierte.

»DCI Doyles Befehle sind eindeutig«, hatte Topley gesagt. »Kein nächtlicher Zugriff und schon gar kein Zugriff ohne ausdrückliche Genehmigung des Chief Inspector. Ausnahme: Gefahr in Verzug. Wahrscheinlich haut Cooper sich jetzt aufs Ohr, und den Rest der Nacht passiert nichts weiter. Bleib also auf dem Posten, Calvin, bis du um zwei Uhr von Constable Bunting abgelöst wirst. Du hast es ja bald geschafft.«

»Scherzbold. Du kannst mir ja über Funk ein paar Witze erzählen, damit ich wach bleibe, George.«

»Da muss ich aber lachen. Schon mal was von Funkdisziplin gehört?«

Also hieß es durchhalten, bis Bunting an der Reihe war. Baker gähnte lang und heftig. Die letzten Stunden seiner Wache schienen die schwierigsten zu werden. Immer öfter sah er auf die Uhr, und immer langsamer verging die Zeit.

Fast schon automatisch griff er nach dem nächsten Schokoriegel und riss die Verpackung auf. Ein Kleintransporter, der in der falschen Richtung durch die Einbahnstraße fuhr – der Fahrer rechnete wohl mit wenig Verkehr zu dieser Uhrzeit –, hatte falsch eingestellte Scheinwerfer. Eine Flut gleißenden Lichts blendete Baker, und instinktiv kniff er die Augen zusammen. Als der Kleintransporter an seinem Škoda vorbei war, bemerkte er das Unglück. Der Schokoriegel war schon zerbrochen gewesen, und nach dem Aufreißen der Verpackung hatten sich die Krümel auf seiner Hose, dem Fahrersitz und wer weiß wo noch verstreut. Vorsichtig legte er das Papier mit der restlichen Schokolade zurück auf den Beifahrersitz und versuchte, die Schokokrümel von seiner Hose und dem Fahrersitz zu wischen.

Als er sich wieder aufrichtete, traf ihn fast der Schlag. Vor ihm fuhr ein Wagen stadtauswärts, der im Halbdunkel der nächtlichen Stadt verdammt nach einem Ford Mondeo aussah. Die hintere Nummernschildbeleuchtung an dem Wagen war ausgefallen, und er konnte das Kennzeichen beim besten Willen nicht entziffern.

War das Max Cooper? Und falls ja, warum hätte er um diese Uhrzeit noch wegfahren sollen?

Baker stieß einen leisen Fluch aus und unterdrückte den Impuls, aus dem Wagen zu springen und auf den nahen Parkplatz zu laufen. Auf diese Weise hätte er recht einfach feststellen können, ob Coopers Ford noch da stand. Aber falls nicht, wäre es zu spät gewesen, dem Ford, der sich zügig entfernte, zu folgen.

»Das Glück ist mit dem Dummen«, knurrte Baker, ließ den Motor an und die Scheinwerfer aufflammen und schoss mit einem kräftigen Druck aufs Gaspedal aus seiner Parklücke, dem schon recht klein gewordenen Ford hinterher.

Hinter ihm hupte wütend der Fahrer eines SUVs, den Bakers hastiges Fahrmanöver ausgebremst hatte. Er achtete kaum darauf und hatte nur Augen für den Ford.

»Cooper oder nicht Cooper, das ist hier die Frage.«

Es war nicht ungewöhnlich, dass er mit sich selbst sprach. Lange Jahre hatte er allein in seinem Cottage gelebt, sah man einmal von seinem Kanarienvogel Marengo ab. Außerdem waren Selbstgespräche in Kombination mit Schokoriegeln auf einsamen Missionen wie dieser ein gutes Mittel gegen das Einschlafen.

Baker presste den rechten Fuß stärker aufs Gaspedal, und der Škoda holte auf. Er musste nah genug an den Ford herankommen, um das Kennzeichen lesen zu können. Vorher hatte es keinen Sinn, Topley anzufunken und dadurch vielleicht nur die Pferde scheu zu machen.

Bevor Baker nah genug dran war, bog der Ford zweimal nach links ab und fuhr die Queens Road hinunter. Die Straße war lang und gut ausgebaut, so dass Baker den Rennfahrer spielen konnte. Nur so war es möglich, näher an den ebenfalls zügig fahrenden Ford heranzukommen. Kurz vor dem Elizabeth College konnte er einen kurzen Blick auf das Nummernschild werfen.

Bingo!

Erleichtert atmete er durch, ließ den Škoda wieder ein Stück zurückfallen und gab per Funk Sergeant Topley Bescheid.

»Bleib an ihm dran, Calvin, aber sieh zu, dass er dich nicht bemerkt.«

»Willst du den DCI verständigen?«

»Noch nicht. Wir haben ja keine Ahnung, was Cooper vorhat. Vielleicht will er nur eine Packung Chips oder eine Tüte Milch kaufen.«

»Du bist auch so eine Tüte Milch, George«, sagte Baker mit einem kurzen Auflachen und beendete das Gespräch.

Jedwede Müdigkeit war verflogen, als er dem Ford Mondeo aus St. Peter Port heraus in südlicher Richtung folgte. Er war voll konzentriert und darauf bedacht, den richtigen Abstand zu Max Cooper einzuhalten. Zugute kam Baker, dass Cooper es eilig hatte und ein hohes Tempo einschlug, so dass er sich mehr auf die Straße vor ihm als auf die hinter ihm konzentrieren musste. Baker hatte bald herausgefunden, welcher Abstand der beste war, um an Cooper dranzubleiben, ohne ihm aufzufallen. An markanten Abzweigungen brachte er Topley auf den neuesten Stand.

»Woher weißt du eigentlich, dass du Cooper verfolgst?«, fragte Topley. »Könnte es nicht auch seine Kleine sein, die dich weglocken soll?«

Baker stieß einen leisen Fluch aus. Dieser Gedanke lag gar

nicht so fern, aber ihm war er in der Hitze des Gefechts noch nicht gekommen.

»Lass uns hoffen, dass es nicht so ist, George. Sonst haben wir mit Zitronen gehandelt.«

Topleys Frage hatte einen nagenden Zweifel in Baker gesät, aber es gab kein Zurück. Fast verbissen setzte er die Verfolgung fort. Sie fuhren über La Ville au Roi und ließen den mit tausend Lichtern in die Nacht strahlenden Gebäudekomplex des Princess Elizabeth Hospital rechts hinter sich zurück, um die Gemeinde St. Martin in südlicher Richtung zu durchqueren. Cooper – er musste es einfach sein – behielt diese Richtung bei, auch als die Straßen schmaler und die Umgebung ländlicher wurde. Mit jeder Minute wurde sich Baker sicherer, dass Coopers Ziel im Südwesten der Insel lag. Als der Ford auch an der letztmöglichen größeren Abzweigung, der Rue des Marettes, nicht nach rechts abbog, sondern stur weiter auf der Icart Road in Richtung Südwestküste fuhr, beschlich Baker ein seltsames Gefühl.

Er gab Topley seinen Standort durch und sagte: »Halt mich für verrückt, George, aber vielleicht will Cooper zum DCI.«

»Zu Doyle?«

»Klar, der wohnt doch an der Straße. Sonst gibt es hier nicht mehr viel.«

»Das Saints Bay Hotel liegt doch knapp vor der Küste. Vielleicht will Cooper an der Hotelbar einen Schlummertrunk zu sich nehmen.«

»Quatsch, dazu hätte er auch in St. Peter Port bleiben können. Außerdem möchte ich bezweifeln, dass die Bar im Saints Bay um die Zeit noch auf ist.«

»Ja, hast wohl recht«, erwiderte Topley. »Aber was sollte er vom DCI wollen?«

»Bin ich Moses? Vielleicht ein Geständnis ablegen.« Baker

dachte an den toten Terry Seabourne. »Oder ihn umbringen. Wir sollten ihn warnen.«

»Gut, Calvin. Ich rufe ihn an. Sieh zu, dass du an Cooper dranbleibst und ihn daran hinderst, eine Dummheit zu begehen.«

»Ich tu mein Möglichstes. In Augenblicken wie diesen hätte ich gern eine Dienstwaffe am Mann.«

* * *

Cyrus Doyle träumte von Amsterdam, aber die Bilder von Grachten mit alten Kaufmannshäusern zu beiden Seiten verblassten, als er die Augen aufschlug. Mit einer fahrigen Bewegung schaltete er die Nachttischlampe an und erkannte blinzelnd die Umrisse seines Turmzimmers. Sein Handy klingelte, das neben der alten Lampe, dem ebenfalls alten Funkwecker und einer noch älteren, zerlesenen Ausgabe von Peter Flemings *Brasilianisches Abenteuer* auf dem Nachttisch lag. Es spielte die schnelle, aufregende Titelmelodie der TV-Serie *Van der Valk*. Eine britische Krimiserie mit Amsterdam als Schauplatz, und die Musik war ein Knaller für sich gewesen.

Das Handy-Display enthüllte den Anrufer: das Hauptquartier in St. Peter Port.

»Doyle«, brummte er mit vom Schlaf rauer Stimme ins Handy.

»Topley hier, Sir. Max Cooper hat seine Wohnung vor ungefähr zwölf Minuten verlassen und ist jetzt auf der Icart Road, kurz vor Ihrem Haus. Baker ist hinter ihm. Wir dachten, das sollten Sie wissen.«

Doyle war von einer Sekunde auf die andere hellwach.

»Danke, Sergeant. Halten Sie mich auf dem Laufenden.«

»Soll ich Alarm geben, Sir, und Verstärkung zu Ihnen schicken?«

»Im Augenblick nicht, erst bei konkreter Gefährdungslage. Ist Cooper bewaffnet?«

»Darüber ist nichts bekannt, Sir.«

»Okay, wir bleiben in Kontakt.«

Vor dem Zubettgehen legte Doyle seine Kleidung immer so zurecht, dass er sie in kürzester Zeit anziehen konnte. Deshalb war er keine Minute später schon auf der Wendeltreppe, die von seinem Turmzimmer nach unten führte. Er trat ein paar Schritte hinaus auf das Grundstück und blickte sich um. Alles war ruhig. Aber der Bewegungsmelder hatte das Außenlicht aktiviert, und er stand als lebendige Zielscheibe da. Ein paar schnelle Schritte brachten ihn außerhalb des Lichtkreises.

Er blieb stehen und lauschte in die Nacht hinein. Das Meer, das gegen die nahen Klippen der Saints Bay anrollte, war deutlich zu hören. Eine nachtaktive Möwe stieß ihren hellen Schrei in die Dunkelheit hinaus. Und er hörte Motorengeräusch, aber es kam nicht näher, sondern entfernte sich von ihm.

Wieder meldete sich Sergeant Topley über das Handy.

»Entwarnung, Sir, Cooper wollte gar nicht zu Ihnen. Er ist schon an Ihrem Grundstück und auch am Saints Bay Hotel vorbei. Baker meint, er will vielleicht zum Parkplatz von Icart Point. Möglicherweise ein nächtliches Treffen an einem abgelegenen Ort.«

»Gut möglich«, antwortete Doyle. »Informieren Sie mich weiter, Topley.«

Das gerade erloschene Außenlicht sprang wieder an, und Moira trat vor die Tür des Haupthauses. Sie hatte einen Morgenmantel übergeworfen und kam zögernd auf ihn zu.

»Cy, sind Sie das?«

»Ja, alles in Ordnung.«

Rasch trat er in den Lichtkreis.

Moira strich eine rote Haarsträhne, die sich der leichte Nachtwind zum Spielen ausgewählt hatte, aus ihrem Gesicht und blickte ihn zweifelnd an.

»Ist wirklich alles in Ordnung?«

»Kein Grund zur Aufregung jedenfalls. Trotzdem möchte ich, dass Sie, die Kinder und mein Vater im Obergeschoss des Hauses bleiben, bis ich mich wieder melde. Die Haustür bleib fest verschlossen. Öffnen Sie niemandem außer mir oder anderen Angehörigen der Einheit! Alles verstanden, Moira?«

Zu dem Zweifel in ihren Zügen gesellte sich jetzt Angst.

»Was haben Sie vor?«

»Ich werde mal einen Spaziergang zum Icart Point unternehmen.« Er lächelte sie an. »Die Luft ist ganz angenehm, danach kann ich bestimmt gut schlafen.« Die Besorgnis in ihrem Blick verschwand nicht, und er fügte hinzu: »Ich bin nicht allein. Sergeant Baker ist in der Nähe.«

»Passen Sie trotzdem gut auf sich auf, Cy. Ich möchte nicht noch einen Chief Inspector, den ich sehr mag, verlieren.«

* * *

Baker sah seine Vermutung bestätigt, als der Ford an der Gabelung nach rechts fuhr. Links lagen noch ein paar wenige Häuser, dann endete die Straße an einem kleinen Wendeplatz vor den Klippen. Rechts führte sie zum Icart Point, einem beliebten Aussichtspunkt an der Südwestspitze Guernseys. Dort markierte ein Parkplatz mit einem Tea Room das Ende der Straße. Von da ab ging es auf schmalen Küstenwanderwegen nur zu Fuß weiter. Genau diesen Parkplatz steuerte Cooper an und verringerte gleichzeitig sein Tempo. Auch Baker wurde langsamer und fuhr nur noch Schrittgeschwindigkeit. Die Scheinwerfer hatte er schon ausgeschaltet, als er dem Ford in die rechte Abzweigung gefolgt war. Er ließ den Škoda im Leerlauf ausrollen und hielt am Straßenrand an. Nachdem er eine kurze Standortmeldung an Topley abgesetzt hatte, legte er das letzte Stück bis zum Parkplatz zu Fuß zurück.

Er passierte zur Linken den hinter Bäumen und Gebüsch versteckt liegenden Tea Garden, tagsüber ein lauschig gelegenes Ausflugsziel für Klippenwanderer, jetzt schon seit Stunden geschlossen. Der ganze Ort schien menschenleer zu sein, aber das war eine Täuschung. Der Ford Mondeo stand keine zehn Schritte vor ihm auf dem Parkplatz. Mond und Sterne am wolkenlosen Nachthimmel verbreiteten genug Licht, um Baker erkennen zu lassen, dass niemand im Wagen saß. Max Cooper konnte nicht allzu weit entfernt sein.

Dann erst entdeckte er einen zweiten Pkw, der links von ihm so weit am Rand des Parkplatzes stand, dass er halb von überhängenden Büschen bedeckt war. Er kniff die Augen zusammen und stellte fest, dass auch dieser Wagen leer war. Es sei denn, jemand versteckte sich im Innenraum.

Als er zu dem Fahrzeug gehen wollte, um sich zu vergewissern und um das Nummernschild zu lesen, hörte er einen halblauten Ruf. Keinen Möwenschrei und auch keinen anderen tierischen Laut, sondern die Stimme eines Menschen. Wenn ihn nicht alles täuschte, war das aus südlicher Richtung gekommen, wo es nur noch die steilen Klippen gab, eine Menge Büsche und Sträucher und einen schmalen Wanderpfad, der an den Klippen entlangführte.

Baker eilte möglichst lautlos quer über den Parkplatz, wo es zwischen den Büschen zwei schmale Durchgänge zu dem Klippenpfad gab. Er wählte den nächsten Durchgang und vernahm Stimmen, die sich leise miteinander unterhielten. Leise, aber sehr erregt. Es klang wie ein Streit, und Baker folgte den Stimmen. Er bewegte sich vorsichtig, aber zielstrebig vorwärts. Er wollte verstehen, worum es in diesem Streit ging. Und er wollte wissen, mit wem sich Max Cooper stritt. Dass einer der beiden Streithähne der Privatdetektiv war, daran bestand für ihn kein Zweifel.

Die Stimmen wurden lauter, aber verstehen konnte er sie noch immer nicht. Eine von ihnen klang seltsam dumpf und war mit einem Akzent behaftet, den er nicht einordnen konnte. Dann hörte er ein alarmierendes Geräusch, das an eine kleine Explosion erinnerte. Es schien ein Schuss zu sein, war aber recht leise. Eine Waffe mit aufgeschraubtem Schalldämpfer?

Dem Schussgeräusch folgte ein Aufstöhnen, und schon taumelte ihm auf dem schmalen Pfad eine Gestalt entgegen, die sich nur mühsam aufrecht halten konnte. Baker erkannte einen großen Mann mit verhärtetem Gesicht. Der Mund war vor Schmerz verzogen. Max Cooper. Er verlor das Gleichgewicht, und Baker streckte instinktiv die Arme aus, um ihn aufzufangen. Cooper war schwer, und Baker ging mit ihm zu Boden, ohne ihn loszulassen.

»Wer war das?«, fragte Baker.

Cooper öffnete die Lippen und brachte unter Mühen ein paar Worte hervor, bevor jede Spannung aus seinem Körper wich und er in sich zusammensackte.

Baker war über das Gehörte so erstaunt, dass er die fremde Gestalt erst bemerkte, als sie dicht vor ihm stand. Sie richtete eine Pistole mit Schalldämpfer auf ihn, und er spürte einen harten Schlag im linken Oberkörper. Die Welt um ihn verblasste, und das gedämpfte Geräusch des Schusses drang gar nicht mehr richtig in sein Bewusstsein.

* * *

Doyle eilte die Icart Road mit schnellen Schritten entlang. Vielleicht hätte er eins der Autos nehmen sollen, aber dann wäre er kaum unbemerkt geblieben. Baker war mit der Beschattung beauftragt, und er wollte seinem Sergeant nicht die Tour vermasseln. Er war am Saints Bay Hotel vorbei und hatte gerade die Straßengabelung erreicht, als er das seltsame Geräusch hörte. Wie eine ferne Explosion, verursacht von einem Schiff draußen auf dem Meer, die der anlandige Wind an seine Ohren getragen hatte. Er blieb stehen und lauschte.

Da, wieder dieses Geräusch. Vielleicht kam es doch nicht von so weit her, wie er eben geglaubt hatte. Vielleicht sogar ganz aus der Nähe. Er musste an den Schalldämpfer denken, mit dessen Hilfe vermutlich der Mord an Terry Seabourne verübt worden war. Plötzliche Sorge um Baker erfasste ihn, und er setzte sich wieder in Bewegung, schneller als zuvor. Dabei entschied er sich für die Straße zum Parkplatz, weil die Explosionen eher von dort gekommen waren als von den Häusern zur Linken.

Rechts vor ihm stand ein Auto am Straßenrand, und Doyle erkannte den zivilen Polizei-Škoda, mit dem Baker unterwegs gewesen war. Der Sergeant saß nicht im Wagen, aber Doyle wusste jetzt, dass er der richtigen Abzweigung folgte.

Je näher er dem Parkplatz kam, desto schneller lief er. Unvermittelt heulte ein Motor auf, als habe jemand in Panik oder Hast ein Auto gestartet. Dann flammten auch schon zwei Scheinwerfer vor ihm auf und blendeten ihn. Fernlicht.

Ein Wagen schoss von dem Parkplatz herunter und jagte ihm

mit viel zu hoher Geschwindigkeit entgegen. Doyle dachte an die beiden Explosionen und wusste instinktiv, dass der Fahrer nicht versuchen würde, eine Kollision mit ihm zu vermeiden.

Im Gegenteil!

Links von ihm erstreckte sich hinter einem schmalen, niedrigen Grünstreifen freies Ackerland. Mit einem Hechtsprung auf den Acker wollte er sich in Sicherheit bringen, aber er war nicht schnell genug. Der Wagen erfasste ihn zwar nicht voll, streifte aber seine rechte Seite, und ein jäher Schmerz durchfuhr seinen Körper. Er fiel auf den Lehmboden und hörte den Wagen, von dem er nicht viel mehr gesehen hatte als die hellen, blendenden Scheinwerfer, mit unvermindert hoher Geschwindigkeit landeinwärts davonfahren.

Doyle lag bäuchlings auf dem Acker und atmete tief durch. Bei jedem Atemzug brannte in seiner rechten Seite ein Höllenfeuer. Eine betäubende Benommenheit wollte Besitz von ihm ergreifen. Ihr nachzugeben, war sehr verlockend. Aber er dachte an Sergeant Baker und zwang sich, weiter tief durchzuatmen. So unangenehm der brennende Schmerz war, ließ er Doyle doch bei Bewusstsein bleiben.

Keuchend stand er auf und ging mit wackligen Schritten zurück auf die Straße. Von dem Wagen, der ihn gestreift hatte, war längst nichts mehr zu sehen. Nur den Motor konnte er noch hören, aber das Geräusch wurde mit jeder Sekunde leiser.

Er verfiel in einen leichten Trab und erreichte den Parkplatz. Max Coopers Ford Mondeo war unübersehbar. Aber weder von Cooper noch von Baker gab es eine Spur. Doyle hatte zwei Schüsse gehört. Hatte es beide erwischt?

Hier war etwas schrecklich schiefgelaufen. Laut rief er nach Baker, zweimal, dreimal, viermal.

Keine Antwort.

Doyle setzte sich wieder in Bewegung und entschied sich fast automatisch für den Weg zum Küstenpfad, der ihm am nächsten lag. Aber wohin weiter, rechts oder links? Er hatte seine Jacke nicht übergestreift und deshalb keine der kleinen Taschenlampen dabei, von denen er normalerweise immer eine mit sich führte. Aber das Handy in seiner Hosentasche war ein passabler Ersatz, jedenfalls auf kurze Distanz.

Er kniete sich hin und brachte sein Gesicht dicht an den Boden heran. Täuschte er sich, oder war der Boden des Pfades links von ihm leicht aufgewühlt? Er fuhr ganz sacht mit der flachen Hand rechts und links über den Boden. Links war er tatsächlich etwas aufgelockert.

Also nach links!

Schon nach wenigen Schritten stieß er auf ein Hindernis, das den Weg versperrte. Was im ersten Augenblick aussah wie ein Felsblock, entpuppte sich als zwei auf seltsame Weise ineinander verschlungene menschliche Körper.

Doyle kniete sich neben sie und erkannte sofort Calvin Baker. Der andere musste Max Cooper sein. Keiner von beiden gab ein Lebenszeichen von sich. Rasch fühlte er den Puls der beiden Männer. Dann rief er das Hauptquartier an und war mit Sergeant Topley verbunden.

»Geben Sie sofort Großalarm, Sergeant! Und jetzt hören Sie gut zu!«

KAPITEL 12

Für Max Cooper konnte er nichts mehr tun.
Herzschuss.
Volltreffer.

Exitus.

Aber bei Sergeant Baker hatte der Unbekannte nicht genau gezielt. Vielleicht war er in Panik gewesen, weil Bakers Auftauchen ihn überrascht hatte. Die Kugel war eine Handbreit über dem Herzen eingedrungen. Baker hatte das Bewusstsein verloren, aber nicht das Leben.

Noch nicht.

Doyle presste ein Taschentuch auf die Wunde, um die Blutung zu stillen. Außerdem hatte er Baker ein paar leichte Ohrfeigen versetzt und redete unentwegt auf ihn ein, um ihn ins Bewusstsein zurückzuholen. Richtig bei sich war der Sergeant nicht. Aber er drehte unruhig den Kopf hin und her und stöhnte zuweilen, als bemühe er sich vergeblich, etwas zu sagen.

»Schon gut, Calvin, strengen Sie sich nicht zu sehr an. Bleiben Sie ruhig hier liegen und versuchen Sie, nicht zu reden. Bald trifft Hilfe ein. Da sind doch schon Sirenen zu hören, oder? Es kann nicht mehr lange dauern. Wenn der Notarzt da ist, geht es Ihnen schnell wieder besser.«

Zuerst traf ein Streifenwagen mit den uniformierten Constables Watkins und Luscombe ein. Sie waren auf der routinemäßigen Nachtpatrouille in der Nähe des Flughafens gewesen, als Topley den Großalarm auslöste. Doyle fragte sie, ob sie ein verdächtiges Fahrzeug gesichtet hätten, aber beide schüttelten den Kopf.

»Was für ein Wagen ist es denn, Sir?«, fragte Watkins, deren Blick immer wieder sorgenvoll zu Baker pendelte.

»Wenn ich das wüsste«, seufzte Doyle. »Nehmen Sie Ihre Stablampen und suchen Sie den Wanderpfand in beiden Richtungen ab. Vielleicht finden Sie in der näheren Umgebung Spuren. Alles kann wichtig sein, auch wenn es sich hinterher als wertloser Abfall herausstellen sollte.«

Die beiden befolgten den Befehl, und Doyle lauschte wieder nervös in die Nacht. Sirenengeheul kündigte weitere Einsatzkräfte an.

»Hören Sie, Calvin, da kommt noch mehr Verstärkung. Da ist bestimmt auch ein Notarzt dabei.«

Zum Glück hatte er recht. Eine junge Ärztin mit blondem Pferdeschwanz, die Doyle vom Sehen kannte, ohne sich ihren Namen gemerkt zu haben, kümmerte sich um Baker, assistiert von zwei Rettungssanitätern in den grünen Overalls des St. John Ambulance & Rescue Service.

Sie warf nur einen kurzen Blick auf Max Cooper und stellte fest: »Dem können wir nicht mehr helfen.«

Doyle zog sich zum Parkplatz zurück. Der Klippenpfad war schmal, und er wollte die Ärztin und die Sanitäter nicht behindern. Auf dem Parkplatz stieß er auf Moira, die jetzt Jeans und einen Pullover trug. Bei seinem Anblick atmete sie erleichtert auf.

»Mein Gott, Cy, Sie können einem wirklich Angst einjagen!«

»Mir geht's gut«, sagte er, während er eine neue Schmerzattacke in seiner rechten Seite unterdrückte. »Was man von Sergeant Baker nicht sagen kann. Aber was machen Sie hier?«

»Ich mache mir Sorgen um Sie.«

»Aber ich hatte Ihnen doch gesagt, Sie ...«

»Ihr Vater und die Kinder sind in guter Obhut. Sergeant Topley hat einen Wagen mit zwei Constables geschickt, die das Haus bewachen.« Moira blickte in Richtung Klippen. »Was ist mit Sergeant Baker?«

»Angeschossen. Die Kugel hat das Herz zwar verfehlt, sitzt aber nicht weit darüber.«

»Wird er durchkommen?«

»Wir können es nur hoffen.«

Moiras Blick verklärte sich.

»Ich erzähle Joel und Isabel oft von ihrem Vater. Was für ein tapferer Mann er war, was für ein guter Polizist. Dass es gute Polizisten braucht, damit die Menschen ohne Angst leben können. Und dass ich sehr stolz auf ihren Vater bin. Das alles ist die Wahrheit. Aber manchmal denke ich, ich sollte nicht so viel Werbung für den Beruf des Polizisten machen. Wenn die Kinder einmal andere Wege gehen sollten, hätte ich nichts dagegen.«

»Ich verstehe Sie sehr gut, Moira.« Er legte die Hände auf ihre Schultern und sah ihr in die Augen. »Danke, dass Sie gekommen sind. Jetzt gehen Sie besser wieder zurück. Joel und Isabel sind sicher noch aufgeregt, und die eigene Mutter kann da besser helfen als jeder Constable.«

Immer mehr Kollegen erschienen vor Ort. Superintendent Barry Ogier, Chief Chadwicks Stellvertreter, der sich von Doyle mit knappen Worten in die Lage einweisen ließ und dann umsichtig die Leitung der Großfahndung übernahm. Constable Allisette, die vor Sorge um Baker ganz aufgelöst war und fassungslos beobachtete, wie die Notärztin ihn zu stabilisieren versuchte. Und Pat, die sich vergeblich bemühte, Allisette zu beruhigen.

Schließlich trugen die beiden Sanitäter Baker, der noch immer nicht richtig bei sich war, vorsichtig das kleine Stück zum Parkplatz, wo der Rettungswagen mit flackerndem Blaulicht stand.

»Zum Glück hat der DCI die Blutung sofort gestillt, sonst wäre der Blutverlust dramatisch hoch gewesen«, erklärte die Notärztin gegenüber Doyle, Ogier, Pat und Allisette. »Der Sergeant ist jetzt transportfähig. Wir bringen ihn zur Notoperation ins Princess Elizabeth. Dr. Nowlan wartet dort bereits mit einem OP-Team.«

»Ich fahre hinterher«, erklärte Allisette, die ihre Tränen nicht zurückhalten konnte.

»In Ordnung, aber Sie setzen sich nicht selbst ans Steuer«, sagte Superintendent Ogier und winkte eine noch sehr junge Polizistin heran. »Constable Wood wird Sie begleiten.«

Baker, die Notärztin und ein Sanitäter verschwanden im Heck der Ambulanz. Der andere Sanitäter schloss die Türen, klemmte sich hinter das Lenkrad, und das große gelbgrüne Fahrzeug setzte sich vorsichtig in Bewegung. Ihm folgte ein roter Mini Hatch mit Allisette auf dem Beifahrersitz und Amelia Wood am Steuer.

Pat sah Doyle an.

»Wir sollten uns anschließen. Ich fahre dich ins Krankenhaus.«

»Warum?«

»Glaubst du im Ernst, ich sehe nicht, wie du die ganze Zeit über die Zähne zusammenbeißt?«

»Ach, nur eine kleine Prellung. Der Fluchtwagen hat mich gestreift.«

»Schon klar, der DCI braucht keinen Röntgenapparat, um die Schwere seiner Verletzungen festzustellen.« Pat wirkte ernsthaft verärgert. »Schon mal was von gebrochenen oder angeknacksten Rippen gehört?«

»Inspector Holburn hat recht«, entschied Ogier. »Lassen Sie sich im Princess Elizabeth durchchecken. Unter Holburns Obhut.«

»Unter einer Bedingung«, gab Doyle nach. »Vorher statten wir Veronica Lake einen Besuch ab.«

* * *

Sie hielten kurz am »Petit Château«, wo Doyle nach dem Rechten sah und die Jacke mit seiner Brieftasche holte. Anschließend nahmen sie in Pats Golf ungefähr denselben Weg, den Max Cooper und Sergeant Baker gefahren waren, nur in umgekehrter Richtung. Farmhäuser und Landhotels säumten die engen Straßen, aber keiner der beiden schenkte ihnen Beachtung. Die Nacht verbarg die Reize der herausgeputzten Gebäude, und jeder von ihnen hing seinen Gedanken nach.

»Du hast noch gar nichts zu Coopers Tod gesagt«, durchbrach Doyle das untypische Schweigen zwischen ihnen. »Wie nah geht dir das?«

»Ich glaube, ich müsste ein schlechtes Gewissen haben, aber Max ist mir nach seinem Tod ebenso gleichgültig, wie er es schon seit vielen Jahren gewesen ist. Mich bedrücken Calvins Zustand und die Tatsache, dass auf Guernsey offenbar ein Mörder umgeht, der gut mit Schusswaffen umgehen kann und nicht lange fackelt, wenn es gilt, diese einzusetzen.«

»Ich bin ganz deiner Meinung. Falls der Mord an Cooper geplant war, ist es schon die zweite eiskalte Tat innerhalb von weniger als achtundvierzig Stunden.«

»Denkst du, unser Unbekannter wollte Max töten?«

»Die Sache mit dem Schalldämpfer spricht dafür. Ganz schön unhandlich, eine Waffe mit so einem Ding. Wer damit durch die Gegend spaziert, hat zumindest einkalkuliert, sie auch zu benutzen. Vielleicht ist der Mörder Coopers Auftraggeber. Wir haben Cooper in die Enge gedrängt, und er hat seinem Auftraggeber gedroht, ihn bei uns anzuschwärzen. Also lädt der zu einem abgelegenen Treffen mit vorher geplantem Ausgang ein: Schuss und Schluss.«

»Hätte Max dann nicht misstrauisch werden müssen? Der abgelegene Treffpunkt, die ungewöhnliche Uhrzeit?«

»Ein guter Einwand. Wenn wir aber annehmen, dass Fiona Lihou über den Punkt, dass sie über den geheimnisvollen Auftraggeber nicht das Geringste weiß, nicht gelogen hat, müssen wir davon ausgehen, dass Detektiv und Auftraggeber ihre ganz eigenen Kommunikationswege hatten. Dann waren abgelegene Treffpunkte zu ungewöhnlichen Zeiten möglicherweise üblich.«

»Eine andere Theorie«, sagte Pat, als sie die ländlich geprägte Gegend verließen und die Wohnhäuser und Geschäfte von St. Martin ihren Weg flankierten. »Von Fiona Lihou, glauben wir ihr auch diesmal, haben wir erfahren, dass es um eine Erpressung geht. Vielleicht sollte Max den Erpresser überführen oder das erpresste Geld überbringen. Dabei ist etwas schiefgelaufen. Der Erpresser hat die Nerven verloren und ihn einfach abgeknallt.«

»Gut denkbar. Auch hier könnte der Erpresser einem vorgefassten Plan gefolgt sein, wenn er vorher schon gewusst oder zumindest geahnt hat, dass Cooper ihn in die Pfanne hauen will.«

»Sherlock Holmes hatte doch recht«, seufzte Pat. »Man sollte nicht theoretisieren, bevor man alle Fakten kennt. Gerade an Fakten mangelt es uns in diesem Fall. Hast du den Fahrer des Fluchtwagens auch nicht ansatzweise erkannt? Oder das Fahrzeug? Ein Teil des Kennzeichens wenigstens?«

»Die Scheinwerfer waren voll aufgeblendet, und ich hatte genug damit zu tun, mich in Sicherheit zu bringen.«

»Ein schöner Zeuge bist du, und das als DCI.« In ihrer Stimme lag kein Vorwurf, nur leichter Spott. Leise und ernst sagte sie: »Ich bin verdammt froh, dass er dich nicht erwischt hat, Cy. Er hätte auch aussteigen können, um sein Werk mit der Schusswaffe zu vollenden.«

»Ich schätze, spätestens seit dem Auftauchen von Baker ist er panisch geworden. Sein Plan war gestört, und er wollte den

Treffpunkt möglichst schnell verlassen. Er hat nicht mehr klar gedacht, zum Glück für mich.«

Als er leise stöhnte, fragte Pat besorgt: »Wir kommen gleich am Princess Elizabeth vorbei. Willst du dich nicht erst untersuchen lassen, und anschließend fahren wir zu Fiona Lihou?«

»Es geht schon. Brennt halt ein bisschen. Aber ich brenne noch mehr darauf, Ms Lihou zu sprechen.«

»Deine Bonmots waren schon geistreicher.«

»Berücksichtige zu meinen Gunsten bitte die Uhrzeit.«

* * *

Der zweite Besuch in der Victoria Road verlief anfangs fast genauso wie der erste. Wieder ließ Fiona Lihou sie nur widerwillig ins Haus, und wieder öffnete sie die Wohnungstür nur für den Spalt, den die Sicherheitskette zuließ. Sie trug einen Pyjama und blinzelte ihren Besuch aus verschlafenen Augen an.

»Sie schon wieder? Max ist nicht da.«

»Aber er war da«, sagte Doyle.

»Wovon reden Sie?«

»Gegen Mitternacht war Max bei Ihnen, bis er wieder aufgebrochen ist. Sie hätten uns Bescheid geben sollen, solange er hier war.«

Die blonde Frau war ganz auf Abwehr eingestellt und blickte Doyle fast feindselig an.

»So? Warum?«

»Weil Max dann wohl noch am Leben wäre.«

Doyle sagte das in aller Schonungslosigkeit, obwohl es für Fiona Lihou ein Schock war. Er hatte es einfach satt, sich an der Nase herumführen zu lassen.

»Dürfen wir jetzt reinkommen?«, fragte Pat.

Stumm und mit langsamen Bewegungen, die an einen Roboter erinnerten, der nur noch mit Restenergie arbeitet, zog Ms Lihou die Kette beiseite und trat mehrere Schritte zurück. Sie starrte die beiden mit geweiteten Augen an.

Erst als Doyle die Tür hinter sich geschlossen hatte, sagte sie mit fast tonloser Stimme: »Das ist nicht wahr, oder? Das ist nur ein Trick, damit ich Sie hereinlasse. Bitte sagen Sie mir, dass es nur ein Trick ist!«

Ihr Blick huschte unstet zwischen Doyle und Pat hin und her, als wisse sie nicht, wen sie leichter dazu bringen könnte, ihr die gewünschte Antwort zu geben. Ungeschminkt, das lange Haar vom Schlaf zerzaust, mit ins blasse Gesicht geschriebener Todesangst hatte sie so gar nichts mehr mit der Filmikone Veronica Lake gemeinsam. Vor ihnen stand nur noch eine schmale, zerbrechliche Frau, der das Schicksal gerade den Teppich unter den Füßen weggezogen hatte.

Als sie zu schwanken begann, sprang Doyle schnell vor und hielt sie fest. Es war trotz seiner eigenen Schmerzen einfach, so leicht war sie.

Sie hob den Kopf, um ihn anzusehen, und ein plötzliches Funkeln trat in ihre Augen.

»Lassen Sie mich los, sofort! Ich brauche Ihre Hilfe nicht. Sie sind schuld an Max' Tod. Sie haben ihn in den Tod getrieben!«

Vorsichtig ließ Doyle sie los, aber sie stand noch immer leicht schwankend da. Pat trat an ihre Seite, fasste sie vorsichtig am Arm und führte sie ins Wohnzimmer. Fiona Lihou ließ sich in die Polster der Couch fallen. Pat holte ihr ein Glas Wasser aus der Küche, und sie trank es in hastigen Schlucken leer. Etwas Flüssigkeit lief an ihrem Kinn entlang und tropfte auf das Sofa.

»Jetzt hören Sie mal gut zu, Fiona«, sagte Pat freundlich, aber bestimmt. »Wir haben Max nicht in den Tod getrieben, ganz sicher nicht. Im Gegenteil, hätte er mit uns zusammengearbeitet, wäre er jetzt noch am Leben. Er hat gestern versprochen, mich anzurufen, hat es aber nicht getan. Stattdessen ist er heimlich zu einer Verabredung am Icart Point gefahren. Wissen Sie, wen er dort treffen wollte?«

Fiona hob den Kopf, und Doyle sah Tränen auf ihren Wangen.

»Er hat mir nichts gesagt. Nur, dass er noch einmal weg muss und dass es spät werden kann. Deshalb sollte ich nicht auf ihn warten.« Sie wischte mit dem Handrücken über ihre tränenverschleierten Augen. »Ist er dort gestorben, bei Icart?«

»Ja«, sagte Pat leise. »Wer immer dort mit Max verabredet war, hatte eine tödliche Kugel für ihn. Einer unserer Kollegen, der vor Ihrem Haus postiert war, ist ihm gefolgt und hat sich ebenfalls eine Kugel eingefangen. Noch ist nicht klar, ob er durchkommt. Und DCI Doyle wurde von dem flüchtenden Täter um ein Haar über den Haufen gefahren.«

»Dann muss der DCI ihn doch gesehen haben.«

»Es ging alles zu schnell«, sagte Doyle. »Deshalb sind wir dringend auf Ihre Hilfe angewiesen, Ms Lihou.«

»Aber wenn ich doch nichts weiter weiß! Max hat mich in dieser Angelegenheit komplett außen vor gelassen.«

In einer Geste der Verzweiflung breitete sie ihre Hände aus, während weiterhin Tränen über ihre Wangen rollten. Die Trauer schien echt zu sein, aber Doyle wagte kein Urteil darüber zu fällen, ob das auch auf ihre Unwissenheit zutraf.

»Haben Sie einen privaten Computer, Fiona?«, fragte er.

»Nein.«

»Aber sicher ein Smartphone.«

»Natürlich.«

»Das ist hiermit beschlagnahmt. Holen Sie es bitte!«

»Wa-warum?«

»Weil wir Ihre Daten auswerten und Ihre Kommunikation überprüfen müssen. Außerdem brauchen wir Ihre Büroschlüssel. Die Büroräume gelten ab sofort als polizeilich versiegelt und dürfen nicht betreten werden, auch nicht von Ihnen.«

Wieder bewegte sich Fiona wie ein Roboter, als sie ins Schlafzimmer ging, um Handy und Schlüssel zu holen. Doyle nahm sie mit einem knappen Nicken in Empfang.

»Danke. Sie sollten sich wieder ins Bett legen.«

»Sie glauben doch nicht, dass ich jetzt schlafen kann?«

Er nahm sein eigenes Handy zur Hand.

»Ich werde einen Arzt kommen lassen, der Ihnen ein Schlafmittel gibt. Außerdem wird ein Constable bei Ihnen bleiben.«

»Ein Constable? Wozu das?«

»Um auf Sie aufzupassen. Ich möchte verhindern, dass unser Unbekannter auch auf Sie schießt.«

»Warum sollte er das?«

»Um zu verhindern, dass Sie etwas verraten.«

»Aber ich weiß doch nichts!«

»Schon möglich. Aber kann der Mörder sich da sicher sein?«

KAPITEL 13

Erst als Constable Hosier und kurz danach ein Arzt eingetroffen waren, machten sich Doyle und Pat auf den Weg zum Princess Elizabeth. Dort trafen sie auf Allisette und Wood, die nichts Neues berichten konnten. Baker wurde noch operiert, und Allisette war derart nervös, dass Doyle ihr am liebsten auch zu einem Beruhigungsmittel geraten hätte. Aber Pat zog ihn schnell weiter und übergab ihn der Obhut von Dr. Gupta-Jones.

Nach dem Röntgen eröffnete ihm die indische Ärztin, dass seine Rippen unbeschadet davongekommen waren.

»Trotzdem sind die Prellungen nicht ohne, Mr Doyle. Ich würde Sie am liebsten ein, zwei Tage zur Beobachtung hierbehalten.«

»Keine Zeit, ich suche einen Doppelmörder.« Nach kurzem Zögern fügte er hinzu: »Ich hoffe nur, es wird kein Dreifachmörder daraus.«

Ein mitfühlender Blick aus Dr. Gupta-Jones' dunklen Augen traf ihn.

»Machen Sie sich keine zu großen Sorgen. Dr. Nowlan und ihr OP-Team tun alles, was in ihrer Macht steht.«

Doyle überlegte, ob das wirklich eine beruhigende Mitteilung war, und stieß nur ein kurzes Brummen aus.

Die Ärztin rieb seine rechte Seite mit einer etwas streng riechenden Salbe ein und drückte ihm eine große Tube in die Hand.

»Damit reiben Sie sich zweimal am Tag ein, überall da, wo es schmerzt. Das zweite Einreiben am besten vor dem Schlafengehen. Tun Sie das aber wirklich!«

»Warum so streng?«, fragte er, während er sich wieder ordentlich anzog und die Tube in eine Jackentasche gleiten ließ.

»Ich weiß, dass Sie mit meinen Ratschlägen manchmal etwas nachlässig umgehen.« Sie lächelte dünn. »Na, der Schmerz wird Sie schon daran erinnern.«

»Erst jetzt merke ich, dass Sie eine sadistische Ader haben«, sagte Doyle und verabschiedete sich.

»Und?«, fragte Pat, als er zu ihr auf den Gang trat.

»Dr. Gupta-Jones sagt, ich sehe aus wie das blühende Leben. Sie hat mich gefragt, ob ich in einem Klinik-Werbespot auftreten will.«

Pat zog ihre Augen zu einem skeptischen Blick zusammen.

»Das Einzige, was hier blüht, ist der Unsinn, wenn du den Mund aufmachst.«

»*Touché.*« Er zog die Tube ein Stück weit aus der Jackentasche. »Damit soll ich mich einreiben, damit ich auch weiterhin so knackig frisch bleibe.«

»Du solltest nicht mit Dr. Gupta-Jones flirten, sondern dich untersuchen lassen.«

»Aber das habe ich doch.«

»Das nächste Mal komme ich lieber mit.«

»Eigentlich wollte ich mich in den nächsten Tagen nicht wieder vor ein Auto werfen.«

Sie gingen in den Wartebereich bei den Operationssälen, wo sich eine dritte Person zu Allisette und Wood gesellt hatte. Colin Chadwick saß bei ihnen und bot in seiner lässigen Freizeitkleidung einen ungewohnten Anblick. Er erkundigte sich nach Doyles Gesundheitszustand.

»Nichts gebrochen, alles kleine Fische.« Doyle winkte ab und blickte zu den OP-Sälen hinüber. »Wichtig ist, was da drinnen geschieht.«

»Da haben Sie recht.« Der Chief Officer folgte Doyles Blick. »Als ich von Bakers schwerer Verwundung erfuhr, musste ich einfach herkommen. Wie konnte das passieren?«

»Baker war bisher nicht in der Lage, etwas dazu zu sagen. Vermutlich ist es eine unglückliche Verkettung der Umstände.«

Doyle schilderte dem Chief in dürren Worten die Ereignisse der Nacht.

»Glauben Sie wirklich, wir haben es in beiden Fällen mit demselben Mörder zu tun, Cyrus?«

»Ich halte es für mehr als wahrscheinlich. Noch tappen wir zwar ziemlich im Dunkeln über Max Coopers Auftrag und über seinen Auftraggeber, aber Pat ... Inspector Holburn hat Cooper dabei angetroffen, wie er Hauteville House observiert hat. Und das an dem Tag nach Seabournes Ermordung. Natürlich kann das ein Zufall sein, aber daran glaube ich persönlich nicht.«

Chadwicks ohnehin schon ernste Miene wurde noch ernster.

»Wenn Sie damit recht haben, steht uns ein Täter gegenüber, der wahrlich über Leichen geht.«

»Deshalb habe ich beschlossen, Coopers Freundin, die gleichzeitig seine Sekretärin war, rund um die Uhr bewachen zu lassen.«

»Sie meinen ...«

»Wir sollten damit rechnen, Colin. Ich könnte es mir nicht verzeihen, wenn Fiona Lihou morgen tot in ihrem Apartment aufgefunden wird.«

»Aber welche Beziehung bestand zwischen Seabourne und Cooper?«

»Cooper war Privatdetektiv und Seabourne ein eifersüchtiger Ehemann«, sagte Pat. »Vielleicht war Seabourne der mysteriöse Auftraggeber.«

»Seabourne wusste bereits, dass Professor Duvier ein Verhältnis mit seiner Frau hatte«, gab Doyle zu bedenken. »Er brauchte keinen Privatdetektiv, um das festzustellen.«

»Er wusste es zwar, aber vielleicht wollte er handfeste Beweise haben. Fotos, minutiöse Protokolle der Liebestreffen und so weiter. Damit hätte er Duvier, der ja noch verheiratet ist und in seiner Stellung als Leiter von Hauteville House einen Ruf zu wahren hat, erpressen können. Zu dem wenigen, was uns Fiona Lihou erzählt hat, gehört der Umstand, dass es um viel Geld geht.«

»Okay, Pat, spinnen wir das mal weiter«, sagte Doyle. »Da Seabourne am Sonntag erschossen wurde, kann er unmöglich die Person sein, mit der sich Cooper bei Icart getroffen hat. Aber es könnte natürlich Duvier sein, der dort erschien, um Cooper das erpresste Geld zu übergeben. Was bedeutet, Cooper hat sich nach Seabournes Tod selbständig gemacht.«

»Warum auch nicht?«, fuhr Pat fort. »Seabourne konnte die Erpressung nicht mehr selbst durchziehen, und Max besaß das belastende Material.«

»Duvier kam aber nicht mit dem verlangten Geld, sondern mit einer Waffe, um nach Seabourne auch Cooper auszuschalten«, brachte Doyle die Theorie zu Ende.

Chadwick hatte den beiden aufmerksam zugehört.

»Eine schlüssige Theorie, jetzt müssen Sie nur noch die Beweise herbeischaffen. Ich sehe da übrigens noch eine andere Möglichkeit. Jedenfalls dann, wenn wir von zwei verschiedenen Mördern ausgehen. Cooper könnte Seabournes Mörder sein. Vielleicht hat er seinen Auftraggeber ausgeschaltet, als er hinter dessen Erpressungspläne kam, um die Sache selbst durchzuziehen.«

Constable Amelia Wood, die bislang neben Allisette gesessen hatte, erhob sich, zupfte ihre Uniformbluse glatt und trat zögernd auf Doyle, Pat und Chadwick zu.

»Darf ich vielleicht etwas dazu sagen?«

»Nur zu, Constable«, ermunterte der Chief sie. »Jeder konstruktive Gedanke ist willkommen.«

»Ich habe darüber nachgedacht, wer noch als Coopers Auftraggeber in Frage kommt. Könnte es nicht auch Angela Seabourne sein? Vielleicht hat sie von ihrem Geliebten längst die Nase voll und will ein ganz neues Leben beginnen. Zu diesem Zweck hat sie erst ihren lästigen, zu Gewalttaten neigenden Ehemann beseitigt und will jetzt ihren Geliebten erpressen.«

»Keine schlechte Theorie«, fand Chadwick. »Was sagen Sie

dazu, Cyrus? Sie haben sich doch intensiv mit Mrs Seabourne unterhalten. Trauen Sie ihr so etwas zu?«

»Schwer zu sagen. Sie macht nicht den Eindruck einer eiskalten Gattenmörderin und Erpresserin. Auf der anderen Seite ist sie Schauspielerin. Vielleicht hat sie mir nur eine gelungene Vorstellung gegeben. Dass Duvier ihr Liebhaber ist, hat sie mir schließlich auch nicht freiwillig gesagt.«

Doyle fühlte sich plötzlich müde. Er hätte lieber etwas Handfestes unternommen als hier herumzustehen und mit verschiedenen Theorien über Motive und Identität des Mörders – oder der Mörder – zu jonglieren. Andererseits war es besser, als in Richtung der OP-Säle zu starren und sich quälender Ungewissheit hinzugeben. Er dachte zurück an seine erste Begegnung mit Calvin Baker auf der Fähre, mit der Doyle nach Guernsey heimgekehrt war. Der skurrile erste Eindruck, den der für Schokolade und seine Kollegin Allisette schwärmende Sergeant bei ihm hinterlassen hatte, war schon bald komplexer geworden. Inzwischen schätzte er Baker als einen zuverlässigen und loyalen Mitarbeiter, und er wollte sich keinen anderen Sergeant in seinem Team vorstellen.

Unruhe entstand auf dem Gang. Begleitet von medizinischem Personal wurde ein fahrbares Bett vorbeigeschoben.

»Calvin!«

Allisette sprang auf und wollte zu dem Bett laufen, aber eine Frau im Arztkittel, Dr. Helena Nowlan, hielt sie auf.

»Er ist noch unter Vollnarkose und hört Sie nicht, Constable. Wir bringen ihn auf die Intensivstation.«

Während Dr. Nowlan stehen blieb, schoben ihre Kollegen das Bett mit Baker zum nächsten Lift.

»Wie geht es ihm?«

Das Zittern in Allisettes Stimme verriet ihre Angst.

»Wir haben die Kugel entfernt. Sie hat keine lebenswichtigen Organe getroffen, und Sergeant Bakers Zustand ist derzeit stabil.«

»Also kommt er durch?«

»Mit einiger Wahrscheinlichkeit, ja.«

Doyle sah Helena Nowlans angespannter Miene an, dass sich die Ärztin unwohl in ihrer Haut fühlte. Aber die aufgeregte Jasmyn Allisette ließ nicht locker und bohrte weiter.

»Wieso nur mit einiger Wahrscheinlichkeit? Ist etwas nicht in Ordnung?«

»So weit ist alles in Ordnung. Aber es war eine schwere Operation, da die Kugel nah am Herzen saß. Der Patient ist sehr geschwächt und hat einiges an Blut verloren.« Dr. Nowlan warf Doyle einen kurzen Blick zu und konzentrierte sich dann wieder auf Allisette. »Wie ich hörte, hat DCI Doyle verhindert, dass Sergeant Baker noch mehr Blut verlor. Das hat ihn vermutlich gerettet. Aber sein Organismus ist derzeit schwach und daher anfällig. So gern ich es tun würde, Jasmyn, ich kann Ihnen keine Garantie für Bakers Durchkommen geben. Das wäre nicht seriös.«

Allisette öffnete den Mund wie zu einer weiteren Frage, aber sie brachte kein Wort heraus. Sie hob ihre Hände, als wolle sie Dr. Nowlan festhalten, doch es wurde nur eine fahrige, sinnlose Bewegung daraus.

Pat trat an ihre Seite und führte sie zu der kleinen Sitzgruppe zurück, wo sie wieder Platz nahm.

Anschließend winkte sie Constable Wood heran und sagte: »Sie sollten Constable Allisette nach Hause fahren und zusehen, dass sie ins Bett kommt. Vielleicht hat Dr. Nowlan ein Schlafmittel für sie?«

»Ich lasse Ihnen ein paar Schlaftabletten bringen«, versprach die Chefärztin und wandte sich an Doyle: »Ich fahre dann mal raus zum Icart Point. Wie ich hörte, ist da noch eine Leiche zu untersuchen.«

»Es tut mir leid für Sie, Helena. Diese Nacht ist wohl so ziemlich im Eimer.«

»Wem sagen Sie das. Wir hatten uns diese Nacht auf jeden Fall anders vorgestellt.«

»Wir? Ist der andere Teil von ›Wir‹ der mysteriöse Skipper?«

Dr. Nowlan lächelte versonnen, wurde aber sofort wieder ernst.

»Der andere Teil von ›Wir‹ wird vermutlich längst schlafen, allein.«

KAPITEL 14

»Wohin?«, fragte Pat, als sie auf dem Parkplatz des Princess Elizabeth wieder in ihrem Golf saßen.

»Erst einmal ins Hauptquartier. Wir haben einiges zu organisieren.«

Pat nickte nur und fuhr los. Doyle fiel auf, dass sie in den letzten Minuten sehr schweigsam gewesen war. Vielleicht war sie nur müde, genauso wie er. Diese Nacht wollte einfach kein Ende nehmen.

»Ist alles in Ordnung mit dir?«, erkundigte er sich.

Sie antwortete mit einer Gegenfrage: »Seit wann interessierst du dich für das Liebesleben von Dr. Nowlan? Oder soll ich besser sagen, von Helena?«

»Reine Neugier. Wenn man schon kein eigenes hat.«

»Was?«

»Na, Liebesleben.«

»Ist das jetzt ein Vorwurf an mich?«

»Quatsch!«, entfuhr es Doyle, vielleicht etwas zu heftig. Er ärgerte sich darüber, dass er sich in diese Gesprächssituation hineinmanövriert hatte. Dieses Thema zwischen ihm und Pat zu erörtern, wäre schon bei klarem Verstand ein schwieriges Unterfangen gewesen, aber in einer Nacht wie dieser, wo sie sich eigentlich in ihrer Tiefschlafphase hätten befinden sollen, hatte es rein gar nichts zu suchen. »Das ist nichts als eine Zustandsbeschreibung, die du bitte nicht auf dich beziehen solltest. Jeder ist seines Glückes Schmied.«

»Und?«, frage Pat nach kurzem Schweigen. »Schmiedest du gerade?«

»Wie?«

Doyle war verwirrt. Er wusste nicht, worauf sie hinauswollte.

»Schmiedest du gerade in Sachen Helena Nowlan?«

Jetzt hatte er sie verstanden, und er lachte laut.

»Du hast eine blühende Phantasie, Pat!«

»Das finde ich nicht. Ich halte meine Frage für naheliegend. Aber du könntest mich völlig zu Recht darauf hinweisen, dass es mich nicht das Geringste angeht.«

»Ich schmiede gar nichts, auch nicht bei Helena. Die hat übrigens einen ganz anderen Schmied – oder Skipper.«

»Der ja immerhin deine Phantasie zu beschäftigen scheint.«

»Jetzt mach mal halblang, Pat. Solche Neckereien gibt es doch zwischen uns beiden auch.«

»Ja«, sagte Pat leise, mehr nicht.

Sie schien sich voll und ganz auf den Verkehr zu konzentrieren, obwohl der um diese Uhrzeit so gut wie nicht existent war.

* * *

Als sie den Golf durch das offene Tor in der hohen Granitmauer lenkte, die das Hauptquartier der Guernsey Police von der Hospital Lane trennte, bemerkte Doyle die große Zahl an Fahrzeugen, wie man sie hier nachts selten fand. Großalarm.

Mildred war da, natürlich. Obwohl sie als Zivilangestellte nicht von dem Alarm betroffen war. Dank ihrer langjährigen Zugehörigkeit zur Einheit verfügte sie über jede Menge Kontakte, und sie war immer auf dem Laufenden. Als eine wahre »Mutter der Kompanie« sorgte sie für Doyle und seine Truppe, als wären sie ihre Kinder.

»Gibt es Neuigkeiten über Sergeant Baker?«, fragte sie, kaum dass Doyle und Pat ins Vorzimmer des Kriminaldienstes getreten waren.

»Die Kugel ist raus, und Baker schläft«, sagte Doyle. »Der Rest liegt in Gottes Hand.«

»Wie hat Constable Allisette das aufgenommen?«

»Es geht ihr nicht gut. Sie kann jetzt unmöglich Dienst schieben. Ich habe sie nach Hause geschickt. Dr. Nowlan hat ihr ein Schlafmittel gegeben, Constable Wood passt auf sie auf.«

Ein verhaltenes Lächeln umspielte plötzlich Mildreds dezent geschminkte Lippen.

»Habe ich etwas Lustiges gesagt?«

»Nein, Sir, Entschuldigung. Ich musste an früher denken, als Ihr Vater bei der Einheit war. Jetzt, wo Sie hier sind, ist es ganz ähnlich.«

Doyle konnte ihr nicht folgen, vielleicht lag es an seiner Übermüdung.

»Wie meinen Sie das, Mildred?«, fragte er deshalb.

»Es ist hier alles wie ... wie eine große Familie.«

»Nicht nur dank mir, Mildred, sondern auch und besonders

dank Ihrer Fürsorge. Wie ich Sie kenne, wartet bereits eine Kanne heißen, starken Kaffees auf uns.«

»Eine große Kanne und frisch zubereitete Sandwiches. Steht alles im Besprechungsraum, Sir.«

»Ich glaube, gerade in diesem Augenblick kriege ich Hunger.«

Rund um den großen Tisch im Besprechungsraum fanden sich Doyle, Pat, Constable Bunting, Chief Inspector Frobisher und Colin Chadwick ein. Letzterer trug noch immer seine Freizeitkleidung, wohingegen Frobisher in tadellos sitzender Uniform angetreten war. Superintendent Ogier befand sich weiterhin als örtlicher Einsatzleiter bei Icart Point.

Während sich die Thermoskanne leerte und der Sandwichhügel auf dem großen Teller zusammenschmolz, gab Doyle einen kurzen Lagebericht und schloss: »Fiona Lihou hat kein Alibi, sie lag angeblich im Bett und schlief. Die Alibis von Professor Duvier und seiner Geliebten, Angela Seabourne, sind zu überprüfen. Das würde ich gern gemeinsam mit Inspector Holburn in Angriff nehmen, sobald die Besprechung beendet ist.«

»Wollen Sie beide nicht ein paar Stunden schlafen?«, fragte Chadwick. »Sie sind schon einige Zeit auf den Beinen.«

»Sir, ich bin zwar müde, aber schlafen könnte ich jetzt nicht«, erwiderte Pat, und Doyle nickte zustimmend.

»Na, dann«, seufzte der Chief und lächelte dünn. »Über so viel Arbeitseinsatz meiner Leute will ich mich nicht beschweren.«

»Ich werde zwei Teams der Kriminaltechnik damit beauftragen, das Büro und die Wohnung von Max Cooper und Fiona Lihou zu durchsuchen«, fuhr Doyle fort und sah den Leiter der Uniformierten an. »Ken, könntest du Leute abstellen, um die KT zu unterstützen? Besonders wichtig sind Speichermedien und Kommunikationsgeräte, aber auch alle schriftlichen Aufzeichnungen.«

»Ist schon so gut wie angeordnet.«

Ein zaghaftes Räuspern kam von Constable Bunting, der seinen Blick auf Doyle richtete.

»Sir, haben Sie auch eine Aufgabe für mich?«

»Natürlich, Constable. Hier werden bald jede Menge Informationen und Anfragen eingehen, die gesichtet und bewertet beziehungsweise beantwortet werden müssen. Mildred, die hier ohnehin auf freiwilliger Basis agiert, kann das unmöglich allein bewältigen. Sie, Bunting, werden sie unterstützen.«

»Ja, Sir.«

Colin Chadwick wirkte zufrieden und erhob sich.

»Ich sehe, unsere Maschinerie läuft wie geschmiert. Aber ans Schlafen kann auch ich jetzt nicht denken. Wenn irgendwelche Schwierigkeiten auftauchen, ich bin in meinem Büro.«

»Danke, Colin«, sagte Doyle.

Im Hinausgehen sprach ihn Frobisher an: »Bist du zufrieden mit Bunting, Cy?«

»Absolut. Jetzt, wo Baker längere Zeit ausfällt, bin ich doppelt froh, ihn vorübergehend im Team zu haben.«

»Er bleibt so lange bei dir, wie du ihn brauchst.«

Doyle bedankte sich bei Frobisher, der daraufhin leise lachte.

»Keine Ursache. Wie ich die Sache sehe, wird der gute Bunting über kurz oder lang ohnehin im Kriminaldienst landen. Das scheint doch seine Leidenschaft zu sein.«

* * *

»Weißt du, dass es hier zu Victor Hugos Zeiten gespukt haben soll?«, fragte Doyle, als sie aus dem Golf stiegen, den Pat diesmal direkt vor Hauteville House hatte parken können.

Pat blickte ein wenig müde die menschenleere Straße entlang

und betrachtete dann das große Haus, dessen weiße Fassade im blassen Schein der nächtlichen Beleuchtung aus Straßenlaternen, wenigen erhellten Fenstern und der Gestirne fahl wirkte.

»Ich glaube, der einzige Geist, dem man hier begegnet, ist der vom alten Hugo. Bei dem Aufwand, den er mit Umbau und Inneneinrichtung betrieben hat, könnte ich mir gut vorstellen, dass er sich auch nach seinem Tod davon nicht hat trennen können.«

Doyle setzte eine anerkennende Miene auf.

»Ein guter Ansatz. Du solltest Gruselromane schreiben.«

»Du hast mit dem Thema angefangen«, sagte Pat und zeigte auf einen schmalen Weg, der zu einem versteckt liegenden Nebeneingang führte. »Ich glaube, hier geht es zur Wohnung des Direktors.«

Der schmale, schlecht ausgeleuchtete Weg führte sie zu einer unscheinbaren Seitentür mit einem Klingelknopf, neben dem kein Name und auch sonst nichts stand. Pat hatte den Daumen schon halb auf dem kleinen Knopf und sah Doyle fragend an.

»Versuchen wir unser nächtliches Glück.« Doyle grinste. »Mal sehen, wer uns öffnet, Professor Duvier oder der Geist von Victor Hugo.«

Es war keiner der beiden, der ihnen nach mehrmaligem Klingeln und einer gefühlten Unendlichkeit im trüben Schein einer Flurlampe gegenüberstand. Ein kleiner schmächtiger Mann irgendwo zwischen vierzig und fünfzig, das dünn werdende Haar seitlich über den nahezu kahlen Schädel gekämmt, hastig angezogen. Er trug Hausschuhe, eine abgewetzte Cordhose und ein kariertes Arbeitshemd, das an einer Stelle aus der Hose hing.

»Wer sind Sie? Was wollen Sie?«, knurrte er sie in einem Englisch an, das wegen des allzu starken französischen Akzents kaum zu verstehen war.

Doyle erlitt eine neuerliche Schmerzattacke in seiner rechten Seite und nickte deshalb Pat zu. Sie zückte ihren Dienstausweis und hielt ihn vor das mürrische Gesicht des Franzosen.

»Guernsey Police. Und wer sind Sie?«

»Georges Tissier, ich bin der Hauswart.«

»Wir müssen Professor Duvier sprechen«, erklärte Pat.

»Wissen Sie, wie spät es ist?«

Pat sah auf ihre Armbanduhr.

»Es ist gleich zwanzig vor vier.«

Die vom unterbrochenen Schlaf noch getrübten Augen des Hauswarts wurden größer und starrten sie ungehalten, fast feindselig an.

»Haben Sie nichts Besseres zu tun, als um diese Uhrzeit hier zu klingeln?«

»Als da wäre?«

»Zum Beispiel schlafen?«

»Durchaus«, sagte Pat mit vorgetäuschter Jovialität. »Aber unser Beruf bringt es mit sich, dass wir in Nächten, in denen ein Mord geschieht, davon eine Ausnahme machen.«

Jetzt weiteten sich Tissiers Augen noch mehr.

»Ein Mord? Wer ist ermordet worden? Und was hat Professor Duvier damit zu tun?«

»Das würden wir alles gern mit dem Professor selbst besprechen.«

»Ja, natürlich. Leider geht das nicht. Er ist nicht zu Hause.«

»Wo ist er?«

»Das hat er mir nicht gesagt.«

»Wann erwarten Sie ihn zurück?«

Tissier zuckte nur mit den Schultern.

»Wann hat er das Haus verlassen?« Als der Hauswart die schmalen Schultern erneut hochziehen wollte, deutete Pat mit ausgestrecktem Zeigefinger auf seine Stirn. »Nicht wieder mit den Schultern zucken. Überlegen Sie bitte genau!«

Der Franzose gab ein undefinierbares Brummen von sich und schien angestrengt nachzudenken.

»So ungefähr eine halbe Stunde vor Mitternacht war es wohl. Da habe ich ihn vermutlich wegfahren hören.«

»Was heißt vermutlich?«

»Ein paar Minuten später habe ich aus dem Fenster gesehen, und da stand sein Wagen nicht mehr auf dem Parkplatz. Also wird er es wohl gewesen sein.«

»Was für einen Wagen fährt er?«

»Einen Citroën C4 Cactus. Das ist so ein kleinerer SUV. Die Farbe ist ein dunkles Metallicgrün.«

»Kommt es häufiger vor, dass der Professor die Nacht über weg ist?«

»Ich führe kein Buch darüber. Sein Privatleben geht mich nichts an.«

»Nach Ihrer Buchführung habe ich nicht gefragt, Mr Tissier«, sagte Pat hart. »Beantworten Sie bitte meine Frage!«

»Hin und wieder fährt er nachts weg, ein- bis zweimal in der Woche. Aber selten bleibt er so lange fort.«

»Haben Sie eine Ahnung, wo er dann ist?«

»Ich vermute mal, bei einer Frau. Oder bei einem Mann. Es geht mich doch nichts an. Wenn Sie ihn so dringend sprechen wollen, versuchen Sie doch, ihn über sein Handy zu erreichen. Oder haben Sie die Nummer nicht?«

»Doch, die haben wir. Vielen Dank für Ihre Auskünfte, und entschuldigen Sie die Störung, Sir.«

Pat nickte dem Mann kurz zu und ging zurück zur Straße, gefolgt von Doyle. Tissier blieb in der offenen Tür stehen und sah ihnen nach, bis sie wieder in Pats Golf saßen.

Doyle lachte unvermittelt auf und fing sich einen fragenden Blick ein.

»Geht es dir nicht gut?«

»Alles bestens, danke. Mir ging nur gerade durch den Kopf, dass der Typ eben wahrscheinlich besser war als eine Begegnung mit dem Geist von Victor Hugo. Da fehlte nur noch ein Satz wie: Der Professor geruht, seine auswärtige Liebschaft zu pflegen.« Doyle schnallte sich an, ließ sich ins Polster des Beifahrersitzes zurückfallen und suchte sich eine möglichst bequeme Sitzposition, die seine rechte Seite nicht belastete. »Dann geruh bitte mal, uns nach St. Sampson zu fahren, Frau Kollegin.«

»Du glaubst, Duvier ist bei Angela Seabourne?«

»Du etwas nicht?«

»Doch. Ich möchte die beiden gern mal zusammen erleben. Früher haben sie sich wahrscheinlich für wenige Stunden in irgendeinem Liebesnest getroffen, doch jetzt, wo Terry Seabourne tot ist, schlägt den Glücklichen wohl keine Stunde.«

»Aber für mich klingelt der Wecker, wenn wir da sind.«

»Wie bitte?«

Doyle schloss die Augen und sagte: »Ich mache mal ein Nickerchen. Weck mich in der Lowlands Road.«

KAPITEL 15

Ein seltsames Gefühl in seinem linken Oberarm riss Doyle aus seinem Traum von Paris, wo er bei herrlichem Sonnenschein Hand in Hand mit Pat über die Champs-Élysées gebummelt war. Als er die Augen öffnete, war es fast dunkel, und er saß in einem Auto auf einem Parkplatz. Aber immerhin war Pat bei ihm.

Sie saß auf dem Fahrersitz, sah ihn an und seufzte: »Ich dachte schon, ich kriege dich gar nicht mehr wach.«

Er tastete über den linken Arm.

»Sag mal, hast du mich eben gekniffen?«

Pat nickte.

»Du hast einfach weitergeschlafen, ganz egal, wie laut ich gerufen habe. Was sollte ich tun, dich wachkitzeln?«

»Da gibt es auch sanftere Methoden, lies mal das Märchen von Dornröschen.«

Doyle löste den Sicherheitsgurt und machte dabei eine falsche Bewegung. Der unerwartete Schmerz in seiner rechten Seite ließ ihn aufstöhnen, und er verzog das Gesicht.

»Mist!«, entfuhr es Pat. »Ich habe nicht bemerkt, dass es dir so schlecht geht.«

Sie ließ den Motor wieder an.

»Was soll das werden?«

»Ich fahre dich jetzt nach Hause, und da legst du dich ins Bett. Und wenn ich dich persönlich in dein Turmzimmer schleifen muss.«

Er rang sich ein Grinsen ab.

»Das darfst du gern einmal versuchen, aber nicht heute. Stell den Motor wieder aus!«

Sie blickte ihn zweifelnd an.

»Sicher?«

»Sicher«, sagte er, öffnete die Beifahrertür und stieg aus. Diesmal war er auf den Schmerz gefasst und ließ sich nichts anmerken.

Direkt neben dem Golf parkte ein kompakter ausländischer Wagen. Doyle zog die kleine Stablampe aus einer Tasche seiner Jacke und ließ das LED-Licht über die Karosserie gleiten.

»Sieh an, ein Citroën C4 Cactus, den sieht man auf Guernsey nicht besonders häufig. Was sagt uns das?«

Pat blickte zu dem kleinen Haus, in dem Angela Seabourne wohnte.

»Eine frischgebackene Witwe, die nicht weit von hier lebt, hat nächtlichen Herrenbesuch.«

»Du hast den Hauptpreis gewonnen«, sagte Doyle, als er neben Pat zum Haus der Seabournes ging.

»Und der wäre?«

»Einen Bummel über die Champs-Élysées.«

»Bist du sicher, dass du nicht doch lieber ins Bett möchtest?«

»Ich komme später gern auf dein Angebot zurück, aber jetzt wird es gerade spannend.«

Er drückte seinen Daumen auf den Klingelknopf und ließ ihn dort.

»Willst du, dass die beiden einen Herzschlag kriegen?«, fragte Pat.

»So weit wird es schon nicht kommen. Aber sie können sich ruhig etwas beeilen. Umso größer ist der Überraschungseffekt, wenn sie uns gegenüberstehen.«

Sie hörten undeutlich leise Stimmen, eine Tür und dann Angela Seabournes Stimme: »Was soll das? Wer ist da?«

»Der fällt auch nichts anderes ein als dem Hauswart«, sagte Doyle leise zu Pat, bevor er mit lauter Stimme fortfuhr: »Guernsey Police, DCI Doyle und Inspector Holburn. Wir müssen dringend mit Ihnen sprechen, Mrs Seabourne.«

»Jetzt? Das geht aber nicht. Das passt mir gar nicht.«

»Uns auch nicht, aber es muss trotzdem sein.«

»Ich ... ich bin nicht allein.«

»Das trifft sich ausgezeichnet. Mit Professor Duvier müssen wir auch dringend sprechen.«

Die Haustür wurde geöffnet, und Mrs Seabourne, barfuß und

in einem hellblauen Hauskleid, stand ihnen wenig erfreut gegenüber. Das Hauskleid war vorn mit einem Reißverschluss versehen. Wahrscheinlich war sie eben erst hineingeschlüpft, um sich nicht in ihrer Nacht-, Reiz- oder Sonstwas-Wäsche zu präsentieren. Ihr halblanges Haar schien nur notdürftig in Ordnung gebracht zu sein, und eine schwarze Strähne hing über ihrer rechten Wange. Als sie das bemerkte, wischte sie die Strähne mit einer ungeduldigen Bewegung beiseite.

»Es könnte ein paar Minuten dauern«, sagte Doyle. »Dürfen wir eintreten?«

»Ich glaube nicht, dass ich Sie abwimmeln kann.«

Sie folgten der Hausherrin ins Wohnzimmer, wo sie ein vermutlich hastig angekleideter Simon Duvier erwartete. Er trug einen leichten graublauen Sweater, helle Jeans und dunkelblaue Leinen-Sneaker.

Mit einem Lächeln sah er seine Geliebte an.

»Machst du uns einen Kaffee, mein Schatz? Ich fühle mich so müde, wie unsere beiden Gäste aussehen.«

Sein französischer Akzent war weitaus gefälliger als der des Hauswarts und beeinträchtigte auch die Verständlichkeit nicht so stark.

Angela Seabourne nickte und ging in die Küche, während Doyle und Pat sich setzten.

»Wir entschuldigen uns für unser nächtliches Eindringen und auch für unser nicht ganz frisches Erscheinungsbild«, sagte Doyle. »Aber wir sind schon seit ein paar Stunden auf den Beinen. Ein weiterer Mord.«

Duvier beugte seinen großen, wuchtigen Oberkörper, der eher nach einem Ringer aussah als nach einem Literaturwissenschaftler, vor.

»Wer ist ermordet worden?«

»Ein Privatdetektiv namens Max Cooper«, sagte Doyle. »Kannten Sie ihn?«

»Nein, der Name sagt mir nichts. Wieso sollte ich ihn kennen?«

Pat übernahm die Antwort: »Ich habe heute Mittag mit ihm gesprochen. Da saß er in seinem Wagen vor Hauteville House und führte offenbar eine Observierung durch.«

»Sie meinen, er hat mich observiert?«

»Möglich.«

»Wir haben einen Kongress in Hauteville House. Da kann er auch Dutzende anderer Leute observiert haben.«

»Möglich«, sagte Pat wieder. »Aber Sie sind derzeit unser Kandidat Nummer eins.«

Duvier fuhr mit beiden Händen durch seine Löwenmähne und massierte anschließend seinen Nacken.

»Ich verstehe Sie akustisch, aber sonst nicht. Wie kommen Sie auf die Idee?«

»Auf Guernsey wird nicht jeden Tag gemordet, da sind zwei Morde innerhalb von weniger als achtundvierzig Stunden schon auffällig«, erklärte Doyle. »Zumal beide Mordopfer erschossen wurden, höchstwahrscheinlich in beiden Fällen mit schallgedämpften Waffen. Außerdem ist Cooper am Sonntag vor der Filmvorführung im Kinosaal gesehen worden.«

»So? Von wem?«

»Von mir«, sagte Pat kühl.

»Er kann doch auch einen anderen Kongressteilnehmer im Visier – entschuldigen Sie die Ausdrucksweise – gehabt haben.«

»Durchaus. Aber da Terry Seabourne nicht gerade erfreut über Ihr Verhältnis mit seiner Frau war, könnte er Coopers Auftraggeber gewesen sein.«

»Tut mir leid, Inspector Holburn, aber ich sehe da noch immer keinen Zusammenhang. Terry wusste doch bereits von Angela und mir.«

»Vielleicht brauchte er Beweise, um Sie zu erpressen. Wie Sie uns selbst gesagt haben, sind Sie noch verheiratet, und ein Verhältnis mit einer anderen – noch dazu ebenfalls verheirateten – Frau hätte Ihrem öffentlichen Ansehen schaden können.«

Duviers Blick ruhte in einer Mischung aus Unglauben und Empörung auf Pat.

»Und deshalb, glauben Sie, werde ich zum Mörder? Vielleicht sogar zum zweifachen Mörder, falls Sie mir den Mord an Terry noch immer anhängen wollen?«

Pat hielt seinem bohrenden Blick, der sicher bereits Studenten, Kollegen und so manche Frau verunsichert hatte, mühelos stand.

»Wenn Sie wüssten, aus welchen Gründen schon gemordet worden ist. Aus Gründen, die Unbeteiligten ebenso absurd wie nichtig erscheinen. Die Aufrechterhaltung einer öffentlichen Reputation, zumal in einer Stellung wie Ihrer, ist da gar kein schlechtes Mordmotiv.«

Angela Seabourne hatte wohl zumindest einen Teil der Unterhaltung mitgehört und stand, ein Tablett mit Kaffeetassen, Löffeln, Milch und Zucker in den Händen, wie angewurzelt in der Wohnzimmertür.

»Simon kann diesen zweiten Mord nicht begangen haben«, sagte sie mit Inbrunst. »Er war zu der Zeit nämlich bei mir.«

Doyle wandte sich zu ihr um.

»Woher wissen Sie, zu welcher Zeit der Mord begangen wurde?«

»Ich ... ich weiß das nicht, aber ich nehme an, es ist im Lauf der Nacht geschehen. Sonst wären Sie nicht zu dieser seltsamen Stunde hier.«

Mrs Seabourne stellte das Tablett auf den niedrigen Tisch in der Zimmermitte und forderte alle auf, sich selbst zu bedienen.

Als sie sich hinsetzte, fragte Doyle: »Wie lange ist Professor Duvier schon hier, Mrs Seabourne?«

»Die ganze Nacht über. Er kam gegen acht Uhr am Abend zu mir.«

»Ist er ununterbrochen hier gewesen?«

»Ja«, antwortete Angela, ohne zu überlegen.

»Das ist jetzt sehr interessant. Laut Aussage des Hauswarts von Hauteville House ist Professor Duvier dort erst ungefähr eine halbe Stunde vor Mitternacht aufgebrochen.« Doyle wandte sich dem Franzosen zu. »Vielleicht könnten Sie Ihr Geheimnis mit uns teilen, Professor. Wo auf Guernsey befindet sich jener magische Ort, an dem man durch die Zeit zurückreisen kann? Ich würde das zu gern einmal ausprobieren.«

Während Mrs Seabourne erstarrte, legte Duvier eine Hand auf ihre Schulter.

»Bleib bei der Wahrheit, Angela, alles andere bringt nichts. Außerdem bin ich unschuldig. Ich habe weder diesen Max Cooper erschossen noch Terry.«

Doyle sah wieder die schwarzhaarige Frau an.

»Möchten Sie Ihre Aussage korrigieren?«

Sie nickte und schluckte.

»Ungefähr gegen Mitternacht war Simon hier.«

»Das reicht doch auch, um ihm ein Alibi zu geben«, erklärte Doyle. »Und Sie selbst haben damit auch eins. Vorausgesetzt, es ist die Wahrheit.«

»Natürlich ist es die Wahrheit!«, fauchte Mrs Seabourne. »Warum glauben Sie mir nicht?«

»Weil Sie offenbar mit Falschaussagen schnell bei der Hand

sind. Und weil man Ihnen die ganze Wahrheit aus der Nase ziehen muss wie im Fall Ihrer Beziehung zu Professor Duvier.«

Der Professor hatte seine Kaffeetasse mit zwei großen Schlucken geleert und lehnte sich in einer Pose der Entspannung, die Doyle angesichts der Situation reichlich unangemessen erschien, in seinem Sessel zurück.

»Wollen Sie Angela und mich zur weiteren Befragung mitnehmen? Dann möchte ich jetzt meine Anwälte informieren. Ansonsten würde ich gern noch ein, zwei Stunden schlafen.«

»Schlafen Sie ruhig weiter, das ist bei einem reinen Gewissen ja leicht.« Doyle erhob sich. »Erlauben Sie mir eine letzte Frage: Wird oder wurde einer von Ihnen erpresst?«

»Ich ganz sicher nicht«, behauptete Duvier und sah seine Geliebte an. »Du etwa, Angela?«

Sie schüttelte nur den Kopf.

KAPITEL 16

»Glaubst du den beiden, Cy?«, fragte Pat, während sie den Golf durch die Straßen von St. Sampson in Richtung Küste lenkte.

»Irgendwie schon.«

»Trotz Angelas Lüge?«

»Wenn die beiden wirklich etwas zu verbergen haben, hätte sie vermutlich geschickter gelogen.«

»Vielleicht ahnte oder wusste sie, dass ihr Liebhaber ein Alibi benötigte, aber nicht, für welchen Zeitpunkt. Oder sie hat uns die ungeschickte Lügnerin nur vorgespielt, um uns zu verwirren.«

»Ich bin tatsächlich verwirrt. Je länger ich darüber nachdenke, desto unsicherer werde ich, ob wir es mit Romeo und

Julia zu tun haben oder mit Bonnie und Clyde.« Doyle konnte ein heftiges Gähnen nicht unterdrücken. »Vielleicht sehe ich klarer, wenn ich irgendwann den fehlenden Schlaf nachgeholt habe.«

Er griff nach seinem Handy und rief Mildred an. Die Kriminaltechniker waren noch damit beschäftigt, Wohnung und Büro von Max Cooper zu untersuchen. Auch sonst gab es keine neuen Erkenntnisse. Doyle informierte sie über das Gespräch mit Duvier und Mrs Seabourne und fragte anschließend nach Sergeant Baker.

»Aus dem Princess Elizabeth gibt es nichts Neues, Sir. Kommen Sie jetzt ins Hauptquartier?«

Pat konnte mithören und schüttelte heftig den Kopf. Sie nahm die rechte Hand vom Lenkrad, legte sie gegen ihre Wange und neigte den Kopf nach rechts.

»Inspector Holburn und ich nehmen beide eine Mütze voll Schlaf, damit wir am Morgen wieder einigermaßen fit sind.«

So laut, dass Mildred es hören musste, fügte Pat hinzu: »Beide, aber nicht gemeinsam.«

Doyle beendete das Telefonat und sagte dann: »Danke, dass du unseren guten Ruf gewahrt hast.«

»Keine Ursache.«

Er lehnte den Kopf zurück und sah durch die Windschutzscheibe die Hafenanlagen von St. Sampson, die Kräne und Silos, die verschwommen in die milchige Helligkeit der beginnenden Morgendämmerung aufragten und wie Gebilde von einem anderen Planeten wirkten. Bilder aus einem Buch, das er in seiner Jugend mehrmals gelesen hatte, entstanden vor seinem geistigen Auge: die dreibeinigen Kampfmaschinen aus H. G. Wells' *Der Krieg der Welten*.

Vergeblich versuchte er, sich auf den Fall zu konzentrieren.

Victor Hugo, ein ermordeter Schauspieler und ein ermordeter Privatdetektiv, eine mysteriöse Erpressung, ein Kleinkalibergewehr in einem alten Weltkriegsbunker. Wie passte das alles zusammen? Je mehr er sich anstrengte, da eine Ordnung reinzubringen, desto mehr Fakten und Vermutungen wirbelten in seinem Kopf durcheinander und wollten jeden klaren Gedanken erdrücken. Er ließ die Seitenscheibe an der Beifahrertür herunter und atmete gierig die Nachtluft ein, die jetzt, als sie die Küstenstraße in Richtung St. Peter Port entlangfuhren, nach Meer roch. Die frische Luft verminderte den Druck in seinem Kopf, aber das Durcheinander blieb.

In St. Peter Port bog Pat nicht zum Hauptquartier ab. Sie blieb auf der Küstenstraße, hielt sich dann etwas landeinwärts und fuhr in Richtung St. Martin. Beide waren hundemüde, und sie tauschten nur ein paar einsilbige Bemerkungen aus. Auf der Icart Road wurde Doyles Verlangen nach seinem Bett immer größer, und fast wäre er eingenickt. Doch da drang vor ihnen ein blaues Blitzen durch das diffuse Dämmerlicht, und auf der Höhe der Rue des Marettes hörten sie auch die Sirene. Trotz ihrer Übermüdung reagierte Pat augenblicklich und lenkte den Golf in eine Hofeinfahrt, um die Straße für den Rettungswagen freizugeben. Die Ambulanz raste an ihnen vorbei und schlug die Richtung ein, aus der sie kamen. Ihr Ziel war zweifellos das Princess Elizabeth.

Doyle hatte sofort ein schlechtes Gefühl. Trotz des offenen Seitenfensters bekam er für einen Augenblick keine Luft.

»Seltsam«, meinte Pat, während sie dem eilig davonjagenden Rettungswagen nachsah. »Ist noch etwas am Icart Point passiert? Aber das hätte Mildred uns doch gesagt.«

Sie hatte noch nicht ausgesprochen, da klingelte Doyles Handy, und auf dem Display stand *Moira*.

»Fahr schnell weiter, Pat! Es geht um meinen Vater!«

»Woher willst du das wissen?«, fragte Pat, während sie den Golf auf die Straße zurücklenkte, um das kleine Reststück des Wegs zum »Petit Château« zurückzulegen.

»Ich weiß es einfach.« Er hob das Handy an und sagte: »Moira, wir sind gleich da.«

* * *

Pat hatte den Golf kaum angehalten, da sprang Doyle schon aus dem Wagen und lief auf den Eingang des Haupthauses zu. In der offenen Tür stand Moira Ingram, die Arme um ihre Kinder gelegt. Joel und Isabel trugen ihre Pyjamas, ihre Mutter ein Hauskleid ähnlich dem, wie es Angela Seabourne angehabt hatte. Eine eiskalte Hand hielt Doyles Herz umklammert, und ihr Griff verstärkte sich, als mühsam zurückgehaltene Tränen in Moiras Augen sich schließlich doch Bahn brachen.

»Die Ambulanz eben, ging es um meinen Dad?«

Moira nickte.

»Eine Herzschwäche. Er soll im Hospital stabilisiert werden. Als ich sah, dass es schlimm ist, habe ich den Notruf gewählt.«

»Ein Glück, dass Sie es mitbekommen haben, mitten in der Nacht.«

»Leonard kam in mein Zimmer, in den Händen einen Schuhkarton mit Zeitungsausschnitten. Alles Sachen aus der Vergangenheit. Er war sehr aufgeregt über irgendetwas. Dann ist er auch schon zusammengebrochen, direkt neben meinem Bett.«

»Hat er noch etwas gesagt?«

»Es sah so aus, als wollte er mir etwas sagen, aber er brachte kein vernünftiges Wort über seine Lippen. Ich glaube, er befand sich mit seinem Verstand in der Vergangenheit und hat sich irgendeinen alten Fall zu Herzen genommen.«

»Sie haben gut reagiert, danke. Ich fahre gleich zum Princess Elizabeth. Ich nehme an, Dad wird einige Zeit dortbleiben müssen. Würden Sie ihm ein paar Sachen zusammenpacken? Ich werde sie später holen.«

»Das müssen Sie nicht. Ich bringe sie vorbei, sobald ich die Kinder zur Schule gefahren habe.«

Doyle wandte sich an Pat.

»Fahr du lieber schleunigst nach Hause und leg dich aufs Ohr, damit wenigstens einer von uns morgen halbwegs fit ist.«

»Von wegen, ich lasse dich doch jetzt nicht allein.« Pat zeigte auf ihren Golf. »Steig schon ein!«

»Aber ...«

»Nichts aber. Einsteigen!«

Als sie den Weg zurückfuhren, den sie eben erst gekommen waren, wurde Doyle von gemischten Gefühlen heimgesucht. Zu der tiefen Verbundenheit mit Pat, die er ohnehin in sich spürte, gesellte sich Dankbarkeit. Auf der anderen Seite hatte er ein schlechtes Gewissen. Das war mehr als zwei Jahrzehnte alt, und lange Zeit hatte er es erfolgreich unter Verschluss halten können. Aber jetzt schmerzte es ihn wie eine frisch aufgebrochene Wunde. Die Frau neben ihm, die ihn so selbstlos zum Krankenhaus fuhr, hatte er sitzenlassen, um in London seine Karriereträume als Polizist zu verwirklichen. Er hatte gewusst, dass er immer im Schatten seines Vaters stehen würde, bliebe er auf Guernsey. Pat hatte nicht mitkommen können, weil sie sich um ihre kranke Mutter kümmern musste. Aus heutiger Sicht hätte er sich anders entschieden, aber das war bedeutungslos. Einmal falsch abgebogen, das ließ sich auf der Autobahn des Lebens nicht rückgängig machen.

Sie hatten schon die halbe Strecke hinter sich gebracht, als er sich bei Pat bedankte.

»Wofür?«

»Du spielst meine Chauffeuse, obwohl du ähnlich müde sein dürftest wie ich.«

»Ist das nicht selbstverständlich unter Freunden?«

Doyle antwortete nicht darauf. Er versank wieder in seinen Gedanken. Wie mochte es seinem Dad jetzt gehen? Seinem Vater, der gleichzeitig sein letzter naher Verwandter war. Endlich tauchte das Princess Elizabeth Hospital vor ihnen auf und erlöste Doyle aus seinen düsteren Betrachtungen.

Der junge Mann am Empfang schickte sie zu Dr. Nowlan, die sie bereits zu erwarten schien. Die Chefärztin sprach in ihr Diktiergerät, als Doyle und Pat ihr Büro betraten.

»Das mit Ihrem Vater tut mir sehr leid, Cy. Machen Sie sich nicht zu große Sorgen, Dr. Legrand kümmert sich um ihn. Er ist eine Kapazität auf dem Gebiet der Kardiologie.«

»Können Sie schon etwas zum Zustand meines Vaters sagen?«

»Noch nicht, wir müssen auf Legrands Bericht warten. Ich habe ihm gesagt, er möge sich so schnell wie möglich mit mir in Verbindung setzen.« Helena Nowlan legte das Diktiergerät beiseite und wies auf die beiden Besucherstühle. »Eine höllische Nacht ist das, und sie nimmt kein Ende. Kaffee, Tee?«

Doyle und Pat lehnten dankend ab.

»Sie beide haben recht, ich habe auch schon mehr als genug davon intus.«

»Sergeant Baker ist wohl noch nicht bei Bewusstsein?«, erkundigte sich Doyle.

»Das wird noch eine Weile dauern. Je länger er sich ausruht, desto besser. Ich wollte übrigens gerade mit der Autopsie von Max Coopers Leichnam beginnen, als ich das von Ihrem Vater hörte. Da wollte ich lieber auf Sie warten. Oder ist es mit der Autopsie besonders eilig?«

Doyle winkte ab.

»Überstürzen Sie nichts. Wir haben auch so jede Menge Arbeit.«

Sie unterhielten sich noch eine Weile über die beiden Morde, bis nach kurzem Anklopfen ein mittelgroßer blonder Mann im weißen Arztkittel eintrat. Er trug eine altmodisch wirkende Brille mit einem wuchtigen Horngestell und wirkte damit zehn Jahre älter, als er eigentlich sein mochte. Doyle schätzte ihn bei näherem Hinsehen auf allenfalls Mitte bis Ende vierzig.

Noch ein Franzose, schoss es Doyle durch den Kopf, als der Arzt mit deutlichem Akzent zu sprechen begann.

»Ich habe gehört, dass Mr Doyle bei dir ist, Helena.« Sein Blick wanderte von Doyle zu Pat. »Und Sie sind dann wohl Mrs Doyle.«

»Knapp daneben ist auch vorbei, Pierre«, sagte Dr. Nowlan und klärte ihn über seinen Irrtum auf. »Inspector Holburn, Cy, darf ich Ihnen Dr. Pierre Legrand vorstellen, den besten Kardiologen Frankreichs und der Kanalinseln. Es war zweifellos ein guter Tag für Guernsey, als er sich entschied, von Lyon auf unsere Insel überzusiedeln.«

Doyle schüttelte ihm die Hand und erkundigte sich nach seinem Vater.

»Das kommt wieder ins Lot. In Anbetracht seines Alters ist Ihr Vater ein erstaunlich zäher Mann. Wichtig ist, die richtige Medikamentierung festzusetzen und ihn darauf einzustellen.«

»Und was hat er?«

»Er leidet an einer kardialen Dysrhythmie, aber nicht in ihrer schwersten Form.«

»Und das bedeutet?«

»Herzrhythmusstörung ist das geläufigere Wort. Seine Herzschlagfolge ist gestört, ausgelöst durch aus der Norm fallende

Vorgänge bei der Erregungsbildung im Herzmuskel. Wie gesagt, mit den richtigen Medikamenten in der richtigen Dosis ist das problemlos einstellbar. Aber dazu muss ich ihn für ungefähr eine Woche zur Beobachtung hierbehalten.«

»Natürlich«, sagte Doyle, erleichtert darüber, dass der Kardiologe kein Todesurteil über seinen Vater ausgesprochen hatte. »Kann ich zu ihm?«

»Morgen Nachmittag. Ihr Vater muss sich ausruhen und schläft jetzt.« Er betrachtete Doyle genau. »Was Ihnen übrigens auch nicht schaden könnte.«

»Uns allen nicht, Pierre«, warf Helena Nowlan ein.

»Stimmt, aber den Damen gegenüber wollte ich das nicht so direkt sagen.«

»Diese Franzosen, immer charmant und rücksichtsvoll«, meinte Pat in einem gespielten Säuseln.

»Charmant vielleicht, aber nicht immer rücksichtsvoll«, erwiderte Dr. Legrand. »Einige von uns sind auch richtige Herzensbrecher wie mein Herr Schwager.«

»Ich habe unsere Besucher noch nicht über deine Verwandtschaft aufgeklärt«, sagte Dr. Nowlan und sah die beiden Polizisten an. »Sie haben Pierres Schwager nämlich schon kennengelernt.«

»Nicht, dass ich wüsste«, sagte Doyle.

»O doch!«, widersprach der Kardiologe. »Er leitet Hauteville House.«

»Professor Duvier?«, vergewisserte sich Doyle.

»Ja, der gute Simon«, bestätigte Legrand in einem Ton, der nicht gerade Wohlgesonnenheit ausdrückte.

Doyles Polizisteninstinkt erwachte, und er fasste sofort nach.

»Mögen Sie Ihren Schwager nicht?«

Legrand setzte eine unentschlossene Miene auf.

»Wahrscheinlich bin ich undankbar. Immerhin habe ich es Simons Verbindungen zu verdanken, dass ich nach Guernsey gekommen bin. Und ohne hier zu sein, hätte ich wohl auch Helena niemals kennengelernt.«

Der Kardiologe streifte die Chefärztin mit einem sehnsüchtigen Blick, und schlagartig war Doyle klar, wer der mysteriöse Skipper war.

»Als ich nach Guernsey kam, war zwischen Simon und Nadine noch alles in Butter, glaube ich jedenfalls.«

»Nadine ist Ihre Schwester, Duviers Frau?«, vergewisserte sich Pat.

»So ist es. Wahrscheinlich hat er sie sogar damals schon betrogen, nur gemerkt hatte sie es noch nicht. Ich war ungefähr ein Jahr hier, da hat sie es herausgefunden.«

»Mit wem hat er Ihre Schwester betrogen?«, fragte Pat weiter.

»Er war da nicht wählerisch. Simon ist ein Mann, der – wie sagt man? – sein Pferd nicht im Stall halten kann.«

Pat musste grinsen.

»Den Ausdruck kannte ich noch nicht, aber er ist sehr anschaulich. Und deshalb hat Ihre Schwester ihn verlassen und ist zurück nach Frankreich gegangen?«

»Ja. Sie lebt jetzt in Paris.«

»Das wissen wir bereits. Nur hat Ihr Schwager uns erzählt, sie habe ihn verlassen, weil ihr Guernsey zu eng geworden sei.«

Legrand lachte bitter.

»Gewissermaßen stimmt das ja auch. Nadine konnte quasi keinen Schritt mehr tun, ohne auf eine Geliebte ihres Mannes zu treffen. Auch in Hauteville House wimmelte es geradezu von ihnen.«

»Man kann das Verhältnis zwischen Ihnen und Professor Duvier also als gestört bezeichnen«, resümierte Pat.

»Seit ich ihm vor vier Jahren eine runtergehauen habe, kann man das mit Fug und Recht sagen.«

Ungläubig sah Doyle den nur mittelgroßen, nicht besonders kräftig wirkenden Kardiologen an und stellte sich daneben die Herkulesgestalt von Professor Duvier vor.

»Sie haben ihm eine runtergehauen?«

»Ja, nachdem er Nadine auch noch verspottet hat. Das war dann der endgültige Anlass für sie, Simon zu verlassen. Wollen Sie mich jetzt wegen Körperverletzung verhaften?«

»Nein, mir liegt keine diesbezügliche Anzeige vor.«

Plötzlich lächelte Legrand.

»Ich verstehe, was Sie denken. Aber ich habe früher mal geboxt, müssen Sie wissen.«

Jetzt lächelte auch Doyle.

»Ich suche immer gute Sparringspartner.«

* * *

»Eigentlich hätte ich unseren Kardiologen nach seinem Alibi für heute Nacht fragen sollen«, sagte Doyle zu Pat, als sie Helena Nowlans Büro verlassen hatten und durch die Gänge des Krankenhauses gingen. »Er ist offenbar kein Freund von Professor Duvier und könnte Coopers Auftraggeber sein.«

»Rache für die betrogene Schwester, nach so vielen Jahren?«, zweifelte Pat.

»Wer weiß, wie tief die Feindschaft sitzt.«

»Ich halte das für eher unwahrscheinlich. Aber du hättest ihn ja nach seinem Alibi fragen können.«

»Ich musste an meinen Vater denken und an das, was Legrand für ihn getan hat. In Anbetracht dessen erschien es mir ein wenig undankbar, Legrand einen Mordverdacht anzuhängen.«

»Vielleicht kriegen wir das auch über Dr. Nowlan heraus.«

»Ah, du hast es also auch bemerkt.«

»Natürlich. Er ist der verärgerte Skipper, von dem Dr. Nowlan uns am Sonntag erzählt hat, jede Wette.«

Als sie vor die Tür des Princess Elizabeth traten, wurden sie von einem wahren Konzert aus Vogelstimmen empfangen, und die aufgehende Sonne hatte die Nacht endgültig vertrieben.

»Damit hat sich die Sache mit dem Schlafengehen auch erledigt«, stellte Doyle fest. »Ich schlage folgendes Programm vor: duschen, rasieren, Kleider wechseln und dann wieder ab zum Dienst.«

»Einverstanden. Wenn du mir sagst, wo ich mich deiner Meinung nach rasieren sollte.«

Lachend gingen sie hinüber zum Parkplatz. In Doyles Hinterkopf spukte trotz der beruhigenden Worte Legrands noch die Sorge um seinen Vater herum, und er war mehr als froh darüber, dass Pat jetzt bei ihm war.

KAPITEL 17

Die heiß-kalte Dusche tat Doyle gut, und er wäre am liebsten nie wieder unter ihr hervorgekommen. Sie weckte seine Lebensgeister, und er hoffte, sie würden eine ganze Weile wach bleiben. So erfrischt er sich auch fühlte, ihm war klar, dass sich sein Körper nicht auf Dauer um den fehlenden Schlaf betrügen ließ. Er merzte die fröhlich sprießenden dunklen Bartstoppeln mit seinem alten, aber zuverlässigen Philips-Elektrorasierer aus und lächelte, als er an Pats Bemerkung über das Rasieren dachte. Sie hatte ihn zum Frühstück eingeladen, und er freute sich darauf. Trotz der vor ihnen liegenden Arbeit und trotz der Sorgen, die er sich um seinen Vater und um Sergeant Baker machte. Es waren die kleinen Freuden, durch die das Leben lebenswert wurde, und Zeit mit Pat zu verbringen, gehörte definitiv dazu. Seine gute Laune wurde gedämpft, als er seine rechte Seite mit der Salbe einrieb, die Dr. Gupta-Jones ihm gegeben hatte. Mehrmals musste er vor Schmerz die Zähne zusammenbeißen. Er zog frische Kleidung an und verließ seinen Wohnturm, um kurz ins Haupthaus zu gehen. Dort verabschiedete er sich von Moira und den Kindern, die sich in der Küche zum Frühstück versammelt hatten.

»Genießen Sie Ihr Frühstück mit Pat«, sagte Moira. »Und denken Sie dabei nicht nur ans Fachsimpeln über Mörder und Motive!«

»Ich werde mich bemühen«, versprach Doyle und trat vor die Haustür.

Er atmete in vollen Zügen die noch kühle, erfrischende Luft ein, die nach dem nahen Meer und den wilden Orchideen roch, die an den Klippen wuchsen. Über ihm zogen ein paar weiße Wolken durch den blauen Himmel, zu wenig und zu klein, um eine ernsthafte Gefahr für einen sonnigen Frühlingstag darzustellen. So sahen das wohl auch die beiden Rotkehlchen, die einträchtig nebeneinander auf der Granitmauer saßen. Paarungszeit, dachte er ein wenig neidisch, verstaute das Verdeck des Tamoras im Kofferraum und fuhr quer über die erwachende Insel zur Westküste, wo Pat ganz in der Nähe der Vazon Bay wohnte.

Sie empfing ihn mit einem strahlenden Lächeln, und durch die offene Haustür wehte ihm der Duft von Kaffee, Eiern und Speck entgegen. Er fühlte sich wie der heimkehrende Ehemann in einem Werbespot für Kaffee, Bausparverträge oder Partnerschaftsbörsen. Egal, er fühlte sich jedenfalls gut, und er hatte einen Riesenappetit.

»An das gemeinsame Frühstück vor Dienstantritt könnte ich mich gewöhnen«, sagte er zufrieden, als er bereits den zweiten Teller geleert hatte. Pat machte ein erstauntes Gesicht, und schnell fügte er mit einem entschuldigenden Lächeln hinzu: »Oh, Verzeihung, ich wolle nicht aufdringlicher sein, als ich es wohl ohnehin bin.«

»Ich melde mich schon, wenn ich mich beschweren will.«

»Dann ist ja gut.« Er schielte nach dem kärglichen Rest Eier mit Speck auf der Anrichte. »Aufheben lohnt wohl nicht?«

Grinsend nahm Pat seinen Teller und füllte ihn mit dem Rest des Essens.

»Guten Appetit, Cy! Aber mecker nicht, wenn du dich nachher nicht mehr bewegen kannst.«

»Dann setze ich mich wie ein Rotkehlchen auf eine Mauer und harre der Insekten, die da kommen.«

»Aber sonst ist alles gut?«

»Bestens, wieso?«

»Du wirkst so aufgekratzt, als hättest du etwas eingeworfen.«

»Klar, dein Essen. Ein hervorragendes Frühstück in allerbester Gesellschaft an einem so wunderschönen Tag, was will der Mensch mehr?«

»Vielleicht einen Mörder fangen oder auch zwei, je nach Sachlage«, schlug Pat vor. »Wir haben noch gar nicht über den Fall gesprochen.«

»Das werden wir heute noch den ganzen Tag tun. Lass uns das Frühstück einfach genießen!«

»Von mir aus gern. Ich erkenne dich nur nicht wieder, du bist wie ausgewechselt. Was ist bloß in dich gefahren?«

»Dieser Morgen, die Seeluft, die Rotkehlchen, dein Lächeln – das ist Guernsey!«

»Sprich dich nur aus«, sagte sie und lachte. »Hier sind wir

unter uns. Wenn sich dein poetischer Anfall im Hauptquartier wiederholt, könnten noch mehr Leute lachen.«

»Die anderen sind mir gleichgültig, Pat. Auf dich kommt es an und darauf, ob du mich anlachst oder auslachst.«

Statt zu antworten, beugte sich Pat zu ihm vor und gab ihm einen Kuss auf die Wange.

* * *

Sie waren nicht die Einzigen, die in der vergangenen Nacht um ihren Schlaf gekommen waren. Im Hauptquartier herrschte eine seltsame Mischung aus Betriebsamkeit, Übermüdung und Niedergeschlagenheit. Letzteres wegen des angeschossenen Kollegen, von dem man noch nicht wusste, ob er durchkommen würde. Doyle war ein wenig überrascht, zu der frühen Stunde auf Constable Allisette zu treffen. Sie wirkte verständlicherweise alles andere als heiter, machte aber ansonsten einen konzentrierten Eindruck.

»Nach allem, was in der letzten Nacht geschehen ist, hätten Sie ruhig etwas länger schlafen können«, sagte Doyle zu ihr. »Niemand hätte Ihnen das übel genommen. Ich hätte sogar Verständnis gehabt, wenn Sie heute ganz zu Hause geblieben wären.«

»Wem hätte das genützt, Sir?«

»Vielleicht Ihnen.«

»Hier bin ich nützlicher«, sagte Allisette mit einem tapferen Lächeln. »Besonders jetzt, wo Calvin ausfällt.«

»Okay. Aber wenn irgendetwas ist, wenden Sie sich an mich.«

»Eine Bitte hätte ich, Sir. Wenn Sie etwas über Calvin vom Princess Elizabeth hören, egal was, würden Sie mir sofort Bescheid sagen?«

»Versprochen, Jasmyn.«

Doyle konnte nur hoffen, dass es gute Nachrichten sein würden.

Auch die Kriminaltechniker waren übermüdet und arbeiteten trotzdem auf Hochtouren. Bislang schien aber die gründliche Durchsuchung von Coopers Büro und seiner gemeinsamen Wohnung mit Fiona Lihou nicht das Geringste gebracht zu haben. Coopers Auftraggeber blieb unbekannt.

»Gab es keinerlei Daten auf seinem Handy?«, erkundigte sich Doyle.

»Es gab gar kein Handy«, erklärte Constable Bunting. »Das heißt, eigentlich müsste es eins geben, aber es ist verschwunden. Möglicherweise hat Coopers Mörder es an sich genommen. Oder er hat es einfach über die Klippen ins Meer geworfen. Es war ja ohnehin ausgeschaltet, wenn ich das richtig verstanden habe.«

»Über die Handynummer müssten wir doch an die Verbindungsdaten kommen«, sagte Pat.

»So einfach scheint das nicht zu sein«, sagte Bunting missmutig. »Die Techniker haben irgendetwas von einer nicht registrierten Prepaidkarte aus Osteuropa gemurmelt. Sie wollen sich sofort melden, sobald es neue Erkenntnisse gibt.«

»Ist Fiona Lihou noch etwas Wichtiges eingefallen?«, fragte Doyle.

»Nein«, antwortete Bunting. »Jedenfalls nichts, was sie uns mitgeteilt hätte. Sie ist noch unter Bewachung in ihrem Apartment.«

»Sie sind gut unterrichtet, Constable«, lobte Doyle. »Haben Sie die ganze Zeit über gearbeitet?«

»Ja, Sir.«

Dafür war er wirklich noch gut in Schuss, dachte Doyle und seufzte innerlich: Selige Jugend!

»Haben Sie wenigstens gefrühstückt?«

»Ich habe während der Arbeit gegessen und reichlich Kaffee getrunken. Ms Mulholland hat mich mit allem versorgt.«

»Sagen Sie einfach Mildred zu mir, Constable«, kam es von der Tür, wo sie mit einem Sandwichtablett erschienen war. »Alle in dieser Abteilung nennen mich so.«

»Ich gehöre nicht zum Kriminaldienst, nicht offiziell«, sagte Bunting.

Doyle legte ihm mit väterlicher Geste eine Hand auf die Schulter.

»Zerbrechen Sie sich darüber nicht den Kopf.«

* * *

Der Tag verging mit Detailarbeit, Besprechungen und einer Beschwerde, die Rechtsanwalt Thomas Taylor Trudeau im Namen seines Mandanten Professor Simon Duvier bei Colin Chadwick eingereicht hatte. Eine Beschwerde über Doyle, von dem sich der Professor verfolgt und belästigt fühle.

Chadwick, jetzt wieder in tadellos sitzender Uniform, bat Doyle zu sich und sagte: »Duvier vermutet eine bösartige Absicht dahinter, dass Sie ihn, wie er es formuliert, bei allen möglichen und unmöglichen Gelegenheiten aufsuchen. Während eines Vortrags anlässlich des aktuellen Victor-Hugo-Kongresses ebenso wie mitten in der Nacht bei einem – äh, wie steht es hier? – auswärtigen Termin.«

Doyle musste laut lachen, was ihm einen erstaunten Blick des Chiefs eintrug.

»Entschuldigung, Colin, aber das kam einfach über mich. Dieser auswärtige nächtliche Termin, eine wirklich hübsche Formulierung, fand im Schlafzimmer von Angela Seabourne statt.«

»Verstehe.« Ein Grinsen überzog Chadwicks Gesicht. »Duvier scheint kein Kind von Traurigkeit zu sein.«

»Es sieht ganz danach aus.« Doyle erzählte dem Chief, was er von Dr. Legrand über die Liebschaften des Professors erfahren hatte. »Da Duvier sehr auf sein Ansehen in der Öffentlichkeit bedacht ist, kann ich mir nicht vorstellen, dass er diese Beschwerde weiterverfolgt.«

»Sehr gut. Dann teile ich Rechtsanwalt Trudeau mit, dass ich mich für seinen Hinweis bedanke und Sie zu einem Gespräch über den Sachverhalt gebeten habe. Damit ist die Sache erledigt.« Chadwick schlug die dünne Akte zu und schob sie beiseite. »Da Sie gerade Dr. Legrand erwähnt haben, Cyrus, ich habe von der Sache mit Ihrem Vater gehört. Wie geht es ihm?«

»Ich warte noch auf Nachricht vom Princess Elizabeth. Ehrlich gesagt, sitze ich auf heißen Kohlen.«

»Kümmern Sie sich um Ihren Vater, auch wenn hier im Moment viel zu tun ist. DCI Leonard Doyle hat sich große Verdienste um Guernsey erworben. Sobald er wieder auf dem Damm ist, werde ich ihm einen Präsentkorb im Namen der Guernsey Police zukommen lassen. Darüber würde er sich doch freuen, oder?«

»Ganz bestimmt.«

»Gut, kommen wir wieder zur vergangenen Nacht. Wissen Sie schon etwas über die Waffe, mit der auf Cooper und Baker geschossen wurde?«

»Unsere Techniker arbeiten schon seit der Nacht ohne Unterlass. Ergebnis: Beide Geschosse, Kaliber 7,65-mm-Browning, sind aus derselben Waffe abgefeuert wurden. Die KT tippt auf eine alte Polizeipistole, eine Walther.«

»Aber die Waffe haben wir bis jetzt nicht gefunden, nehme ich an?«

»Nein, weder die Waffe noch den Mörder.«

Zurück in seiner Abteilung, bat Doyle Allisette und Bunting zu sich.

»Professor Duvier hat sich über meine häufigen Besuche bei ihm beschwert. Also werden Sie beide ihn zur Abwechslung aufsuchen.« Doyle berichtete ihnen von Duviers angeblichen oder tatsächlichen Liebschaften. »Jede abgelegte Geliebte ist eine potentielle Tatverdächtige. Wir brauchen eine Liste, die Sie sich von Duvier geben lassen. Und dann überprüfen Sie die Alibis der Damen.«

»Da wird sich der Professor aber freuen«, sagte Allisette mit unverhohlener Ironie.

»Falls er sich widerspenstig zeigt, stellen Sie ihn vor die Wahl: eine Liste, die er Ihnen in aller Diskretion gibt, oder eine offizielle Vorladung. Dann allerdings müssten wir auch die Presse darüber informieren, in welche Richtung wir gerade ermitteln.«

»Ich verstehe, Sir«, erwiderte Allisette. »Keine Sorge, wir werden die Liste schon bekommen.«

KAPITEL 18

Helena Nowlans Anruf erreichte Doyle gegen Mittag.

»Schöne Grüße von Dr. Legrand, Cy. Ihr Vater ist bei Bewusstsein und recht guter Dinge.«

»Kann ich ihn besuchen und mit ihm sprechen?«

»Ja, aber Sie sollten ihn noch schonen. Keine schwierigen Fragen, keine Aufregungen. Und nichts über das, was gestern bei Icart passiert ist.«

»Schon klar. Was macht Baker?«

»Er liegt im künstlichen Koma. Aber keine Sorge, das ist nur eine Vorsichtsmaßnahme, um ihn vor zu frühen Anstrengungen zu schonen.«

»Ich werde das so an Constable Allisette weitergeben.«

»Halten Sie das für klug?«

»Sie hat mich darum gebeten.«

»Na dann«, seufzte die Ärztin. »Übrigens, ich bin mit Coopers Autopsie fertig. Näheres erzähle ich Ihnen beim Lunch im Gloucester Room.«

Als Doyle mit Allisette sprach, verdüsterte sich ihr Gesicht, und sie wiederholte leise: »Im künstlichen Koma.«

Er versuchte, sie zu beruhigen, und wiederholte Helena Nowlans Worte von der Vorsichtsmaßnahme.

Zweifelnd sah sie ihn an.

»Glauben Sie immer den Ärzten?«

»Nein, nicht unbedingt. Aber Dr. Nowlan würde ich blind vertrauen.«

»Ich hoffe nur, Sie haben recht, Sir.«

Mit diesen Worten drehte sich Allisette um und ging zurück an ihren Schreibtisch. Doyle konnte ihr diese pessimistische Einstellung nicht verdenken. Es hatte Baker wirklich übel erwischt. Wie genau sich auch das Verhältnis zwischen den beiden gestalten mochte, eins war klar: Baker bedeutete Allisette sehr viel.

Mach dir nicht zu viele Gedanken um die beiden, sagte er zu sich selbst. Wie wollte er etwas zu der Beziehung zwischen Baker und Allisette sagen, wenn er nicht einmal den derzeitigen Status zwischen ihm selbst und Pat hätte erklären können? War es mehr als eine kollegiale Freundschaft? Er dachte an den Wangenkuss nach dem Frühstück und hoffte es.

Wie herbeigewünscht, stand Pat plötzlich vor ihm, in der Hand den offiziellen Bericht der Kriminaltechnik über die beiden 7,65-mm-Geschosse.

»Ich habe den Bericht quergelesen. Da steht nichts Neues für uns drin, aber wir haben es jetzt in aller Ausführlichkeit für die Akten.«

»Dann leg den Bericht ab und komm mit mir zum Princess Elizabeth. Wir lunchen mit Dr. Nowlan im Gloucester Room und hören uns an, was Coopers Autopsie ergeben hat. Und wir besuchen meinen Vater. Du kommst doch mit?«

»Selbstverständlich.«

* * *

Doyle wollte erst nach seinem Vater sehen, aber Dr. Legrand war gerade zu einer längeren Untersuchung bei ihm. Deshalb trafen er und Pat sich zunächst mit Dr. Nowlan im Restaurant des Princess Elizabeth.

Als jeder sich sein Essen geholt hatte, sagte die Ärztin: »Wie schon bei Terry Seabourne hat die Autopsie auch im Fall Max Cooper wenig Überraschendes gebracht. Das 7,65-mm-Geschoss, das Sie ja schon haben, hat Cooper mitten ins Herz getroffen und den Herzmuskel förmlich zerfetzt. Es war ein aufgesetzter Schuss. Der Schütze muss direkt vor Cooper gestanden haben.«

»Ein aufgesetzter Schuss?« Pat, die gerade eine Gabel mit Hühner-Curry-Salat zum Mund führen wollte, hielt mitten in der Bewegung inne. »Auch wenn das natürlich bei einem Herzschuss eine ungewöhnliche Annahme ist, können Sie einen Suizid ausschließen, Doc?«

»Hundertprozentig. An Coopers Händen befanden sich keine Schmauchspuren.«

»Können Sie uns etwas Näheres über den Täter sagen?«, fragte Doyle.

»Sie meinen wie in den Fernsehkrimis, wenn es heißt: Der Mörder war mit an Sicherheit grenzender Wahrscheinlichkeit ein einbeiniger Asiate mit einem Glasauge und einer akuten Dickdarmentzündung?«

Doyle musste lachen und hätte sich fast an einem Stück gebratenem Lamm verschluckt.

»Eine solche Eingrenzung würde Pat und mir die Ermittlungen in der Tat nicht unwesentlich erleichtern.«

»Das dachte ich mir, aber leider kann ich damit nicht dienen. Da fragen Sie bitte Ihren örtlichen Fernsehforensiker.«

»Der aufgesetzte Schuss ist auch nicht besonders verwunderlich«, meinte Pat. »Schließlich deutet alles darauf hin, dass Cooper mit seinem Mörder bei Icart verabredet war. Vielleicht hat der Mörder so getan, als wolle er Cooper etwas überreichen. Geld, Beweismaterial, einen Zettel mit Notizen, egal was. Zum Vorschein kam dann die Mordwaffe.«

»So ähnlich wird es gewesen sein«, stimmte Doyle ihr zu. »Dann hat er Cooper das Handy abgenommen, vielleicht noch etwas anderes, und ist auf und davon.«

»Etwas anderes?«, fragte Pat.

»Wie du eben sagtest. Geld, Beweismaterial, einen Zettel. Das ist nur eine Hypothese. Schließlich wissen wir nicht, wer dort wem etwas übergeben wollte. Vielleicht ging es auch nur um einen Meinungsaustausch von Angesicht zu Angesicht.«

»Dann hat der Mörder seine Meinung bemerkenswert deutlich zum Ausdruck gebracht«, sagte Helena Nowlan, während sie die Reste des Kartoffelbreis auf ihrem Teller zusammenkratzte.

Pat ließ einen langgezogenen Seufzer hören, und Doyle sah sie fragend an.

»Bist du nicht zufrieden, Pat?«

»Max Cooper war ein Profi, ein ehemaliger Polizist. Wie konnte er sich in so eine dumme Falle locken lassen?«

»Vielleicht hat ihn Geldgier unvorsichtig gemacht. Schließlich sprach Fiona Lihou von einer bedeutenden Summe. Oder er war einfach in schlechter Tagesform, besser gesagt Nachtform. Möglicherweise war er übermüdet. Ein Zustand, den ich im Augenblick sehr gut nachempfinden kann.«

Vielleicht hatte Doyle zu viel gegessen, vielleicht lag es auch nur an dem mangelnden Schlaf. Jedenfalls fühlte er sich plötzlich wie zerschlagen. Als Hintergrundmusik hallte ein bekannter Song durch das Krankenhausrestaurant. Etwas von James Blunt, das fiel ihm noch ein. Aber es fiel ihm schwer, sich zu konzentrieren, und er kam einfach nicht auf den Songtitel.

Als sie sich von Dr. Nowlan verabschiedet hatten und unterwegs zu Doyles Vater waren, sagte Pat auf einmal: »*1973*.«

Irritiert blickte Doyle sie an.

»Wie bitte? Was war 1973?«

»Ich habe die ganze Zeit überlegt, wie der Song aus dem Restaurant heißt. Gerade ist es mir eingefallen. Der Titel ist *1973*.«

Als Doyle sie umarmte und sagte: »Du bist klasse!«, war Pat es, die irritiert wirkte.

* * *

Eine junge Lernschwester führte sie in das Zweibettzimmer, in dem Leonard Doyle allein lag.

»Ihr Vater braucht viel Ruhe, deshalb haben wir niemanden zu ihm gelegt. Strengen Sie ihn bitte nicht an. Und bleiben Sie nicht zu lange. Ich hole Sie in fünf Minuten wieder ab.«

»Das ist wirklich nicht lange«, murrte Doyle, als er die Zimmertür hinter sich und Pat schloss.

Einer der beiden schmalen Schränke stand halb offen, und er

sah darin die ordentlich aufgestapelte Kleidung seines Vaters. Das war garantiert Moiras Werk.

Erst dachte er, der alte Herr würde schlafen. Aber Leonard Doyle drehte den Kopf zur Seite und blinzelte sie an.

Doyle blieb vor dem Bett stehen und ergriff mit beiden Händen vorsichtig die Rechte seines Vaters.

»Hallo, Dad. Wie geht es dir?«

»Blendend«, kam es leise über die rissigen Lippen. »Deshalb bin ich ja hier.«

»Da hat dein Vater dich erwischt, Cy.« Pat lächelte und sah Leonard Doyle an. »Ich freue mich, Sie wiederzusehen, Sir.«

Das Zucken der Mundwinkel war Leonard Doyles Versuch zu lächeln.

»Ah, die wundervolle Pat!«

»Wieso wundervoll?«

»Na, das sagt er doch immer«, sagte der alte Herr mit Blick auf seinen Sohn.

Seine Stimme klang brüchig und verriet seinen geschwächten Zustand. Doyle begriff, warum sein Vater nicht zu lange in Anspruch genommen werden sollte, und war der Schwester nicht länger böse. Erstaunt war er darüber, dass sich der alte Herr offenbar bei klarem Verstand befand. Er hatte so manche Stunde im »Petit Château« erlebt, in der sein Vater zwar in besserer körperlicher Verfassung, aber sonst kaum ansprechbar gewesen war.

»Wen wollen Sie in Verlegenheit bringen, Sir, Cy oder mich?«

»Ich sage nur die Wahrheit. Nicht wahr, Sohn?«

»Aber ja, Dad.«

»Warum bringst du sie dann nicht öfter mit? Zu uns nach Hause, meine ich.«

»Weil, äh, es ist ...«

»Der heutigen Jugend fehlt der Mumm. Schade, dass ich nicht jünger bin, sonst ...«

Die leise Stimme wurde noch leiser und erstarb in einem Hustenanfall.

Als hätte sie vor der Zimmertür auf diesen Augenblick gewartet, trat die Lernschwester ein und erklärte mit strenger Miene: »Das reicht wohl für den Augenblick. Ich denke, Sie sollten sich jetzt verabschieden.«

»Ich komme bald wieder, Dad. Pass gut auf dich auf!«

Erst jetzt ließ er die Hand seines Vaters los. Pat streichelte Leonard Doyles Arm und wünschte ihm gute Besserung.

Sie waren schon an der Tür, da rief der alte Herr: »Cy, du musst in den Unterlagen nachsehen!«

Bevor Doyle sich erkundigen konnte, was sein Vater damit meinte, hatte die Schwester ihn und Pat auch schon sanft durch die Tür auf den Gang gedrängt.

Ein Lächeln lag auf Pats Gesicht.

»Täusche ich mich, oder hat dein Vater eben mit mir geflirtet?«

»Das liegt in der Familie«, sagte Doyle, während er noch immer über den letzten Zuruf seines Vaters nachdachte. »Vielleicht meint er den Schuhkarton.«

»Schuhkarton? Wovon sprichst du?«

»Erinnerst du dich nicht an das, was Moira in der Nacht gesagt hat? Dad sei mit einem Schuhkarton in ihr Zimmer gekommen und habe sehr aufgeregt gewirkt, bevor er zusammenbrach. Vielleicht sind das die Unterlagen, von denen er gesprochen hat. Am liebsten würde ich noch einmal hineingehen und ihn danach fragen.«

Sein Blick war auf die geschlossene Tür des Krankenzimmers gerichtet.

»Tu es nicht, Cy! Es könnte deinem Vater schaden. Geistig war er fit, aber das kurze Gespräch mit uns hat ihn doch angestrengt. Wer weiß, ob diese Unterlagen, von denen er gesprochen hat, wirklich wichtig sind.«

»Du sagst doch selbst, geistig war er fit.«

»Schon, aber das mit den Unterlagen ist reichlich nebulös. Wir wissen noch nicht einmal, ob er damit wirklich diesen Schuhkarton gemeint hat.« Sie zögerte ein wenig. »Denkst du etwa, dein Vater hat etwas gefunden, was im Zusammenhang mit unserem aktuellen Fall steht?«

»Das ist nicht ausgeschlossen. Ich habe ihm am Sonntagabend ausführlich davon erzählt.«

»Das Herumrätseln bringt uns nicht weiter. Ich schlage vor, wir fahren zu euch raus und sehen uns diesen mysteriösen Schuhkarton mit eigenen Augen an!«

KAPITEL 19

»Das müssen wir unbedingt wiederholen«, sagte Doyle, während er den offenen Tamora mit moderater Geschwindigkeit über die Icart Road lenkte.

Pat hatte mit zurückgelehntem Kopf und geschlossenen Augen neben ihm gesessen, um die Sonne und den Fahrtwind zu genießen. Vielleicht auch, um ein wenig zu schlummern. Doyle, der die eigene Müdigkeit als drückende Last empfand, hätte es ihr nicht verdenken können. Jedenfalls hatte sie seine Bemerkung gehört und reagierte darauf mit einem fast gleichgültigen »Was meinst du?«.

»So eine Fahrt quer über die Insel sollten wir mal unternehmen, wenn wir nicht zwei Morde aufzuklären haben, wenn keiner unserer Kollegen angeschossen wurde, wenn niemand von unseren Angehörigen im Krankenhaus liegt und wenn wir nicht so geschafft sind wie eine ganze Kompanie Fremdenlegionäre nach einem Marsch durch die Wüste.«

»Einverstanden. Sag einfach Bescheid, wenn es so weit ist.« Pat setzte sich gerade hin und öffnete die Augen. »He, wir fahren gerade am ›Petit Château‹ vorbei!«

»Ich weiß.«

»Wenn da vorn am Icart Point nicht die Insel zu Ende wäre, würde ich denken, du willst mich entführen.«

»Immer gern, am besten nach Dienstschluss. Im Augenblick aber möchte ich mir den Ort der nächtlichen Ereignisse bei Tageslicht ansehen. Ich bin in meinem Leben zwar schon gefühlte tausendmal dort gewesen, aber nicht unter diesen Vorzeichen.«

Das Anwesen von Doyles Familie blieb hinter ihnen zurück, sie passierten das Saints Bay Hotel, und an der Gabelung bog er nach rechts ab zum Aussichtspunkt mit dem Parkplatz. An der Stelle, wo er dem Wagen des Mörders mit einem Hechtsprung auf den angrenzenden Acker ausgewichen war, hielt er an und stieg aus. Pat folgte ihm und blickte verwundert um sich.

»Nach was siehst du dich um, Cy?«

»Wenn ich das wüsste. Ich hatte die vage Hoffnung, bei dem wilden Fahrmanöver könnte der unbekannte Wagen ein paar Büsche gestreift und etwas verloren haben. Eine Zierleiste vielleicht. Etwas, was uns ein Stück weiterbringt.«

»Wenn hier etwas gelegen hätte, hätten unsere Kollegen es längst gefunden. Sie haben ja auch bei Tageslicht alles noch einmal durchkämmt.«

»Du hast recht.« Resigniert wandte sich Doyle zum Tamora um. »Lass uns weiterfahren.«

Es war nur noch ein kurzes Stück bis zu dem Parkplatz, wo er den Wagen im Schatten einer Pinie abstellte. Eine Handvoll weiterer Pkws stand auf dem asphaltierten Viereck. Sie gehörten vermutlich Ausflüglern, die auf dem Klippenpfad unterwegs waren oder sich im Tea Garden erfrischten. Doyle und Pat machten sich in Richtung der Klippen auf, blieben aber schon nach wenigen Schritten stehen, als sie eine vertraute Gestalt erblickten, die auf einer Bank saß und ihnen lächelnd entgegenwinkte.

Professor Angus Campbell von der University of Edinburgh trug feste Schnürschuhe, die ihm fast bis zu den Waden reichten, helle Freizeitkleidung und zum Schutz gegen die Sonne eine Schirmmütze aus Tweed, wahrhaftig im Schottenmuster. An der Bank lehnte ein hölzerner Wanderstock mit einem großem Knauf am oberen und einer Metallspitze am unteren Ende. Neben Campbell lag ein dünnes Buch, ein Wanderführer für Guernseys Klippenpfade.

Doyle winkte etwas zögerlich zurück, als er und Pat zu der Bank gingen.

»Professor, Sie sehen aus wie ein Schotte auf Urlaub, wenn ich das sagen darf.«

Durch den rötlichen Bart des Schotten schimmerten zwei Reihen großer, kräftiger Zähne, als Campbell in seinem harten, kehligen Akzent sagte: »Wer sollte Ihnen verbieten, die Wahrheit zu sagen, Chief Inspector? Ich freu mich jedenfalls, dass wir uns hier treffen.«

»Ich mich auch, aber ich bin auch verwundert. Sie hätte ich hier am allerwenigsten erwartet. Gibt es für heute Nachmittag keinen Programmpunkt auf dem Kongressplan?«

»Doch. Eine Podiumsdiskussion über die Auswirkung des Exils auf Victor Hugos Schaffen in Bezug auf die Art der im Exil entstandenen Werke und die Schaffenskraft des Autors.« Campbell gähnte breit, bevor er noch ganz ausgesprochen hatte. »Mein Gott, was gibt es dazu schon groß zu sagen? Der Mann hatte hier auf Ihrer schönen Insel jede Menge Zeit und hat entsprechend viel geschrieben. Dass darunter ein Roman über Guernsey ist, erstaunt einen jetzt auch nicht wirklich. Das Thema liegt ja dann näher als der Trojanische Krieg oder die Krise des spätrömischen Reiches. Binsenweisheiten, die ich mir nicht breitgetreten und im wissenschaftlichen Kauderwelsch anhören muss. Das Wetter ist viel zu schön dazu. Deshalb habe ich beschlossen, den Nachmittag für einen Ausflug zu nutzen. Auch Hugo ist gern über die Insel gewandert. Insofern bin ich also beruflich unterwegs.« Er grinste über das ganze Gesicht und rückte ein Stück zur Seite. »So setzen Sie sich doch.«

Sie nahmen neben Campbell Platz, und Doyle fragte: »Sind Sie bei Ihren Studenten auch so entspannt, was den Besuch Ihrer Vorlesungen betrifft?«

»Wer etwas lernen will, der kommt schon. Und wenn niemand kommt, muss ich auch nichts erzählen. Kennen Sie nicht den Witz von der besten Vorlesung?«

»Nein«, sagte Doyle, und Pat schüttelte gleichzeitig den Kopf.

»Die beste Vorlesung ist die, die ausfällt.«

In Campbells braunen Augen blitzte es schalkhaft auf, und er schüttete sich aus vor Lachen über seinen eigenen Witz. Als er ein kariertes Taschentuch hervorzog, um sich die Lachtränen aus den Augen zu wischen, bemerkte Doyle die schlanken, fast filigranen Finger, die so gar nicht zu der robusten Gestalt des Professors passen wollten.

»Spielen Sie Klavier, Professor?«

»Nein, Tuba. Wieso?«

»Sie haben die Finger eines Klavierspielers. Oder sagen wir, so stelle ich mir die Finger eines Klavierspielers vor.«

»Eine gute Schlussfolgerung, die knapp danebenliegt. Es sind die Finger eines Sportschützen.« Als Campbell bemerkte, dass ihn Doyle und Pat plötzlich mit erwachter Skepsis ansahen, schlug er mit der flachen Hand gegen seine Stirn und fuhr lachend fort: »Herr im Himmel, jetzt habe ich mich bei Ihnen wohl schwer verdächtig gemacht, hm?«

»Ein Sportschütze passt haargenau in unser Täterprofil«, bestätigte Pat. »Wie lange betreiben Sie diesen Sport schon?«

»Seit meiner Jugend.«

»Sind Sie gut darin?«

»Und wie. Sonst hätte ich schon längst damit aufgehört. Wenn Sie mal meine Urkunden und Pokale sehen möchten, kommen Sie mich einfach in Edinburgh besuchen. Das heißt, falls Sie mich jetzt nicht verhaften und in Ihr Inselgefängnis stecken.«

»Hätten wir einen Grund dazu?« Pat musterte den Professor eingehend. »Sind Sie tatsächlich unser Mörder?«

»Weil ich Sportschütze bin und zufällig hier sitze?« Campbell schien die Sache sehr zu amüsieren. »Oder glauben Sie, der Täter ist an den Tatort zurückgekehrt, wie man das in jedem zweiten Krimi lesen kann?«

»Welchen Tatort meinen Sie?«, hakte Pat schnell nach.

Der Schotte nahm seinen Spazierstock zur Hand und zeigte mit der Metallspitze in Richtung der Klippen.

»Na, hier ist heute Nacht doch dieser Privatdetektiv ermordet worden, Gary Cooper oder so.«

»Max!« Pat wirkte etwas erbost darüber, dass Campbell, offenbar nur so zu Spaß, den Namen des Ermordeten verballhornte. »Der Mann hieß Max Cooper.«

»Warum auch nicht«, meinte der Schotte achselzuckend. »Es war ja auch eher zwölf Uhr nachts als zwölf Uhr mittags.«

»Ich finde das alles überhaupt nicht lustig«, sagte Pat. »Max Cooper war früher bei der Polizei, und ich kannte ihn gut. Außerdem wurde in der Nacht ein Kollege von uns angeschossen, und es ist noch nicht sicher, ob er durchkommt. Wenn das typischer schottischer Humor ist, dann gefällt er mir gar nicht.«

»Woher sind Sie so gut über den Mord an Cooper informiert?«, fragte Doyle. »In den Zeitungen steht heute noch nichts darüber.«

»Auch wenn ich Sie beide enttäuschen muss, ich weiß das nicht etwa, weil ich etwa der Mörder wäre. Im Radio habe ich heute Morgen eine kurze Meldung über einen Großeinsatz der Polizei bei Icart Point gehört. Den Namen des Opfers habe ich vom Kollegen Duvier. Er hat sich fürchterlich darüber aufgeregt, dass Sie ihn mitten in der Nacht verhört haben wie einen gemeinen Mörder. Das sind jetzt nicht meine Worte, sondern seine. Er wollte sogar einen Anwalt beauftragen, um sich über die Polizeistaatmethoden, wieder seine Wortwahl, zu beschweren.«

»Das hat er schon getan«, erklärte Doyle.

Campbell stützte beide Hände auf den Stockknauf, beugte sich ein wenig vor und blickte an Doyle vorbei zu Pat, die am anderen Ende der Bank saß.

»Ich möchte mich bei Ihnen entschuldigen, Inspector. Manchmal geht meine humoristische Ader mit mir durch, aber ich wollte das Mordopfer nicht verspotten. Mir war nicht bewusst, dass Sie und Mr Cooper sich einmal nahegestanden haben.«

»Das habe ich nicht gesagt.«

»Nicht mit Worten, aber mit Ihren Augen. Wenn man, wie ich, ein Leben lang mit findigen Studenten zu tun hat, die oft um keine Ausrede verlegen sind, lernt man, in den Gesichtern anderer zu lesen. Mit dieser Fähigkeit hätte ich wohl auch Chancen bei der Polizei, hm?«

»Bewerbungen nimmt das Hauptquartier in der Hospital Lane entgegen«, sagte Doyle.

»Haben Sie sich eigentlich mal Gedanken über die Mordwaffe gemacht?«, fragte Campbell.

»Jede Menge«, antwortete Doyle. »Was mehr Fragen aufgeworfen als Antworten geliefert hat. Worauf wollen Sie hinaus?«

»Folgendes: Wenn der Mörder ein Auswärtiger ist, wie hat er die Waffe auf die Insel gebracht? Ich zum Beispiel bin mit dem Flieger angereist, von Edinburgh nach Gatwick mit British Airways und dann weiter hierher mit Ihrer eigenen Linie, Air Aurigny. Das können Sie gern nachprüfen, falls Ihnen danach ist. Bei den heutigen strengen Kontrollen an den Flughäfen wäre es mir unmöglich gewesen, eine Schusswaffe auf die Insel zu schmuggeln.«

Doyle sah dem Professor in die Augen und fragte gelassen: »Und was soll uns das sagen?«

»Selbstverständlich, dass ich unschuldig bin. Um jemanden zu erschießen, braucht man schließlich eine Schusswaffe. Oder sehen Sie das anders?«

»Nein. Aber vielleicht waren Sie schon früher auf Guernsey, mit einem Boot, und haben hier eine Schusswaffe deponiert. Oder Sie kennen hier jemanden, bei dem Sie sich eine Waffe besorgt haben, zum Beispiel einen Schützenfreund. Oder jemand anders ist per Boot nach Guernsey gekommen, um Ihnen hier eine Waffe zu übergeben oder um eine Waffe für Sie zu hinterlegen. Reicht Ihnen das, Professor, oder wollen Sie weitere Theorien hören?«

Campbell klemmte den Stock zwischen seinen Knien ein und hob abwehrend die Hände.

»Genug, genug. Machen Sie noch ein bisschen so weiter, und ich halte mich selbst für den Mörder. Aber im Ernst, Sie können doch nicht jeden Sportschützen verdächtigen, der auf Guernsey lebt oder sich derzeit hier aufhält. Da hätten Sie eine Menge zu tun, nehme ich an.«

»Deshalb wäre es auch nur das letzte Mittel, zu dem wir greifen würden«, stellte Pat fest. »Aber bei Ihnen kommen ja noch andere Verdachtsmomente hinzu.«

»Sie belieben zu scherzen, Inspector!«

»Keineswegs«, fuhr Pat seelenruhig fort. »Sie waren am Sonntag anwesend, als Terry Seabourne ermordet wurde. Und jetzt, keine vierundzwanzig Stunden nach dem Mord an Max Cooper, halten Sie sich am Tatort auf. Fänden Sie das nicht verdächtig?«

»Ich überlege«, antwortete Campbell zögernd und zupfte an seinem Bart herum.

»Was überlegen Sie?«

»Ob ich dieses zweifellos amüsante Spiel weiterspielen soll oder ob es ratsamer wäre, einen Rechtsanwalt einzuschalten. Wollen Sie tatsächlich behaupten, ich bin der Täter, den es an den Tatort zurücklockt? Das ist doch nur ein Ammenmärchen. Warum sollte ich so dumm sein und mich hier herumtreiben, wenn ich wirklich der Mörder wäre? Da hätte ich doch allen Grund, mich von diesem Ort fernzuhalten.«

»Es sei denn, Sie hätten hier etwas verloren. Irgendeinen Gegenstand, anhand dessen man Sie identifizieren könnte.« Pat ließ ihren Blick über das sich bis zu den Klippen hin ersteckende Grün schweifen, über die sich emporreckenden Felsspitzen und schließlich über das mal grün, mal türkis, mal tiefblau schimmernde Meer, das sich bis zum fernen Horizont erstreckte. »Aber wo ist er? Vielleich treibt er längst im Meer. Oder er hängt irgendwo auf halber Höhe in den Klippen fest. Vielleicht haben unsere Kollegen ihn aber schon gefunden und werden ihn in Kürze auswerten. Das können Sie nicht wissen. Falls er jedoch noch hier liegt, können Sie nach dem heutigen Tag behaupten, Sie hätten ihn bei Ihrem Besuch hier verloren.«

Der Schotte klatschte laut in die Hände.

»Bravo, Inspector Holburn. Wäre ich Professor für Kriminalistik, würde ich Sie auf der Stelle als Gastdozentin engagieren. Das war wirklich beeindruckend. Was meine Person betrifft, vollkommen aus der Luft gegriffen und somit unwahr, aber beeindruckend.« Er steckte den Wanderführer in eine Außentasche seiner Outdoorweste, stützte sich mit einer Hand auf den Stock und erhob sich von der Bank. »Ich werde meinen geplanten Klippenspaziergang wohl besser bleiben lassen, um Ihre wilde Theorie nicht zu erhärten. Oder gibt es noch etwas zu besprechen? Bin ich gar, wie heißt es in Ihrem Jargon, vorläufig festgenommen?«

Doyle setzte ein entwaffnendes Lächeln auf.

»Aber nicht doch, es war doch alles nur ein großer Spaß. Oder nehmen Sie uns das übel, Professor? Dann gebe ich Ihnen gleich den Namen von Duviers Anwalt, damit der eine Sammelbeschwerde schreiben kann.«

»Nicht nötig.« Campbell winkte mit der linken Hand ab. »Wie Sie schon sagten, es war nur ein großer Spaß.« Er ging ein paar Schritte auf den Parkplatz zu, blieb stehen, und drehte sich noch einmal zu Doyle und Pat um. »Ach ja, fast hätte ich es vergessen. Wenn Sie noch mehr Spaß haben wollen, sollten Sie sich mal eingehend mit meinem Kollegen aus Hannover unterhalten. Er ist nämlich auch ein begeisterter Sportschütze.«

»Professor Nehring?«, vergewisserte sich Doyle.

»Derselbe. Wir haben miteinander mehr über das Schießen

gefachsimpelt als über Victor Hugo. Nehring hat erzählt, quasi seine ganze Familie betreibe diesen Sport.«

»Danke für den Hinweis.«

»Weidmannsheil!«

Der Schotte wandte sich um und spazierte endgültig davon. Die Metallspitze seines Stocks erzeugte auf dem Asphalt ein monotones Klack-klack-klack. Offenbar war er nicht mit einem Mietwagen gekommen. Er überquerte den Parkplatz und ging dann auf jener Straße weiter, auf der Doyle in der Nacht die unliebsame Begegnung mit dem unbekannten Wagen gehabt hatte. Vielleicht wollte er zur Bushaltestelle ein gutes Stück weiter nördlich, ungefähr in Höhe der Abzweigung zur Rue des Marettes.

Rein äußerlich gab der Mann ein kurioses Bild ab und wirkte wie eine komische Figur aus einem alten Film. Aber Doyle war nicht zum Schmunzeln über ihn zumute. Trotz seines Erscheinungsbilds und seiner jovialen Art durfte man ihn nicht unterschätzen. Professor Campbell war sehr intelligent, doch war er auch sehr gefährlich?

KAPITEL 20

»Was für ein seltsamer Mann«, meinte Pat, die dem Schotten nachstarrte, als dieser schon nicht mehr zu sehen war; nur das leise Klack-klack-klack war noch zu hören. »Anfangs war er mir sehr sympathisch, aber inzwischen finde ich ihn ein bisschen unheimlich. Sein ständiges Lächeln und Lachen wirkten auf mich wie eine Maske.«

»Eine Maske, hinter der sich Abgründe verbergen? Meinst du das?«

»Ich weiß nicht recht. Zumindest bin ich froh, nicht bei ihm zu studieren.«

Sie gingen zu dem Klippenpfad, der kaum noch Spuren der nächtlichen Geschehnisse zeigte. Nur bei genauerem Hinsehen erkannte man an dem zertrampelten Bewuchs rechts und links des schmalen Wegs, dass sich die Polizei hier gründlich umgetan hatte.

An der Stelle, wo er Sergeant Baker gefunden hatte, blieb Doyle stehen und dachte an die quälend langen Minuten, in denen er auf Hilfe gewartet und versucht hatte, Bakers Blutung zu stillen. Natürlich hatte er so etwas in seiner Polizeiausbildung mehr als einmal geübt, aber das war keine Vorbereitung auf die emotionale Anspannung, die einen überfiel, wenn es darum ging, ein Menschenleben zu retten. Er legte den Kopf in den Nacken, hielt sein Gesicht in den wärmenden Sonnenschein und war heilfroh, dass diese Nacht vorüber war.

Pat legte eine Hand auf seine Schulter.

»Du hast Baker das Leben gerettet, Cy.«

»Vielleicht wäre er auch so durchgekommen.«

»Wie auch immer, du hast alles richtig gemacht.«

»Ja, scheint so.«

»Dann solltest du kein Gesicht machen wie sieben Tage Regenwetter, schon gar nicht bei dieser herrlichen Sonne.«

Doyle blickte über den Rand der Klippen hinaus aufs Meer. Der Himmel darüber war jetzt fast wolkenlos und die Sicht klar. In der Ferne machte er eine dunkle Silhouette aus, die Küste Frankreichs. Wie oft hatte wohl Victor Hugo auf seinen Wanderungen über die Insel, allein oder in Begleitung der geliebten Juliette Drouet, hier oder an einer anderen Stelle der Steilklippen gestanden und die ferne, für ihn unerreichbare Küste seiner Heimat betrachtet? War Professor Campbell hergekommen, um nachzuempfinden, was den berühmten Dichter bei diesem Anblick bewegt haben mochte? Oder hatte die Meldung über den nächtlichen Mord und damit die Sensationsgier ihn hergelockt? Beides war möglich, aber Doyle wurde das Gefühl nicht los, dass etwas ganz anderes hinter dem Ausflug des Professors steckte.

Der leichte Wind, der über die Klippen strich, frischte auf und spielte mit Pats Haar, wehte die eine oder andere Strähne über ihr Gesicht. Er vergaß die verwirrenden Gedanken und sogar seine Müdigkeit. Das Gesicht mit den leuchtend blauen Augen war alles, was er sah, und er hätte es für den Rest seines Lebens anschauen können.

Als er merkte, dass Pat seinen Blick erwiderte, räusperte er sich und sagte: »Ich fürchte, das hier ist allenfalls der geeignete Ort für ein nettes Picknick, aber nicht für neue Erkenntnisse. Schauen wir uns die Unterlagen meines Vaters an, oder was immer es sein mag.«

* * *

Sie fuhren das kurze Stück bis zum »Petit Château«, und Moira brachte den Schuhkarton, von dem sie gesprochen hatte, ins Wohnzimmer. Der große Karton war zweifellos einmal für ein Paar hoher Stiefel angefertigt worden, und er war randvoll.

»Als Leonard zusammengebrochen ist, ist der Karton auf den Boden gefallen«, erläuterte Moira. »Ich habe alles wieder zusammengesucht, aber ich kenne nicht die ursprüngliche Reihenfolge, falls es denn eine gab. Leider weiß ich auch nicht, was Leonard mir so Wichtiges zeigen wollte.«

Sie stellte den Karton auf den großen Wohnzimmertisch, und Doyle nahm den Deckel ab. Papiere über Papiere lagen im Innern und darauf jede Menge Kleinkram, alles mit einem Bezug zur Guernsey Police: das silbern glänzende Metallschild einer

Polizeimütze mit dem Drei-Löwen-Wappen des Bailiwicks; ein silberner Teelöffel, am oberen Ende mit dem Polizeiwappen verziert – Leonard Doyle hatte ihn zum fünfundzwanzigjährigen Dienstjubiläum bekommen; eine große Wandplakette, auf der die einzelnen Inseln des Bailiwicks – Guernsey, Herm, Sark und Alderney – zu sehen waren und darüber das Polizeiwappen; ein Schlüsselanhänger und ein Flaschenöffner mit demselben Wappen; das kleine Plastikmodell eines Landrovers der Guernsey Police; zwei alte Uniformknöpfe.

»Dads alte Polizeikiste!« Ein verklärtes Lächeln glitt über Doyles Gesicht. »Jetzt erinnere ich mich wieder. Mein Vater hat darin allen möglichen Kram gesammelt, der mit der Einheit irgendwie zusammenhängt, darunter viele Zeitungsberichte. Mum hat immer gesagt, er solle das doch bitte schön ordentlich abheften. ›Mach ich‹, hat er regelmäßig geantwortet, ›wenn ich pensioniert bin.‹ Mum hat dann immer gegrinst und gewusst, dass da nie was draus werden würde. Vielleicht hat sie …«

Er verstummte, weil sich die Bilder aus der Vergangenheit übermächtig aufdrängten, und blickte zu den Familienfotos auf dem Kaminsims. Dort waren sie alle versammelt: Leonard Doyle in verschiedenen Lebensaltern, mit seiner bei einem Unglück umgekommenen ersten Familie, mit seiner zweiten Frau Susan und dem gemeinsamen Sohn Cyrus.

Pat ließ ihm Zeit, seinen Erinnerungen nachzuhängen, bis Moira mit frischem, verlockend duftendem Kaffee und einem Teller Sandwiches erschien.

»Wer arbeitet, muss auch essen.«

»Danke«, sagte Doyle. »Ich werde Sie für die goldene Mildred-Mulholland-Medaille vorschlagen.«

»Erst probieren, dann nominieren«, sagte Moira und verließ das Zimmer wieder.

Doyle nahm einen Stoß Unterlagen aus dem Schuhkarton und erkannte auf den ersten Blick, dass sie ungeordnet waren. Vielleicht waren sie das aber auch schon gewesen, bevor sein Vater den Karton fallen gelassen hatte. Dumm nur, dass das, was Leonard Doyle entdeckt hatte, nun nicht mehr obenauf lag.

»Falls er überhaupt etwas Wichtiges entdeckt hat und wir hier nicht einem Phantom nachjagen«, sagte er leise.

»Das stellen wir am besten fest, indem wir uns die Sachen ansehen«, schlug Pat vor und trank einen Schluck von Moiras Kaffee. »Sehr gut, absolut medaillenverdächtig.«

»Wenn wir das alles lesen wollen, muss Moira aber ordentlich Kaffee nachkochen. Dann können wir nämlich die kommende Nacht auch weitgehend ohne Schlaf verbringen.«

»Ich schlage vor, wir konzentrieren uns erst einmal auf die Überschriften und Bildunterschriften.«

»Einverstanden«, sagte Doyle und trank ebenfalls von dem heißen, belebenden Kaffee.

Jeder nahm sich einen Stoß Papiere und begann zu lesen. Doyle sah Zeitungsberichte aus den vierziger, fünfziger, sechziger, siebziger und achtziger Jahren des zwanzigsten Jahrhunderts vor sich. Ein Beleg dafür, wie jung Leonard Doyle bei seinem Eintritt in die Einheit gewesen war und wie lange seine Polizeikarriere gewährt hatte. In einigen Artikeln ging es um seinen Vater oder um Einsätze, an denen er teilgenommen hatte. Andere, bei denen er selbst keine Rolle gespielt hatte, hatte Leonard wohl aufgehoben, weil sie ihm besonders interessant erschienen waren. Doyle musste sich zwingen, nicht bei jedem Bericht ins Detail zu gehen, und nahm sich vor, sich mit dem Inhalt des Kartons bei nächster Gelegenheit eingehender zu befassen.

Fast hätte er einen Artikel aus dem *Star*, der auch in der Besatzungszeit publizierten Tageszeitung, auf den Ablagestapel gelegt. Der auf April 1943 datierte Artikel mit der Überschrift *UNWILLIGE ARBEITER AUF DER FLUCHT* zeigte auf dem dazugehörigen Foto eine Reihe Uniformierter der Guernsey Police, die vor einem deutschen Offizier angetreten waren. Dieser Offizier trug eine der damals bei den Deutschen üblichen Schirmmützen und war nur von der Seite zu sehen. Trotzdem kam Doyle das schmale Gesicht mit der hervorspringenden Nase vertraut vor. Als hätte er das alte, schon ein gutes Stück vergilbte Schwarzweißfoto kürzlich erst gesehen. Nein, nicht das Foto, aber den Mann.

Er kniff die Augen zusammen und entzifferte die Bildunterschrift, die etwas verwischt war, als sei jemand mit dem Finger darüber gegangen, als die Druckerschwärze noch feucht gewesen war: *Oberleutnant Walter Nehring von der Feldkommandantur gibt der hiesigen Polizei Anweisungen für die Jagd auf die flüchtigen Fremdarbeiter.*

Diverse Namen spukten durch Doyles Kopf: Nehring, Wolfgang, Walther, Walter. Das also war es, was sein Vater ihm am Sonntagabend ursprünglich hatte sagen wollen. Es war gar nicht um den Panzergeneral Walther Nehring gegangen, sondern um den sich ganz ähnlich schreibenden deutschen Oberleutnant Walter Nehring, offenbar ein Verwandter des Literaturwissenschaftlers Wolfgang Nehring. Dafür sprach nicht nur derselbe Familienname, sondern auch die Ähnlichkeit der beiden Gesichter. War Professor Nehring der Sohn des Oberleutnants?

Jetzt sah er sich die Gesichter der Uniformierten näher an und entdeckte am linken Bildrand einen sehr jungen Polizisten mit der typischen Doyle-Kerbe am Kinn, seinen eigenen Vater. Ein ungutes Gefühl beschlich ihn bei dem Gedanken daran, dass die Guernsey Police in der Zeit der deutschen Besatzung als verlängerter Arm des Feindes gedient hatte. Immer stärker hatte die deutsche Feldkommandantur im Verlauf der Besatzungszeit die Zügel an sich gerissen und mit teils drakonischen Maßnahmen dafür gesorgt, dass die einheimischen Polizisten nach ihrer Pfeife tanzten. Ausgerechnet in jener Zeit war Leonard Doyle Polizist geworden.

Doyle machte seinem Vater daraus keinen Vorwurf. Irgendjemand hatte den Job machen, auf Guernsey für Recht und Ordnung sorgen müssen, auch wenn in allen wichtigen Angelegenheiten die Anweisungen von den Besatzern gekommen waren. Die Menschen auf Guernsey hatten es sich nicht ausgesucht. Winston Churchill hatte entschieden, die Kanalinseln den Deutschen im Sommer 1940, nach dem Fall Frankreichs, kampflos zu überlassen. Es war wohl die richtige Entscheidung gewesen, war auf diese Weise doch ein Blutbad größeren Ausmaßes vermieden worden,

Er konzentrierte sich auf den Artikel. Offenbar waren immer wieder Fremdarbeiter, die für die Organisation Todt, den paramilitärischen Arbeitsdienst der Nazis, gearbeitet hatten, um die Kanalinseln in ein gigantisches Festungsbollwerk zu verwandeln, aus ihren Unterkünften geflohen und hatten sich durch Einbrüche und Diebstähle bei den Einheimischen »zusätzliche Nahrung« beschafft, wie es in dem Artikel hier hieß. Weil die Guernsey Police die Angelegenheit nicht in den Griff bekam, hatte jener Oberleutnant Nehring den Befehl über die Jagd auf die abgängigen Arbeiter übernommen. Mit »deutscher Gründlichkeit« würde er dem »Treiben dieser haltlosen Elemente bald Einhalt gebieten«.

»Du hast etwas gefunden, Cy?«

Pat hatte einen Stapel Papiere, den sie durchgearbeitet hatte, zur Seite gelegt, und sah ihn voller Neugier an.

»Ich denke, das ist, was wir suchen.« Er gab ihr den Artikel zu lesen und tippte, als sie die Lektüre beendet hatte, auf das Foto. »Der junge Hilfs-Constable hier ist übrigens mein Vater.«

»Ja, das dachte ich mir. Und dieser Walter Nehring ist dann vermutlich der Vater unseres deutschen Professors. Die Ähnlichkeit ist jedenfalls verblüffend.« Sie schob den Artikel über den Tisch zurück zu Doyle. »Ich frage mich nur, was das mit unserem Fall zu tun hat.«

»Vielleicht hat es gar nichts zu bedeuten. Wenn Wolfgang Nehring tatsächlich der Sohn dieses zackigen Oberleutnants ist, ist das vielleicht schon der ganze Zusammenhang. Mein Vater hat am Sonntagabend von mir den Namen Nehring gehört, und das hat eine alte Erinnerung bei ihm geweckt. Punkt.«

»Und wenn nicht?«

»Wir müssten mit Dad darüber sprechen, aber in seinem derzeitigen Zustand möchte ich ihn nicht zu sehr beanspruchen. Es wäre schön, wenn wir auch ohne seine Hilfe mehr herausfinden könnten. Gehen wir die restlichen Unterlagen durch. Vielleicht finden wir darin etwas, was mit der Suche nach den getürmten Arbeitern in einem Zusammenhang steht.«

»Oder einen anderen Hinweis auf die Aktivitäten des Oberleutnants Nehring«, schlug Pat vor.

»Da wäre auch nicht schlecht.«

Mit neuerwachtem Eifer machten sie sich an die Arbeit, aber alle Mühe war vergeblich. Schließlich packten sie die Papiere und die Erinnerungsstücke wieder in den Schuhkarton, und Doyle stülpte den Deckel darüber. Nur den Ausschnitt aus dem *Star* über die Suche nach den entflohenen Arbeitern hatte er an sich genommen und in seine Brieftasche gelegt.

»Und was jetzt?«, fragte Pat mit einem niedergeschlagenen Unterton.

»Nur nicht den Mut verlieren«, sagte Doyle und lächelte. »Ich habe da eine Idee!«

KAPITEL 21

Doyles Idee führte sie zum German Occupation Museum in der Gemeinde Forest. Das privat betriebene Museum war eine von vielen Erinnerungsstätten an die Zeit der deutschen Besatzung auf Guernsey, aber nicht eine unter vielen. Nicht nur für Doyle zählte es zu den herausragenden Orten, an denen man sich über jene Jahre informieren konnte, die manche auch jetzt noch »die dunkle Zeit« nannten. Obwohl nicht weit vom Flughafen gelegen, wirkte das von Feldern und einem Streifen aus Bäumen und Buschwerk umgebene Museumsgelände fast unpassend malerisch, was durch das sonnige Wetter noch unterstrichen wurde.

Doyle parkte den Tamora auf dem Museumsparkplatz und bewunderte einmal mehr, was hier in vielen Jahren Arbeit und Engagement geschaffen worden war. Richard Heaume, der Eigentümer und Betreiber, hatte als Schuljunge eine 20-mm-Granate aus dem Zweiten Weltkrieg auf einem frisch gepflügten Acker gefunden. Das war der Beginn einer Sammelleidenschaft geworden, die schließlich in den sechziger Jahren des zwanzigsten Jahrhunderts zu dem immer wieder erweiterten Museum geführt hatte.

Als Doyle ausstieg, fiel sein Blick auf mehrere Weltkriegsgeschütze, auf einen amerikanischen Sherman-Panzer und auf eine Panzersperre, die den eher friedlich wirkenden ehemaligen Farmgebäuden ein martialisches Umfeld verliehen. Am Rand des Buschgürtels, schon von hohen Gräsern umwuchert, lag eine große schwarze, mit Stacheln bewehrte Kugel, eine alte Seemine mit Berührungszündern, wie ein stählernes Osterei, das ein durchgeknallter Osterhase auf Kriegspfad hier hinterlassen hatte.

Er erinnerte sich an seinen letzten Besuch, den er kurz nach seiner Rückkehr auf die Insel mit seinem Vater unternommen hatte. Damals hatte Doyle wichtige Dinge in Erfahrung gebracht, und er hoffte, dass es heute nicht anders sein würde.

Enttäuscht nahm er an der Kasse zur Kenntnis, dass Mr Heaume an diesem Tag nicht im Haus war.

»Aber vielleicht kann Mr Blampied Ihnen weiterhelfen.« Die Kassiererin, eine hübsche Frau Anfang dreißig mit einem kecken Sommersprossengesicht, hatte seinen enttäuschten Gesichtsausdruck bemerkt und lächelte ihm aufmunternd zu. »Er ist eigentlich längst im Ruhestand, aber das Nichtstun hält er nicht aus. Also kommt er so gut wie jeden Tag her, erledigt Archivarbeiten und macht trotz seines hohen Alters immer noch Führungen. Mr Heaume nennt ihn ein wandelndes Lexikon, was die Besatzungszeit betrifft.«

Schlagartig hellten sich Doyles Züge auf.

»Das klingt genau nach dem Mann, den wir suchen.«

»Er müsste jetzt im Archiv sein.«

Die Kassiererin beschrieb ihnen den Weg.

Doyle bedankte sich und legte zwölf Pfund für zwei Eintrittskarten auf die Ablage vor der Kasse.

Die Frau mit den vielen Sommersprossen und den leicht rötlichen Haaren, die zu einem Pferdeschwanz zusammengebunden waren, schüttelte den Kopf.

»Sie müssen nicht bezahlen, Sir. Wir helfen der Polizei immer gern.«

»Das ist sehr freundlich von Ihnen. Trotzdem möchte ich den

Eintritt bezahlen. Ich weiß, dass der Unterhalt des Museums nicht billig ist. Und der Zweite Weltkrieg ist heutzutage nicht mehr das Bombenthema, oder?«

»Ein schönes Wortspiel, Sir. Sie haben leider recht. Mit einer Ausstellung zu *Harry Potter* oder dem *Herrn der Ringe* ließe sich bestimmt mehr verdienen.« Die Kassiererin strich das Geld lächelnd ein und legte ihm zwei Eintrittskarten hin. »Vielen Dank, Sie sind sehr nett.«

»Sie aber auch.«

Nichts war mehr von der sommerlichen Atmosphäre zu spüren, die, obwohl es erst Frühling war, über ganz Guernsey lag, als Doyle und Pat in die düster wirkende Welt des Museums eintraten. Das Tageslicht blieb draußen, und die Occupation Street, der beeindruckende Nachbau einer Straße in St. Peter Port zu Kriegszeiten, wirkte durch die sparsam-punktuelle Beleuchtung noch bedrückender. Die in Kleider der vierziger Jahre gehüllten Schaufensterpuppen, die vor einer Fleischerei nach einer kargen Ration Schweinefleisch anstanden, wirkten in diesem Licht fast wie echte Menschen. Schon als Kind hatte Doyle beim Durchschreiten der Occupation Street Ehrfurcht verspürt, und jetzt erging es ihm nicht anders. Natürlich war all das, was hier dargestellt wurde, schon lange Vergangenheit, aber das machte die Entbehrungen und Leiden der Einheimischen unter dem fremden Regime nicht weniger tragisch und bedeutsam.

»Du bist ja so still.« Pats Worte holten ihn in die Gegenwart zurück. »Du bist in Gedanken wohl noch bei der aparten Kassiererin.«

Irritiert blieb er neben einem Wehrmachtsgespann, einem BMW-Motorrad mit Beiwagen, stehen und nahm zur Kenntnis, dass Pat eine irgendwie verkniffene Miene aufgesetzt hatte.

»Was meinst du?«

»Ach, nichts. Es war nur interessant zu erleben, wie du aus dem Kauf von Eintrittskarten einen kleinen Flirt machst.«
»Wieso Flirt? Ich war nur höflich.«
»Klar. Wärst du auch so höflich gewesen, wenn die Frau dreißig Jahre älter und dreißig Kilo schwerer gewesen wäre?«
Doyle konnte nicht anders, er begann zu lachen, was Pats Gesicht noch mehr verdüsterte.
»Männer und Frauen, das ist schon ein Ding für sich«, sagte er. »Während ich mich in Gedanken im St. Peter Port der Besatzungszeit befinde, denkst du an die Kassiererin.«
»Vergiss es!«, zischte Pat und knuffte ihn mit dem Ellbogen in die Seite. »Und hör auf mit dem Gekicher, was sollen die anderen Leute hier denken?«
»He, das ist meine böse Stelle!«
Doyle rieb demonstrativ seine rechte Seite.
»Selber schuld! Lass dich doch von deiner Kassiererin einreiben!«
Ihre Blicke begegneten sich, und dann konnte auch Pat nicht länger an sich halten. Ihr Gesicht hellte sich von einer Sekunde zur anderen auf, und auch sie musste jetzt lachen. Die neugierigen Blicke der anderen Museumsbesucher schienen sie nicht länger zu stören.
»Man sollte öfter ins Museum gehen«, meinte Doyle und zeigte auf eine Tür rechts von ihnen mit der Aufschrift *Archiv – Privat*. »Das muss es sein.«
Nach dem zweiten Anklopfen wurde die massive Eisentür geöffnet, und ein bemerkenswerter Mann stand ihnen gegenüber. Er zählte weit mehr als achtzig Jahre, hielt seinen hochgewachsenen Körper aber noch stockgerade. Das Gesicht wies scharfgeschnittene Züge auf, die teilweise unter einem Bart verborgen waren. Der Bart war von eisgrauer Farbe, wie auch

das exakt geschnittene, noch volle Haar. Selbst die schmalen Augen und die dichten Brauen wirkten eisgrau.

»Mr Blampied, nehme ich an.« Doyle nickte ihm höflich zu. »Die nette Dame am Eingang schickt uns zu Ihnen.«

In den eisgrauen Augen leuchtete es auf.

»Ah, Sie sind also die Freiwilligen. Meine Enkelin hat eben angerufen und mich über Ihr Kommen unterrichtet.«

»Wieso die Freiwilligen?«, fragte Doyle.

»Na, Sie haben doch freiwillig Eintritt bezahlt. So etwas ist heutzutage selten. Treten Sie ein!«

Doyle und Pat betraten ein Büro, das einen starken Kontrast zu der eben durchschrittenen Occupation Street bot. Zum einen war die Einrichtung sehr modern, zum anderen fiel die Sonne durch ein zwar vergittertes, aber großes Fenster herein.

»Das Archiv habe ich mir anders vorgestellt«, bemerkte Pat. »Irgendwie verstaubter, voller Regale mit alten Waffen und Alltagsgegenständen. Und ganz ohne Tageslicht.«

»Was Sie beschreiben, liegt hinter dieser Tür.« Der Graubärtige wies auf eine weitere Eisentür und dann auf einen Schreibtisch, auf dem ein flacher Monitor ein paar schwarzweiße Fotos präsentierte. »Ansonsten arbeiten wir aber durchaus mit dem Computer, wie Sie sehen können. Aber verzeihen Sie, ich habe mich noch nicht ordentlich vorgestellt. Barnaby Blampied, Archivar, Museumsführer und altes Mädchen für alles.«

Doyle und Pat stellten sich ebenfalls vor und nahmen auf zwei Besucherstühlen Platz, während Blampied sich auf den Drehstuhl vor dem Monitor setzte.

»Berenice sagte, Sie bräuchten meine Hilfe bei einem aktuellen Fall?«

»Berenice ist Ihre Enkelin?«, erkundigte sich Doyle.

Ein Ausdruck von Stolz zeigte sich in Blampieds Zügen.

»Ja, Mr Doyle. Sie haben mit ihr gesprochen, an der Kasse.«

»Das kann man wohl sagen«, murmelte Pat.

Die eisgrauen Augenbrauen zogen sich verwundert zusammen, und schnell sagte Doyle: »Ihre Enkelin hat das gar nicht erwähnt, Sir. Sie sprach von Ihnen wie von einem Fremden.«

Blampied winkte ab.

»Das ist so ein Tick von ihr. Sie meint, es wirke andernfalls zu ... familiär. Aber sonst ist sie schwer in Ordnung, braucht nur wieder einen Mann. Aber diesmal einen anständigen, nicht so einen windigen Kerl wie diesen Tommy Perchard. Zum Glück hat Berenice sich letztes Jahr von ihm scheiden lassen und ist jetzt wieder ...«

»Um auf unser Anliegen zurückzukommen«, unterbrach Pat den Archivar ein wenig brüsk. »DCI Doyle hat einen alten Artikel aus dem *Star*, den er Ihnen gern zeigen möchte. Nicht wahr, Cy?«

Doyle verstand den Wink mit dem Zaunpfahl, nahm den Artikel aus seiner Brieftasche und reichte ihn Blampied, der ihn aufmerksam las.

»Ja, die Sache mit den Fremdarbeitern der Organisation Todt. Eine der vielen Nazi-Organisationen, benannt nach ihrem Gründer Fritz Todt. Todt, Kraft durch Freude, Jungvolk, Hitlerjugend, Bund Deutscher Mädel, Winterhilfswerk, Nationalsozialistische Volkswohlfahrt, SA, SS, Waffen-SS und was nicht noch alles. Zum Glück war das Organisationstalent der Nazis bei weitem nicht so groß wie ihre Leidenschaft für das Gründen von Organisationen.«

»Wie darf man das verstehen?«, fragte Pat.

»Die hatten am Ende so viele Organisationen, dass sie sich gegenseitig behinderten. Jede Organisation wollte die beste Ausrüstung, die besten und die meisten Leute für sich. Als den

Deutschen gegen Ende des Krieges die Soldaten ausgingen, haben Wehrmacht und Waffen-SS versucht, sich gegenseitig die Männer abzujagen, die oft noch Kinder waren. Letztlich hat das Ganze die Kräfte des Feindes zersplittert und geschwächt. Tja, gut für uns.«

Pat sah ihn zweifelnd an.

»Das hört sich an, als befänden wir uns noch im Krieg gegen das Deutsche Reich.«

Blampied schüttelte den Kopf.

»Das sollte es nicht. Unser Museum hat viele Freunde und Unterstützer in Deutschland. Aber ich habe als junger Mensch die Besatzung noch miterlebt, und manchmal betrachte ich die Dinge wohl ein wenig zu sehr aus der damaligen Sicht. Berenice schimpft dann immer mit mir.« Er seufzte. »Um auf diesen Artikel zurückzukommen, vielleicht wäre es zu der seltsamen Polizeiaktion gar nicht gekommen, hätte die Organisation Todt bessere Leute gehabt.«

Doyle sah ihn gespannt an.

»Könnten Sie das näher erläutern?«

»Eine Gegenfrage: Kann Ihr Vater Ihnen nicht weiterhelfen?« Blampieds Zeigefinger deutete auf das Foto, das den *Star*-Artikel illustrierte. »Der junge Mann hier links, das ist doch Ihr Vater, Mr Doyle? Ich glaube nicht, dass ich mich da irre.«

»Mein Vater liegt im Krankenhaus, eine Herzgeschichte. Ich möchte ihn damit jetzt nicht belasten.«

»Das tut mir leid. Wenn er wieder ansprechbar ist, grüßen Sie ihn bitte von mir.« Blampied gab Doyle den Zeitungsausschnitt zurück und fuhr fort: »Die Arbeiter der Organisation Todt galten offiziell als Freiwillige, waren in Wahrheit aber in der Regel zum Dienst Gezwungene, häufig Kriegsgefangene. Die Arbeit an den Festungswerken auf den Kanalinseln war sehr hart und die

Verpflegung sehr schlecht. Manch einer überlebte es nicht, und hinter vorgehaltener Hand nannte man die abgezehrten und abgerissenen Gestalten auch die ›Arbeiter des Todes‹. Deshalb war es eigentlich kein Wunder, dass aus ihren Unterkünften entflohene Zwangsarbeiter bei uns Einheimischen nicht nur betteln gingen, sondern auch nächtliche Einbrüche verübten und stahlen, was ihnen nur irgendwie essbar oder versetzbar erschien. Es wurde eine regelrechte Plage daraus, aber es war verständlich. Nur weshalb die Arbeiter in so großer Zahl aus ihren Unterkünften entkommen konnten, und das immer wieder, blieb lange ein Rätsel. Die hiesige Polizei wurde von der deutschen Besatzungsbehörde als unfähig bezeichnet, und die Feldkommandantur hat Oberleutnant Nehring mit der Jagd nach den entlaufenen Arbeitern beauftragt. Aber das haben Sie ja selbst gelesen.«

»Schon«, sagte Doyle, »aber wie ist es ausgegangen? War dieser Nehring erfolgreicher als unsere Leute?«

»Ja, das war er. Denn er hatte die Möglichkeit, auch in den eigenen Reihen zu ermitteln.«

»Mit welchem Ergebnis?«

»Hinter der ganzen Sache steckten die Leute der Organisation Todt selbst, nämlich die korrupten Lagerwachen. Wie schon gesagt, die Nazi-Organisationen hatten oft zu wenig Leute und mussten im Notfall auch mit dem Bodensatz vorliebnehmen. Die Lagerwachen schickten die Zwangsarbeiter nachts auf Diebes- und Raubzüge und teilten dann die Beute mit ihnen. Das durfte natürlich nicht bekannt werden, also musste Nehring offiziell erfolglos bleiben. Seine Ermittlungsergebnisse wurden geheim gehalten, die schuldigen Lagerwachen selbst in Arbeitslager gesteckt, und der fleißige Oberleutnant wurde nach Frankreich versetzt.«

»Sie sind gut über diesen Vorfall informiert. Mehr hätte mir mein Vater wohl auch nicht darüber erzählen können.«

»Vielleicht sogar weniger. Die Hintergründe kamen erst in den fünfziger Jahren ans Tageslicht, waren dann aber nur noch für Historiker interessant. Die deutschen Besatzer haben bis zum Schluss den Deckel draufgehalten und behauptet, der Fall habe nicht aufgeklärt werden können, weil die Guernsey Police zu viel verpfuscht hätte. Vielleicht haben Ihr Vater und seine Kollegen etwas von der Wahrheit geahnt, aber beweisen konnten sie wohl nichts.«

»Wissen Sie, was aus Oberleutnant Nehring geworden ist? Hat er den Krieg überlebt? Hat er Nachfahren?«

»Tut mir leid, Mr Doyle, darüber kann ich Ihnen nichts sagen.«

Doyle blickte ihn forschend an.

»Wollen Sie denn gar nicht wissen, weshalb wir Ihnen all diese Fragen stellen?«

»Auch wenn ich schon vorgestern auf diese Welt gekommen bin, bin ich nicht von gestern. Ich weiß, dass Sie über laufende Ermittlungen keine Auskunft erteilen werden. Aber ich vertraue darauf, dass Sie dem Museum wichtige Informationen über die Ereignisse während der Besatzungszeit nicht vorenthalten werden, sobald Sie darüber sprechen dürfen. Schließlich sind Sie ein Freiwilliger.«

»Dann will ich Sie nicht länger von Ihrer Arbeit abhalten.« Doyle wollte sich erheben, da fiel ihm noch etwas ein. »Es sei denn …«

»Ja?«, fragte Blampied interessiert.

»Es ist nur so eine vage Idee, aber sagt Ihnen der Name Campbell etwas?«

»Im Zusammenhang mit der Besatzungszeit?«

»Ehrlich gesagt, ich weiß es nicht.«

Barnaby Blampied schloss die Augen, lehnte sich in seinem Stuhl weit nach hinten und atmete tief durch wie ein menschlicher Computer, der sämtliche Ressourcen darauf verwendete, seine Dateien auf einen bestimmten Namen zu durchsuchen.

Pat hatte offenkundig denselben Eindruck, denn sie brachte ihren Mund dicht an Doyles Ohr und flüsterte: »Vielleicht müssen wir auf ›Neustart‹ drücken, damit die Sache weitergeht.«

Nach einer kleinen Ewigkeit von endlosen Sekunden richtete sich Blampied in seinem Stuhl wieder gerade auf und öffnete die Augen.

»Campbell war kein Name einer hier ansässigen Familie, jedenfalls nicht zur Besatzungszeit. Aber es gibt da einen Vorfall, der nicht in der offiziellen Geschichtsschreibung auftaucht. Seriöse Historiker nennen die Sache daher nur ein Gerücht. Meine Nachforschungen haben aber ergeben, dass sich der sogenannte Campbell-Raid tatsächlich ereignet hat.«

»Noch so ein Ding, das die Deutschen vertuscht haben?«, fragte Pat.

»Nicht die Deutschen. Unsere eigenen Behörden haben die Angelegenheit unter den Teppich gekehrt, weil es zu peinlich gewesen wäre und es zudem die Moral auf den Kanalinseln untergraben hätte.«

»Ob wahr oder nicht, auf jeden Fall klingt es spannend«, meinte Doyle. »Klären Sie uns bitte auf, Sir.«

»Wahrscheinlich wissen Sie, dass unsere Seite mehrere Kommandounternehmen, sogenannte Raids, auf den Kanalinseln durchgeführt hat, nachdem diese in die Hand der Nazis gefallen waren. Sie dienten der Aufklärung und der Aufrechterhaltung des Kontakts mit der Bevölkerung. Der Verlauf dieser Raids war nicht immer sehr glücklich, aber der Campbell-Raid bildete den absoluten Tiefpunkt.« Blampied dachte kurz nach, und ein Schmunzeln legte sich auf seine Lippen. »Es ist wohl ein kleiner Scherz der Geschichte, dass die Deutschen im Juni 1940 auf die Inseln gekommen sind. Im selben Monat, in dem auch die British Commandos gegründet wurden, unsere Spezialeinheit für Sondereinsätze hinter der Front.«

»Und die haben auch diesen ominösen Campbell-Raid durchgeführt?«

»So ist es, Mr Doyle. Ein gewisser Corporal Campbell soll zwei Tage vor dem eigentlichen Raid als Scout auf Guernsey an Land gegangen sein, nachdem eins unserer U-Boote ihn bis dicht vor die Küste gebracht hatte, irgendwo im Südosten, bei Icart oder der Saints Bay. Dieser Campbell war ein guter Bergsteiger, und deshalb sollten ihm die Klippen dort keine Schwierigkeiten bereiten. Kurz vor dem Krieg hatte er ein paar Monate bei Freunden auf Guernsey verbracht. Weil er also auch die hiesigen Verhältnisse kannte, erschien er seinen Vorgesetzten doppelt geeignet für die ihm zugedachte Aufgabe. Er sollte die Gegend auskundschaften und seinen Kameraden dann signalisieren, wann und wo sie anlanden konnten. Und so geschah es auch, zu ihrem Unglück. Immerhin war es nur ein kleiner Raid zur Aufklärung, weshalb nur zwanzig oder dreißig Mann davon betroffen waren.«

»Was war ihr Unglück?«, fragte Doyle, als der Archivar eine Pause einlegte, um über seine trocken gewordenen Lippen zu lecken.

»Campbells Signale lockten sie in eine Falle. Es war Ende August, als die Commandos im Maschinengewehrfeuer der Krauts starben. Soweit man weiß, hat niemand überlebt.«

»Was wurde aus Campbell?«

»Angeblich soll er sich selbst das Leben genommen haben, aus Scham über seinen Verrat.«

Auch Pat war von der Erzählung des Alten gepackt worden, und sie fragte mit angespannter Stimme: »Warum hat dieser Corporal Campbell seine Kameraden den Deutschen ausgeliefert?«

»Eine gute Frage, Inspector Holburn. Ich habe mit etlichen Zeitzeugen über diesen Raid gesprochen, und über Campbells Motiv herrscht große Uneinigkeit. Einige sagen, er habe es für Geld getan. Andere, die Krauts hätten ihn mit einem gefangenen Bruder oder Onkel erpresst. Sie hätten gedroht, ihn hinzurichten, wenn der Corporal ihnen nicht geholfen hätte. Es gibt auch die Theorie, er habe es aus Liebe zu einem Mädchen getan, in das er sich bei seinem ersten Guernsey-Aufenthalt verguckt hatte. Die Deutschen sollen das herausbekommen und ihm gedroht haben, der Kleinen und ihrer Familie Gewalt anzutun.«

»Das hieße aber, genauso wie die Geschichte mit dem gefangenen Verwandten, er ist nicht freiwillig zu den Deutschen übergelaufen, sondern durch widrige Umstände in ihre Hände geraten«, sagte Pat und seufzte. »Das mit dem Mädchen ist eine sehr romantische Theorie. Vielleicht gefällt sie mir deshalb am besten.«

»Letztlich haben wir leider nur Theorien«, sagte Blampied. »Die Familie, zu der Campbells angebliche Freundin gehören soll, hat nie über die Sache gesprochen. Dass ich über die Geschichte recherchiert habe, ist so lange her, ich weiß nicht einmal mehr ihren Namen. Ich hatte es schon aufgegeben, das Geheimnis um den Campbell-Raid jemals zu lüften.« Ein jugendliches Leuchten trat in die alten Augen. »Aber jetzt habe ich wieder Hoffnung, Licht in die Sache zu bringen.«

»Einstweilen sind Sie derjenige, der uns mit Informationen versorgt, Sir«, sagte Doyle und stand auf. »Sollte ich mich revanchieren können, werde ich es mit dem größten Vergnügen tun.«

»Auf das Wort eines Doyle ist immer Verlass.«

Auch Barnaby Blampied erhob sich, und Doyle wurde sich erneut der beeindruckenden Körpergröße seines Gegenübers bewusst. Sie schüttelten sich die Hände, und der Händedruck des Archivars war beeindruckend kräftig.

Als er mit Pat das Museum verließ, wünschte ihnen eine fröhliche Berenice noch einen schönen Tag.

»Und hoffentlich sehen wir Sie hier bald wieder!«

KAPITEL 22

Doyle machte nur einen Schritt durch die Eingangstür nach draußen, aber als er in die wärmenden Strahlen der Nachmittagssonne eintauchte, fühlte er sich wie in einer anderen Welt. Hinter ihm lag die Vergangenheit seiner Heimatinsel, ohne Frage faszinierend, aber auch düster und beklemmend. Was mochten Männer wie sein Vater oder Barnaby Blampied, die jene dunkle Zeit miterlebt hatten, empfinden? Fühlten sie sich zuweilen fehl am Platz in dieser neuen Welt der Globalisierung? Waren sie glücklich darüber, dass Europa den Krieg überwunden hatte und dass die ehemaligen Feinde in friedlicher Koexistenz zusammenlebten? Oder hatten sie das Gefühl, dass sich gar nicht so viel geändert hatte? Nur fand heute die Massenvernichtung auf anderen Kontinenten statt, mit zum Teil in Europa gebauten Waffen, und die Menschen in der Alten Welt waren dank neuester Technik live dabei.

Kaum hatte Doyle auf dem Museumsparkplatz den Tamora angelassen, dudelte seine Handy-Melodie tapfer gegen das Aufröhren des 3,6-Liter-Motors an. Er kuppelte wieder aus, stellte den Motor ab, nahm sein Smartphone und sagte mit einem entschuldigenden Grinsen zu Pat: »Das ist bestimmt Commissaris Van der Valk.«

»Nein, hier ist Mildred«, meldete sich die vertraute Stimme. »Und ich habe zwar keine Nachrichten aus Amsterdam für Sie, Sir, dafür aber von der Polizeipräfektur in Paris. Ein Capitaine Turenne lässt Ihnen ausrichten, dass Nadine Duvier Paris in den letzten drei Tagen nachweislich nicht verlassen hat.«

Doyle bedankte sich, beendete das Gespräch und ließ erneut den Wagen an, da sagte Pat: »Ich wusste gar nicht, dass du Duviers Frau durch unsere französischen Kollegen hast überprüfen lassen.«

»Ich hatte Mildred darum gebeten, die Franzosen zu kontaktieren. Nur um diese Möglichkeit auszuschließen.«

»Dann ist Mrs Duvier also von der Liste der Verdächtigen gestrichen.«

»Zumindest, was die Ausführung der Morde betrifft. Sie könnte trotzdem darin verwickelt sein und zum Beispiel mit ihrem Bruder zusammenarbeiten.«

Pat legte eine Hand auf seine Schulter und sah ihn ernst an.

»Auch wenn Dr. Legrand der behandelnde Arzt deines Vaters ist, wir sollten diesen Punkt klären.«

»Einverstanden. Machen wir auf der Rückfahrt nach St. Peter Port noch einen Abstecher zum Princess Elizabeth.«

* * *

Sie hatten Pech, Dr. Legrand befand sich mitten in einer Operation.

»Vielleicht hätten wir vorher anrufen sollen«, meinte Pat.

»Macht nichts, ich wollte ohnehin noch einmal mit meinem Vater sprechen.«

Als sie das Krankenzimmer betreten wollten, klingelte Pats Handy. Sie gab Doyle ein Zeichen, er solle allein hineingehen, und blieb auf dem Gang zurück.

Leonard Doyle schien zu schlafen und öffnete die Augen auch nicht, als sein Sohn leise an sein Bett trat. Ein erholsamer Schlaf war wohl das Beste, das seinem Vater passieren konnte, dachte Doyle und schickte sich an, das Zimmer auf leisen Sohlen wieder zu verlassen.

Kaum hatte er sich umgedreht, vernahm er die schwache, aber deutliche Stimme seines Vaters: »Hast du nachgeschaut, Cy? Hast du den Artikel gefunden?«

Doyle drehte sich wieder zum Bett um und sah, dass der alte Herr die Augen geöffnet hatte.

»Habe ich dich geweckt, Dad?«

»Keine Sorge, ich habe nur so vor mich hingedöst und an diese alte Sache gedacht.«

Doyle hielt ihm den Artikel aus dem *Star* vors Gesicht.

»Diese hier?«

»Ja. Du hattest den Namen Nehring erwähnt. Die Zusammenarbeit mit diesem Oberleutnant war sehr unerfreulich, und ich hatte das Ganze so gut wie aus meinem Gedächtnis gestrichen.« Er hustete kurz und fing dann übergangslos an zu kichern. »So ist das mit dem Alter. Vieles, an das man sich gern erinnern möchte, vergisst man, aber andere Sachen bleiben für immer hier drin.«

Er tippte gegen seine Schläfe.

»Warum war die Zusammenarbeit mit Oberleutnant Nehring unerfreulich? Weil er das Ergebnis unter den Teppich gekehrt hat, um die Lagerwachen zu schützen?«

Leonard Doyles Augen weiteten sich vor Überraschung.

»Woher weißt du das?«

»Ich komme gerade vom German Occupation Museum und

hatte dort ein ausführliches Gespräch mit Barnaby Blampied. Er lässt dich übrigens grüßen.«

»Oh, der alte Blampied lebt noch.« Leonard Doyle hustete wieder und fuhr danach fort: »Na ja, warum auch nicht? Selbst ich lebe ja noch. Jeden Morgen, wenn ich aufwache, wundere ich mich darüber.«

»Und ich freue mich darüber, Dad. Weißt du, was aus Oberleutnant Nehring geworden ist?«

»Er wurde versetzt. Nach Frankreich, wenn ich mich richtig erinnere.«

»Das hat Blampied auch gesagt.«

»Dann wird es auch stimmen. Grüß den alten Blampied von mir. Er ist ein wandelndes Lexikon, was die Besatzungszeit angeht.«

»So ähnlich hat sich auch Berenice ausgedrückt.«

»Wer?«

»Blampieds Enkeltochter.«

»Ach so, die. Ist ein nettes Mädchen, aber verzettel dich nicht. Kümmer dich lieber mal um Pat. Die passt zu dir.«

Da Doyle jede Sekunde damit rechnen musste, dass Pat ins Zimmer trat, entschied er, dieses Thema nicht zu vertiefen. Er half seinem Vater, ein paar Schlucke Wasser zu trinken, und verabschiedete sich von ihm. Kurz hatte Doyle daran gedacht, ihn nach diesem mysteriösen Campbell-Raid zu fragen, aber er wollte ihn nicht zu sehr anstrengen.

Auf dem Gang wartete Pat auf ihn. Sie war in Gedanken versunken und bemerkte ihn erst, als er dicht vor ihr stand.

»Warum bist du nicht hereingekommen?«, fragte Doyle.

»Ich wollte euch nicht stören.«

»Unsinn. Dad geht es wie mir: Er freut sich immer, dich zu sehen.«

Pat ging nicht darauf ein, sondern fragte: »Was hat er gesagt?«

Doyle antwortete in knappen Worten.

»Und was hat dein Anruf ergeben? Wichtige Neuigkeiten in unserem Fall?«

»Ach nein, das war privat.«

Sie schien nicht weiter über den Anruf sprechen zu wollen. Doyle war darüber zwar irritiert, aber er hatte es zu respektieren.

Er zückte sein Handy und wählte Helena Nowlan an.

»Ja?«

»Pat und ich sind im Haus. Können wir Sie kurz sprechen?«

»Sehr gern, ich sitze am Computer. Die leidige Verwaltungsarbeit, da ist jede Unterbrechung willkommen. Ich erwarte Sie in meinem Büro.«

Als er das Handy zurück in die Jackentasche gleiten ließ, bemerkte er Pats fragenden Blick.

»Wenn wir Legrand nicht nach seinem Alibi fragen können, bringt uns vielleicht ein Spiel über Bande weiter«, erklärte er. »Beziehungsweise die Suche nach dem Skipper.«

Keine fünf Minuten später saßen sie Dr. Nowlan in ihrem Büro gegenüber, und ein Assistent servierte ihnen einen heißen, belebenden Kaffee.

Als der junge Mann das Büro wieder verlassen hatte, sagte die Ärztin: »Alans Kaffee ist zwar gut, aber auf Dauer ist das keine Lösung. Irgendwann müssen Sie beide sich eine ordentliche Mütze voll Schlaf gönnen. Sonst laufen Sie noch herum wie Zombies.«

»Wir müssen einen Mörder finden«, seufzte Doyle und nahm einen Schluck. »Vielleicht auch zwei.«

Das Lächeln, das auf dem leicht länglichen Gesicht der Chefärztin zu sehen war, drückte keine Zustimmung aus. Es war das berufsmäßige Lächeln einer erfahrenen Ärztin, die von ihren Patienten schon alle möglichen und unmöglichen Ausflüchte gehört hatte.

»Ich habe noch nie davon gehört, dass Zombies einen Mordfall aufgeklärt hätten.«

»Dann haben Sie sicher nichts dagegen, uns ein wenig unter die Arme zu greifen«, griff Doyle die Steilvorlage auf. »Wir benötigen das Alibi eines Ihrer Kollegen.«

Nur wer, wie Doyle, genau hinsah, konnte für einen Sekundenbruchteil die Irritation in Dr. Nowlans Blick bemerken. Hochintelligent, wie sie war, hatte sie schnell erfasst, von wem er sprach.

»Sie wollen doch nicht im Ernst Pierre Legrand verdächtigen? Was sollte sein Motiv sein? Die von Professor Duvier verschmähte Schwester zu rächen? Da können Sie auch gleich Pierres Schwester selbst verdächtigen.«

»Ihr Alibi wurde bereits von den Pariser Kollegen überprüft.«

Helena Nowlans Körperhaltung versteifte sich kaum merklich. Aber Doyle war in solchen Dingen geschult, und so entging ihm nicht, dass die Ärztin eine innere Abwehrhaltung einnahm.

»Warum fragen Sie Dr. Legrand nicht selbst?«

»Uns wurde gesagt, er befinde sich gerade in einer OP. Außerdem ist es mir so lieber. Schließlich behandelt Legrand meinen Vater, und ich möchte ihm gegenüber nicht undankbar erscheinen. Falls Sie ihm also ein Alibi bestätigen können, Helena, wäre es mir am liebsten, das Ganze bliebe unter uns.«

»Das auch noch? Und wieso glauben Sie, ausgerechnet ich könnte ihm ein Alibi geben?«

Doyle setzte ein verbindliches Lächeln auf, teils aus echter Sympathie für Helena Nowlan, teils aber auch, um die Festung sturmreif zu schießen.

»Da ist noch immer die aus meiner Sicht ungeklärte Frage nach Ihrem geheimnisvollen Skipper. Lässt sie sich vielleicht auf diese Weise klären?«

»Sie lassen nicht locker, hm?« Sie entspannte sich, lehnte sich in ihrem Stuhl zurück und konnte ein Lächeln nicht unterdrücken. »Also gut, Cy, Sie haben gewonnen. Pierre Legrand ist mein Skipper von Sonntag, und auch für heute Nacht bin ich sein Alibi. Hautnah, wenn Sie verstehen.«

Doyle erwiderte das Lächeln.

»Danke für Ihre Offenheit, Helena. Bleibt dieses Gespräch unter uns?«

»Einverstanden. Wenn Pierre mich fragt, werde ich ihm sagen, Sie hätten sich nach Sergeant Bakers Zustand erkundigt.«

»Was ich selbstverständlich auch tun wollte.«

»Ich denke, heute Abend ist er ansprechbar. Ich informiere Sie sofort.«

»Das ist eine gute Nachricht – oder?«, fragte er zögernd.

»Ja, das ist es.«

»Gut«, sagte er, während er sich erhob. »Dann werde ich es Constable Allisette mitteilen.«

* * *

Allisette fiel ein Mühlstein vom Herzen, als sie die gute Nachricht von Doyle erfuhr. Es war bereits spät am Nachmittag, als sie und Bunting ins Hauptquartier zurückkehrten. Sie hatten es geschafft, vom sich anfänglich sträubenden Duvier eine Liste seiner abgelegten Freundinnen zu erhalten, und sie waren kreuz und quer über die Insel gefahren, um die Alibis der Damen zu überprüfen.

»Und?«, fragte Doyle gespannt.

»Der Professor scheint Freundinnen zu sammeln wie andere Leute Briefmarken«, platzte es aus Bunting heraus, und seine Stimme verriet einen Anflug von Bewunderung. »Aktuell treibt ... äh, ist er allerdings nur mit Mrs Seabourne zusammen.«

»Nach der ersten Überprüfung kommt von den Verflossenen niemand als Tatverdächtige in Frage«, sagte Allisette. »Nur zu einer konnten wir noch keinen Kontakt aufnehmen. Eine gewisse Marie Gibier, die vor zwei Jahren für ein paar Monate im Hauteville House gearbeitet hat. Sie ist dann in ihre Heimatstadt Reims zurückgekehrt, befindet sich aber seit vier Monaten mit ihrem aktuellen Freund auf einer Weltreise. Sie sind wohl gerade in Sri Lanka, aber nicht zu erreichen. Sollen wir an der Dame dranbleiben, Sir?«

»Ja, der Vollständigkeit halber. Versuchen Sie es über die Polizei in Sri Lanka. Wenn es da Schwierigkeiten gibt, kontaktieren Sie Interpol.« Er blickte auf seine Uhr. »Aber für heute machen Sie beide Feierabend, Sie haben es sich mehr als verdient.«

»Ich schreibe noch den Bericht«, sagte Allisette. »Sir?«

»Ja?«

»Wenn das Hospital sich meldet, wegen Calvin, meine ich, nehmen Sie mich dann mit?«

Lächelnd antwortete er: »Selbstverständlich, Jasmyn.«

Als eine Stunde später Helena Nowlan anrief und ihm mitteilte, dass Baker wach und ansprechbar war, hatte Doyle tatsächlich einen freien Platz in seinem Zweisitzer. Ohne sich von ihm zu verabschieden, was gar nicht ihre Art war, hatte Pat sich bei Mildred abgemeldet und war mit einem Taxi heimgefahren.

»Sie sagte, sie sei müde und müsse dringend ins Bett, Sir.«

»Das sind wir wohl alle nach letzter Nacht«, sagte Doyle zu Mildred, wurde aber das Gefühl nicht los, dass etwas anderes hinter Pats frühem Dienstschluss steckte.

Seit dem Anruf, den sie im Princess Elizabeth erhalten hatte, war sie ihm seltsam geistesabwesend erschienen. War es tatsächlich nur die übergroße Müdigkeit? Oder steckte etwas anderes dahinter? Wenn der Anruf privat gewesen war, ging es ihn nicht das Geringste an. Aber er konnte nicht aufhören, sich Gedanken darüber zu machen.

KAPITEL 23

Dr. Nowlan holte Doyle und Allisette am Empfang ab und begleitete sie zu Sergeant Baker.

»Er liegt noch auf der Intensivstation, aber wenn er so stabil bleibt, können wir ihn im Lauf des morgigen Tages auf die normale Station verlegen.«

»Dann wird wieder alles gut mit Calvin?«, fragte Allisette ebenso hoffnungsvoll wie vorsichtig, als sie in die Liftkabine traten.

»Falls keine unerwarteten Komplikationen auftreten, eindeutig ja.«

Allisette durfte vorab allein zu Baker, und Doyle blieb mit Dr. Nowlan vor der Zimmertür stehen. Die Ärztin wirkte bedrückt.

»Ihnen schlägt doch etwas aufs Gemüt, Helena. So kenne ich Sie gar nicht. Stimmt irgendetwas nicht mit Baker?«

»Nein, das ist es nicht. Ich hatte ein unerfreuliches Gespräch mit Pierre. Er hat mich sehr deutlich darauf angesprochen, ob sich die Polizei nach ihm erkundigt habe, da musste ich ihm die Wahrheit sagen. Er war nicht sehr begeistert über das alles.«

»Selbstverständlich mussten Sie das«, beruhigte Doyle die Ärztin. »Legrand hat es von seiner Schwester erfahren, nicht wahr? Sie hat ihn vermutlich angerufen und von ihrer Vernehmung durch die Pariser Polizei erzählt. Da konnte er sich den Rest zusammenreimen.«

»Ja, genauso war es.«

»Ich hätte gleich daran denken und ihn direkt fragen sollen. Jedenfalls tut es mir ehrlich leid, dass ich Sie da mit reingezogen habe.«

»Das ist nicht weiter schlimm.« Sie lächelte und wirkte gleichzeitig ein wenig schüchtern, was ungewöhnlich für sie war, ihr aber gut stand. »Nach einem Streit ist die Versöhnung umso schöner, so heißt es doch.«

Allisette erschien in der Tür, um Doyle und Dr. Nowlan hereinzuholen. Baker saß, an zwei Kissen gelehnt, halb aufgerichtet in seinem Krankenbett und blickte ihnen heiter entgegen. Offenbar hatten die wenigen Minuten mit Allisette ihm gutgetan.

»Wie fühlen Sie sich, Mr Baker?«, erkundigte sich die Ärztin.

»Ganz hervorragend.« Er strahlte sie an wie ein glückliches Kind. »Ist aber nett von Ihnen, dass Sie persönlich vorbeikommen, um mich zu entlassen.«

Helena Nowlan lachte.

»Ich glaube, ich sollte mich mal mit Ms Allisette unterhalten. Sie muss mir das Geheimrezept verraten, wie man schwerkranke Patienten so schnell wieder munter macht.« Zu Baker gewandt, fuhr sie fort. »Wenn es Ihnen weiterhin so gutgeht, dann entlasse ich Sie morgen tatsächlich auf die normale Station.«

»Wenn Sie meinen, Doktor.« Baker grinste spitzbübisch. »Ich kann mich nicht wehren, ich befinde mich ganz in Ihrer Hand.«

»Wir sehen uns morgen wieder, Calvin. Schlafen Sie gut.«

Nachdem Dr. Nowlan sich von allen verabschiedet und das Zimmer verlassen hatte, wandte sich Doyle an Baker.

»Und, Sergeant, fühlen Sie sich fit für den Rapport?«

»Ja, Sir.«

Doyle setzte sich vorsichtig auf eine Bettkante.

»Na, dann mal los!«

»An vieles habe ich nur eine verschwommene Erinnerung. Ich weiß noch, dass ich Max Cooper am Icart Point heimlich bis auf den Klippenpfad gefolgt bin. Dort hat er sich mit einer anderen Person unterhalten, aber ich habe nichts verstanden.« Er setzte ein betretenes Gesicht auf. »Aber bevor er starb, hat Cooper etwas zu mir gesagt, das weiß ich noch genau.«

»Heraus damit!«

»›Holburn‹«, sagte Baker leise, aber deutlich.

Doyle sah ihn erstaunt an.

»Wie bitte?«

»Ja, Sir, ›Randy Holburn‹. Den Namen habe ich deutlich verstanden. Der Rest war zu undeutlich. ›Fangen Sie Randy Holburn!‹ Oder: ›Fragen Sie Randy Holburn!‹ Ich weiß es nicht genauer.« Baker fasste mit der rechten Hand an seine Stirn, als hülfe ihm das, seine Gedanken zu ordnen. »Ob der Waffenfund in seiner Baugrube am Bordeaux Harbour kein Zufall war?«

»Genau das geht mir auch durch den Kopf, Sergeant.«

»Es tut mir leid, dass ich Ihnen nicht mehr sagen kann. Ich habe das Gesicht des Mörders nicht erkannt und auch nicht sein Auto.«

Allisette strich sanft über sein Haar.

»Ist schon gut, Calvin. Es war dunkel, und alles ging rasend schnell. Keiner von uns würde sich an mehr erinnern.«

»Ich habe auch nichts erkannt, obwohl der Mörder mit seinem Wagen frontal auf mich zu gerast ist«, pflichtete Doyle ihr bei. »Die Scheinwerfer haben mich geblendet. Ich konnte nicht einmal sehen, ob am Steuer ein Mann oder eine Frau saß. Haben Sie das an der Stimme erkennen können, Sarge?«

»Nein. Es war keine besonders helle Stimme, aber es kann ebenso gut ein Mann wie eine Frau mit dunklerer Stimme gewesen sein. Ich habe nur einen Akzent bemerkt.«

»Einen Akzent?«

»Ja, Sir. Coopers Mörder sprach mit einem seltsamen Akzent. Ein Ausländer, vermute ich.«

»War es ein französischer Akzent wie bei Professor Duvier? Ein deutscher wie bei Professor Nehring? Oder ein schottischer wie bei Professor Campbell?«

Nach kurzem Überlegen antwortete Baker: »Ich muss leider passen, Sir. Ich erinnere mich, dass ich einen Akzent bemerkte, aber ich könnte ihn weder beschreiben noch nachahmen.« Er schloss für einen Moment die Augen und begann leise zu kichern. Als er die Augen wieder öffnete, fragte er: »Hatten wir schon einmal einen Fall mit so vielen Professoren?«

Auch Doyle war erheitert und musste schmunzeln.

»Nicht, dass ich wüsste.«

»Eine seltsame Sache«, meinte Baker und gähnte heftig. »Fast hätte ich es vergessen, Sir: Danke, dass Sie mir das Leben gerettet haben. Dr. Nowlan sagte mir, ohne Ihre schnelle Hilfe wäre ich verblutet.«

Doyle winkte ab.

»Sie kennen doch Ärzte. Die neigen gern zu Übertreibungen.«

»Und Sie in diesem Fall zur Untertreibung, Sir. Noch mal danke!«

Erneut wurde Baker von einem starken Gähnen übermannt, und Allisette sah Doyle an.

»Ich denke, für den Augenblick ist es genug.«

»Sie haben recht, Jasmyn. Soll ich Sie mitnehmen?«

Nach einem kurzen Blick auf Baker schüttelte sie den Kopf.

»Danke, Sir, ich bleibe noch ein bisschen bei unserem Helden.«

Doyle verabschiedete sich von den beiden und ging zu der Station, auf der sein Dad lag. Mitten auf dem Gang, der zum Zimmer seines Vaters führte, stand ein Mann im weißen Kittel, die Hände in den Kitteltaschen. Der blonde Mann wirkte angespannt und starrte ihn durch seine wuchtige Hornbrille mit wütendem Blick an. Als Doyle zwei Schritte vor ihm stehen blieb, kam er nicht dazu, den Arzt zu begrüßen.

»Ah, Mr Doyle, mit Ihnen wollte ich ohnehin sprechen«, sagte er mit lauter Stimme, und sein französischer Akzent ließ ihn klingen wie einen wütenden Gangsterboss in einem alten französischen Kriminalfilm mit Jean Gabin oder Lino Ventura. »Ich finde es nämlich sehr unschön, dass Sie meiner Schwester und mir hinter meinem Rücken hinterherschnüffeln!«

Doyle blieb ruhig und zählte in Gedanken langsam bis fünf, wie er es sich für solche Fälle angewöhnt hatte.

Erst dann fragte er: »Was tun Sie hier, Dr. Legrand?«

Die Frage irritierte den Kardiologen.

»Was soll ich schon hier tun? Ich kümmere mich um meine Patienten, unter denen sich ja auch Ihr Vater befindet.«

»Und warum tun Sie das?«

»Warum schon? Es ist meine Aufgabe, mein Beruf. Dafür werde ich bezahlt.«

»Mein Beruf ist es, einen Mörder zu finden, vielleicht auch zwei. Das ist meine Aufgabe, für die ich bezahlt werde.«

»Das kann man nicht vergleichen. Sie schnüffeln unschuldigen, harmlosen Leuten hinterher.«

Wieder verwirrte Doyle den Arzt, als er scheinbar das Thema wechselte und fragte: »Wie geht es meinem Vater jetzt?«

»Recht gut. Ich habe gerade eben nach ihm gesehen.«

»Warum haben Sie überhaupt nach ihm gesehen, wenn es ihm ohnehin recht gutgeht?«

»Wie? Was meinen Sie?«

Doyle wiederholte seine Frage.

»Dass es ihm gutgeht, wusste ich doch vorher nicht. Dazu musste ich ihn erst untersuchen.«

»Sehen Sie«, sagte Doyle nur und blickte ihn abwartend an.

Ein paar Sekunden verstrichen, während der sich die beiden Männer gegenseitig ansahen. Dann hellte sich die Miene des Arztes etwas auf.

»Ich verstehe, was Sie mir damit sagen wollen, Chief Inspector. Vermutlich haben Sie recht, und Sie machen nur Ihren Job, genauso wie ich. Trotzdem ist es unangenehm, wenn man von der Polizei durchleuchtet wird.«

»Auch Sie werden Ihren Patienten nicht immer eine unangenehme Behandlung ersparen können.«

»Sie haben ja recht«, gab Legrand schließlich zu. »Ich habe wohl etwas überreagiert.«

»Schon vergessen.«

»Falls Sie wegen dieses Vorfalls Vorbehalte gegen mich haben und wünschen, dass Ihr Vater von einem anderen Arzt behandelt ...«

»Kommt nicht in Frage«, schnitt Doyle ihm das Wort ab. »Helena sagt, Sie sind der Beste, und ich möchte, dass sich der Beste um meinen Vater kümmert.«

Sie schüttelten sich die Hände.

»*Merci*, danke«, sagte Legrand. »Ihr Vater war eben schon recht müde. Schlaf tut ihm jetzt sehr gut. Vielleicht besuchen Sie ihn besser morgen.«

»Das werde ich tun, Doktor. Ich muss ohnehin noch jemanden auf der anderen Seite der Insel besuchen.«

»Hoffentlich keinen Verdächtigen«, sagte Legrand scherzhaft. Aber Doyle blieb ernst, als er erwiderte: »Dessen bin ich mir im Augenblick nicht sicher.«

KAPITEL 24

Es hatte sich merklich abgekühlt, als Doyle das Princess Elizabeth verließ. Regen, wenn nicht sogar ein Unwetter, lag in der Luft. Im Augenblick störte ihn das nicht. Im Gegenteil, mit tiefen Atemzügen pumpte er die kühle Abendluft in seine Lungen und genoss die belebende Wirkung, als er zum Parkplatz ging. Dort öffnete er den Kofferraum und holte das Verdeck heraus. Als er unter dem Schutz des Verdecks im Tamora saß, platschten auch schon die ersten Tropfen auf den Wagen.

»Perfektes Timing«, sagte er halblaut zu sich selbst, nahm das Handy aus der Jacke und wählte Moiras Nummer. Sie reagierte weder verärgert noch überrascht auf seine Mitteilung, dass es spät werden könne und er nicht wisse, wann er nach Hause komme. Oft genug hatte sie Ähnliches nicht nur von ihm, sondern auch von ihrem verstorbenen Mann gehört.

»Falls es sehr spät wird und ich schon im Bett bin, finden Sie im Kühlschrank Shepherd's Pie zum Aufwärmen. Und passen Sie auf sich auf, Cy!«

»Das tu ich doch immer«, scherzte er, bevor er den Parkplatz verließ, um über die Mauxmarquis Road und die St. Andrews Road in westlicher Richtung zu fahren. Dem Regen entgegen, der stärker wurde und beständig gegen die Windschutzscheibe trommelte. Das monotone Trommeln und das nicht minder monotone Geräusch der Scheibenwischer sorgten für einen Müdigkeitsschub, und er ließ das Fenster auf seiner Seite ein Stück herunter. Die frische Luft half ihm, wach zu bleiben und nachzudenken.

Randy Holburn. Als Sergeant Baker diesen Namen genannt hatte, war er sich seiner Sache vollkommen sicher gewesen. Doyle hätte in diesem Augenblick nicht zu sagen vermocht, ob er sich darüber freute oder nicht. Holburn war ein einflussreicher Mann auf Guernsey und ein sehr unangenehmer dazu. Doyle hatte keine Angst vor ihm, aber wenn Holburn in die Sache verwickelt war, würde es für die Polizei nicht leicht werden.

Vor ihm wies ein Schild darauf hin, dass die Abzweigung zur Linken zum German Underground Military Hospital führte. Heute eine makabre Sehenswürdigkeit für Touristen, wurde das gewaltigste Bauwerk, das es auf den gesamten Kanalinseln gab, während der deutschen Besatzung in den Fels getrieben. Eine düstere, im doppelten Wortsinn unterirdische Konstruktion, in deren feuchten Räumen nach der Invasion in der Normandie deutsche Verwundete gelegen und gelitten hatten. Gelitten hatten aber auch die Zwangsarbeiter aus aller Herren Länder, die das Lazarett in mehrjähriger Bauzeit in den harten Fels geschlagen hatten. Manch einer von ihnen hatte das nicht überlebt. Deutlich erinnerte sich Doyle an seinen ersten Besuch im Underground Hospital, an die Kälte, die ihn zwischen den nackten Felswänden nicht nur äußerlich überfallen hatte. Er hatte die Abzweigung längst hinter sich gelassen und fuhr nördlich des Flughafens weiter in Richtung Westen, da dachte er noch immer an den Krieg und an die Zeit der deutschen Besatzung, die in diesem Fall irgendwie eine Rolle zu spielen schienen. Vielleicht würde er von Randy Holburn endlich Näheres erfahren.

Der Weg an die Westküste führte ihn in die Nähe von Pats Haus, und kurz dachte er daran, bei ihr vorbeizufahren. Aber sie ausgerechnet zu ihrem Ex mitzunehmen, war vielleicht doch keine so gute Idee. Außerdem war sie früh gegangen, weil sie sich müde fühlte, und er wollte sie nicht um den mehr als verdienten Schlaf bringen.

Endlich erreichte Doyle die Westküste und sah die dichte Wolkenbank über dem Meer. Sobald er auf die Vazon Road einbog, schlug ihm aus der Bucht der Regen noch heftiger entgegen. Als wollte ihn das Wetter von seinem Besuch bei Holburn abhalten. Da lenkte er den Tamora aber schon in die Auffahrt zu dem protzigen Anwesen im amerikanischen Südstaatenstil, das sich der Baulöwe hierhergestellt hatte. Den offiziellen Namen des Anwesens, »Princess of Vazon«, benutzte kaum jemand. Man sprach in Anspielung auf das Herrenhaus im Film *Vom Winde verweht* allgemein von »Little Tara«.

Randys zweite Frau Eve öffnete ihm, und er ertappte sich dabei, wie er in ihrem hübschen Gesicht nach Spuren häuslicher Gewalt suchte, glücklicherweise vergebens.

Er grüßte knapp, aber höflich, und sagte: »Ich möchte zu Ihrem Mann, Mrs Holburn.«

»Zu Randy?«, fragte sie mit einem verwirrten Gesichtsausdruck.

»Natürlich zu Randy. Oder haben Sie noch einen Mann?«

»Aber Randy ist doch gar nicht hier. Ich dachte, das wüssten Sie.«

Jetzt war es an Doyle, verwirrt dreinzublicken.

»Woher sollte ich das wissen?«

»Weil er sich doch mit Pat verabredet hat. Er sagte, es gehe um eine Angelegenheit, in der er den Rat der Polizei braucht. Da dachte ich, Sie wären auch dabei.«

Doyle musste an das geheimnisvolle Telefonat denken, das Pat am Nachmittag im Princess Elizabeth geführt hatte. Danach hatte sie verschlossen und geistesabwesend gewirkt. Jetzt ergab auch ihr früher Feierabend einen ganz anderen Sinn. Mit Schrecken dachte er an ein anderes Zusammentreffen zwischen Pat und Randy, hier in »Little Tara«. Damals war Doyle in letzter Sekunde erschienen, um Pat vor der brutalen Attacke ihres Exmannes zu beschützen.

»Wo treffen sie sich?«, platzte es aus ihm heraus.

»Randy wollte zu Pat. Sie wohnt doch nicht weit entfernt.«

Ohne ein weiteres Wort drehte sich Doyle um und hastete durch den Regen zu seinem Wagen. Das Dröhnen des Tamoras übertönte den Regen, als er das Holburn-Anwesen verließ, nach rechts auf die Küstenstraße einbog und mit deutlich zu hoher Geschwindigkeit zur Rue des Goddards fuhr. Jeder Gedanke daran, von Randy Holburn etwas Wichtiges zu erfahren, war wie weggewischt. Jetzt beherrschte ihn nur eins: die Sorge um Pat.

* * *

Vor Pats Doppelhaushälfte stand nicht nur ihr Golf, sondern auch ein Mercedes-SUV in Silbermetallic, ohne Frage Holburns Wagen. Doyle parkte am Straßenrand, lief zur Haustür und presste den Daumen auf den Klingelknopf, ohne ihn wieder wegzunehmen.

Pat, lässig in Jeans und eine rotkarierte Freizeitbluse gekleidet, öffnete und sah ihn mit leicht verstörtem Blick an.

»Du?«

»Ja, ich. Wen hast du sonst erwartet?«

»Niemand.«

»Warum auch, dein Gast ist ja schon da.«

»Na und? Darf ich nicht einladen, wen ich will?«

»Ich erinnere mich an ein Zusammentreffen mit deinem Ex, da warst du ganz froh, als ich dazugekommen bin.«

Da ertönte Holburns Stimme aus dem Haus: »Lass ihn doch reinkommen, Pat. Der Ärmste wird im Regen noch ganz nass. Die private Zweisamkeit ist eh dahin. Vielleicht ist es sogar gut, wenn ich selbst mit dem Superbullen spreche.«

Pat trat zur Seite, und Doyle hängte seine nasse Jacke an die kleine Flurgarderobe. In dem Spiegel daneben bemerkte er seinen eigenen wütenden Gesichtsausdruck, und Scham überfiel ihn. Aber als er dem überheblich lächelnden Randy Holburn gegenüberstand, der scheinbar ganz entspannt in einem Sessel saß und an einem Glas Rotwein nippte, war das Schamgefühl sofort wieder verflogen.

»Auch ein Glas Wein, mein Bester?«, fragte Holburn in einer Art, als sei er der Hausherr.

»Nein, ich muss noch fahren.«

»Ich auch.« Holburn trank einen weiteren Schluck und sah Pat an. »Es sei denn, meine mir ehemals Angetraute lässt mich bei diesem Mistwetter hier schlafen.«

»Hier schläft niemand außer mir.«

Als Pat das sagte, war ihre Stimme kühl, ihr wütender Blick aber feurig. Und er traf nicht nur Randy, sondern auch Doyle.

»Willst du ein Wasser?«

»Davon habe ich schon genug.« Doyle strich über sein feuchtes Haar und konzentrierte sich ganz auf Pat. »Es war wohl ein Fehler herzukommen. Wir sehen uns morgen im Hauptquartier.«

Als er zurück in den Flur gehen wollte, rief Randy: »Bleiben Sie, Doyle. Bitte! Ich denke, ich brauche Ihre Hilfe. Ich hätte schon eher zur Polizei gehen sollen, aber es ist eine verdammt pikante Angelegenheit. Deshalb habe ich mich zunächst an Pat gewandt. Schließlich gehört sie zur Familie – irgendwie.«

Der Baulöwe sprach jetzt in einem ganz anderen Ton, fast flehend, und Doyle traute seinen Ohren kaum.

Pat deutete auf das kleine Ecksofa, auf dem sie selbst auch gesessen hatte.

»Setz dich und hör dir an, was Randy zu sagen hat. Es ist wichtig für unseren Fall.«

»Also doch keine private Sache? Warum hast du mich nicht gleich eingeweiht, als er dich angerufen hat?«

»Weil ich nicht wusste, worum es ging!«, fauchte sie ihn an.

Randy Holburn stieß ein meckerndes Lachen aus.

»Ihr zwei seid einfach köstlich. Warum heiratet ihr nicht? Dann könnt ihr diesen Spaß jeden Abend haben.«

Doyle ignorierte die Bemerkung, ließ Pat den Vortritt und setzte sich dann im rechten Winkel zu ihr auf das Sofa. So saß er dem Baulöwen gegenüber.

»Was gibt es also Wichtiges, Mr Holburn?«

Dandy-Randy, wie er wegen seines ausschweifenden Lebenswandels auch von der Boulevardpresse genannt wurde, schob das Weinglas ein Stück von sich weg und wischte mit der Hand über seinen Mund, während er Doyle skeptisch betrachtete.

»Sichern Sie mir Vertraulichkeit über all das hier zu, Doyle?«

»Selbstverständlich nicht. Wenn Sie Informationen haben, die mit unserem Mordfall zusammenhängen, sind Sie verpflichtet, die Polizei einzuweihen. Andernfalls machen Sie sich strafbar.«

»So hatte ich mir das nicht vorgestellt«, brummte Holburn und sah dabei Pat an.

»Wir können dir nur helfen, wenn du offen zu uns bist, Randy«, sagte Pat. »Auch wenn ihr beide in diesem Leben keine Freunde mehr werdet, er wird dich nicht grundlos in die Pfanne hauen. Nicht wahr, Cy?«

»Einverstanden«, sagte Doyle zögernd und sah Holburn fest in die Augen. »Aber wenn Sie Pat und mich irgendwie hintergehen und für Ihre Machenschaften benutzen wollen, mache ich Sie fertig. Das ist wirklich ein Versprechen!«

Holburn holte tief Luft und nickte.

»Okay, Doyle, darauf können wir uns einigen.« Holburn entschied sich, noch einen Schluck Wein zu trinken, bevor er fragte: »Wo soll ich beginnen? Vielleicht ist es das Beste, ich erzähle die Geschichte von Anfang an. Sie beginnt im Zweiten Weltkrieg.«

»Das überrascht mich jetzt gar nicht«, knurrte Doyle, der sich noch immer nicht sicher war, ob Holburn mit offenen Karten spielte.

»Damals leitete mein Großvater Norman Holburn die Baufirma, die er erst ein paar Jahre zuvor gegründet hatte.«

»Ich dachte, Ihr Großvater sei im Krieg gewesen, Major bei der Achten Armee«, unterbrach Doyle sein Gegenüber.

»Ah, Sie erinnern sich daran. Hut ab vor Ihrem Gedächtnis. Mein Großvater war zwar der Firmeninhaber, aber während seines Militärdienstes wurde der ganze Laden von seiner Frau geschmissen, meiner Großmutter. Wahrscheinlich war Grandma Marcella härter als Geschäftsfrau, als Grandpa Norman es je als Geschäftsmann gewesen war. So hat es mir jedenfalls mein Vater erzählt. Sie hielt den Laden mit eiserner Hand am Laufen, auch während der Zeit der deutschen Besatzung.«

»Da gab es ja auch jede Menge zu bauen, jedenfalls für die Deutschen: Bunker, Baracken und Beobachtungstürme.«

»Ganz genau. Meine Großmutter hatte keine Scheu, mit den Nazis Geschäfte zu machen, und handelte unverblümt Sonderkonditionen mit ihnen aus. Zum Beispiel für den Fall, dass unsere Firma ein Bauwerk vor dem Termin fertigstellte. Die Organisation Todt hatte der Firma dafür nur genügend Arbeiter zur

Verfügung zu stellen, die zum Teil rund um die Uhr schuften mussten. Bis zum Umfallen, wie man so sagt.«

»Bis zum Krepieren, um präzise zu sein«, fuhr Doyle erneut dazwischen. »Meinen Sie das, Holburn?«

»Ja, das auch.« Pats Exmann fuhr durch sein lichter werdendes Haar und nagte an seiner Unterlippe, wohl auf der Suche nach den richtigen Worten. »Überall auf Guernsey und den anderen Inseln sind Todt-Arbeiter gestorben, nicht nur bei den Holburn-Projekten.«

»Wenn es nichts Besonderes ist, kann man ja ganz offen darüber sprechen.«

»Lieber nicht«, seufzte Randy. »Unter der strengen Hand meiner Großmutter wurden die Arbeiter besonders hart herangenommen, und es gab deshalb wohl auch mehr Tote als bei anderen Bauprojekten. Das haben selbst die Deutschen bei einer Untersuchung festgestellt.«

»War das die Untersuchung, die Oberleutnant Nehring wegen der entsprungenen Arbeiter geleitet hat?«

»Ja, genau. Den deutschen Kommandobehörden war es gar nicht recht, dass Nehring so tief grub und Sachen herausfand, die mit den nächtlichen Raubzügen der Arbeiter gar nichts zu tun hatten. Deshalb haben sie die Untersuchungsergebnisse unterdrückt oder sogar vernichtet, und Nehring wurde versetzt. In unserer Familie galt es deshalb als sicher, dass sich niemand mehr über die toten Fremdarbeiter aufregen würde.«

»Sagen wir ruhig Zwangs- oder Sklavenarbeiter«, schlug Doyle vor. »Das trifft es genauer.«

»Jeder, wie er mag«, sagte Holburn halblaut.

»Und um auf Nummer sicher zu gehen, unterstützt Ihre Firma die historischen Ausgrabungen auf Guernsey. Das verschafft Ihnen für den Notfall ein gemeinnütziges Image. Außerdem erfahren Sie auf diese Weise sofort, wenn etwas ausgegraben wird, was nicht ausgegraben werden sollte. Zum Beispiel die Leichen von Sklavenarbeitern.«

»Was bleibt mir übrig?«

»So kann man es auch sehen.«

»Hören Sie, Doyle, meine Firma hat über fünf Dutzend Angestellte. Wenn sie in eine Schieflage gerät und in die Pleite schlittert, sitzen die Leute auf der Straße.«

»Sie sind ein großer Menschenfreund, Holburn«, erwiderte Doyle sarkastisch. »Ihr Leben ist eine Aneinanderreihung selbstloser Taten.«

Ein böser Blick aus den fischgrauen Augen des Baulöwen traf ihn.

»Wäre dies ein anderer Ort und eine andere Gelegenheit, würde ich Sie auffordern, unsere Differenzen vor der Tür auszutragen, Doyle.«

»Ich habe doch geahnt, dass Sie alte Gewohnheiten nicht ablegen können. Aber denken Sie daran, dass Sie doch eigentlich nur Frauen schlagen.«

»Das reicht!« Holburn fuhr aus seinem Sessel hoch und baute sich mit seinem beeindruckenden Körper von einem Meter neunzig vor Doyle auf. »Gehen wir raus und klären die Sache!«

Als auch Doyle sich erheben wollte, drückte Pat ihn aufs Sofa zurück.

»Hört jetzt auf damit! Ihr zwei benehmt euch wie kleine Kinder. Wir sind hier, um ein Problem zu besprechen und um mit der Aufklärung zweier Morde weiterzukommen. Wie uns eine Prügelei dabei helfen soll, ist mir unverständlich. Gerade von dir, Cy, hätte ich mehr Verstand erwartet.«

Doyle wehrte sich nicht gegen den Rüffel, sondern ärgerte sich über sich selbst. Pat hatte vollkommen recht. Er hätte seine goldene Regel, in Gedanken bis fünf zu zählen, beachten sollen. Er hatte sich von Randy Holburn provozieren lassen. So etwas durfte ihm als erfahrenem Polizisten nicht passieren. Er schob es auf seine Übermüdung, wusste aber insgeheim selbst, dass es eine sehr lahme Ausrede war. Die Wahrheit war einfach: Er und Holburn waren wie Hund und Katze. Manche Menschen waren einander auf den ersten Blick sympathisch, bei ihm und dem Bauunternehmer war es Abneigung auf den ersten Blick gewesen. Außerdem konnte – und wollte – Doyle nicht vergessen, wie Pat damals von ihrem Ex zusammengeschlagen worden war.

»Setz du dich auch wieder hin!«, verlangte Pat von Randy.

»Ich weiß nicht recht.« Holburn atmete geräuschvoll ein und aus wie eine Lokomotive unter Dampf. »Vielleicht ist dieses Treffen doch ein Fehler. Ich sollte besser gehen.«

»Setz dich, Randy!«, wiederholte Pat. »Ich bin hundemüde und gehöre eigentlich ins Bett. Glaubt ihr beiden, ich lasse mich von euch um den Schlaf bringen, nur damit sich dann alles in Luft auflöst? Es ist mir ganz und gar gleichgültig, wie unsympathisch ihr euch seid. Wir ziehen das hier jetzt durch. Danach könnt ihr meinetwegen vor die Tür gehen und einander die Köpfe einschlagen. Aber glaubt nicht, dass ich dann für euch die Krankenschwester spiele!«

»Ist ja schon gut.«

Randy nahm wieder Platz. Er wirkte wie ein gereiztes Raubtier in der Manege, das seiner Dompteuse nur widerwillig gehorchte.

»Es ist wohl besser, wenn wir schnell auf den Punkt kommen«, sagte Pat und richtete ihren Blick auf Doyle. »Randy wird erpresst, und er hat Max Cooper beauftragt, den Erpresser ausfindig zu machen. Das hier hat Randy am Samstagmorgen vor seiner Haustür gefunden. Du kannst es ruhig anfassen. Es dürften ohnehin kaum noch verwertbare Spuren dran sein.«

Sie reichte Doyle einen braunen Umschlag, der neben ihr auf dem Sofa gelegen hatte. Er enthielt ein simples Handy mit Einsteigerfunktionen und ein Blatt Papier, offenkundig die Fotokopie einer handschriftlichen Aufzeichnung in deutscher Sprache, die mitten im Text begann. Doyles Deutschkenntnisse waren nicht ausreichend, um den Text zu entziffern. Er erkannte jedoch den Namen »Holburn«, der mehrmals auftauchte.

»Ich habe die Seite übersetzen lassen«, erklärte Randy. »Es ist ein Ausschnitt aus einem Bericht über die Zusammenarbeit der Organisation Todt mit hiesigen Baufirmen während der Besatzung. Es geht darum, dass die Firma Holburn besonders eng mit der Organisation Todt zusammenarbeitet und einen größeren Verschleiß an Arbeitern hat als andere Firmen. Der Verfasser mutmaßt, dass die Firma Holburn Schmiergeld an einige Leute aus der Organisation Todt zahlt.«

Doyle blickte ihn erstaunt an.

»Der verschollene Bericht von Oberleutnant Walter Nehring?«

Während Randy nur mit den Schultern zuckte, sagte Pat: »Davon dürfen wir wohl ausgehen.«

Doyle zeigte auf das Handy.

»Hat der Erpresser angerufen?«

»In der Nacht auf Montag«, antwortete Randy. »Er will eine Million Pfund in gebrauchten Scheinen verschiedener Größe, und natürlich alles in britischen Banknoten, nicht in Inselwährung. In der vergangenen Nacht sollte bei Icart die Übergabe stattfinden.«

Natürlich nicht in Inselwährung, dachte Doyle. Die galt nämlich nur auf den Kanalinseln und nirgendwo sonst.

»Wollten Sie bezahlen?«

Randys Faust krachte auf den Tisch, und er sagte laut: »Selbstverständlich nicht! Ich kannte Max Cooper von früher und habe ihn gebeten, sehr diskret in der Sache zu ermitteln und den Erpresser zur Strecke zu bringen.«

»Also hatte Cooper keine Million Pfund bei sich, als er seine letzte Fahrt zum Icart Point antrat?«

»Nur einen Lederkoffer mit Zeitungspapier.«

»Den haben wir weder in Coopers Wagen noch am Klippenpfad gefunden.«

»Vielleicht hat der Erpresser ihn mitgenommen«, schlug Randy vor. »Oder er hat ihn wütend über die Klippen ins Meer geschleudert. Was weiß ich?«

»Wozu überhaupt dieser Koffer? Haben Sie wirklich geglaubt, der Erpresser fällt darauf herein?«

»Nur so lange, bis er Cooper gegenübersteht. Der wollte ihn dann überwältigen.«

»Heißt das, Cooper trug eine Schusswaffe bei sich?«

»Davon gehe ich aus. Sonst wäre er schön blöd gewesen. Haben Sie keine bei ihm gefunden?«

»Nein.«

»Dann liegt sie jetzt vielleicht im Meer«, meinte Randy.

»Oder der Mörder hat sie an sich genommen«, ergänzte Pat.

»War Coopers Freundin und Sekretärin Fiona Lihou in die Sache eingeweiht?«, fragte Doyle.

»Nein, darum hatte ich Cooper gebeten. Absolute Diskretion war das oberste Gebot.«

»Aber wäre nicht alles ans Licht gekommen, hätte Cooper den Erpresser überwältigt und an uns ausgeliefert?«

»Vielleicht nicht.«

Diese Antwort von Randy Holburn kam sehr schnell, für Doyle ein wenig zu schnell.

»Sie wollten den Erpresser gar nicht an uns ausliefern, richtig?«

Randy grinste.

»Sie haben mich durchschaut. Cooper sollte ihm ordentlich Angst einjagen. Der Kerl sollte von Guernsey verschwinden und dahin gehen, wo er hergekommen ist.«

»Wieso glauben Sie, er stammt nicht von Guernsey?«

»Als er anrief, klang seine Stimme zwar reichlich verzerrt, aber ich konnte doch hören, dass er mit einem fremden Akzent sprach, wahrscheinlich einem deutschen.«

»Sie haben also einen deutschen Akzent erkannt?«

»Ich bin mir nicht sicher. Aber schließlich ist dieser fotokopierte Bericht auch auf Deutsch abgefasst.« Randy zeigte auf das Handy. »Kriege ich das Ding zurück, falls sich der Erpresser wieder meldet?«

»Ja. Und in dem Fall werden Sie uns sofort informieren.«

»Sollten wir das Telefon nicht unseren Technikern übergeben?«, wandte Pat ein. »Vielleicht können sie etwas über den Anrufer herausfinden.«

»Ich fürchte, dazu ist er zu schlau«, sagte Doyle. »Er wird von einem Prepaid-Handy aus angerufen haben, ein ähnliches Teil wie das hier. Ich sehe mehr Chancen darin, wenn Randy es behält. Es ist unsere einzige Möglichkeit der Kontaktaufnahme mit Mr X.«

»Oder mit Mrs X«, sagte Pat.

Gleichzeitig richteten sich Doyles und Pats Blicke auf Randy.

»Ich weiß es nicht. Wie gesagt, der Anrufer sprach mit verstellter oder sogar technisch verzerrter Stimme. Ich bin von einem Mann ausgegangen, aber wenn ich jetzt darüber nachdenke: Vielleicht war es auch eine Frau.«

»Aber den deutschen Akzent, den haben Sie schon erkannt?«, hakte Doyle nach.

»Zumindest war es irgendein Akzent.« Randy unterdrückte ein Gähnen. »Gibt es sonst noch etwas zu besprechen?«

»Ja«, sagte Doyle. »Das Honorar.«

»Welches Honorar?«

»Fiona Lihou sprach von einer großen Summe, die für Max Cooper in dieser Angelegenheit drin sei. Was haben Sie ihm gezahlt oder geboten?«

»Vorab fünftausend, bar auf die Hand. Hätte er mir den Erpresser vom Hals geschafft, hätte er zehn Prozent der erpressten Summe bekommen.«

»Hunderttausend Pfund.« Doyle nickte anerkennend. »Alle Achtung, Sie zahlen nicht schlecht.«

Doyle war sich nicht sicher, ob Randy Holburn die ganze Wahrheit gesagt hatte. Er wurde den Gedanken nicht los, dass hunderttausend Pfund auch für einen Killer ein gutes Honorar gewesen wären. Hatte Max Cooper den Erpresser wirklich nur abschrecken sollen? Oder hatten Randy und Cooper ihm das Schicksal zugedacht, das schließlich den Privatdetektiv selbst ereilt hatte? Randy war in dieser Hinsicht nichts zu beweisen, also beschloss Doyle, diesen Gedanken nicht weiterzuverfolgen.

Holburn stand auf und griff nach dem Handy.

»Darf ich?«

Doyle nickte nur, weil ihm gerade etwas eingefallen war. Aber Pat war schneller und sprach aus, was auch ihm durch den Kopf ging: »Hast du Max auf die Victor-Hugo-Tagung angesetzt, Randy?«

»Ja, das war ich. Ich hatte davon in der Zeitung gelesen. Da stand auch etwas über einen Professor Nehring aus Deutschland. Als ich am Samstag diesen Umschlag erhielt, musste ich an diesen Oberleutnant Nehring denken, von dem meine Großeltern erzählt haben. Das habe ich Cooper berichtet. Er meinte, es würde sich lohnen, sich diesen Professor Nehring mal näher anzusehen.« Er ließ das Handy in eine Hosentasche gleiten und sah Pat fragend an. »Steckt er dahinter? Ist er mit Oberleutnant Nehring verwandt?«

»Das werden wir herausfinden«, erwiderte Pat und brachte ihn zur Tür.

Doyle sortierte derweil seine Gedanken und sagte, als Pat zurückkehrte: »Jetzt ergibt auch die Sache mit Randys Baugrube und dem Kleinkalibergewehr einen Sinn. Der Mörder oder sein Komplize hat die Waffe keineswegs zufällig dort entsorgt. Es war als mehr oder minder subtile Warnung an Randy gedacht, nach dem Motto: Ich kann dich noch mit ganz anderen Dingen belasten, wenn ich möchte.«

»Das sehe ich genauso«, sagte Pat und sah ihn aus müden Augen an. »Du gehst jetzt besser auch. Mir fallen gleich die Augen zu.«

»Natürlich.«

Doyle stand auf und ging in den Flur, drehte sich dort aber noch einmal um.

»Was willst du noch?«, fragte Pat, und er spürte deutlich, dass sie verärgert über ihn war.

»Baker. Er ist wach und ganz guter Dinge. Ich hätte fast vergessen, es dir zu erzählen.« In wenigen Sätzen berichtete er von seinem Besuch an Bakers Krankenbett. »Ich denke, es wird mit ihm rasch aufwärts gehen. Jasmyn wird schon dafür sorgen, dass ihm nichts fehlt.«

»Gut«, sagte sie nur und sah ihn abwartend an.

In der offenen Haustür blieb er stehen und drehte sich ein weiteres Mal zu ihr um.

»Mein Auftritt von vorhin – ich war da wohl etwas zu energisch. Ich ...«

»Das ist mein Haus«, fuhr sie ihm in die Rede. »Es ist klein und nichts Besonderes, aber es gehört mir. Ich ganz allein entscheide, wer hier zu Gast ist, auch im Fall von Randy. Ich bin niemandem Rechenschaft schuldig, auch dir nicht!«

Doyle sagte nichts dazu. Er nickte nur und trat in den Regen hinaus.

VIERTER TAG

Mittwoch, 18. Mai

KAPITEL 25

Pat zeigte Doyle auch am nächsten Morgen die kalte Schulter, und sie sprachen nur das Nötigste miteinander. Das Verhältnis zwischen ihnen erschien ihm so trüb wie das Wetter, das die Insel mit dunklen Wolken überzogen hatte und immer wieder Regenschauer ausspuckte. Er schob die Frage, ob er die gute Beziehung zu Pat, die er nach seiner Rückkehr auf die Insel mühsam aufgebaut hatte, durch sein gestriges Verhalten zerstört hatte, in ein verstecktes Ablagefach seines Gehirns. Sie arbeiteten mit Hochdruck daran, zwei gewaltsame Todesfälle aufzuklären, und er wollte die Ermittlungen nicht durch persönliche Probleme gefährden.

»Professor Wolfgang Nehring und seine Frau Tessa sind bereits am Donnerstagnachmittag auf Guernsey gelandet«, berichtete Pat ihm von ihren Recherchen. »Jeder von ihnen hätte also Zeit gehabt, Randy das Päckchen vor die Haustür zu legen.«

»Jeder von ihnen oder beide gemeinsam«, sagte Doyle. »Wie sieht es mit ihren Finanzen aus?«

»Ich habe Kontakt zur deutschen Polizei in Hannover aufgenommen, aber das kann dauern. Datenschutz und so.«

»Verstehe.« Doyle nippte an dem Kaffee, den Mildred bei seinem Eintreffen frisch zubereitet hatte. »Aber selbst wenn die Nehrings keine Geldprobleme haben, eine Million Pfund kann wohl jeder gut gebrauchen.«

Er hatte noch nicht ganz ausgesprochen, als das Diensttelefon in Doyles Büro anschlug. Es war Mildred.

»Ich habe da jemanden in der Leitung, der Sie dringend zu sprechen wünscht, Sir. Ein komischer Name. Blametied oder so ähnlich.«

»Blampied? Stellen Sie ihn bitte durch, Mildred.«

Es war tatsächlich Barnaby Blampied, der Doyle mit aufgeräumter Stimme einen guten Morgen wünschte.

»Nach unserem Gespräch gestern habe ich gegrübelt und gegrübelt, müssen Sie wissen, Mr Doyle.«

»Worüber?«

»Über diesen Campbell-Raid, von dem ich Ihnen erzählt habe. Ich erwähnte doch die Theorie, dass Corporal Campbell seine eigenen Leute verraten hat, weil die Deutschen drohten, eine junge Frau zu töten, in die er sich verliebt hatte.«

»Ich erinnere mich, Mr Blampied.«

»Ich habe nach dem Namen dieser Frau gesucht, in meinen Unterlagen und in meinem Gedächtnis, aber glauben Sie, er wollte mir einfallen? Ich dachte schon, ich werde alt. Aber mitten in der Nacht bin ich aufgewacht, und da wusste ich ihn. Die Familie heißt Mortain, und der Vorname des Mädchens war Heather. Beziehungsweise ist es noch. Sie lebt nämlich noch und hat, soweit ich weiß, nie geheiratet. Ich habe heute Morgen schon ein bisschen in der Sache recherchiert. Sie bewohnt mit ihrem Bruder Stanley ein kleines Cottage in der Rue à l'Or.«

»Hier in St. Peter Port?«

»Nein, in der anderen Rue à l'Or, nahe dem Reservoir. Vielleicht hilft Ihnen diese Information weiter, Chief Inspector.«

»Das tut sie sicher. Vielen Dank, Sir, und die besten Grüße von meinem Vater.«

Doyle informierte Pat über das Gespräch und sagte: »Lass uns einfach mal hinfahren. Diese Campbell-Geschichte geht mir nicht aus dem Kopf.«

»Sollten wir uns nicht voll und ganz auf die Nehrings konzentrieren?«

»Eins nach dem anderen. Erst mal unterhalten wir uns mit Heather Mortain.«

Pat wirkte wenig begeistert.

»Ich bin der Meinung, wir sollten die Nehring-Spur weiterverfolgen. Zumal heute der Hugo-Kongress endet, auch wenn das Ehepaar Nehring seine Suite im Old Government House noch bis Samstag gebucht hat. Was hältst du davon, wenn du mit Allisette zu der alten Dame am Reservoir rausfährst, und ich kümmere mich mit Bunting um den deutschen Professor?«

»Ist dieser Vorschlag rein dienstlich motiviert? Oder hat er auch einen persönlichen Hintergrund?«

»Er ist rein dienstlich«, antwortete Pat kühl und ohne eine Miene zu verziehen.

»Ein vernünftiger Vorschlag. Genauso machen wir es.«

Er hatte nur widerwillig eingelenkt, aber sachlich betrachtet, hatte Pat recht. Nach dem gestrigen Gespräch mit Randy Holburn schien es tatsächlich geraten, an Nehring dranzubleiben. Andererseits hatte er auch das seltsame Zusammentreffen mit Professor Campbell am Icart Point nicht vergessen und war begierig, Licht in die Sache zu bringen. Vielleicht war es außerdem ganz gut, für eine Weile etwas Abstand zu Pat zu halten.

* * *

Zehn Minuten später fuhr er mit Allisette in Richtung des Reservoirs. So hieß Guernseys großer Süßwasserspeicher in der Gemeinde St. Saviour, der von einem Grüngürtel umgeben war.

Keine schlechte Lage, um dort zu wohnen. Während er den Tamora durch einen Nieselregen nach Westen lenkte, brachte er Allisette auf den aktuellen Stand der Dinge, und sie staunte nicht schlecht über das, was Doyle und Pat gestern von Randy Holburn erfahren hatte.

»Dieser Holburn ist eine miese Ratte«, sagte sie unverblümt. »Und was man mit Ratten macht, wenn man sie erwischt, ist allgemein bekannt.«

»Das habe ich jetzt nicht gehört«, sagte Doyle.

Er konnte verstehen, dass Jasmyn Allisette, die mit einem saufenden, prügelnden Vater aufgewachsen war, nicht gut auf den saufenden, prügelnden Holburn zu sprechen war. Das war er selbst auch nicht. Die Gedanken waren frei, aber nicht alle Gedanken sollte ein Polizist in der Öffentlichkeit äußern, und genau das sagte er Allisette.

»Ich habe verstanden, Sir.« Sie lehnte den Kopf nach hinten und seufzte. »Es ist nur so, dass mich dieser Holburn-Typ schon auf die Palme bringt, wenn ich nur an ihn denke.«

Jetzt musste Doyle grinsen und sich selbst zwingen, wieder eine ernste Miene aufzusetzen.

»Das geht mir ganz genauso. Aber wir sind Polizisten, keine Kammerjäger. Und wenn Randy Holburn das Opfer einer Erpressung ist, verdient er unseren Beistand nicht weniger als Florence Nightingale oder Mutter Teresa. Wenn wir das anders sehen, sind wir keine Polizisten. Dann sollten wir besser ein Institut für private Ermittlungen gründen. So wie Max Cooper.«

»Dem das bekanntlich nicht gut bekommen ist.«

»Zum Glück hat es nicht noch einen weiteren Toten gegeben. Wie geht es Baker heute?«

»Ich war kurz bei ihm, bevor ich ins Hauptquartier gekommen bin. Er hat sich über das frühe Wecken im Krankenhaus beschwert.«

Doyle lachte leise.

»Dann geht es ihm doch wieder ganz gut.«

»Ich hatte ganz den Eindruck. Gott sei Dank!« Allisette richtete ihren Blick auf Doyle. »Auch von mir vielen Dank, dass Sie Calvin gerettet haben.«

»Jetzt ist es aber mal gut mit den Dankesreden. Das war ganz eigennützig. Ich wollte den besten Sergeant, den ich je hatte, nicht verlieren. Und falls Sie und Baker weiterhin von Dankesgelüsten angetrieben werden, dürfen Sie beide mich gern zum Essen einladen, wenn Calvin wieder auf dem Damm ist. Wie ich hörte, gibt es bei Ihnen ein hervorragendes Huhn Marengo.«

Allisette lächelte, was aber die Schatten auf ihrem übermüdeten Gesicht nicht ganz vertrieb. Offenbar verbrachte sie viel Zeit im Princess Elizabeth. Mangelnder Schlaf und die Sorge um Calvin Baker forderten ihren Tribut.

»Ist geritzt, Sir. Dann müssen Sie sich aber darauf gefasst machen, dass Calvin Ihnen einen Vortrag über die Schlacht von Marengo hält und darüber, wie das Rezept entstanden ist.«

Inzwischen hatte sich Calvin Bakers kleines Geheimnis herumgesprochen: Er war ein Experte für die Napoleonische Ära, speziell für das Militärische, und schrieb darüber Artikel für Fachmagazine.

»Ich bin sicher, das wird ebenso lehrreich wie lecker sein.«

»Fein. Und selbstverständlich bringen Sie Inspector Holburn mit!«

Doyle schwieg. Was hätte er auch dazu sagen sollen? Was ihm in Bezug auf Pat gestern noch als selbstverständlich erschienen war, war heute ein großes Fragezeichen.

Immerhin schien das Wetter ihn aufmuntern zu wollen. Vor

ihnen riss die Wolkendecke auf, direkt über dem Reservoir, und die Sonne schien auf den künstlichen See und das ihn umgebende Grün. Der nur noch leichte Regen hörte ganz auf, als sie sich dem Reservoir näherten.

»Die Sonne!« Allisette jubelte darüber wie ein Kind. »Bestimmt ein gutes Omen, Sir. Für unseren Ausflug zu dieser Heather Mortain, meine ich.«

»Bestimmt«, sagte Doyle ohne echte Überzeugung.

Kurz vor der Rue à l'Or kam ihnen eine pummelige Frau in den Vierzigern auf einem klapprigen Fahrrad entgegen. Im Fahrradkorb an ihrem Lenker transportierte sie allerlei Gemüse. Doyle fuhr an den Straßenrand, gab ein Signal mit der Lichthupe und ließ das Fenster an der Beifahrerseite herunter. Die Frau sprang mit einer Behändigkeit, die man ihr nicht zutraute, vom Rad und schob es auf den Tamora zu.

»Guten Morgen!«, grüßte Doyle. »Wir suchen das Mortain-Cottage in der Rue à l'Or.«

Das fragende Gesicht mit den roten Wangen hellte sich auf.

»Noch mehr Besuch für Heather und Stanley? Ich kenne Sie gar nicht. Sie müssen Cousin Nicky aus den South Downs sein.« Der Blick der Radfahrerin wanderte zu Allisette. »Ihre Frau habe ich mir älter vorstellt. Sie hat sich für zwei erwachsene Kinder aber gut gehalten. Die Kinder hätten Sie ruhig mal mitbringen können!«

»Gesunde Ernährung«, sagte Allisette und deutete auf den Korb mit dem Gemüse.

Die Frau lachte.

»Das sagen Sie etwas Wahres. Ich komme gerade von Heather und Stanley, habe Ihnen etwas Gemüse vorbeigebracht. Es ist das lauschige Cottage auf der rechten Seite, gleich hinter der Abzweigung zu den Wasserwerken.«

»Danke«, sagte Doyle, ließ die Scheibe wieder hoch und fuhr weiter, ehe der Frau auffallen konnte, dass der Tamora ein hiesiges Kennzeichen hatte.

»Das nächste Mal mieten wir uns einen größeren Wagen und nehmen die lieben Kleinen mit, Nicky«, sagte Allisette trocken zu Doyle, fing dann aber an zu kichern.

Nach der Abzweigung zu den Wasserwerken ging Doyle auf Schritttempo herunter und suchte mit den Augen die rechte Straßenseite ab. Das kleine Cottage aus Guernseygranit lag ein paar Meter von der Straße entfernt im Schatten einiger Buchen. Zu beiden Seiten der Zufahrt verwandelten unzählige Narzissen den Rasen in ein Meer aus Gelb, und auf den Fensterbänken blühten weiße Narzissen. Neben der Eingangstür, die in einem verblassten Blau gehalten war, hing ein weißes Emailleschild in Wolkenform, und eine verschnörkelte blaue Aufschrift verkündete den Namen des Cottage: »Le Beau Nuage« – die schöne Wolke. Vor dem Haus war ein uralter Pkw mit Inselkennzeichen geparkt, ein zitronengelber Vauxhall aus den Siebzigern. Doyle hielt neben dem Oldtimer und stellte den Motor ab.

Das Motorgeräusch des Tamoras war nicht unbemerkt geblieben. Eine hochbetagte weißhaarige Frau in einem fröhlichen Blümchenkleid öffnete die Haustür, bevor Doyle auf den Klingelknopf drücken konnte. Sie musste ungefähr im Alter seines Vaters sein, machte aber einen rüstigen Eindruck. Von kleiner Statur, hielt sie sich erstaunlich gerade und blinzelte Doyle durch die runden Gläser einer altertümlichen Brille an.

»Haben Sie den Lärm eben verursacht, junger Mann?«

Die Stimme klang hell, aber kräftig.

»Das war mein Auto.« Doyle zeigte auf den Tamora. »Ein besonderes Modell, so wie Ihr Wagen.«

»Ach, heutzutage fahre ich nur noch selten damit. Zu viel Verkehr, wissen Sie.« Sie musterte erst Doyle und dann Allisette von oben bis unten. »Wer sind Sie eigentlich? Was wünschen Sie?«

Doyle zückte seinen Dienstausweis und stellte erst sich und anschließend Allisette vor.

»Polizei? Ich wüsste nicht, was wir mit der Polizei zu tun hätten.«

»Falls Sie Heather Mortain sind, haben wir ein paar Fragen an Sie.«

»Das bin ich.«

»Es geht um Corporal Campbell und den missglückten Raid am Icart Point im August 1940.«

Es sah aus, als hätten seine Worte der alten Frau den Boden unter den Füßen weggezogen. Ein Zittern lief durch ihren Körper, und sie stützte sich mit beiden Händen am Türrahmen ab. Doyle befürchtete schon, sie auffangen zu müssen.

Aber sie brach nicht zusammen, sondern sagte mit bleichem Gesicht: »Dann kommen Sie herein. Heute ist wohl der Tag, den das Schicksal bestimmt hat, um Klarheit in alte Geschichten zu bringen. Wir haben nämlich schon Besuch.«

Doyle erinnerte sich, dass die Frau mit dem Fahrrad so etwas erwähnt hatte. Er betrat gemeinsam mit Allisette das alles andere als modern, aber sehr gemütlich eingerichtete Haus. Sie folgten Ms Mortain in einen Wintergarten an der rückwärtigen Seite, durch dessen Glaswände man auf ein paar Obstbäume und eine bunte Vielfalt an Blumen blickte. An einem Tisch saßen zwei Männer. Einer war in der Altersklasse der weißhaarigen Dame, wohl ihr Bruder Stanley, von dem Barnaby Blampied gesprochen hatte. Der andere Mann war ein paar Jahrzehnte jünger und lächelte die beiden Neuankömmlinge durch das Gestrüpp seines rötlichen Barts an. Doyle blieb abrupt stehen, als er ihn erkannte.

»Guten Morgen, Mr Doyle«, begrüßte ihn in seinem kehligen Akzent Professor Angus Campbell.

* * *

Pat hatte den Golf wieder auf dem Parkplatz der FIU abgestellt und ging mit Constable Bunting die Cornet Street hinauf, um dann, als die Straße sich gabelte, nach links in die Hauteville abzubiegen. Sie gingen schnell und zogen dabei die Köpfe ein, weil ein leichter, aber beständiger Regen auf St. Peter Port niederging.

Die junge Französin in den engen Jeans, die schon am Montag Dienst am Empfang gehabt hatte, erkannte Pat offenbar sofort wieder, und ihr Gesicht umwölkte sich.

»Ich kann Professor Duvier diesmal unmöglich für Sie aus dem Vortrag holen«, sagte sie in ihrem kaum verständlichen Englisch, bevor Pat noch den Mund aufmachen konnte. »Gerade wird der Abschlussvortrag der Tagung gehalten, und der Vortragende ist Professor Duvier selbst.«

Pat setzte ein süßliches Lächeln auf und strahlte sie an.

»Das macht gar nichts, Mademoiselle. Professor Duvier wollen wir gar nicht sprechen. Aber wenn Sie Professor Nehring für uns holen würden, wäre das sehr zuvorkommend.«

»Aber das geht nicht. Es ist der Abschluss ...«

»Bitte sofort, ja?« Pat lächelte noch immer, aber ihre Stimme klang hart und fordernd. »Es ist sehr wichtig.«

»Ich werde sehen, was ich tun kann«, sagte die Französin widerwillig und rauschte davon, ohne Pat noch eines Blickes zu würdigen.

Bunting starrte fasziniert auf das, was sich in den Jeans abzeichnete, und sagte: »Das hätte man vielleicht auch etwas freundlicher sagen können, Ma'am.«

»Ihre Fähigkeiten im Umgang mit jungen Damen sind unbestritten, Constable«, schoss Pat zurück. »Falls ich die sanfte Tour reiten will, werde ich gern darauf zurückkommen.«

Errötend murmelte Bunting: »Ich meine ja nur.«

Es dauerte nicht lange, bis die junge Frau in Begleitung von Professor Nehring zurückkehrte. Der Literaturwissenschaftler mit der gesunden Gesichtsfarbe, die so gar nicht nach einem Leben in Bibliotheken aussah, blieb dicht vor Pat stehen, und seine Züge zeigten ein großes Fragezeichen.

»Ja, Inspector?«

Pat zog aus einer Jackentasche ein Stück Papier und faltete es auseinander. Es war eine Fotokopie jenes Zettels, den Randy in dem Umschlag vor seiner Haustür gefunden hatte.

Sie hielt Nehring das Papier vor die ausgeprägte Nase und fragte: »Kennen Sie das, Mr Nehring?«

Der Professor betrachtete das Papier mit zusammengekniffenen Augen.

»Ich weiß nicht, was das soll.«

»Das ist unerheblich. Beantworten Sie bitte meine Frage!«

»Die Handschrift ist auf Deutsch.«

»Wie selbst für mich unschwer zu erkennen ist«, sagte Pat sarkastisch. »Haben Sie diese Handschrift schon einmal gesehen? Oder gar diesen Text?«

»Wie kommen Sie überhaupt daran?«

»Ich weiß nicht, wie es bei Ihnen in Deutschland ist, Professor. Aber hier auf Guernsey ist es üblich, die Fragen der Polizei zu beantworten. Also noch einmal: Kennen Sie die Schrift, vielleicht auch den Text?«

Nehring blickte sich zu der Französin um, die an einem Verkaufsständer eifrig Postkarten sortierte, was sie kaum davon abhalten konnte, ganz Ohr zu sein.

»Könnten wir vor die Tür gehen, bitte?«

»Da regnet es«, erklärte Bunting.

»Trotzdem wäre es mir lieber.«

»Einverstanden«, sagte Pat und trat als Erste hinaus, gefolgt von Nehring und Bunting. Sie drückten sich in den Eingangsbereich, wo der Türbogen und ein vor dem Eingang stehender Baum mit ausladender Krone sie weitgehend vor dem Regen bewahrten.

»Danke«, sagte Nehring. »Das ist doch ein wenig privat, nicht wahr?«

Pat nickte.

»Wenn Sie mir das erzählen, was ich denke, dann ja.«

»Sie wissen es also schon. Ja, das ist eine Seite aus dem privaten Kriegsjournal meines Vaters. Oder eine Kopie. Ich wüsste zu gern, wie Sie darangekommen sind.«

»Kennen Sie den Inhalt?«

»Ja, ich habe alles gelesen. Nachdem mein Vater die offiziellen Aufzeichnungen über seine Ermittlungen gegen die Organisation Todt seinen Vorgesetzten übergeben hatte und davon ausgehen musste, sie nie wiederzusehen, hat er private Notizen angefertigt. Das war zwar verboten, aber er wollte nicht das Gefühl haben, für nichts und wieder nichts gearbeitet zu haben. Dieses Journal befindet sich noch heute im Familienbesitz. Jedenfalls dachte ich das bis eben.«

»Dann ist Ihr Vater jener Oberleutnant Walter Nehring, der hier während der Besatzung für die Feldkommandatur tätig gewesen ist.«

Es war mehr eine Feststellung als eine Frage.

»Bis er nach diesen unseligen Ermittlungen nach Frankreich versetzt wurde«, sagte Nehring. »Da war er übrigens kein Oberleutnant mehr, sondern Hauptmann. Die Beförderung war wohl ein Bonbon, das ihm die Versetzung versüßen sollte.«

Pat steckte die Fotokopie wieder ein und fixierte den Professor mit ihrem Blick.

»Haben Sie diesen Ausschnitt aus den Notizen Ihres Vaters für eine Erpressung benutzt?«

»Erpressung? Ich? Wen soll ich denn erpresst haben?«

Nehring sah Pat fassungslos an und schob die linke Hand in eine Außentasche seines beigen Sommerjacketts. Er brachte ein altes, mit Schildpatt belegtes Etui zum Vorschein, dem er mit nervösen Fingern einen Zigarillo entnahm. Mit einem ebenfalls alt wirkenden Feuerzeug wollte er ihn entzünden, aber der Wind brachte die Flamme mehrmals zum Erlöschen. Der Professor drehte sich in Richtung Hauseingang, um die Flamme vor dem Wind zu schützen.

In diesem Moment schlug etwas dicht neben Nehring gegen die Hauswand und ließ etwas von dem weißen Putz abbröckeln. Pat hörte ein sirrendes Geräusch und fast gleichzeitig eine kleine Explosion wie von der Fehlzündung eines Verbrennungsmotors. Aber sie war erfahren genug, um die beiden Geräusche richtig einzuordnen. Das Sirren stammte von einem Geschoss, das an der Hauswand abgeprallt war. Die Explosion war das Schussgeräusch, durch einen Schalldämpfer abgemildert.

»In Deckung, hier wird geschossen!«

Mit diesem Ruf riss sie den überraschten Professor zu Boden und warf sich schützend über ihn. Nur einen Augenblick später reagierte auch Bunting. Er sprang die wenigen Treppenstufen in einem Satz hinunter und warf sich auf den flachen Boden.

KAPITEL 26

Die Worte der Radfahrerin kamen Doyle in den Sinn. Das hier hatte tatsächlich etwas von einem Familientreffen. Heather Mortain, ihr Bruder Stanley, Professor Campbell, Allisette und er saßen um einen ovalen Holztisch im Wintergarten von »Le Beau Nuage«. Es gab Tee und Schokoladenplätzchen.

»Die mit den kleinen Zuckerkrümeln drauf«, hatte Heather Mortain gesagt, als sie die wie eine Erdbeere gemusterte Keksschale auf den Tisch gestellt hatte, »die isst Stanley am liebsten.«

Überhaupt kümmerte sie sich mit rührender Zuneigung um ihren Bruder, der nur wenige Jahre älter sein konnte, aber körperlich viel stärker abgebaut hatte als sie. Die meiste Zeit über saß er zusammengesunken in seinem Rattansessel und starrte teilnahmslos vor sich hin. Er sagte kaum ein Wort und richtete seinen trüben Blick nur selten auf die Person, die gerade sprach. Die linke Gesichtshälfte war etwas schief, und Doyle führte das auf einen Schlaganfall zurück. Vielleicht war das der Grund dafür, dass Stanley Mortain seiner Schwester so gar nicht ähnelte. Er war einen guten Kopf größer als sie und viel schlanker. Auch wirkte sein Gesicht schmal, wogegen Heathers eher rund war.

Soweit er ihre etwas wirren Ausführungen, zu denen ihr Bruder nur hin und wieder ein undeutliches Brummen abgegeben hatte, verstanden hatte, war Stanley im Krieg als Flakschütze auf einem Zerstörer der Royal Navy eingesetzt worden. Das Schiff war im Juni 1941 während der heftigen Kämpfe um Griechenland versenkt worden, und Stanley hatte für den Rest des Krieges als vermisst gegolten. In Wahrheit hatte er durch eine schwere Kopfverletzung eine Gedächtnisstörung erlitten, von der er nur sehr langsam und nicht vollständig genesen war. An die Vorgänge auf dem Zerstörer hatte er kaum noch eine Erinnerung. Griechische Partisanen hatten ihn aus dem Meer gefischt, und er hatte bis nach Kriegsende bei ihnen gelebt. Erst im Sommer 1945 war er auf wohl ebenso abenteuerlichen wie unklaren Wegen in seine Heimat zurückgekehrt, zu seiner Familie auf Guernsey. Jetzt lebten nur noch Heather und er in dem Cottage der Familie Mortain.

Da Heather es sich zur Aufgabe gemacht hatte, für ihren Bruder zu sprechen, wartete Doyle, bis sie in die Küche ging, um die Zuckerdose aufzufüllen. Dann richtete er ein paar Fragen direkt an Stanley, die seine Kriegs- und Nachkriegsodyssee betrafen. Aber auch jetzt sprach der alte Mann sehr undeutlich und brachte kaum mehr als drei zusammenhängende Worte heraus.

Als Heather zurückkam, erstarrte sie kurz. Eilig stellte sie die Zuckerdose auf den Tisch und sagte, noch bevor sie sich wieder neben Stanley niederließ: »Sie alle sind doch nicht hergekommen, um über Stanleys Kriegserinnerungen zu sprechen, die ohnehin kaum vorhanden sind. Wie ich Sie verstanden habe, geht es um Ian Campbell, den unglücklichen Jungen, dem ich wohl mein Leben verdanke.«

»Sie haben vollkommen recht, Ms Mortain«, sagte Professor Campbell. »Ian war der Bruder meines Vaters, und mein Vater hat nie erfahren, was aus ihm geworden ist. Ich habe vor meiner Reise hierher sehr lange und intensiv recherchiert, und dabei bin ich auf den Namen Heather Mortain gestoßen. Mein Onkel Ian erwähnte ihn in einem Brief nach Hause, als er vor dem Krieg ein paar Monate auf Guernsey verbrachte.«

»Ja.« Heather ließ einen langgezogenen Seufzer hören, und ihr Blick schien sich in die Vergangenheit zu richten. »Zwischen Ian und mir entstand damals so etwas wie eine Freundschaft, aber wir waren nicht verlobt oder so etwas. Irgendwie haben die

Nazis das herausbekommen und Ian, als sie ihn gefangen hatten, damit erpresst, mich und meine Familie zu töten, wenn er nicht seine Kameraden in eine Falle lockt. Ich durfte Ian einmal in seiner Gefängniszelle besuchen. Er war sehr verzweifelt und hat mir alles erzählt.«

»Ich kann sehr gut verstehen, dass er Sie und Ihre Familie retten wollte«, sagte der Professor. »Aber dafür mehr als zwei Dutzend Kameraden in den Tod zu schicken, das muss ein Mann – ein Soldat – erst einmal über sich bringen. Diese Geschichte hat meine Familie, besonders meinen Vater und meinen Großvater, sehr belastet.«

»Es ist nicht so, wie Sie denken.« Heather ergriff Stanleys schlaffe Hand, wie um sich an ihr festzuhalten. »Für mich ist Ian immer ein Held gewesen. Er wollte nicht, dass seine Kameraden sterben. Er hatte nicht gewusst, dass es so ausgehen würde. Die Deutschen hatten ihm gesagt, sie wollten den Kommandotrupp gefangen nehmen. Es ist ihm auch nie ganz klar geworden, ob sie den Tod seiner Kameraden von Anfang an geplant hatten oder ob irgend etwas schiefgelaufen war und vielleicht ein nervöser Kraut das Feuergefecht ohne Befehl eröffnet hatte.«

»So war es also.« Campbell wirkte erleichtert. »Schade, dass mein Vater nicht mehr lebt. Ich hätte es ihm gern gesagt.«

Unerwartet regte sich Stanley und formulierte, wenn auch schleppend, einen ganzen Satz: »Warum ist Gregor nicht selbst nach Guernsey gekommen, um die Wahrheit zu suchen?«

»Hatte ich erwähnt, dass mein Vater Gregor hieß?«

»Ja, doch, das hatten sie«, versicherte Heather.

In einer typischen Geste strichen die schlanken Finger des Professors nachdenklich durch seinen Bart.

»Tja, mein Vater hat wohl die Wahrheit gescheut. Er hätte ja auch etwas anderes in Erfahrung bringen können.«

»Nicht, wenn er Vertrauen zu seinem Bruder hatte«, brachte Stanley tatsächlich noch einen weiteren Satz hervor.

»Mag sein. Vielleicht wollte er auch einfach nicht hierherkommen, weil der Name Guernsey für ihn immer mit der Schande verbunden war, die sein Bruder Ian – vermeintlich – über die Familie gebracht hatte.« Campbell stemmte seinen wuchtigen Leib aus dem Rattansessel und griff nach seinem Wanderstock, der an einer Wand lehnte. »Vielen Dank für Ihre Gastfreundschaft. Ich will Ihre Zeit nicht länger beanspruchen.«

Heathers Blick wanderte zu Doyle, und er sah in ihren Augen eine Mischung aus Anspannung und Furcht.

»Sie hatten ja noch ein paar Fragen, Chief Inspector«, sagte sie zögernd.

Auch Doyle erhob sich, und Allisette folgte ihm etwas zögernd.

»Die haben sich erledigt. Wir werden uns Professor Campbell anschließen. Den Weg hinaus finden wir selbst. Ihnen und Ihrem Bruder noch einen schönen Tag.«

Als die drei Besucher draußen vor dem Cottage standen, sagte Allisette: »Sir, ist Ihnen nicht aufgefallen, dass Professor Campbell den Namen seines Vaters gar nicht genannt hatte?«

»Sicher ist mir das aufgefallen. Und dem Professor auch, nicht wahr?«

Der Schotte setzte ein Pokerface auf.

»Ich weiß gar nicht, wovon Sie sprechen.«

»Davon, dass Ms Mortains Bruder kaum den Namen Ihres Vaters präsent haben dürfte. Und wenn doch, würde er ihn wohl nicht in vertrauter Art beim Vornamen nennen«, sagte Doyle. »Auch ohne den Schnitzer mit dem Namen wäre mir die Sache klar gewesen.«

»Was werden Sie jetzt tun?«, fragte Campbell.

»Nichts. Ihr Onkel Ian ist seit einem dreiviertel Jahrhundert tot. Ich bin ganz bestimmt nicht derjenige, der ihn ins Leben zurückzerren wird.«

Kurz dachte Doyle daran, welche Familienschicksale sich hinter der hübschen Fassade dieses kleinen Hauses verbargen. Ein im Krieg verschollener Bruder und Sohn. Ein versteckt gehaltener Fremder, dem ein Kriegsgerichtsverfahren wegen Verrats drohte und der allmählich den Platz des Verschollenen einnahm. Es war ein gewagtes Spiel gewesen, und so mancher Nachbar musste darin eingeweiht gewesen sein. Wie viel Mühe und wie viel Angst mochte das alles gekostet haben? Was immer Corporal Ian Campbell vor vielen Jahrzehnten getan hatte, Stanley Mortain hatte dafür längst gebüßt.

»Danke, Mr Doyle!«

Campbell reichte ihm die Hand, und Doyle schüttelte sie.

»Und was werden Sie jetzt tun, Professor?«

»Zufrieden nach Edinburgh zurückreisen.« Er blickte auf seine Uhr. »Die langweilige Tagung dürfte in diesen Minuten zu Ende gehen, und ich fliege morgen heim. Aber sagen Sie, weshalb waren Sie überhaupt hier?«

»Um herauszubekommen, was Sie hier so treiben. Jetzt bin ich in diesem Punkt beruhigt und kann Sie von der Liste der Mordverdächtigen streichen.«

»Dann kann ich ja noch zufriedener sein«, lachte Campbell.

»Ich würde Sie gern mitnehmen, Professor, aber mehr als zwei Leute passen nicht in meinen Wagen.«

»Kein Problem.« Der Schotte blickte in Richtung Reservoir. »Das hier ist doch ein schönes Fleckchen Erde, sogar Naturschutzgebiet, und die Sonne lacht. Drüben im Osten der Insel sieht das Wetter nicht so schön aus. Ich glaube, ich treibe mich hier noch eine Weile herum.«

Er setzte seine Schottenmütze auf, die er vor Verlassen des Hauses von einer Garderobe neben der Tür genommen hatte, schwang seinen Stock und marschierte in Richtung Reservoir. Dabei pfiff er die Melodie von *Scotland the Brave*.

Allisette starrte ihm fasziniert nach und murmelte: »Da fehlt nur noch ein Dudelsack.«

Aber das Einzige, was dudelte, war Doyles Handy. Es war Mildred, und ihre Stimme klang aufgeregt.

»Bei Hauteville House ist geschossen worden.«

* * *

Unter sich Professor Nehring, lag Pat auf den regennassen Stufen vor dem Eingang zu Hauteville House und blickte sich hektisch um. Der Schütze konnte jederzeit noch einmal abdrücken. Jenseits des grünen Eisenzauns, der das Anwesen von der Straße abgrenzte, parkten etliche Autos. Eins davon fuhr in diesem Augenblick los und das so schnell, dass die Reifen auf dem nassen Asphalt quietschten. Ein dunkelblauer Mittelklassewagen jagte die Straße nach oben und verschwand, der vorgeschriebenen Fahrtrichtung folgend, stadtauswärts.

Vorsichtig, um auf den glitschigen Stufen nicht auszurutschen, erhob sich Pat. Der Wagen war bereits verschwunden.

»Bunting, haben Sie Modell oder Kennzeichen erkannt?«

Auch der Constable stand vom Boden auf und wirkte dabei noch etwas konsterniert.

»Nein, Ma'am, das ging zu schnell. Soll ich die Fahndung einleiten und in südlicher und westlicher Richtung Straßensperren anfordern?«

»Fahndung ja, aber der Fahrer des Wagens kann in alle möglichen Richtungen zu entkommen versuchen. Er kann oben nach links in die Havelet einbiegen und dann unten an der Hafenpromenade auch wieder stadteinwärts fahren. Dann müssten wir ihn im Norden suchen.«

»Vielleicht kann ich helfen«, keuchte Professor Nehring, der ebenfalls aufgestanden war und zwischen zitternden Fingern noch den abgebrochenen Rest des Zigarillos hielt. »Es ist ein VW Passat, ein Mietwagen. Das Kennzeichen kann Ihnen Europcar nennen. Wir haben den Wagen am Flughafen gemietet.«

»Wir?«, fragte Pat.

»Meine Frau und ich. Sie saß am Steuer, ich habe sie erkannt. Tessa hat auf mich geschossen!«

* * *

Professor Campbell staunte nicht wenig, als der Tamora mit hoher Geschwindigkeit an ihm vorbeischoss. Nur eine halbe Handbreit näher, und der Wagen hätte ihn gestreift. Der Schotte sprang in einer reflexhaften Reaktion von der Straße, drückte sich gegen den Stamm eines Kastanienbaums und wedelte mit dem schweren Stock durch die Luft. Ob das ein letzter Gruß oder eine Beschwerde war, konnte Doyle nicht erkennen. Mit nur einem leichten Berühren der Bremse scheuchte er seinen Wagen durch eine Kurve, und Campbell verschwand aus dem Rückspiegel.

»Was hat Mildred noch gesagt?«, fragte Allisette.

»Nicht viel. Offenbar ist vor Hauteville House auf Pat, Bunting und Professor Nehring geschossen worden. Ziel war wohl der Professor. Jedenfalls hat Pat die Fahndung nach seiner Frau einleiten lassen.«

»Nach seiner Frau?«

»Sieht ganz so aus, als suchten wir nicht nach einem Mörder, sondern nach einer Mörderin.«

Die nächste Kurve kam, schärfer als die vorherige, und diesmal musste Doyle hart bremsen, um den Tamora in der Spur zu halten. Um ein Haar wäre der Wagen ausgebrochen und gegen einen Baum geprallt. Trotzdem trat er nach der Kurve gleich wieder aufs Gaspedal. Er hatte es mehr als eilig, nach St. Peter Port zu kommen. Pat hatte den richtigen Riecher gehabt, und er verwünschte sich für seine Entscheidung, unbedingt zum Mortain-Cottage zu fahren. Wenigstens hatte der Mörder – die Mörderin, korrigierte er sich – dieses Mal niemanden getroffen. Er war heilfroh, dass alle unverletzt waren, am meisten, wenn er ehrlich war, wegen Pat. Aber seine Sorge blieb, und er war froh, dass die Straße, die sich mehr und mehr vom Reservoir entfernte, jetzt gerade verlief, und er das Gaspedal noch weiter durchdrücken konnte.

* * *

Pat stand vor dem Eingang zu Hauteville House und hielt ihr Gesicht in den Regen. Sie fand es angenehm erfrischend. Ihr linker Arm schmerzte, seitdem sie mit Professor Nehring zu Boden gegangen war – wohl eine Prellung. An der linken Seite war die Außentasche ihre Jacke halb ausgerissen, und ihre Kleidung war etwas verschmutzt. Nicht gerade der Aufzug, den man von einer Frau in ihrer Position erwartete. Aber das war jetzt ihre geringste Sorge.

Um sie herum war ein Chaos entstanden, und ihre Aufgabe war es, da Ordnung hineinzubringen. Mehrere Streifenwagen riegelten die ganze Hauteville ab, die Kriminaltechniker rückten an, und immer wieder stürmte jemand mit einer Frage auf sie ein. Pat fühlte sich wie ein Baum, der sich den Gewalten eines Orkans entgegenstemmte. Sie musste sich zwingen, ihre Gedanken zu ordnen und keinen der wichtigen Abläufe zu vergessen.

Derzeit war sie die leitende Ermittlerin vor Ort, und sie trug die Verantwortung.

Sie hatte Bunting mit Professor Nehring zurück ins Haus geschickt. Zwar war nicht zu erwarten, dass Tessa Nehring zurückkehrte, um einen zweiten Schuss auf ihren Mann abzufeuern, aber es war immer besser, auch das Unerwartete einzukalkulieren.

Dann hatte sie telefonisch von einer Europcar-Mitarbeiterin am Flughafen das Kennzeichen des Mietwagens erfragt, und die Fahndung nach dem Fahrzeug lief auf vollen Touren.

Chief Inspector Frobishers Leute hatten die Suite der Nehrings im Old Government House durchsucht. Der Vogel namens Tessa war ausgeflogen. Einige ihrer Kleidungsstücke hatten die Kollegen dort noch gefunden, der Großteil aber fehlte ebenso wie ihr Schmuck, ihre Schminkutensilien und sonstige private Habseligkeiten. Die Sachen ihres Mannes dagegen waren sämtlich noch vorhanden, soweit sich das in der Eile feststellen ließ. Ausgecheckt hatte Tessa Nehring nicht.

Vielleicht hatte ihr Mann eine Idee, wo seine Frau stecken mochte. Pat wandte sich um und betrat das große alte Haus, über das nicht nur durch die Tagung eine ungewohnte Unruhe gekommen war. Sie wusste nicht, ob Professor Duvier seinen Abschlussvortrag offiziell beendet hatte oder ob er durch die Ereignisse zu einem vorzeitigen Ende gelangt war. Jedenfalls standen die Tagungsteilnehmer unschlüssig herum und bestürmten die Polizei mit Fragen. Sie entdeckte Bunting, der ähnlich derangiert aussah wie sie. Er drängte sich durch eine Tür, wehrte mit Mühe und Not die auf ihn einprasselnden Fragen ab und trat eilig auf Pat zu. Er machte einen verwirrten, fast panischen Eindruck.

»Gut, dass Sie da sind«, sprach Pat ihn an. »Wo haben Sie Professor Nehring hingebracht? Ich möchte mit ihm sprechen.«

»Das ... wird nicht ... gehen«, antwortete er zögernd, und fast wäre er in ein Stottern verfallen.

»Wieso nicht?«

»Ich suche ihn schon verzweifelt überall, aber er ist nicht mehr da.«

»Nicht mehr da?« Pat starrte den jungen Constable ungläubig an. »Was heißt das, nicht mehr da?«

»Er ist nirgends aufzufinden.« Bunting sprach jetzt laut und mit Nachdruck, als sei Pat schwer von Begriff. »Wie vom Erdboden verschwunden.«

Pat fühlte, wie sich bei diesen Worten alles in ihr zusammenkrampfte.

KAPITEL 27

Doyle parkte den Tamora einfach auf der Straße hinter einem Streifenwagen. Ein uniformierter Constable hatte ihn erkannt und winkte ihn und Allisette durch die Absperrung. Sie hatten es eilig, als sie sich Hauteville House näherten, und das nicht wegen des unablässigen Regens. Vor dem Eingang zum Victor-Hugo-Haus blieben sie stehen und starrten auf die Wand links von der Tür. Hier fehlte ein ungefähr handtellergroßes Stück des Verputzes, und das Ganze sah sehr frisch aus.

»Ist hier die Kugel eingeschlagen, Pauline?«, fragte er eine Kriminaltechnikerin im weißen Plastikanzug, die wenige Schritte entfernt den Boden absuchte.

Sergeant Pauline Bonamy, eine mittelgroße Frau um die vierzig, blickte zu ihm auf, und der Anflug eines Lächelns glitt über ihr grundsätzlich freundlich wirkendes Gesicht.

»Oh, Chief Inspector, gut, dass Sie endlich hier sind.« Sie

blickte zu der Stelle mit dem fehlenden Putz. »Sie haben recht, das ist die Stelle, an der die Kugel gegen die Wand geklatscht ist.«

»Haben Sie die Kugel gefunden?«

Sergeant Bonamy lachte und schüttelte den Kopf.

»Was glauben Sie, weshalb meine Kollegen und ich über den feuchten Boden rutschen wie Kinder beim Spielen? Aber das Geschoss muss da sein. So ein Abpraller kann ja nicht kilometerweit fliegen.«

»Viel Erfolg«, wünschte Doyle und wollte schon weitergehen, fragte dann aber: »Wie haben Sie das eben gemeint, es sei gut, dass ich endlich hier sei? Inspector Holburn ist doch vor Ort.«

»Schon.« Die Kriminaltechnikerin nagte an ihrer Unterlippe. »Vielleicht ist Ihnen das Glück einfach holder, Sir.«

»Das ist aber eine sehr fein verpackte Kritik an Inspector Holburn.«

»Nein, keine Kritik, Sir. Sie hatte einfach Pech.«

»Inwiefern? Sie kann kaum etwas dafür, dass auf Professor Nehring geschossen wurde, oder?«

»Das meinte ich auch nicht.«

»Was meinten Sie dann?«

»Das mit dem Professor ist halt ein bisschen blöd gelaufen. Das Attentat überlebt er, nur um dann unter den Augen der Polizei zu verschwinden.«

»Er ist verschwunden?«

»Ja, Sir. Wussten Sie das noch nicht?«

* * *

Keine fünf Minuten später standen Doyle, Allisette, Pat und Bunting in einem kleinen Büro in Hauteville House, um sich auszutauschen. Doyle sagte Pat und Bunting, er sei froh darüber, dass die Kugel sie nicht getroffen habe. Sein Blick war dabei die ganze Zeit auf Pat gerichtet, und es entging ihm nicht, dass sie sich ein-, zweimal den Schmerz verbiss, wenn sie den linken Arm benutzte. Das erinnerte ihn an seine rechte Seite, die nicht mehr so stark schmerzte wie noch am Vortag. Er hatte sich heute Morgen nach dem Duschen intensiv mit Dr. Gupta-Jones' Salbe eingerieben.

Pat erwiderte seinen Blick, und er sah in ihren Augen eine Mischung aus Schuldbewusstsein und schlechter Laune. War sie noch über ihn verärgert wegen seines gestrigen Verhaltens oder über sich selbst, weil Nehring verschwunden war?

»Ich kann dir die Sache mit Professor Nehrings Verschwinden nicht erklären, Cy«, sagte sie schließlich. »Und ich will es auch nicht entschuldigen. Ich hatte hier das Kommando und nehme alle Verantwortung auf mich.«

Bunting trat einen Schritt vor, als wolle er sich schützend vor Pat stellen.

»Wenn jemand schuld ist, dann ganz allein ich, Sir. Inspector Holburn hatte mich damit beauftragt, den Professor ins Haus zu begleiten. Ich habe ihn genau hierher, in dieses Büro, geführt, und ihn angewiesen, sich nicht vom Fleck zu rühren. Dann bin ich wieder gegangen, um Inspector Holburn zu helfen, die hier ganz allein war, bis die ersten Streifenwagen eintrafen. Das war mein Fehler.«

»Ich will diesen Unsinn von Fehlern und Verantwortung nicht länger hören«, sagte Doyle entschieden. »Weder von Ihnen, Constable Bunting, noch von dir, Pat. Ihr habt alles richtig gemacht. Bunting, die Tür zu diesem Büro war nicht abgeschlossen, als Sie Professor Nehring verließen?«

»Nein, Sir, ich habe hier keinen Schlüssel gesehen. Allerdings habe ich sie zugezogen.«

»Da das Büro zu ebener Erde liegt, gibt es zwei Möglichkeiten. Nehring hat es durch die Tür oder durch das Fenster verlassen. War das Fenster verschlossen, Bunting, als sie in diesen Raum zurückkamen?«

»Ja, genauso wie jetzt.«

»Von außen kann man es nicht verschließen. Sollte Nehring also durch das Fenster hinaus in den Garten gestiegen sein, müsste er einen Helfer gehabt haben.«

»Ich nehme eher an, dass er einfach die Tür genommen hat«, sagte Bunting. »Sie stand nämlich ein Stück auf, als ich zurückkam.«

»Das alles hilft uns doch nicht bei der Frage, wo Nehring jetzt ist«, seufzte Pat. »Wir wissen noch nicht einmal, ob er dieses Büro freiwillig oder unter Zwang verlassen hat.«

Doyle nahm sein Handy und rief Ken Frobisher an, um ihn über die neue Situation zu informieren.

»Erweitere die Fahndung bitte auf Professor Nehring, Ken. Und falls er in seinem Hotel auftaucht, sollen deine Leute ihn sofort unter ihre Fittiche nehmen.«

»Wird erledigt, Cy. Ich wollte dich übrigens im selben Augenblick anrufen. Wir haben den gesuchten VW Passat auf dem Parkplatz am Albert Pier gefunden, natürlich ohne die Fahrerin. Aber im Kofferraum haben wir etwas sehr Interessantes entdeckt: einen Schalldämpfer, der auf ein Varmint-Kleinkaliber-Gewehr passt. Er hatte sich unter dem Bordwerkzeug versteckt. Das ist wohl der endgültige Beweis, dass die Morde und Mordversuche zusammenhängen.«

Doyle hatte das Handy so laut gestellt, dass alle Anwesenden mithören konnten, und Pat sagte: »Tessa Nehring hat wahrscheinlich genau das getan, was ich vermutet habe. Sie ist in die Havelet eingebogen und dann wieder links auf die Küstenstraße, mitten hinein nach St. Peter Port. Sie musste damit rechnen, dass wir den Mietwagen suchen. Zu Fuß, mitten im Gewühl der Menschen, konnte sie am einfachsten untertauchen. Vielleicht flaniert sie gerade wie eine ganz gewöhnliche Touristin über die High Street. Oder sie hat eine Fähre genommen, ein Taxi oder einen Bus. Oder aber ein Komplize hat sie am Albert Pier erwartet, und die beiden sind mit einem anderen Wagen weitergefahren. Sie kann überall sein.«

»Ich habe Inspector Holburns Ausführungen gehört«, sagte Frobisher. »Und ich stimme zu hundert Prozent mit ihr überein, leider.«

»Habt ihr die Waffe gefunden, mit der Mrs Nehring auf ihren Mann geschossen hat?«, fragte Doyle.

»Nein.«

»Dann ist die Frau nicht nur verschwunden, sondern auch gefährlich.«

* * *

Kaum hatte Doyle das Gespräch beendet, betrat ein sichtlich aufgeregter Professor Duvier das Büro und sagte: »Nimmt das denn gar kein Ende? Erst der Mord an Terry Seabourne, jetzt wird auf Nehring geschossen, und dann ist er auch noch verschwunden. Man wird sich an diese Tagung nicht wegen ihrer wissenschaftlichen Vorträge und Diskussionen erinnern. Es wird nur die Tagung sein, auf der die Kugeln flogen. Wann tut die Polizei endlich etwas dagegen?«

Doyle zog scharf die Luft ein, als er seinen Blick auf den Franzosen richtete.

»Wir arbeiten seit Sonntag, seit dem Mord an Seabourne, auf Hochtouren. Und wir wären wohl schon weiter, wenn uns alle Beteiligten von Anfang an die volle Wahrheit gesagt hätten.«

Duvier blinzelte nur kurz, steckte den nicht zuletzt auf ihn gemünzten Tadel ansonsten aber gelassen weg.

»Außerdem haben Sie zwei Opfer vergessen«, fuhr Doyle fort. »Max Cooper, der bei Icart erschossen wurde, und meinen Kollege Baker, der jetzt mit einer schweren Verwundung im Krankenhaus liegt.«

»Das hat ja nichts mit uns und dem Kongress zu tun.«

»Ob es das hat oder nicht, muss sich erst noch herausstellen.«

»Wie auch immer, die Tagungsteilnehmer möchten das Haus gern verlassen. Einige reisen noch heute Nachmittag ab, viele andere morgen.«

»Einverstanden«, sagte Doyle zur Überraschung des Professors. »Je weniger Leute sich hier im Haus aufhalten, desto besser. Allerdings wird jeder Einzelne, der das Gebäude verlässt, namentlich registriert. Constable Allisette, Sie sind mir dafür verantwortlich.«

»Wird erledigt, Sir«, sagte Allisette und verließ das Büro gemeinsam mit Duvier.

Pat warf Doyle einen fragenden Blick zu.

»Warum willst du das Haus leer haben? Willst du es akribisch durchsuchen lassen?«

»Aber so was von akribisch, Zentimeter für Zentimeter. Und wenn sich hier drin nur noch ein Fingernagel von Professor Nehring befindet, werden wir den aufspüren.« Doyle sah durch das Fenster hinaus auf den weitläufigen Garten, der in all seiner Blütenpracht selbst bei dem schlechten Wetter einen romantischen Anblick bot. »Eigentlich ist der Ort viel zu schön, um Schauplatz eines Verbrechens zu sein. Was ist, wenn dieses Verbrechen nur vorgetäuscht wurde?«

»Nur vorgetäuscht?«, wiederholte Pat. »Wie meinst du das, Cy?«

»Gegenfrage: Hat einer von euch beiden Tessa Nehring in dem Passat erkannt?«

»Nein. Bunting und ich haben nicht einmal erkannt, dass es ein Passat war. Es ging alles sehr schnell, und dazu die schlechte Sicht aufgrund des Regens. Da hätte auch Quasimodo am Steuer sitzen können, ohne erkannt zu werden.«

»Vielleicht war das Ganze nur ein Schauspiel, mit dem Professor Nehring von sich selbst ablenken will.«

Jetzt hatte Pat es begriffen, und in ihren Augen leuchtete es auf.

»Du meinst, der Schuss ging absichtlich daneben, und es muss nicht Tessa Nehring gewesen sein, die ihn abgegeben hat?«

»Darüber könnte man zumindest nachdenken. Wieso seid ihr vor die Tür gegangen?«

»Es war Nehrings Wunsch. Er wollte nicht, dass das Jeansmodel am Empfang mithört. Draußen hat er dann versucht, sich einen Zigarillo anzustecken, aber er hatte Schwierigkeiten mit seinem Feuerzeug und dem Wind. Glaubst du, das war alles nur eine Show für Bunting und mich?«

»Möglich«, antwortete Doyle nachdenklich.

»Da spricht etwas dagegen«, meldete sich Bunting zu Wort. »Die ganze Aktion hätte Nehring im Voraus organisieren müssen. Er konnte aber gar nicht wissen, dass wir herkommen, um noch einmal mit ihm zu sprechen.«

Pat schnippte mit den Fingern.

»Ein Punkt für Sie, Bunting.«

»Oder auch nicht«, wandte Doyle ein. »Vielleicht wollte Nehring die Show vor einem anderen Augenzeugen abziehen, aber eure Anwesenheit kam ihm sehr gelegen. Wer ist ein besserer Zeuge als ein Polizist? Oder zwei?«

»Gut, gehen wir einmal davon aus«, sagte Pat, aber ihr Tonfall und ihre Mimik offenbarten deutliche Zweifel an Doyles Theorie. »Wenn Nehring den Verdacht durch ein vorgetäuschtes Attentat von sich ablenken wollte, warum verschwindet er dann kurz darauf spurlos und macht sich gleich wieder verdächtig?«

»Ich habe nicht die geringste Ahnung«, gab Doyle zu. »Ich sage auch nicht, dass diese Theorie die wahrscheinlichste ist. Ich will nur keine Möglichkeit außer Acht lassen.«

»Noch ein Einwand«, sagte Pat. »Warum belastet Nehring seine Frau? Der Anschlag wäre doch auch mit einem unerkannten Täter glaubwürdig gewesen.«

»Vielleicht will er sie loswerden? Eine Komplizin, die ihm zu eigenständig geworden ist. Oder er hat seine Angetraute einfach über. Wie du weißt, Pat, kommt es zwischen Mann und Frau hin und wieder zu Komplikationen.«

Doyle begleitete seine letzten Worte mit einem Augenzwinkern in Richtung Pat, aber sie ging nicht darauf ein. Es wäre ja auch zu einfach und zu schön gewesen, die Festung auf diese Weise zu stürmen. Also konzentrierte Doyle sich ganz auf den Fall.

»Bis jetzt sind wir von einer Überraschung in die nächste getaumelt«, sagte er. »Gut möglich, dass es auch mit dem Attentat auf Nehring und seinem Verschwinden eine ganz andere Bewandtnis hat, als wir es uns hier ausmalen.«

»Als du es uns ausmalst«, meinte Pat.

Doyle nahm die Korrektur ohne Anmerkung hin, zumal Pats Handy in diesem Augenblick klingelte. Das Telefonat war kurz, und sie blieb die meiste Zeit über sehr einsilbig. Da sie ihr Handy nicht laut gestellt hatte, konnte Doyle nichts von dem hören, was der Anrufer sagte.

»In Ordnung, in einer halben Stunde bei mir.« Mit diesen

Worten beendete sie das Gespräch und sagte zu Doyle: »Das war Randy. Eine neue Forderung des Erpressers ist eingetrudelt. Oder der Erpresserin, falls Tessa Nehring doch dahintersteckt. Wie auch immer, Randy wurde davor gewarnt, die Polizei einzuschalten. Deshalb treffen wir uns bei mir zu Hause.«

»Okay, ich bin gespannt.« Doyle wandte sich an Bunting. »Sie bleiben hier und unterstützen Constable Allisette. Wenn sämtliche Tagungsteilnehmer das Gebäude verlassen haben, beginnen wir mit der Durchsuchung. Ich werde von unterwegs aus Chief Inspector Frobisher anrufen und ihn um Verstärkung bitten.«

Beim Verlassen des Hauses informierte Doyle auch Allisette über die neue Entwicklung und gab ihr seinen Autoschlüssel.

»Falls der Tamora weggefahren werden muss. Ich fahre mit Pat in ihrem Wagen, das ist unauffälliger.« Er warf Pat einen fragenden Blick zu. »Einverstanden?«

Sie nickte knapp.

»Du hast recht, es ist unauffälliger. Eigentlich ist alles unauffälliger als dein Tamora-Spielzeug.«

KAPITEL 28

Während Pat ihren Wagen zur nächsten Ausfallstraße in Richtung Westen lenkte, rief Doyle erneut Frobisher an. Der Chef der Uniformierten Kräfte war sofort bereit, die Durchsuchung von Hauteville House zu unterstützen.

»Wenn du möchtest, leite ich die Aktion persönlich.«

»Hervorragend, Ken.«

»Eine Frage: Soll ich mir Rückendeckung beim Chief holen? Weil Hauteville House exterritoriales Gebiet ist, meine ich.«

»Lieber nicht, sonst wird es nur kompliziert. Immerhin hat Professor Duvier, der Direktor von Hauteville House, mich aufgefordert, energischer vorzugehen.«

»Aber ob er damit das Vorgehen in seinem eigenen Haus meint?«

»Solange niemand protestiert, ziehen wir das durch. Falls sich hinterher jemand beschwert, nehme ich die Aktion auf meine Kappe. Falls du dich und deine Leute mir in dieser Angelegenheit unterstellen magst.«

»Immer gern«, sagte Doyles Kollege und Sparringspartner im Boxring.

Nach dem Telefonat lehnte sich Doyle im Beifahrersitz zurück und schloss die Augen. Dieser Fall war ohnehin höchst vertrackt, aber das plötzliche Verschwinden von Professor Nehring setzte der ganzen Sache die Krone auf. Er hoffte sehr auf einen Erfolg der Hausdurchsuchung, aber er war sich dessen beileibe nicht sicher.

* * *

»Hast du gut geschlafen?«, fragte Pat, nachdem sie den Golf vor ihr Haus gefahren und den Motor abgestellt hatte.

»Ich habe nicht geschlafen, ich habe nachgedacht.«

»Worüber?«

»Über James Phillimore, der in sein Haus zurückging, um seinen Regenschirm zu holen, und nie wieder gesehen wurde.«

»Ich erinnere mich. Eine Sherlock-Holmes-Geschichte.«

»Viele Autoren haben sich an einer Lösung versucht, aber Conan Doyle nicht. Er hat die Sache nur beiläufig in einer seiner Holmes-Geschichten erwähnt. Ich fand die Ausgangsbasis schon als Kind faszinierend und habe mir viele Gedanken darüber gemacht.«

»Und zu welchem Ergebnis bist du gekommen?«

»Es ist das Haus.«

»Welches? Das von Phillimore oder Hauteville House?«

»Letzteres in unserem Fall.«

Pat schüttelte den Kopf.

»Ich verstehe dich nicht, Cy.«

»Ich weiß«, sagte Doyle und stieg aus.

Er hatte aus den Augenwinkeln eine große Gestalt erspäht, die den Kragen ihrer Lederjacke zum Schutz gegen den Regen hochgeschlagen hatte und sich mit schnellen Schritten näherte. Randy Holburn.

Auch Pat hatte ihn gesehen. Sie schloss die Haustür auf und ging, gefolgt von Doyle, hinein. Holburn kam eine Minute später nach und zog als Erstes die nasse Lederjacke aus. Pat hängte sie ins Bad und gab ihm ein Handtuch.

»Ein Scheißwetter, um zu Fuß zu gehen«, murrte der Baulöwe und gab Pat das Handtuch zurück, nachdem er seine Haare getrocknet hatte. »Aber ich dachte, es ist unauffälliger.«

»Klar ist es das.« Doyle gab sich keine Mühe, seinen Sarkasmus zu verhehlen. »Bei diesem Wetter geht ja jeder gern zu Fuß.«

»Ist Klugscheißerei eine Einstellungsvoraussetzung bei der Polizei? Jedenfalls konnte ich auf diese Weise gut kontrollieren, ob mir jemand folgt.«

»Mit welchem Ergebnis?«, fragte Pat.

»Da war keiner.«

»Hoffen wir es. Setzt euch. Tee oder Kaffee?«

»Kaffee«, lautete die einhellige Antwort, und Randy fügte hinzu: »Und gern etwas zu beißen.«

»Für mich auch«, sagte Doyle.

Pat stemmte die Hände in die Hüften.

»Vielleicht sollte ich einen Kiosk aufmachen. Die letzten Sandwiches vor der Vazon Bay.«

Als Doyle und Holburn im Wohnzimmer Platz genommen hatten, auf denselben Plätzen wie am vergangenen Abend, verzog sich der Mund des Bauunternehmers zu einem breiten Grinsen.

»Das wird ja noch richtig gemütlich mit uns dreien hier. Vielleicht sollten wir regelmäßige Pokerabende verabreden.«

»Wenn Sie vergnügungssüchtig sind, Holburn, versuchen Sie es doch mit Fallschirmspringen oder Gleitschirmfliegen. Meinetwegen auch mit einem dreifachen Salto ohne Netz am Trapez.«

Pat erschien in der Tür und rief: »Cy, hilfst du mir in der Küche?«

»Aber gern.«

Als er die Küche betrat, bedachte Pat ihn mit einem strengen Blick.

»Du solltest nicht schon wieder Streit mit Randy anfangen. Er gibt sich wirklich Mühe, nett zu sein.«

»Das hat der Wolf auch getan, als er Rotkäppchen im Wald ansprach. Randy braucht uns derzeit, deswegen ist er nett zu uns.«

»Musst du immer das Schlechteste von den Menschen denken?«

»Nicht von allen, aber von Randolph Holburn schon.«

»Ich hätte nicht gedacht, dass ich ihn einmal gegen dich verteidige.«

»Ich auch nicht«, sagte Doyle und kümmerte sich um die Sandwiches.

* * *

Nachdem Randy Holburn seine erste Tasse Kaffee getrunken hatte, sagte er: »Der Anruf kam vor einer guten halben Stunde.

Danach habe ich dich sofort benachrichtigt, Pat. Es war wieder diese verzerrte Stimme. Und bevor ihr fragt, ich weiß auch jetzt nicht, ob es ein Mann oder eine Frau war. Sagen wir einfach, es war der Erpresser. Er will eine zweite Geldübergabe, heute Abend um zehn Uhr.«

»Hat er die Forderung erhöht?«, fragte Pat.

»Nein, er ist bescheiden und bleibt bei einer Million Pfund. Alles wie gehabt. Nur besteht er diesmal auf echtem Geld statt auf Zeitungspapier.« Randys Gesicht verdüsterte sich. »Er sagt, wenn ich noch einmal versuche, ihn zu linken, muss Eve dran glauben.«

Doyle war über den letzten Satz ebenso überrascht wie Pat und erkundigte sich: »Was hat Ihre Frau damit zu tun?«

Randy hielt ein Sandwich in der Hand, schien aber keinen Appetit mehr zu haben und legte es zurück zu den anderen.

»Der Erpresser hat verlangt, dass sie das Geld übergibt, ganz allein. Auf jeden anderen würde er schießen.«

Er stieß einen leisen Seufzer aus und berichtete über die detaillierten Anweisungen, die der Erpresser für die Geldübergabe gegeben hatte.

»Natürlich schickst du Eve nicht mit dem Geld los!«, sagte Pat.

»Doch, Eve ist einverstanden. Ich habe bereits mit meiner Bank gesprochen, sie wird das Geld zwischen sieben und acht Uhr bereitstellen. Selbst auf einem internationalen Finanzplatz wie Guernsey scheint es nicht einfach zu sein, eine solche Summe in bar aufzubringen.«

»Kannst du dir das überhaupt leisten, Randy?«

Er stieß ein hartes Lachen aus, das kein Ausdruck von Erheiterung war, eher von Verzweiflung.

»Der Verlust dieser Million würde mir sehr wehtun, aber

wenn die Kooperation mit den Nazis ans Licht kommt, wäre es viel schlimmer.«

»Und wenn Ihrer Frau etwas zustößt?«, fragte Doyle.

Holburn warf ihm einen düsteren Blick zu, in dem jedoch keine Feindseligkeit lag, sondern Resignation. Doyle hätte nie gedacht, einmal Mitleid mit Randy zu haben. Doch die Vorstellung, jetzt in der Haut des Baulöwen zu stecken, erschien ihm nicht angenehm.

»Ich weiß, was Sie von mir halten, Doyle. Vieles von dem stimmt ja. Glauben Sie mir, ich kenne meine Fehler. Und dass Eve es schon so viele Jahre mit mir aushält, tja, eine bessere Frau werde ich wohl nicht finden.« Er wandte sich an Pat. »Das ist nicht auf dich gemünzt. Was ich sagen will, lieber verliere ich die ganze Firma als Eve.«

»Und die Geldübergabe soll wirklich bei dem alten Bunker in Pleinmont-Torteval stattfinden?«, fragte Pat.

»So hat der Kerl es mir gesagt.«

»Schon wieder so ein Ort aus der Besatzungszeit«, murmelte Doyle und kramte sein Wissen über den Bunker, der nahe der Steilküste stand, zusammen.

Die Deutschen hatten ihn als Schutzbunker für die Männer gebaut, die an der Südküste Wachdienst hatten. Ein Dutzend Soldaten sollte dort Unterschlupf finden und in einem luftdicht abgeschlossenen Raum sogar vor Gasangriffen sicher sein. Der Betonklotz war nicht öffentlich zugänglich. Der private Besitzer benutzte ihn angeblich als Lagerraum, für was auch immer.

»Die Firma Holburn hat den Bunker für die Deutschen gebaut«, gab ein zerknirschter Randy zu.

»Dann hat der Erpresser den Ort nicht zufällig ausgewählt«, meinte Doyle. »Er soll Sie an das erinnern, was auf dem Spiel steht. So wie die Mordwaffe im Fall Seabourne, die auf Ihrer Ausgrabungsstelle am Bordeaux Harbour gefunden wurde.«

»Ich bin da ganz Ihrer Meinung.« Holburn rieb nervös über sein Kinn. »Wenn ich mir vorstelle, dass Eve an diesem abgelegenen Ort allein mit dem Erpresser ist. Ich könnte rasend werden.«

»Das wird sie nicht sein«, sagte Doyle. »Wir haben Zeit genug, um uns vorzubereiten und heute Abend bei der Übergabe vor Ort zu sein. Gut versteckt natürlich.«

»Außerdem wird Eve selbstredend nicht zu dem Bunker fahren«, ergänzte Pat. »Ich übernehme ihre Rolle.«

Randy starrte sie zweifelnd an.

»Du?«

»Warum nicht? Um zehn Uhr ist es längst dunkel. Die Sonne geht zurzeit um kurz vor neun unter. Mit einer Langhaarperücke gehe ich da wohl für Eve durch.«

»Das würdest du tun, für Eve und für mich?«

»Mehr für Eve als für dich, Randy. Es ist viel zu gefährlich für sie. Eve hat keine Erfahrung in solchen Dingen. Falls sie die Nerven verliert, könnte die Sache übel ausgehen.«

»Für dich ist es auch zu gefährlich«, sagte Doyle zu Pat.

»Das stimmt doch nicht. Als Polizistin bin ich solche Einsätze gewöhnt. Du solltest dich nicht ...«

Als sie mitten im Satz abbrach, forderte Doyle: »Sprich dich ruhig aus, schließlich bleibt alles irgendwie in der Familie.«

»Wie du willst, Cy. Wenn du mir eine Retourkutsche verpassen willst, ist dies wirklich die falsche Gelegenheit. Du solltest Privates nicht mit Dienstlichem vermischen.«

»Das tu ich nicht«, erwiderte Doyle ruhig. »Als dein Vorgesetzter kann ich es nicht zulassen, dass du den Einsatz übernimmst. Körperliche Ungeeignetheit, falls dir das etwas sagt.«

»Spinnst du?«, fuhr Pat ihn an. »Ich bin absolut fit.«

»Vielleicht wenn man von deinem linken Arm absieht.«

»Mit meinem Arm ist alles in Ordnung.

»Das sah eben in der Küche aber anders aus. Ich habe dich genau beobachtet. Zweimal wäre dir fast etwas aus der Hand gefallen. Ich hatte es schon in Hauteville House bemerkt.«

»Vielleicht habe ich mir den Arm ein wenig geprellt, als ich mit Nehring Deckung gesucht habe. Heute Abend ist er aber bestimmt wieder in Ordnung.«

»Das könntest du nur mit Sicherheit sagen, wenn du Hellseherin oder Ärztin wärst. Du wirst heute Abend auf keinen Fall das Double für Eve Holburn abgeben, das ist mein letztes Wort. Und du wirst den Arm gleich nach diesem Gespräch röntgen lassen.«

»Das hat doch wohl Zeit.«

»Du wirst den Arm gleich röntgen lassen«, wiederholte Doyle. »Oder ich suspendiere dich mit sofortiger Wirkung vom Dienst.«

Pats sonst so leuchtende Augen umwölkten sich, und die Blicke, die sie Doyle zuwarf, waren wie die Todesstrahlen in einem der billigen Science-Fiction-Filme, die er als Kind mit Begeisterung geguckt hatte.

* * *

Auf der Fahrt zum Princess Elizabeth bestand Pat darauf, ihren Golf selbst zu steuern, obwohl ihr linker Arm schmerzte.

»Die Fahrt zu mir habe ich schließlich auch geschafft.«

Randy Holburn war zu Fuß nach Hause gegangen. Doyle hatte ihm versprochen, sich rechtzeitig vor der Übergabe bei ihm zu melden. Und er hatte Holburn gesagt, dass er sich nach einem freiwilligen Double für Eve umhören werde. Es war ein seltsames Gefühl. Er hätte nie geglaubt, dass er sich um Randy und seine Frau einmal so viele Gedanken machen würde.

Der Regen hörte unterwegs auf, und Pat schaltete die Scheibenwischer aus. Aber der Himmel blieb bewölkt und schien jederzeit bereit zu sein, seine Schleusen wieder zu öffnen. Über dem Areal des Princess Elizabeth riss die Wolkendecke ein Stück weit auf, und wärmender Sonnenschein fiel auf den Gebäudekomplex.

Aber es gab einen Ort, an dem sich kein auch noch so winziger Sonnenstrahl zeigen wollte: Pats Gesicht. Missmutig stieg sie aus, und Doyle sah, dass sie ihm etwas sagen wollte.

»Was hast du?«, fragte er. »Rück schon damit raus.«

»Gern«, erwiderte Pat und warf die Fahrertür zu. »Du bist unfair, und das weißt du auch.«

»Ach ja?«

»Mich willst du von dem Einsatz heute Abend abhalten, aber du hast mit deiner lädierten rechten Seite Dienst geschoben. Da misst du doch wohl mit zweierlei Maß.«

»Das finde ich gar nicht. Du bist unfair, wenn du mir das vorwirfst. Ich habe mich nicht dagegen gewehrt, mich untersuchen zu lassen. Und ich habe mich nicht für einen gefährlichen Sondereinsatz beworben, bei dem es lebenswichtig sein kann, in körperlicher Topform zu sein. Wer auch immer hinter der Erpressung steckt, Menschenleben scheinen ihm nicht viel zu bedeuten. Oder möchtest du dein Leben unbedingt aufs Spiel setzen, Pat? Möchtest du mir damit etwas beweisen? Falls ja, was?«

»Bringen wir es hinter uns«, sagte sie leise, wandte den Blick von ihm ab und ging in Richtung Eingang.

Doyle stieß einen schweren Seufzer aus und folgte ihr. Als Gott die Sache mit Männern und Frauen geplant hatte, musste ihm irgendein Konstruktionsfehler unterlaufen sein.

* * *

Nachdem er Pat in die Hände von Dr. Gupta-Jones übergeben hatte, ging Doyle zu der Station, auf die man Baker verlegt hatte. Er lag, wie von Helena Nowlan angekündigt, nicht länger auf der Intensivstation – ein besseres Zeichen dafür, dass er das Schlimmste überstanden hatte, konnte es nicht geben. Die Stationsschwester, die Doyle zufällig auf dem Gang traf, bestätigte das.

»Es geht bergauf mit Mr Baker, aber langsam. Er sollte in den kommenden Wochen nicht versuchen, Bäume auszureißen.«

»Das werde ich ihm sagen, Schwester. Falls ich zu ihm darf.«

»Natürlich. Aber belasten sie ihn nicht zu sehr mit beruflichen Dingen.«

Doyle versprach es, aber es war schwer zu halten. Baker bestürmte ihn mit Fragen nach den neuesten Entwicklungen. Doyle antwortete kurz und sachlich und wollte sich schon nach kurzer Zeit wieder verabschieden.

»Sir, Sie müssen mir eins versprechen!«, bat Baker eindringlich.

»Was denn, Sarge?«

»Geben Sie gut acht auf Jasmyn! Sie glauben doch auch, dass sie sich für die Geldübergabe freiwillig melden wird, oder?«

»Ja. Falls sie den Job übernimmt, machen Sie sich keine Sorgen, Calvin. Ich werde aufpassen wie ein Luchs.«

Natürlich machte sich Baker trotzdem Sorgen, das war ihm klar. Aber was hätte er sonst zu ihm sagen sollen? Während er zur kardiologischen Station ging, dachte Doyle darüber nach, ob es ein Fehler gewesen war, Baker aufzusuchen. Er hatte ihn nicht aufregen wollen. Aber wenn Baker die Sache von dritter Seite erfahren hätte, wären seine Sorgen womöglich noch größer gewesen. Schließlich schüttelte Doyle diese Gedanken von sich ab. Es führte zu nichts, wenn er sich darüber den Kopf zerbrach.

Vor dem Zimmer seines Vaters blieb Doyle stehen und

lauschte. Falls Leonard Doyle schlief, wollte er ihn nicht wecken. Aber als er plötzlich ein lautes Auflachen hörte, war ihm klar, dass er sich darüber keine Sorgen machen musste.

Sein Vater saß halb aufgerichtet im Bett, und auf einem Stuhl davor hatte sich Barnaby Blampied niedergelassen. Offenbar unterhielten die beiden sich prächtig.

Sie begrüßten Doyle, und Blampied sagte: »Ich dachte mir, ich schaue mal bei Ihrem Vater vorbei. Aus unserer Generation sind ja nicht mehr viele übrig, wenn man nur die zählt, die noch diesseits der Grasnarbe umherkrauchen. Außerdem hat Ihr Vater wirklich interessante Geschichten zu erzählen.«

Doyle lachte.

»Aus der Besatzungszeit, nehme ich an.«

»Auch, aber nicht nur. Haben Sie schon etwas über den Campbell-Raid herausgefunden?«

»Ich habe erst kürzlich mit Heather Mortain gesprochen.«

In Blampieds schmalen eisgrauen Augen flackerte es voller Interesse auf.

»Wirklich? Was hat sie gesagt?«

»Sie hat Corporal Campbell als Held bezeichnet.«

»Tatsächlich? Ein seltsamer Held, der seine eigenen Leute den Krauts vor die Maschinengewehre schickt.«

»Laut Ms Mortain wusste Campbell nicht, dass die Deutschen seine Kameraden umbringen wollten. Er ging davon aus, dass man die Commandos nur gefangen nehmen wollte.«

»Auch das ist ein Verrat. Etwas, das man im Krieg mit dem Tod bestraft hätte.«

»Mag sein. Aber Campbell hatte abzuwägen zwischen der vermeintlichen Gefangennahme seiner Kameraden und der Ermordung der gesamten Familie Mortain. Damit hatten die Deutschen schließlich gedroht.«

»Die haben sich auf unserer Insel auch alles herausgenommen«, knurrte Leonard Doyle mit einer Inbrunst, als sei es erst gestern gewesen.

»Woher weiß Heather Mortain das so genau?«, fragte ein skeptischer Blampied.

»Sie durfte Corporal Campbell noch einmal besuchen, als er im deutschen Gewahrsam war.«

»Hm«, machte Blampied nachdenklich. »Eine seltsame Geschichte, aber halten wir Campbell zugute, dass er nur das Beste wollte und in einem schweren Gewissenskonflikt steckte.«

Mehr erzählte Doyle nicht. Er kam sich ein bisschen schäbig dabei vor, seinen Vater und den hilfsbereiten Barnaby Blampied mit Halbwahrheiten abzuspeisen, aber nur so konnte er das Geheimnis von Heather und Stanley Mortain wahren.

KAPITEL 29

»Nichts gebrochen oder angeknackst«, sagte Pat triumphierend, als sie sich am Empfang trafen. »Es ist tatsächlich nur eine Prellung. Aber ich fürchte, das wird deine Meinung nicht ändern. Oder?«

»Nein, nicht im Geringsten. Oder hat Dr. Gupta-Jones dir gesagt, dass dein Arm wieder voll gebrauchsfähig ist?«

»Nein, hat sie nicht.«

»Was hat sie genau gesagt?«, bohrte Doyle nach.

»Der Arm wird noch ein paar Tage schmerzen und …«

»Und?«

»Und im täglichen Gebrauch beeinträchtigt sein«, seufzte

Pat. »Sie hat gefragt, ob sie mich bis Ende der Woche dienstunfähig schreiben soll.«

»Was du abgelehnt hast.«

»Selbstverständlich.« Sie tippte mit dem Zeigefinger gegen ihre Stirn. »Ich bin nicht auf den Kopf gefallen, nur auf den Arm. Oder glaubst du, auch meine intellektuellen Fähigkeiten nicht gebrauchen zu können?«

»Wenn ich so etwas glaubte, wäre ich reichlich dämlich.«

Pat wollte etwas erwidern, aber das *Eye Level Theme* kam dazwischen, und Doyle griff in einer halb automatischen Reaktion nach seinem Handy.

»Bonamy hier, Sir«, hörte er die Stimme der Kriminaltechnikerin.

»Was gibt es, Pauline?«

»Wir haben das abgeprallte Geschoss endlich gefunden.«

»Das hat lange gedauert.«

»Sie sagen es, Chief Inspector. Irgendjemand muss mit dem Fuß so ungeschickt darauf getreten sein, dass es sich in vom Regen aufgeweichten Rasen vor Hauteville House gebohrt hat. Ich bringe es gleich zur näheren Untersuchung ins Labor, aber ich dachte, das Kaliber interessiert Sie auf jeden Fall.«

»Und wie es das tut. 7,65 mm?«

»Ja, Sir.«

»Dann melden Sie sich doch, sobald Sie wissen, ob der Schuss aus derselben Waffe abgegeben wurde wie die beiden Schüsse bei Icart.«

»Mache ich. Gibt es sonst noch etwas?«

»Ja. Wie weit sind Frobishers Leute mit der Durchsuchung von Hauteville House?«

»Ich glaube, sie sind schon beim zweiten Durchlauf.«

»Das heißt, der erste war negativ.«

»Leider ja.«

»Tja, dann wird es der zweite wohl auch sein«, sagte Doyle und beendete das Telefonat.

Pat hatte alles verstehen können und fragte nur: »Fahren wir zurück zu Hauteville House?«

»Das hatte ich vor. Oder hast du einen besseren Vorschlag.«

»Ganz und gar nicht. Ich bin schon sehr gespannt.«

»Worauf?«

»Auf deine Lösung des unerklärlichen Verschwindens von Mr James Phillimore.«

»Dann fahr mich mal schnell zurück.«

»Du fährst.« Pat reichte ihm ihren Autoschlüssel. »Schließlich sagt Dr. Gupta-Jones, ich soll meinen Arm schonen.«

»Arzt müsste man sein«, sagte Doyle mit unverhohlener Ironie.

»Wieso?«

»Dann würdest du auf einen hören.«

* * *

Doyle lenkte den Golf über eine Insel, die sich nicht entscheiden konnte, ob sie das gute Wetter der vorherigen Tage beibehalten wollte oder nicht. Sonne und Wolken wechselten fast im Minutentakt, und immer wieder musste er die Scheibenwischer einschalten. Die Farmer freuten sich bestimmt über den Regen, der dringend benötigtes Wasser für ihre Äcker und Felder brachte. Die Betreiber der zahlreichen Ausflugsziele, die sich schon über einen frühen Sommerbeginn gefreut hatten, wohl weniger. Des einen Vorteil war des anderen Nachteil, wie immer im Leben. Doyle sann darüber nach, wer den Vorteil aus der Erpressung Randy Holburns ziehen wollte. War es wirklich dieselbe Person, die auch ihren Vorteil in Professor Nehrings Tod sah? War der deutsche Professor gleich zweimal, erst am Sonntag im Beau Sejour Centre und dann heute vor Hauteville House, nur knapp und durch Zufall dem Tod von der Schippe gesprungen? Oder war das heute ein Ablenkungsmanöver gewesen? War Nehrings Frau Tessa seine Feindin oder seine Komplizin?

Doyle merkte, dass seine Überlegungen ins Uferlose auszuarten drohten. Es war sinnvoller, ein Puzzleteil an das andere zu fügen. Leider war das nächste Teil spurlos verschwunden. Er war sehr gespannt darauf, ob es ihm gelänge, Professor Nehring aufzuspüren.

Er wischte sich mit der linken Hand über die Augen und stieß einen Seufzer aus, als er die im Augenblick unnützen Gedanken zurückdrängte. Sie hatten die Außenbezirke der Hauptstadt erreicht, und es war besser, wenn er sich auf den Verkehr konzentrierte.

»Weshalb seufzt du?«, kam es von Pat auf dem Beifahrersitz. »Ist es so schwer, meinen alten Golf zu fahren?«

»Keineswegs. Er fährt sich viel leichter als mein Tamora-Spielzeug.«

»Bist du eingeschnappt, weil ich deinen Wagen als Spielzeug bezeichnet habe?«

»Nein, der Tamora ist ja ein Riesen-Luxus-Spielzeug. Na und? Es gehört doch zu den schönen Seiten des Lebens, sich mit Dingen zu umgeben, die einem Freude bereiten.«

»Mit Dingen. Nicht mit Menschen?«

»Willst du sagen, schöne Dinge sind nur eine Ersatzbefriedigung?«

»Was denkst du, Cy?«

»Ich denke, mir raucht gleich der Schädel. Aber eins ist mal sicher: Dinge sind einfacher im Umgang als Menschen. Sie sind berechenbar.«

Sie hatten Hauteville fast erreicht, was Doyle davon entband, den philosophischen Diskurs mit Pat weiterzuführen. Ein paar Streifenwagen verließen den Ort des Geschehens.

»Frobisher lässt einen Teil seiner Leute abrücken«, stellte Pat fest. »Die Durchsuchung von Hauteville ist damit wohl abgeschlossen. Ob sie Nehring gefunden haben?«

»Garantiert nicht, sonst hätten wir schon von Ken gehört.«

Doyle parkte den Golf an einer Stelle am Straßenrand, an der eben noch ein Streifenwagen gestanden hatte. Er und Pat gingen durch leichten Nieselregen zu Hauteville House, wo Frobisher und Allisette sie mit enttäuschten Gesichtern empfingen.

»Zweimal haben wir das Gebäude von oben nach unten durchkämmt«, sagte Frobisher deprimiert. »Nichts.«

Allisette hielt einen Zettel hoch.

»Professor Duvier hat uns sogar den Grundriss mit allen versteckten Gängen und Kammern zur Verfügung gestellt, damit wir nichts übersehen. Der Plan ist nicht für die Öffentlichkeit bestimmt und wird sonst streng unter Verschluss gehalten.«

»Warum?«, fragte Pat.

»Keine Ahnung, Ma'am«, erwiderte Allisette, die offenbar nicht darauf gekommen wäre, diese Frage überhaupt zu stellen.

»Hauteville House lebt von seinen Geheimnissen«, sagte Doyle. »Wenn man die in einem Faltblatt an die Besucher preisgibt, macht so eine Besichtigung nur noch halb so viel Spaß.«

»So wird es wohl sein«, meinte Frobisher. »Unsere Besichtigung jedenfalls hat weder Spaß gemacht noch zum gewünschten Erfolg geführt.« Er sah Doyle und Pat an. »Gibt es wenigstens bei euch neue Erkenntnisse?«

»Das kann man sagen«, antwortete Doyle und erzählte von dem Treffen mit Randy Holburn und der neuen Erpresserforderung.

Anschließend sah Frobisher ihn zweifelnd an.

»Willst du wirklich zulassen, dass Holburns Frau das Geld überbringt, Cy? Wenn ich daran denke, wie skrupellos Tessa Nehring oder wer auch immer bis jetzt vorgegangen ist, wird mir ganz anders. Ich möchte mir gar nicht erst vorstellen, wie Eve Holburn heute Abend tot am Bunker von Pleinmont liegt.«

»Ich mir auch nicht«, sagte Doyle. »Deshalb werden wir ein Double schicken. Hast du schon mal ausprobiert, wie du mit einer blonden Perücke aussiehst?«

Der muskulöse, durchtrainierte Mann mit dem kantigen Gesicht stieß ein raues Lachen aus.

»Ich würde das glatt machen, aber ich fürchte, darauf würde nicht einmal Stevie Wonder hereinfallen.«

»Aber bei mir würde es funktionieren«, meldete sich Allisette. »Erstens bin ich eine Frau. Zweitens habe ich ungefähr dieselbe Figur wie Eve Holburn. Drittens wollte ich schon seit langem ausprobieren, wie ich mit langen blonden Haaren aussehe.«

»Baker hat geahnt, dass Sie sich freiwillig melden, Constable. Er hat mir aufgetragen, gut auf Sie aufzupassen.« Doyles Blick ruhte auf ihr, lange und ernsthaft. »Überlegen Sie sich das gut. Wie Chief Inspector Frobisher eben schon ganz richtig sagte, wir haben es mit einem skrupellosen Gegenspieler zu tun. Auch als erfahrene Polizistin sind Sie nicht davor gefeit, in eine Falle zu laufen. Denken Sie daran, wie knapp Baker dem Tod entronnen ist.«

Auch Allisette wirkte ernst.

»Trotzdem muss und möchte ich es tun. Ich bin qualifiziert für diese Aufgabe, und ich habe mich zuerst gemeldet.«

»Im zweiten Punkt muss ich Sie korrigieren.« Doyle blickte von Allisette zu Pat und wieder zurück. »Inspector Holburn hat sich zuerst gemeldet, aber ich habe es abgelehnt.«

»Warum?«, fragte Allisette zögernd.

»Weil sie sich bei der heutigen Aktion dort draußen einen Arm geprellt hat. Falls die Geschichte heute Abend eskaliert, möchte ich zumindest eine Polizistin im Einsatz haben, die hundertprozentig in der Lage ist, sich zu verteidigen. Sollten Sie sich körperlich nicht voll einsatzfähig fühlen, sagen Sie das bitte, denn wenn Sie sich nicht fit fühlen und deshalb die Sache vermasseln, werde ich persönlich dafür sorgen, dass Sie gegrillt werden. Klar?«

»Vollkommen klar, Sir.«

»Und? Bewerben Sie sich weiterhin? Oder benötigen Sie Bedenkzeit?«

»Nein, ich fühle mich fit, und ich möchte den Job übernehmen.«

»Dann haben Sie ihn, Jasmyn, und Sie kriegen einen fetten positiven Eintrag in Ihre Personalakte. Aber nur, wenn Sie sich geschickt anstellen und den Einsatz überleben.«

Offenbar wollte Allisette etwas Scherzhaftes erwidern, aber als sie Doyles noch immer ernsten Gesichtsausdruck sah, nickte sie nur.

»Dann werden meine Leute sich heute auf einen späten Feierabend einstellen müssen«, sagte Frobisher in seiner lässigen Art.

»Nicht nur deine Leute, wir alle«, erwiderte Doyle. »Wenn das in die Hose geht, stellt der Chief uns vor ein Exekutionskommando.«

»Wo du Chadwick erwähnst, weiß er es schon?«

»Bis jetzt hatte ich leider noch keine Gelegenheit, ihn in Kenntnis zu setzen.«

Frobisher grinste ihn an.

»Verstehe. Ich an deiner Stelle hätte auch keine Eile, ihm mit der Nachricht unter die Augen zu treten. Ein Vorschlag: Da ich an der Vorbereitung der Aktion auch beteiligt sein werde, lass uns zusammen zu ihm gehen. Dann können wir uns seine Bedenken und Vorhaltungen teilen.«

Doyle klopfte ihm kameradschaftlich auf die Schulter und grinste ebenfalls.

»Du bist ein wahrer Freund, Ken. Ohne Menschen wie dich wäre das Leben hart.«

Unwillkürlich musste er an die Unterhaltung mit Pat auf der Herfahrt denken, als er sah, wie es bei diesen Worten in ihren Augen aufblitzte.

* * *

Zwei lauthals miteinander diskutierende Männer kamen durch die Empfangshalle von Hauteville House auf Doyle, Pat, Allisette und Frobisher zu. Es waren Professor Duvier und Constable Bunting. Letzterer schien reichlich Mühe zu haben, den Tiraden des Professors etwas entgegenzuhalten. Sobald Bunting zu einer Erwiderung ansetzte, polterte die Löwenstimme des Franzosen auch schon wieder los.

»Es ist doch ganz und gar sinnlos, dass wir uns miteinander unterhalten«, hörte Doyle das seltsame Gemisch aus Donnergrollen und französischem Akzent, das der Professor von sich gab. »Sie wissen von nichts, Sie dürfen nichts entscheiden, und eigentlich sind Sie noch nicht einmal Mitglied der Kriminalabteilung, für die Sie arbeiten. Können Sie eigentlich mit Sicherheit sagen, ob Sie überhaupt existieren?«

Doyle trat ein paar Schritte vor und sagte laut: »Hören Sie, Professor. Wenn jemand meine Leute anschreit, dann bin ich das. Und wenn Sie jemanden anschreien möchten, nehmen Sie mich. Haben wir uns verstanden?«

Bunting war von einer Sekunde auf die andere uninteressant für den Franzosen geworden. Der beeindruckende Mann mit der Löwenmähne, die so hervorragend zu seiner Stimme passte, blieb kurz vor Doyle stehen und sah ihn tatsächlich an wie ein Löwe, der eine unerwartete Beute vor sich hatte.

»Was wollen Sie von mir, Mr Doyle?«

»Zunächst einmal, dass Sie Ihren Tonfall und Ihre Lautstärke korrigieren.«

»Dieses Haus wird von mir geleitet. Ich bestimme hier. Und ich bin hier so laut, wie ich es will.«

»Etwas Ähnliches habe ich heute schon einmal gehört«, ächzte Doyle mit einem kurzen Blick auf Pat. »Also schön, Professor, versuchen wir es noch einmal mit einer normalen Unterhaltung. Offenbar sind Sie der Meinung, dass Constable Bunting, der im Übrigen mein vollstes Vertrauen genießt, nicht der richtige Ansprechpartner für das ist, was Sie bewegt. Vielleicht halten Sie mich ja für kompetent und intelligent genug, um mich mit Ihrem Anliegen zu befassen.«

Duvier atmete tief durch und räusperte sich zweimal, und auch das hörte sich an wie das Knurren eines Löwen.

»Eigentlich ist mein Anliegen ein ganz simples. Selbst Sie sollten es also verstehen.«

Doyle zählte in Gedanken bis fünf, um den Fehler, den er bei Randy Holburn gemacht hatte, nicht zu wiederholen.

Erst dann sagte er: »Ich bin ganz Ohr. Was wünschen Sie?«

»Ich wünsche, dass die Polizei endlich aus diesem Haus verschwindet. Das hier ist Territorium des französischen Staats. Ich habe geduldet und sogar unterstützt, dass Ihre Leute das Haus zweimal akribisch durchsucht haben. Jetzt sollte hier endlich wieder Ruhe einkehren.«

»Ich verstehe das voll und ganz«, erwiderte Doyle mit aller

Höflichkeit, die aufzubringen er in der Lage war. »Natürlich werden wir Ihrem Wunsch Folge leisten.« Nach einer kurzen Pause fügte er hinzu: »Sobald wir Ihren Kollegen Nehring gefunden haben.«

»Wollen Sie mich verhöhnen?«, brach es wie ein Unwetter aus Duvier hervor. »Sie haben das Haus doch gerade erst durchsucht und Nehring dabei nicht gefunden.«

»Nicht ich, sondern meine Kollegen. Auch im Disput sollte man Genauigkeit walten lassen, Professor.«

»Disput? Die Lage ist eindeutig. Die britische Polizei verlässt augenblicklich dieses Haus, vor dem die französische Trikolore weht.«

Doyle warf einen Blick durch eins der Fenster, bevor er wieder den Professor ansah.

»Von Wehen kann gar keine Rede sein. Ihre Flagge hat sich mit Regenwasser vollgesogen und hängt an der Fassade herunter wie ein nasser Sack. Außerdem sind wir nicht die britische Polizei, sondern die Guernsey Police Force, und das hier ist nicht Großbritannien, sondern Guernsey, ein eigener Staat.«

Duvier grinste überheblich und entblößte dabei zwei Reihen kräftiger Zähne.

»Was wollen Sie denn tun, Guernseyman? Etwa Frankreich den Krieg erklären?«

Doyle schüttelte den Kopf.

»Die Schlacht von Waterloo ist seit zweihundert Jahren Vergangenheit. Diese Zeit wünschen Sie sich nicht wirklich zurück, oder?«

»Ich wünsche mir nur, dass Sie endlich abrücken, damit wieder Normalität einkehrt.«

»Wie können Sie das ernsthaft erwarten, wenn Sie hier einen Mann vor uns verstecken? Sie sind derjenige, der sich wider das Recht und alle Gepflogenheiten benimmt, Mr Duvier.«

Ein gewaltiges Kopfschütteln des Professors ließ die Löwenmähne hin und her fliegen.

»Sind Sie nur ignorant oder verrückt, Mann? Professor Nehring ist nicht in diesem Haus! Fragen Sie Ihre Kollegen, die hier treppauf, treppab durchgetrampelt sind.« Mit zwei schnellen Schritten war Duvier bei Allisette, entriss ihr den Grundriss des Hauses und kehrte zu Doyle zurück. »Hier, sehen Sie sich das an. Jeder Raum in diesem Gebäude wurde sorgfältig durchsucht und danach abgehakt. Zweimal!«

»Was ich nicht bezweifle.«

»Aha, immerhin. Und wo soll dann Professor Nehring stecken?«

»Das ist doch ganz einfach. In einem Raum, der nicht auf dem Plan verzeichnet ist.«

»So einen Raum gibt es nicht. Wie kommen Sie auf solchen Unsinn?«

»Das sagen mir mein Verstand und meine Kenntnisse über die Gepflogenheiten auf Guernsey.«

»Sie reden tatsächlich nur Unsinn, Doyle!«

»Ach, Professor, regen Sie sich doch nicht künstlich auf. Dadurch bringen Sie uns auch nicht dazu, Ihr geheimnisvolles Haus ohne Professor Nehring zu verlassen. Schon als Kind habe ich mir Gedanken um das Verschwinden von James Phillimore gemacht.«

»Wer ist das nun wieder?«

»Mr Phillimore wird in einer Sherlock-Holmes-Geschichte erwähnt.«

»Kriminalgeschichten lese ich nicht. Das ist reine Zeitverschwendung.«

»In diesem Fall nicht«, widersprach Doyle und war froh über die große Gelassenheit, die ihn beherrschte. Je mehr Duvier sich aufregte, desto ruhiger wurde er, und in ihm wuchs das Gefühl, auf der richtigen Spur zu sein. »Das Problem ist deckungsgleich. Ein Mann geht ins Haus und wird nicht mehr gesehen. Wo ist er also geblieben?«

»Was soll das?«, brummte Duvier. »War Arthur Conan Doyle ein Vorfahre von Ihnen oder so etwas?«

»Nicht dass ich wüsste. Aber schön, dass Ihnen zumindest der Name des Autors geläufig ist.«

»Jetzt schießen Sie schon los! Was wollen Sie uns sagen, Doyle?«

»Der verschwundene Mann, ganz gleich, ob in einer erfundenen Geschichte oder in der Realität, hat nur zwei Möglichkeiten. Er versteckt sich im Haus, oder er verlässt es unerkannt, zum Beispiel in einer Verkleidung.«

»Meinetwegen. Hier ist er nicht, also hat sich Nehring verkleidet. Als Schornsteinfeger, alte Jungfer oder als falscher Polizist.«

»Unwahrscheinlich«, sagte Doyle. »Woher hätte er die Utensilien dazu nehmen sollen? Außerdem ist dies hier ja keine Sherlock-Holmes-Geschichte.«

»Dann hat er sich einfach so davongestohlen. Nach dem Attentat auf ihn war die Aufregung groß, und hier herrschte ein gewisses Durcheinander.«

»Das räume ich ein, Professor, diese Möglichkeit besteht, aber ich glaube nicht daran.«

»Warum nicht?«

»Weil Sie sich solche Mühe geben, uns zu vertreiben. Sie mögen sich mit der Literaturwissenschaft auskennen, ich kenne mich mit dem Verhalten von Menschen aus. Was Sie hier aufführen, ist Theater. Sie wollen uns möglichst bald los sein. Aber nicht wegen der von Ihnen besungenen Normalität, sondern weil Sie ein Geheimnis vor uns hüten. Womit wir zur zweiten Möglichkeit kommen: Der Professor hält sich noch immer hier auf. Und ich bitte Sie inständig, uns jetzt zu ihm zu führen. Sonst lasse ich sämtliche Wände aufstemmen, Eigentum der Stadt Paris hin oder her.«

»Sie glauben also, ich habe in diesem Haus eine Art Geheimversteck eingerichtet?«

»Nicht Sie, Duvier. Dieses Haus wurde im achtzehnten Jahrhundert von einem Freibeuter erbaut. Die Ära der Freibeuter auf Guernsey hat mich seit jeher fasziniert, und ich habe viel darüber gelesen. So ein Freibeuter hatte nicht nur auf See ein gefährliches Leben. Er musste immer damit rechnen, dass sich die Gesetzeslage änderte oder dass eine feindliche Macht die Insel besetzte. Dann war all sein durch den Kaperbrief geschütztes Handeln plötzlich verbrecherisch, sein Eigentum nur die Beute eines Seeräubers, sein Leben keinen Pfifferling mehr wert. Deshalb ließen diese Leute gern geheime Kammern und Fluchtwege in ihre Häuser einbauen. Hier vermutlich auch. Und Victor Hugo, der sich im Exil durch Napoleon III. bedroht sah, dürfte das gut zupassgekommen sein. Warum Sie dieses Geheimnis heute noch hüten, weiß ich nicht. Vielleicht wollen Sie es erst zu irgendeinem großen Anlass, einem Jubiläum oder sonst was, enthüllen, um die größtmögliche Aufmerksamkeit der Medien zu erzielen. Es ist mir auch völlig gleich, weil es mich nichts angeht. Aber wenn Sie unsere Ermittlungen behindern, dann geht es mich etwas an. Damit machen Sie sich nämlich strafbar. Vielleicht kann Professor Nehring uns helfen, den Mörder zu finden, der schon zwei Menschenleben auf dem Gewissen hat. Falls er wieder zuschlägt, geht das auch auf Ihr Konto!«

Vergeblich wartete Doyle auf eine geharnischte Erwiderung, während er dem Franzosen fest in die Augen sah. Die Haltung des breitschultrigen Mannes entspannte sich etwas, und der Zorn stand nicht mehr so deutlich in sein Gesicht geschrieben.

»Ich wusste ja, dass es ein Fehler war, von Anfang an«, seufzte Duvier und wirkte erleichtert darüber, nicht länger lügen zu müssen. »Aber Nehring hat mich geradezu angefleht, ihn an einem geheimen Ort zu verstecken, von dem niemand weiß.«

»Woher wusste Nehring, dass Sie einen solchen Ort kennen?«, fragte Doyle.

»Mir ist beim Begrüßungsumtrunk am Samstag eine entsprechende Bemerkung herausgerutscht.«

»Warum halten Sie diesen Ort geheim?«

»Sie haben es schon gesagt, Mr Doyle. Wir planen eine große Renovierung von Hauteville House für die kommenden Jahre, und bei der Wiedereröffnung danach soll Hugos geheime Fluchtkammer, zum ersten Mal der Öffentlichkeit präsentiert und die große Sensation werden.«

»Ich verstehe einfach nicht, warum Nehring und Sie nicht auf den Schutz der Polizei vertrauen. Außerdem hatte ich bislang den Eindruck, Sie pflegten mit Ihrem deutschen Kollegen eher eine Feindschaft statt einer Freundschaft.«

»Das ist rein beruflich. Privat habe ich nichts gegen ihn. Er war so verzweifelt nach dem Schuss, der ihn nur knapp verfehlt hat. Auch die Polizei könne ihn nicht schützen, sagte er und hat mich regelrecht angefleht, ihn hier zu verbergen. Er sagte, ich könne mir nicht vorstellen, wie es sich anfühle, wenn die eigene Familie Jagd auf einen mache.«

KAPITEL 30

»Wir haben die Fluchtkammer erst vor knapp zwei Jahren entdeckt, als wir erste Pläne für eine Renovierung des Hauses schmiedeten«, erklärte Professor Duvier, während er Doyle, Pat, Frobisher, Allisette und Bunting in einen Lagerraum im Keller führte, der bereits zweimal von der Polizei durchsucht worden war. »Zwar gab es Hinweise auf solch einen Raum, doch letztlich war es reiner Zufall, dass wir auf ihn gestoßen sind. Bei der Inspektion des Kellers haben wir bemerkt, dass es ein paar lockere Steine in der Wand gibt. Als wir uns diese Steine genauer ansahen, passierte das.«

Duvier ging zu einer Wand des durch eine elektrische Lampe nur unzureichend erhellten Kellerraums und drückte mit der flachen Hand auf einen Stein. Es gab ein schabendes Geräusch, als zerre jemand einen Sack großer Steine über den Fußboden. Direkt vor den Füßen des Professors senkte sich ein Stück des Bodens ab und schob sich unter die angrenzende Wand. Duvier kniete sich hin, griff mit einer Hand durch das Loch im Boden und betätigte mit einem leisen Klicken einen Schalter. Elektrisches Licht flammte in dem Bodenloch auf.

»Victor Hugo hatte hier einen Geheimraum mit elektrischem Licht?«, staunte Bunting.

»Das Licht haben wir einbauen lassen«, erläuterte Duvier und sah wieder durch das Loch. »Es tut mir leid, Kollege, aber über kurz oder lang hätte die Polizei Sie ohnehin gefunden. Man benötigt Ihre Hilfe, und Sie sollten sie nicht verweigern. Soweit ich verstanden habe, stehen Menschenleben auf dem Spiel.«

Alle traten näher an das Bodenloch und sahen, wie die schlanke Gestalt Professor Nehrings die eisernen Sprossen einer Leiter erklomm, bis er aus dem Loch stieg und mit einem betretenen Gesichtsausdruck vor ihnen stand. In dem unvermutet großen Fluchtraum standen ein Bett mit Nachttisch, ein Schrank, ein Tisch und zwei Stühle aus viktorianischer Zeit. Auf dem Nachttisch lag eine deutschsprachige Victor-Hugo-Biographie, und neben dem Bett standen zwei große Plastikflaschen mit Mineralwasser.

Nehring blickte scheu in die Runde.

»Werden Sie mich beschützen?«

»Selbstverständlich«, sagte Doyle. »Vor Ihrer Frau?«

»Vor Tessa, ja. Und vor Alexander.«

»Wer ist das?«

»Alexander ist mein Sohn.«

* * *

Eine halbe Stunde später saß Professor Nehring im Besprechungsraum der Kriminalabteilung, gemeinsam mit Doyle, Pat, Allisette, Bunting, Frobisher, Chief Officer Chadwick und Superintendent Ogier. Doyle hatte den Chief und seinen Stellvertreter zu der Besprechung gebeten, um sie auf den neuesten Stand zu bringen. Schließlich musste für die Geldübergabe am Abend noch einiges vorbereitet werden, und dazu benötigte er die Zustimmung von ganz oben.

Nehring ließ sein Smartphone, auf dem er ein bestimmtes Foto aufgerufen hatte, durch die Runde gehen. Es war auf einer festlichen Veranstaltung entstanden und zeigte Tessa Nehring beim Tanzen. Sie trug ein enganliegendes schwarzes Abendkleid, das fast vollständig rückenfrei war. Ihr Tanzpartner im schwarzen Smoking war nur wenig jünger als sie, vielleicht fünf Jahre, groß, schlank und sah sehr gut aus. Sein Gesicht wurde von einem Dreitagebart geschmückt, und nur die etwas zu ausgeprägte Nase störte den Eindruck eines perfekten Models für Herrenmode.

»Ihr Sohn Alexander, nehme ich an«, sagte Doyle und reichte das Smartphone an Pat weiter. »Die Ähnlichkeit ist nicht zu übersehen.«

»Aber kaum der Sohn Ihrer Frau«, meinte Pat. »Oder sie steht im Guinnessbuch der Rekorde als jüngste Mutter der Welt.«

»Alexander stammt aus meiner ersten Ehe, die in die Brüche gegangen ist. Sylvia war ein richtiges Biest, eine Frau ohne Charakter, nur auf den eigenen Vorteil bedacht. Ich fürchte, Alexander hat alle negativen Eigenschaften von ihr geerbt. Als wir uns scheiden ließen, ist er bei seiner Mutter geblieben und hat, wie auch sie, ihren Mädchennamen angenommen.«

»Wie heißt er jetzt?«, fragte Frobisher.

»Alexander Lorich. Ich habe mich nach der Scheidung um engen Kontakt zu ihm bemüht, aber das wollten weder er noch seine Mutter. Vor ungefähr zwei Jahren änderte er seine Einstellung, besuchte mich und gab sich reumütig. Ich war natürlich sehr froh, meinen verloren geglaubten Sohn wiederzufinden. Dass er auf mein Geld aus war, merkte ich zwar recht schnell, aber lange Zeit wollte ich nicht wahrhaben, dass das für ihn der einzige Grund war, wieder Umgang mit mir zu pflegen. Er war mit diversen Geschäften gescheitert, zuletzt mit der Beteiligung an einer Drogeriekette, die in die Pleite geschlittert war. Ich gab ihm mehrmals Geld und hoffte, ihn auf diese Weise an mich zu binden. Meine Hoffnung wurde dadurch genährt, dass er sich gut mit Tessa verstand, meiner zweiten Frau. Irgendwann hatte ich den Eindruck, dass sie sich zu gut verstanden, aber mir fehlten Beweise, und keiner der beiden hat es mir gegenüber zugegeben. Vor ungefähr vier Wochen bat mich Alexander wieder um Geld, diesmal für irgendein Trabrennpferd, in das er investieren wollte. Ich lehnte das rundweg ab, es kam zum offenen Streit, und ich wies ihn aus meinem Haus. Die Folge war eine heftige Auseinandersetzung mit Tessa, die mir Vorwürfe darüber machte, wie ich mein eigen Fleisch und Blut, so ihre Worte, behandelte. Ich habe sie mit nach Guernsey genommen und rund um die Tagung noch ein paar Urlaubstage geplant, weil ich hoffte, dass hier, fernab von Hannover und Alexander, alles wieder in Ordnung kommt. Aber wie es aussieht, habe ich es nur noch schlimmer gemacht.«

Wolfgang Nehring starrte auf die Tischplatte, als schäme er sich für seine Familie. Trotz des gebräunten Teints wirkte sein Gesicht blass. Doyle sah ihn in einem ganz neuen Licht. Er war für ihn nicht länger der für sein Alter unverschämt gutaussehende Akademiker, dem die schmachtenden Blicke der Studentinnen nur so zufielen. Doyle sah in ihm jetzt einen alternden Mann, der verzweifelt um seine Jugend rang, um für seine zwanzig Jahre jüngere Frau attraktiv zu bleiben. Offenbar ohne Erfolg. Was das Ganze besonders schlimm machen musste, war die Erkenntnis, vom eigenen Sohn betrogen und aus dem Feld geschlagen worden zu sein.

»Professor, hält sich Ihr Sohn derzeit auf Guernsey auf?«, fragte Doyle. »Was Sie vorhin im Keller von Hauteville House sagten, klang ganz danach.«

»Ich nehme es an. Als ich am Sonntag die Filmvorführung besuchen wollte, hatte ich im Eingangsbereich des Beau Sejour Centre für eine halbe Sekunde gedacht, ich hätte Alexanders Gesicht in der Menge gesehen, aber dann war es auch schon wieder verschwunden. Ich habe geglaubt, mein Unterbewusstsein hätte mir einen Streich gespielt. Schließlich kreisten meine Gedanken in letzter Zeit sehr oft um meinen Sohn.«

»Hat Sie nicht der Tod von Terry Seabourne ins Grübeln gebracht? Er saß auf dem Stuhl, auf dem Sie zunächst Platz genommen hatten.«

»Wer denkt denn daran, dass die eigene Familie einen ermorden will?«

»Sie offenbar, Professor.«

»Aber erst seit heute, seitdem Tessa auf mich geschossen hat. Ich kann mir nicht vorstellen, dass sie das allein tut.«

Doyle klärte Nehring in groben Zügen über die Erpressung auf und fragte: »Wer aus Ihrer Familie konnte an die Aufzeichnungen Ihres Vaters gelangen?«

»Tessa kennt die Kombination des Safes in unserem Haus. Alexander habe ich sie nicht gegeben, so dumm war selbst ich nicht.«

»Aber Tessa hätte sie an Alexander weitergeben können«, meinte Doyle. »Oder sie hat die Aufzeichnungen Walter Nehrings selbst aus dem Safe geholt.«

»Gut möglich«, meinte der Professor leise.

Pat blickte in die Runde und sagte: »Und jetzt wollen sie zwei Fliegen mit einer Klappe schlagen. Durch die Erpressung wollen sie sich das Geld für eine gemeinsame Zukunft sichern, und durch Ihren Tod, Mr Nehring, will Tessa frei sein für Ihren Sohn. Vielleicht wollen Ihre Frau und Ihr Sohn auch verhindern, dass Sie, so wie jetzt gerade, über ihre Machenschaften plaudern.«

Nehring sah Pat mit einem trüben Blick an.

»Es klingt wie aus einem makabren Roman, Inspector, aber wahrscheinlich haben Sie den Nagel auf den Kopf getroffen.«

Frobisher ergriff das Wort.

»Haben Sie eine Vorstellung, wo sich Ihre Frau und Ihr Sohn versteckt haben?«

»Nein, absolut keine.«

»Umso mehr ein Grund, die sofortige Fahndung nach den beiden einzuleiten.« Frobisher hielt Nehrings Handy hoch. »Sie werden uns doch dieses Foto überlassen, Sir?«

»Selbstverständlich. Ich würde gern mehr für Sie tun, aber das liegt wohl nicht in meiner Macht.«

»Mit ein paar weiteren Antworten könnten Sie uns vielleicht doch noch etwas helfen«, sagte Doyle. »Professor Campbell erzählte mir von einem Hobby, das er mit Ihnen teilt, dem Sportschießen.«

»Das ist richtig. Eine lebenslange Leidenschaft von mir. Aber nach der Erfahrung heute vor Hauteville House sollte ich meine Einstellung dazu vielleicht noch einmal überdenken.«

»Er sagte, Ihre ganze Familie betreibe dieses Hobby.«

»Ja, stimmt. Ich habe Tessa davon überzeugt und vor ihr Sylvia.«

»Und Alexander?«

»Den auch. Vor der Scheidung von Sylvia habe ich ihn für den Sport begeistert, und er betreibt ihn noch heute.« Nehring seufzte. »Ich konnte ja nicht ahnen, dass ...«

»Nein, konnten Sie nicht«, stimmte Doyle ihm zu und erzählte ihm von dem Kleinkalibergewehr, das sie am Bordeaux Harbour gefunden hatten.

»Dabei könnte es sich um eine Waffe aus Alexanders Besitz handeln.«

»Die Schüsse am Icart Point und der Schuss auf Sie wurden aus einer Pistole abgegeben, 7,65 mm. Unsere Experten tippen auf eine alte Walther.«

»Das könnte die alte Dienstpistole meines Vaters sein. Ich hatte sie im Safe aufbewahrt.«

»Eine nicht registrierte Waffe?«

»Ja, ich habe sie aus Sentimentalität aufgehoben.«

Doyle verstand ihn gut, auch wenn Nehring ihm das kaum geglaubt hätte. Er fragte den Professor nach Telefonnummern, E-Mail-Adressen und Web-Accounts von Tessa Nehring und Alexander Lorich.

»Alles, was ich habe, befindet sich auf meinem Handy. Aber glauben Sie wirklich, die beiden sind so dumm, sich durch ein eingeschaltetes Handy orten zu lassen?«

»Da würde ich keinen Penny drauf wetten, aber wir müssen es zumindest versuchen.«

Als niemand mehr eine Frage an Nehring hatte, wurde er zu seinem eigenen Schutz in eine Zelle gebracht, vor der ständig ein Constable Wache hielt.

Doyle sprach mit den anderen den Einsatz in Torteval durch und war froh, von Chadwick und Ogier hundertprozentige Rückendeckung zu erhalten.

Der Superintendent unterhielt sich noch einmal eindringlich mit Allisette, aber sie ließ sich nicht von ihrem Vorhaben abbringen, als Double für Eve Holburn einzuspringen.

»Oder halten Sie mich nicht für geeignet, Sir?«

Barry Ogier antwortete mit seiner hohen, sanften Stimme, die in einem krassen Gegensatz zu seinem bulligen Körper stand: »Wenn ich Sie auch nur ansatzweise für ungeeignet hielte, Constable, wären Sie bei der Sache außen vor. Ich wollte nur sichergehen, dass Sie selbst mit sich im Reinen sind. Falls Sie nämlich versteckte Zweifel haben, ist die Saat für ein Misslingen der Aktion schon gelegt.«

»Nein, Sir, keine Zweifel«, sagte Allisette und hielt Ogiers forschendem Blick stand.

»Gut«, sagte der Superintendent, begleitet von einem zustimmenden Nicken Chadwicks. Damit war diese Frage abschließend geklärt.

Während Chief Officer Chadwick die Führung der gesamten Polizeikräfte und damit hauptsächlich das Organisatorische oblag, gehörte zu Superintendent Ogiers Aufgabenbereich die Personalführung, und diese Aufgabe erfüllte der stets zuverlässige Mann mit dem Aussehen eines Ringers und der Stimme eines Seelsorgers gewissenhaft.

Doyle kam nicht dazu, Allisette für ihre Einsatzbereitschaft zu danken, weil er einen Anruf von Sergeant Bonamy erhielt: »Sir, wir haben auf Hochtouren gearbeitet. Das Ergebnis ist noch nicht zu hundert Prozent sicher, aber ich würde trotzdem meine Hand dafür ins Feuer legen. Die Kugel, die Professor Nehring knapp verfehlt hat, stammt aus derselben Waffe wie die beiden anderen 7,65-mm-Geschosse, die wir untersucht haben.«

»Danke, Pauline, erstklassige Arbeit.«

Er informierte die übrigen Anwesenden über die Neuigkeit und sagte: »Wenn wir Glück haben, verfügen Nehrings Frau und sein Sohn nur noch über diese eine Waffe. Tessa Nehring kam mit Ihrem Mann per Flugzeug nach Guernsey und hatte somit keine Chance, Schusswaffen einzuführen. Vermutlich hat Lorich den Seeweg gewählt. Aber auch ihm dürfte es schwergefallen sein, ein größeres Waffenarsenal herzubringen. Das Kleinkalibergewehr haben sie möglicherweise etwas zu voreilig entsorgt. Jedenfalls sind zwei Gegner mit nur einer Schusswaffe angenehmer, als wenn jeder von ihnen bewaffnet wäre.«

»Ja, aber wir wissen es nicht genau und dürfen uns deshalb auch nicht darauf verlassen«, wandte Frobisher ein. »Außerdem vermissen wir noch die Waffe, die Max Cooper bei Icart vermutlich mit sich führte. Tessa Nehring und Lorich könnten in ihrem Besitz sein.«

»Da stimme ich dir zu, Ken. Ich wollte die Runde nur an diesem kleinen Lichtblick teilhaben lassen.«

Was für eine perfide Idee, schoss es Doyle durch den Kopf. Nehrings Frau hatte ihren Mann mit der mutmaßlichen Waffe seines eigenen Vaters töten wollen. Je länger er über die Einzelheiten dieses Falles nachdachte, desto mehr widerte ihn die ganze Geschichte an. Verrat, Lügen, Erpressung, hinterhältige Anschläge. Er hoffte auf einen reibungslosen Abschluss des für den heutigen Abend geplanten Einsatzes; nicht nur, weil er das gefährliche Gespann Tessa Nehring und Alexander Lorich, mit dem sie es aller Wahrscheinlichkeit nach zu tun hatten, endlich dingfest machen wollte. Er hatte plötzlich auch nicht mehr die geringste Lust, sich mit dem Ganzen zu befassen. Diese unerquickliche Geschichte um sich zu Tode schuftende Sklavenarbeiter aus dem Zweiten Weltkrieg und menschliche – oder besser unmenschliche – Gier hatte noch mehr als siebzig Jahre später zwei Menschen das Leben gekostet. Zwei weitere, Sergeant Baker und Professor Nehring, waren mit mehr Glück als Verstand noch gerade so davongekommen. Ihn selbst hatte es um das gute Verhältnis zu Pat gebracht. Irgendwann musste Schluss sein.

KAPITEL 31

Der Mond hatte sich frei genommen. Tortevals südwestlicher Küstenabschnitt, Pleinmont-Torteval genannt, war fast in völlige Dunkelheit gehüllt, und nur die Scheinwerfer des Mini Checkmate, der in langsamer Fahrt auf den Bunker zuhielt, schlugen eine kleine Lichtschneise in das düstere, unbewohnte Gelände. Der asphaltierte Fahrweg war das einzige Anzeichen von Zivilisation. Links und rechts der Piste erfasste das Scheinwerferlicht nur flüchtige Ausschnitte von Bäumen und Buschwerk. Wie die Landschaft in einem Computerspiel, die sich vor dem kleinen Fahrzeug ständig neu aufbaute und hinter ihm wieder zu einem gewaltigen Nichts zerfloss.

Vor über einer Stunde war die Sonne, die sich an diesem Tag ohnehin nur spärlich gezeigt hatte, endgültig jenseits der sich im Westen aneinanderreihenden Badebuchten im Atlantik versunken. Über diesem Teil der Insel hingen dicke Wolken und spuckten ungeniert ihre Regenschauer auf Land und Meer. Mond und Sterne lagen größtenteils hinter ihnen verborgen und bemühten sich vergeblich, den Küstenabschnitt wenigstens mit ihrem milchigen Nachtschimmer zu erhellen. Hin und wieder frischte der vom Meer kommende Wind auf und trieb die Wolken auseinander, wodurch das Licht der Gestirne wenigstens kurzzeitig Gelegenheit erhielt, sich über den rauen Landstrich mit seinen schroffen Steilklippen zu ergießen.

Bei einer solchen Gelegenheit erkannte Jasmyn Allisette, dass sie den Bunker fast erreicht hatte. Der Betonklotz thronte vor ihr auf den Klippen wie ein riesiges Tier, das diesen Teil der Küste beherrschte. Noch immer bereit, einen Angriff abzuwehren, den es nie gegeben hatte und der auch nie stattfinden würde. Allisette spürte ein krampfartiges Zusammenballen in ihrer Magengegend, jetzt wurde es ernst. Sie war nicht feige, und sie bereute ihren Entschluss nicht, mit einer blonden Perücke als Eve Holburn in deren Mini Checkmate zum Ort der Geldübergabe zu fahren. Die ansteigende Nervosität so kurz vor dem entscheidenden Augenblick war ein normaler Reflex, der ihre Sinne schärfte. Ein seit vielen Jahrtausenden dem Menschen innewohnendes Muster, das dem Selbstschutz diente. Ähnlich war es schon dem Neandertaler ergangen, wenn er nach langer Jagd endlich das Mammut oder den Höhlenbär gestellt hatte. Nur war Allisette sich nicht sicher, wer in dieser Nacht die Beute war: die Erpresser oder sie selbst.

Hinter ihr auf der Rückbank stand die große dunkelgraue Reisetasche. Eine Million Pfund in gebrauchten Scheinen – der reine Wahnsinn. Sie war Polizistin, und sie war es gern, aber auch ihr war kurz durch den Kopf gegangen, wie es wohl wäre, sich mit dem Geld einfach abzusetzen, nach Asien oder Südamerika. Ein Leben ohne Sorgen, davon dürften auch schon die Neandertaler geträumt haben. Gleichzeitig wusste sie, dass die Vorstellung, so ein Leben mit einer erpressten Million zu finanzieren, eine Illusion war. In einer globalisierten Welt mit Europol, Interpol und internationalen Rechtshilfe- und Auslieferungsvereinbarungen gab es nur noch wenige Flecken auf diesem Planeten, an denen die Erpresser sich halbwegs sicher fühlen konnten. Aber selbst an Orten, an denen sie vor staatlichem Zugriff geschützt waren, würde es Privatermittler, Kopfgeldjäger und jene Kakerlaken in Menschengestalt geben, die überall aufkreuzten, wo auf illegale Weise Geld zu machen war.

Ob sich Tessa Nehring und Alexander Lorich das wirklich gut überlegt hatten? Letztlich war es Allisette egal, ob Gier oder Verzweiflung die beiden zu ihren Taten veranlasst hatten. Das war eine Frage, deren Beantwortung dem Gericht überlassen blieb, vor dem sie letztlich landen würden. Mitleid hatte sie mit niemandem, der andere Menschen ermordete oder sie zumindest an den Rand des Todes brachte. Wenn sie sich um einen Menschen sorgte, dann um Calvin.

Der Fahrweg erweiterte sich zu einem ovalen Platz und endete dort. Die Scheinwerfer enthüllten nichts als unebenen Asphalt und den wuchtigen Bunker. Die kurze Wolkenlücke hatte sich geschlossen, und so angestrengt sie auch um sich blickte, da war nichts als Dunkelheit. Sie ließ den Mini ausrollen und sprach in das winzige Mikrofon, das die Kriminaltechniker im obersten Knopf ihrer Jacke installiert hatten.

* * *

»Sperling an Adler: Bin im Nest. Wiederhole: Bin im Nest. Von Habicht keine Spur. Hier ist alles dunkel.«

Obwohl nach außen hin gelassen, zuckte Doyle innerlich zusammen, als Allisettes Worte aus dem Lautsprecher kamen. Der Code klang wie aus einem drittklassigen Agentenfilm, aber das spielte keine Rolle. Wichtig war nur: Allisette hatte den Übergabeort erreicht, ohne etwas von den Erpressern zu sehen. Letzteres war angesichts der Finsternis und des Regens nicht verwunderlich. Bis jetzt lief alles nach Plan.

Die Dunkelheit, die eine gute Stunde zuvor über Guernsey hereingebrochen war, stellte nicht nur für die Erpresser einen Vorteil dar. Auch die Polizei hatte erst nach Sonnenuntergang damit beginnen können, einen doppelten Ring um den Bunker von Pleinmont-Torteval zu ziehen.

Die erste Postenkette war dünn und hielt sich abseits aller Zufahrtswege mit ungefähr fünfhundert Metern Abstand zum Bunker. Es waren die Polizisten der bewaffneten Eingreiftruppe, die für riskante Zugriffe besonders geschult war. Mit Nachtsichtgeräten und schweren Waffen ausgerüstet, kauerten sie in einem Halbkreis um den Küstenbunker zwischen Büschen, Bäumen und Felsen, bereit, jederzeit zuzuschlagen.

Je später es geworden war, desto mehr Polizeikräfte waren tröpfchenweise in einem zweiten Halbkreis um das Bunkergelände zusammengekommen, eineinhalb bis zwei Kilometer davon entfernt. Sie durften sich nicht offen zeigen, um die Erpresser nicht zu verschrecken. Erst wenn Doyle den Einsatzbefehl gab, würden alle Zufahrtswege zum Bunker abgeriegelt werden. Außerdem stand auf dem Flughafen der bemannte Polizeihubschrauber, noch recht neu und mit der modernsten Technik ausgestattet, zum jederzeitigen Abheben bereit. Unterhalb des Bunkers lag das Polizeiboot *Isaac Brock* mit ausgeschalteten Maschinen in völliger Dunkelheit, und Inspector Warren Smith, der zuverlässige Skipper, hatte seinen Leuten strengstes Sprechverbot erteilt. Erst beim Ergehen der Einsatzorder würde das Sprechverbot enden, und Smith würde mit seinem dröhnenden Bass den Befehl geben, die beiden schweren Dieselmotoren anzuwerfen, die es zusammen auf eintausendfünfhundert PS brachten.

Doyle und Pat waren mit dem Tamora hergekommen, hockten jetzt aber gemeinsam mit Chief Inspector Frobisher im Innern eines cremefarbenen Vans, der die Aufschrift einer Gebäudereinigungsfirma trug. In Wahrheit war es die mobile Kommandozentrale, von der aus Doyle den Einsatz leitete. Er hatte alles in seiner Macht Stehende getan, um die Aktion bestmöglich vorzubereiten, aber ein Restrisiko blieb immer. In diesem Fall ein Risiko für Jasmyn Allisette.

Es war ihnen trotz aller Bemühungen nicht gelungen, Tessa Nehring und Alexander Lorich aufzuspüren. Vermutlich hatten sie sich unter falschen Namen irgendwo auf Guernsey ein kleines Cottage gemietet, nach außen hin ein verliebtes Paar in den Ferien wie so viele andere auch.

Pat legte eine Hand auf seine Schulter und sah ihn auffordernd an. Sie hatte ja recht. Es war Zeit, Allisette den Befehl zum Aussteigen zu geben.

»Adler an Sperling: Das Küken schlüpft aus dem Ei. Wiederhole: Das Küken schlüpft aus dem Ei. Bitte bestätigen.«

Ein kaum wahrnehmbares Knacken, und sie hörten Allisettes Stimme: »Sperling an Adler: Das Küken schlüpft jetzt. Wiederhole: Das Küken schlüpft jetzt.«

Doyle nahm die Hand vom Mikrofon und blickte Pat an.

»Wer hat sich eigentlich die bescheuerten Codes für den Einsatz einfallen lassen?«

»Der Chief Officer persönlich.«

»Oh«, machte Doyle nur.

* * *

Allisette stellte den Motor und die Scheinwerfer des Minis aus, ganz so, wie es der Erpresser im Telefonat mit Randy Holburn verlangt hatte. Den Zündschlüssel, auch das war eine Anweisung gewesen, ließ sie stecken. Jetzt war sie vollkommen von Dunkelheit umgeben, und das Trommeln des Regens, der auf den Wagen aufschlug, war deutlich zu hören. Aber da war noch ein anderes Geräusch, das sie nicht einordnen konnte. Als sie die Fahrertür aufstieß und ausstieg, spürte sie den Regen in ihrem Gesicht, und das sonderbare Geräusch war jetzt viel lauter. Ein Rauschen und Klatschen. Plötzlich wusste sie, was es war: das Meer, das gegen die Steilküste von Pleinmont brandete.

Geschichten aus ihrer Kindheit wurden ihr wieder bewusst. Geschichten, die ihre Mum ihr einst erzählt und die sie fast vergessen hatte. Über die Hexen von Pleinmont, die Seefahrer verzauberten und sie glauben ließen, eine flache, zum Anlegen wie geschaffene Küste läge vor ihnen. Erst wenn das Schiff an den schroffen Klippen zerschellte, zerriss der Schleier, den die Hexen vor die Augen ihrer Opfer gelegt hatten, und die Seeleute erkannten viel zu spät, dass sie dem Tod geweiht waren.

Als Kind von diesen Geschichten fasziniert, hatte die erwachsene Jasmyn Allisette für die alten Spukgeschichten der Vorfahren nur noch ein müdes Lächeln übrig gehabt. In einer Nacht wie dieser aber konnte man wieder lernen, daran zu glauben.

Sie schüttelte die Erinnerungen an Hexen und vor der Küste zerschellte Schiffe von sich ab und konzentrierte sich auf die Gegenwart. Mit einer entschlossenen Bewegung nahm sie die große Reisetasche von der Rückbank, schlug die Autotür zu und blickte sich um. Niemand zu sehen. Rasch vergewisserte sie sich, dass die Glock 26, die der Waffenmeister zweieinhalb Stunden zuvor an sie ausgegeben hatte, in dem verdeckten Holster an ihrer Hüfte steckte. Den Anweisungen folgend, ging sie mit der Tasche auf den Bunker zu. Bei jedem Schritt platschte der nasse Asphalt unter ihren Sohlen.

Als sie schräg hinter sich ein Geräusch hörte, halb verschluckt vom Regen und von der Brandung, war es bereits zu spät. In der Sekunde, als sie sich umgedreht hatte, stand die maskierte Gestalt auch schon vor ihr, wie aus dem Nichts erschienen. Wie Hexenwerk, dachte Allisette noch, als sie die Gestalt mit der Skimaske vor dem Gesicht anstarrte.

Der rechte Arm ihres Gegenübers fuhr hoch und führte einen kräftigen Schlag aus. Mit einem schnellen Schritt zur Seite und einem zur Abwehr hochgerissenen Arm wollte Allisette im letzten Augenblick ausweichen, aber es gelang ihr nicht mehr. Ein schwerer Schraubenschlüssel traf sie links am Kopf.

Es war wie ein elektrischer Schlag, der vom Kopf durch ihren ganzen Körper raste und sämtliche Systeme ausschaltete. Sie dachte an Calvin und danach an nichts mehr.

* * *

Ein dumpfes Stöhnen drang aus dem Lautsprecher, dann war Stille. Doyle und die anderen in der mobilen Einsatzzentrale sahen sich erschrocken an.

»Adler an Sperling, bitte melden!«, rief er ins Mikrofon.

Der Mini-Empfänger saß direkt in Allisettes Ohr. Sie musste es hören. Falls sie noch hören konnte.

Doyle wiederholte die Aufforderung, aber alles blieb still. Bis er das Geräusch einer Autotür vernahm, dann eines angelassenen Motors.

War es doch schiefgegangen?

Sein Adrenalinpegel stieg sprunghaft an, und er sprach in das andere Mikrofon, das ihn mit sämtlichen Einsatzkräften verband: »Adler an alle: Zugriff! Zugriff! Zugriff!« Nach einer winzigen Pause fügte er hinzu: »Kontakt zu Allisette abgebrochen.«

Eigentlich hätte er »Sperling« sagen müssen, aber das war ihm jetzt so was von egal.

KAPITEL 32

Tessa Nehring riss sich die Skimaske vom Kopf, warf sie achtlos auf die Rückbank, auf die sie auch die Reisetasche gestellt hatte, schüttelte ihr brünettes Haar und ließ den Motor des Mini Checkmate an. Nach kurzer Suche hatten sie den Schalter für die Scheinwerfer gefunden. Geschickt wendete sie den Wagen und fuhr den Weg zurück, den der Mini gekommen war. Sie fühlte sich aufgeregt, aber gut.

Nach dem fehlgegangenen Schuss auf Wolfgang am Morgen hatte sie schon geglaubt, das Glück habe sie verlassen. Doch als diese blonde Frau eben unter ihrem Schlag zusammenknickte wie ein zerbrochener Strohhalm, hatte ihr das einen echten

Kick versetzt. Nur ein Orgasmus mit Alexander war noch besser.

Obwohl die Straße nass und der Asphaltbelag schlecht war, drückte sie das Gaspedal ein Stück tiefer. Ihre Euphorie kannte keine Grenzen. Fast hätte sie die kleine Baumgruppe am Straßenrand übersehen. Dreimal betätigte sie die Lichthupe und trat gleichzeitig auf die Bremse. Ein bisschen zu heftig für den nassen Untergrund. Der Mini geriet ins Schlingern, aber das konnte sie nicht beirren. Tessa brachte den Wagen wieder unter Kontrolle und kam kurz hinter der Baumgruppe auf dem Grünstreifen zum Stehen.

Sie machte sich nicht einmal die Mühe, den Motor oder das Licht auszuschalten. Mit einem schnellen Griff angelte sie sich die Reisetasche, stieg aus und lief zu dem schweren SUV, der jetzt aus dem Schutz der Baumgruppe hervorrollte. Die Scheinwerfer des Nissan Patrol flammten auf, und ihr gleißendes Licht umhüllte Tessas schlanken Körper.

Als sie die Reisetasche auf den Vordersitz gestellt und sich daneben gesetzt hatte, gab sie Alexander einen Kuss auf die Wange und lachte glücklich.

»Alex, wir haben es geschafft!«

»Ist es diesmal wirklich das Geld?«, fragte er kühl, ganz ohne den Überschwang, der sie ergriffen hatte.

»Davon gehe ich doch aus.«

»Wissen ist besser«, knurrte er und zog den Reißverschluss der grauen Tasche auf.

Einen Augenblick starrten beide auf den Inhalt der Taschen. Bündel von Pfundnoten. Eine Million Pfund. Höchstwahrscheinlich. Sie hatten keine Zeit, es zu zählen.

»Los jetzt«, zischte Alex und zerrte den Reißverschluss wieder zu.

»Du willst die Tasche mitnehmen?«, fragte Tessa. »Da ist doch bestimmt ein Peilsender drin.«

»Sicher ist da einer drin. Und zwischen den Geldbündeln wird noch einer stecken, mindestens einer. Darum können wir uns kümmern, wenn wir auf See sind. Dann füttern wir die Fische mit den Sendern. Jetzt müssen wir schnell durchbrechen, bevor die Bullen uns einkassieren.«

Während Alex den Nissan nach Norden lenkte, landeinwärts, um mit dem schweren Wagen die aller Wahrscheinlichkeit nach vorhandenen Absperrungen der Polizei zu durchbrechen, wanderten Tessas Gedanken voraus zu der Bucht an der Westküste, wo die kleine Motoryacht auf sie wartete. In Frankreich gemietet, wie dieser Wagen. Erst hatte Alex die Yacht nach Guernsey gebracht, an Bord das Kleinkalibergewehr und die alte Dienstpistole seines Großvaters. Die Yacht lag jetzt nicht weit von dem Cottage, das sie noch von Hannover aus unter falschen Namen gemietet hatten, als Thomas und Sabine Schubert. Dann war er mit der Fähre von St. Peter Port nach Saint-Malo gefahren und hatte den Nissan, wieder per Fähre, auf die Insel gebracht. Als Tessa mit Wolfgang hier landete, hatte Alex das alles schon erledigt.

Schon in wenigen Minuten würden sie an Bord der Yacht sein und nicht nur Guernsey hinter sich lassen, sondern auch ihr altes Leben. Und Tessas Mann Wolfgang, den langweiligen, alten Sack. Ihr wäre noch lieber gewesen, sie hätte ihn vor Hauteville House erwischt. Aber er hatte ein verdammtes Glück. Am Sonntag bei der Filmvorstellung hatte Alex diesen abgehalfterten Schauspieler erschossen, der plötzlich auf Wolfgangs Platz gesessen hatte, und heute war sie ebenso erfolglos gewesen. Dabei hatte Alex sie noch vor dem zweiten Attentat gewarnt, doch sie war stur gewesen und hatte es auf eigene Faust versucht.

Alleingänge schienen ihnen kein Glück zu bringen. Als Alex die Geldübergabe bei Icart allein durchziehen wollte, hatte er auch kein Glück gehabt. Immerhin war er entkommen. Deshalb hatten sie beschlossen, die Sache hier gemeinsam zu deichseln. Wieder musste Tessa an Wolfgang denken. Auch wenn sie ohnehin eine neue Existenz annehmen würde, Wolfgangs Tod hätte ihr Gefühl, frei zu sein, noch verstärkt. Alex hatte ein anderes Motiv, seinen Vater zu töten: grenzenlosen Hass, der in ihm fraß, seitdem Wolfgang ihn und seine Mutter abserviert hatte, wie Alex es ausdrückte.

Die Vorstellung, dass ihr Mann für den Rest seines Lebens in einer Gefängniszelle auf Guernsey schmoren könnte, während sie und Alex ihr neues Leben genießen würden, erheiterte Tessa, und sie begann zu kichern.

* * *

»Peilsender Sperling, Position unverändert«, berichtete der uniformierte Sergeant, der das Peilradar in der mobilen Einsatzzentrale überwachte. »Alle Peilsender Objekt bewegen sich konstant auf uns zu.«

Mit »Peilsender Objekt« waren die insgesamt drei Sender in der Geldtasche gemeint. Allisette befand sich also weiterhin in unmittelbarer Nähe des Bunkers, schoss es Doyle durch den Kopf. Die Frage war nur, in welchem Zustand. Gleichzeitig schienen die Erpresser – oder einer von ihnen – mit dem erbeuteten Geld landeinwärts zu fahren.

Die Anspannung drohte Doyle zu zerreißen. Er hielt es in dem engen, stickigen Van nicht länger aus und schob die Seitentür auf.

»Ken, übernimmst du hier?«

»Klar, aber was hast du ...« Dann hatte Frobisher ihn verstanden, und er nickte ihm zu. »Viel Glück, Cy.«

Doyle sprang aus dem Van und riss die Fahrertür des Tamoras auf. Als er sich hinter das Lenkrad klemmte, saß Pat plötzlich neben ihm.

»Steig aus!«, fuhr er sie schroff an. »Das wird gefährlich.«

»Deshalb bin ich hier. Wenn wir das überstehen, kannst du mich meinetwegen vom Dienst suspendieren.«

»So ein Blödsinn«, brummte er, ohne genauer zu erklären, was genau er damit meinte.

Der Tamora heulte auf und schoss auf die Straße. Doyle nahm denselben Weg, den Allisette zum Bunker genommen hatte. Das musste auch der Weg sein, auf dem sich der Wagen mit Randy Holburns Geld befand. Und dieser Wagen kam ihnen direkt entgegen.

Hinter einer Kurve blendeten Doyle die fremden Scheinwerfer. Er konnte nur die Umrisse des entgegenkommenden Fahrzeugs erkennen, und die wirkten gewaltig. Ein mächtiger SUV. Dagegen war der Tamora ein Winzling, der bei einem Frontalzusammenstoß wahrscheinlich von der Straße gefegt werden würde.

Aber wusste der Fahrer vor ihm das? Hinter Doyle, im Landesinnern, war es dunkler als zur Küste hin. Mit etwas Glück konnte man von dem entgegenkommenden Fahrzeug aus die Umrisse des Tamoras nicht erkennen. Vielleicht rechnete der andere Fahrer damit, auf einen gleichwertigen Gegner zu treffen. Auf diese Karte setzte Doyle alles, als er sich für den großen Bluff entschied und die Lichthupe in kurzen Intervallen betätigte.

* * *

»Der will nicht ausweichen«, stieß Alex hervor, während er wie gebannt auf das Aufblitzen der fremden Lichthupe starrte.

Er trat auf die Bremse, riss den Nissan Patrol zur Seite, wendete ihn in fliegender Hast und trat auch schon wieder das Gaspedal durch. Beim Wendemanöver erkannte er die Wahrheit. Das andere Fahrzeug war ein kleiner Roadster, den der schwere SUV von der Straße gedrückt hätte wie ein Schwergewichtsboxer einen Schuljungen.

»Den hätten wir plattgemacht«, fuhr Tessa ihn an. »Du hast dich bluffen lassen!«

»Ich habe keine Lust zu sterben, jetzt, wo wir die Million haben.«

»Ich auch nicht, aber ich habe auch keine Lust, im Knast zu landen. Also bring uns hier weg!«

»Bin dabei«, knurrte Alex und trat noch stärker aufs Gaspedal.

* * *

Ihre rechte Wange war kühl und nass, und sie registrierte, dass sie irgendwie im Wasser lag. Die Kühle war nicht unangenehm, aber das Wasser, das in ihren Mund eindrang, schmeckte brackig. Irgendetwas sagte ihr, dass sie hier nicht liegen bleiben sollte. Aber als sie sich mit beiden Händen auf dem nassen Boden abstützte, um aufzustehen, wurde sie von einem heftigen Schwindelgefühl überfallen. Sie war kurz davor, sich zu übergeben.

Allisette schluckte, atmete tief durch und erinnerte sich wieder daran, was geschehen war: die maskierte Gestalt, der hochgerissene Arm, der Schlag. Bei dem vergeblichen Versuch aufzustehen, hatte ihre rechte Hand einen länglichen, metallischen Gegenstand ertastet. Das musste das Ding sein, mit dem man sie niedergeschlagen hatte.

Ein Schraubenschlüssel, groß und schwer. Ein Schlag damit

konnte einen Menschen töten. Aber sie war nicht tot – oder konnte Toten übel werden?

Ihr Kopf schmerzte, besonders an der linken Seite. Vorsichtig griff sie an die schmerzende Stelle, und ihre Hand war voller Blut.

Sie erhob sich ein kleines Stück und blickte sich vorsichtig um. Da lag noch etwas neben ihr: die Perücke. Allmählich dämmerte ihr, dass ihr diese lächerliche Perücke vielleicht das Leben gerettet hatte. Bei Allisettes Versuch, dem Schlag auszuweichen, hatte der Schraubenschlüssel wohl die Perücke so erwischt, dass er das falsche Haar ein Stück weit verschoben hatte. Dadurch hatte der Schlag sie nicht mit voller Wucht getroffen.

Noch einmal holte sie tief Luft, dann biss sie die Zähne zusammen und stand auf. Dieser Planet drehte sich nicht nur um die Sonne, sondern auch um Allisette. Sie schloss die Augen und atmete, atmete, atmete. Sie fühlte sich besser, wenigstens ein bisschen.

Ein lauter werdendes Geräusch erregte ihre Aufmerksamkeit, ein Motor. Als sie die Augen wieder öffnete, sah sie hell leuchtende Scheinwerfer, dann die Umrisse eines Autos. Ein großer, schwerer SUV näherte sich in schneller Fahrt dem Platz, auf dem sie stand.

* * *

»Sie lebt!«, stieß Tessa Nehring überrascht hervor, als die Scheinwerfer die schlanke Frau erfassten, die schwankend auf dem asphaltierten Platz stand. Die langen blonden Haare waren verschwunden, stattdessen trug sie ihr Haar jetzt kurz. »Es ist gar nicht Holburns Frau, die Bullen haben uns reingelegt. Fahr die Dreckschlampe um, Alex, mach sie tot!«

Tessa biss die Zähne aufeinander. Die ganze Aktion schien immer mehr zu misslingen, und die Enttäuschung darüber verwandelte sich in Zorn. Die Bullen sollten dafür büßen, dass sie sich ihnen in den Weg stellten.

Alexander Lorichs Augen flogen über den kleinen Platz. Mehrere Wege führten von hier aus ins Inland, und er musste sich für einen entscheiden.

»Mach ich«, sagte er und war in seiner Gefasstheit das komplette Gegenteil zu Tessa. »Aber nur, damit sie unseren Fluchtweg nicht sofort verrät.«

Er gab noch mehr Gas und hielt geradewegs auf die einsame Frau zu.

* * *

Als der SUV Fahrt aufnahm, direkt in ihre Richtung, war Allisette klar, dass in dem Wagen keine Polizisten saßen. Ihr war ebenfalls klar, dass sie sterben sollte. Eine Fluchtmöglichkeit gab es nicht, der SUV war zu schnell.

Die Polizistin in ihr funktionierte wieder, und sie erkannte, dass sie nur eine Chance hatte. In einer fließenden Bewegung, die sie so oft geübt hatte, dass sie nicht darüber nachzudenken brauchte, riss sie die Glock 26 aus dem Holster, lud die Waffe durch, brachte sie in den Beidhandanschlag und schoss, schoss, schoss. Sie zielte dabei auf den Fahrer, der auf der linken Seite saß. Eine 9-mm-Patrone nach der anderen jagte aus dem Lauf der Pistole, und eine Kugel nach der anderen durchschlug die Windschutzscheibe auf der Fahrerseite.

Hatte sie zwar den Wagen getroffen, aber den Fahrer verfehlt? Der SUV hielt weiterhin auf sie zu. Aber dann, im letzten Augenblick, geriet der Wagen ins Schlingern und raste ganz dicht an ihr vorbei.

Sie konnte einen kurzen Blick durch das Seitenfenster auf den Beifahrersitz werfen und sah eine Frau mit vor Schreck geweiteten Augen.

* * *

Tessa erstarrte, als Alex über dem Lenkrad zusammensackte. Erst jetzt wurde ihr bewusst, dass ihn mehrere Kugeln getroffen hatten. Das durch seinen reglosen Körper verrissene Lenkrad änderte die Richtung, die der Nissan Patrol nahm. Der Wagen jagte an der Bullenschlampe vorbei, über den asphaltierten Platz hinaus und rumpelte durch unbefestigtes Gelände. Vor ihr wurde der Bunker immer größer.

»Bremsen!«, schrie sie, ohne dass Alex eine Reaktion zeigte. »Tritt endlich auf die Bremse, Idiot!«

Aber Alex rührte sich noch immer nicht, und in wenigen Sekunden würde der Nissan gegen den Beton des Bunkers prallen.

Sie schüttelte die Erstarrung von ihrem Körper ab, beugte sich nach links und versuchte mit aller Kraft, das Lenkrad, auf dem das ganze Gewicht von Alex' muskulösem Körper lastete, nach links zu drehen. Es gelang ihr ein kleines Stück weit, und der Nissan raste tatsächlich am Bunker vorbei.

Kein Grund zum Aufatmen. Der Boden wurde noch unebener, und der Rand der Steilklippen war nur noch ein kurzes Stück entfernt. Tessa versuchte, Alex' rechtes Bein wegzuschieben, damit sein Fuß vom Gaspedal rutschte.

Plötzlich hatte das heftige Ruckeln ein Ende. Tessa sah auf und blickte durch die kaputte Windschutzscheibe. Der Wagen fuhr nicht länger, er schwebte in der Luft.

* * *

Unterhalb des Bunkers schwankte im starken Seegang der Brandungswellen das Polizeiboot *Isaac Brock*, benannt nach einem auf Guernsey geborenen britischen General der napoleonischen Zeit. Ein unerfahrener Skipper hätte das Boot kaum so nah an die Küste von Pleinmont mit ihren schroffen Riffen herangebracht. Inspector Warren Smith hatte genügend Erfahrung und das nötige Augenmaß, um vor solch einer Aktion nicht zurückzuschrecken. Jetzt, wo nach Erteilung des Einsatzbefehls durch DCI Doyle die beiden schweren Diesel brummten und die *Isaac Brock* wieder manövrierfähig war, machte er sich noch weniger Sorgen um sein Boot. Je näher es der Küste war, desto besser konnte Smith seine Aufgabe erfüllen.

Eigentlich sollte die *Isaac Brock* verhindern, dass die Erpresser ihre Beute über die Klippen warfen und ein Boot das Geld aufnehmen und damit verschwinden könnte. Aber es gab hier weit und breit kein anderes Boot. Er hatte das Meer unablässig mit einem monokularen Nachtsichtfernglas abgesucht, ohne Ergebnis.

Mittlerweile hatten Smiths Leute den Suchscheinwerfer auf den Küstenabschnitt direkt über ihnen gerichtet, und die Seeseite des Bunkers war in dem gleißenden Licht deutlich zu sehen. Smith hatte das Nachtsichtglas mit einem normalen Fernglas vertauscht, aber da oben rührte sich nichts.

Einmal glaubte er, die Detonationen mehrerer schnell hintereinander abgegebener Schüsse zu hören, aber die lauten Dieselmotoren und die gegen das Steilufer klatschende Brandung mochten ihn täuschen.

Doch dann schoss etwas über die Klippen und schien für den Bruchteil einer Sekunde in der Luft zu schweben. Ein Auto. Smith traute seinen Augen kaum. Ein fliegendes Auto wie aus einem James-Bond-Film. Plötzlich stürzte es nach unten und landete unterhalb des Bunkers auf den Felsriffen.

Falls jemand in dem großen SUV gewesen war, konnte er den Sturz kaum überlebt haben. Smith wollte trotzdem nichts unversucht lassen, um mögliche Überlebende zu retten. Als er den Befehl geben wollte, das Tenderboot zu wassern, explodierte das Autowrack, und eine gewaltige Stichflamme, vermischt mit schwarzem Qualm, leckte am Fels der Steilküste empor. Die sich entwickelnde Hitze war bis zur *Isaac Brock* zu spüren. Jetzt kam wirklich jede Hilfe zu spät. Wer oder was immer an Bord des Autos gewesen war, war von der Explosion zerfetzt oder von den Flammen aufgefressen worden.

Smith wandte den Blick ab, ging auf die Brücke und verlangte: »Funkverbindung mit der Einsatzzentrale.«

* * *

Als der Tamora den asphaltierten Platz erreichte, war von dem SUV nichts mehr zu sehen. Das Einzige, was die Scheinwerfer des Roadsters erfassten, war Constable Allisette. Die Perücke war ihr vom Kopf gerutscht. Sie war auf die Knie gesunken und zielte mit ihrer Glock 26, die sie mit beiden Händen fest umklammerte, auf den Tamora.

Doyle hatte den Wagen angehalten und stieg aus.

»Ich bin's, Cyrus Doyle!«

»Gut«, sagte Allisette mit schwacher Stimme und ließ die Waffe langsam sinken.

Doyle und Pat eilten zu ihr und knieten sich neben sie. Vorsichtig nahm Pat die Waffe aus Allisettes Händen.

»Wie geht es Ihnen, Jasmyn?«, fragte Doyle.

»Mir ist schlecht«, stöhnte sie. »Mein Kopf!«

Doyle strich vorsichtig über ihren Kopf und bemerkte, dass das Haar an der linken Seite blutverklebt war. Als er die Hand zurückzog, war sie feucht und rot.

Er zog das Walkie-Talkie, das ihn mit der mobilen Einsatzzentrale verband, aus der Jackentasche und sagte: »Rettungswagen zum Bunker, sofort!«

»Rettungswagen rollt«, kam nach einem doppelten Knacken Frobishers Stimme aus dem Empfänger. »Wie geht es Allisette?«

Doyle gab ihm einen kurzen Lagebericht, und gleichzeitig brach ein Chaos aus Stimmen und Geräuschen vor dem Pleinmont-Bunker aus. Die Männer der bewaffneten Eingreiftruppe stürmten auf das Küstenplateau und suchten nach Gegnern, die offenkundig nicht mehr hier waren. Über ihnen schwebte der Polizeihubschrauber am bewölkten Nachthimmel, gleich einem riesenhaften Insekt, und tauchte die ganze Szenerie in helles Scheinwerferlicht.

Frobisher meldete sich noch einmal: »Nach einem Bericht von Smith ist der Wagen der Erpresser unten an den Klippen in Flammen aufgegangen. Smith meint, da gibt es nichts mehr, was nicht verbrannt ist.«

Doyle dachte an die laute Explosion, die er und Pat kurz zuvor gehört hatten, und nahm jetzt auch den Qualm wahr, der jenseits der Steilklippen über einer flackernden Helligkeit in den Himmel stieg. Ein übler Brandgeruch drang in seine Nase.

»Eine Million Pfund«, sagte er ohne jedes Bedauern. »Ziemlich rasant, diese Geldentwertung.« Er beendete das Gespräch und sah Pat an. »Das wird deinen Randy hart treffen.«

»Er ist nicht *mein* Randy.«

»Hast du kein Mitleid mit ihm?«

»Nein, das Geld ist nicht wichtig.«

»Da sind wir mal einer Meinung.«

Mehr sagte Doyle nicht zu dem Thema. Er kniete neben Jasmyn Allisette und drückte sie sanft an seine Brust, wie es ein Vater mit seiner Tochter getan hätte. In dieser Haltung verharrten sie, bis der Rettungswagen eintraf.

DREI TAGE SPÄTER

Samstag, 21. Mai

EPILOG

Randy Holburn hatte sich tatsächlich nicht besonders erfreut gezeigt, als Doyle und Pat ihm noch in der Nacht von dem Verlust des Geldes berichtet hatten. Er hatte angefangen herumzuschreien und wollte die Guernsey Police auf Schadensersatz verklagen. Doyle hatte ihm klargemacht, dass es dann zu einem öffentlichen Prozess käme, der all das ans Licht brächte, was Holburns Familie während des Zweiten Weltkriegs getrieben hatte.

»Dann wird man auf Guernsey weniger über Victor Hugos *Arbeiter des Meeres* sprechen als über Ihre Familie und die Arbeiter des Todes!«

Das Argument hatte Randy zum Verstummen gebracht, und diesmal hatte Doyle sich keinen Tadel von Pat über die Art eingefangen, wie er ihren Ex behandelte.

Das Verhältnis zwischen ihm und Pat blieb angespannt, und auf privater Ebene herrschte völlige Funkstille. Er wusste, dass er sich falsch verhalten hatte, aber Pats Reaktion fand er unangemessen hart.

Zum Glück gab es nach dem ereignisreichen Abend am Bunker von Pleinmont-Torteval so viel zu tun, dass er kaum Zeit fand, darüber nachzudenken.

Das Wrack des Nissans wurde geborgen, aber es war wirklich

nicht viel übrig. Ein verkohltes Konglomerat aus Metall, Kunststoff und den Überresten zweier Menschen. Eine Million Pfund in gebrauchten Scheinen war zu Asche verbrannt.

Professor Wolfgang Nehring verließ Guernsey als gebrochener Mann. Die Guernsey Police spürte die Yacht auf, mit der Tessa Nehring und Alexander Lorich offenbar hatten fliehen wollen, und das von ihnen gemietete Cottage, Verbrecherversteck und Liebesnest in einem.

So vergingen die Tage, und am Samstag fand Doyle endlich Zeit für mehr als einen kurzen Abstecher zum Princess Elizabeth.

Jasmyn Allisette hatte eine Schädelfraktur und eine Gehirnerschütterung davongetragen, beides »nicht von schlechten Eltern«, wie Helena Nowlan sich ausdrückte. »Aber sie wird wieder, das braucht nur etwas Zeit.«

Auch Calvin Baker befand sich auf dem Weg der Besserung. Bald würden er und Allisette sich gegenseitig im Krankenhaus besuchen können. Wahrscheinlich freuten sie sich schon darauf, ihre Rekonvaleszenzzeit in Bakers Cottage gemeinsam zu verbringen.

Auch Leonard Doyle erholte sich.

»Für sein Alter sogar erstaunlich gut«, sagte Dr. Legrand. »Noch ein paar Tage, und Sie können Ihren Vater nach Hause holen, Mr Doyle.«

* * *

Am Samstagnachmittag hatte Doyle zum ersten Mal Gelegenheit, zur Ruhe zu kommen, doch es wollte ihm nicht gelingen. Am Freitag war das warme Wetter zurückgekehrt, und die Sonne lud dazu ein, etwas unter freiem Himmel zu unternehmen. Er spielte hinter dem Haus mit Moiras Kindern Crocket, aber es fiel ihm schwer, sich zu konzentrieren, und seine Bälle gingen oft weit daneben.

Moira, die sich das eine Weile mit angesehen hatte, nahm ihn schließlich beiseite und sagte: »Seien Sie mir nicht böse, wenn ich etwas Persönliches zu Ihnen sage, Cy, das mich strenggenommen überhaupt nichts angeht. Aber niemand hat etwas davon, wenn Sie sich weiter herumquälen.«

»Ich weiß nicht, was Sie meinen«, log er und sah an ihr vorbei hinaus aufs Meer, das in einem unschuldigen Türkis vor ihm lag.

»Ich glaube, das wissen Sie sehr wohl. Wenn ich Ihnen jetzt also einen Rat gebe und damit ganz falsch liegen sollte, haben Sie nicht viel verloren außer einer Minute Lebenszeit.«

»Sie haben ja recht.« Doyle richtete seinen Blick auf Moira und lächelte verlegen. »Ich bin ganz Ohr, nicht nur für eine Minute.«

»Wenn ein Mann Unstimmigkeiten mit einer Frau hat und daran nicht ganz unschuldig ist, dann sollte er zwei Dinge tun.«

»Zu Kreuze kriechen ist wahrscheinlich das eine. Und was noch?«

»Zu Kreuze kriecht man vielleicht vor seinem Chef, aber nicht vor der Frau, an die man sein Herz verloren hat. Jedenfalls nicht, wenn die Zuneigung gegenseitig ist.«

»Okay. Wie lautet Ihr Rat?«

»Ein Mann, der einer Frau gegenüber etwas zu reparieren hat, sollte ihr zunächst einen richtig großen Blumenstrauß kaufen.«

»Ist das nicht ein billiges Klischee?«

Moira lachte und schüttelte den Kopf, so dass ihr rotes Haar hin und her flog.

»Um eine verschlossene Tür zu öffnen, brauchen Sie den passenden Schlüssel. Um das Herz einer Frau zu öffnen, brauchen

Sie den passenden Blumenstrauß. Das ist kein Klischee, das ist eine Tatsache.«

»Verstanden. Sie sind die Expertin für weibliche Gefühle, nicht ich. Was ist Rat Nummer zwei?«

»Ein offenes Wort. Eine Entschuldigung, die von Herzen kommt. Das zusammen mit dem Blumenstrauß wirkt bei einer Frau oft Wunder.« Sie zwinkerte ihm zu. »Wie ich hörte, soll das übrigens auch für Polizistinnen gelten.«

* * *

Nachdem Doyle sich bei Moira bedankt hatte, wollte er in den Tamora springen und zum nächsten Blumenladen fahren. Dann überlegte er es sich anders und unternahm einen Spaziergang zu den Klippen. Er dachte an Pat und an das, was er ihr sagen wollte, aber alles erschien ihm hohl und aufgesetzt.

Er hockte sich auf einen niedrigen Felsblock, blickte auf die Saints Bay und dachte an seine Mum. Wahrscheinlich deshalb, weil der leichte Wind, der über die Küste strich, ihm den Duft der Pflanzen zutrug, die er früher so oft mit seiner Mutter gepflückt hatte. Als er die Augen schloss, sah er seine Mum vor sich, die ihm zuzwinkerte, und plötzlich hatte er eine Idee.

Mit neuem Elan pflückte er einen Strauß wilder Blumen, die Blumen seiner Heimat. Das sah bei weitem nicht so schön und eindrucksvoll aus wie ein gekaufter Strauß, aber es kam von Herzen.

Er legte den Strauß auf den Beifahrersitz des Tamoras, packte das Verdeck in den Kofferraum und winkte Moira zu, die vor dem Haus mit Isabel und Joel Fangen spielte.

Auf der ganzen Fahrt zur Westküste dachte er über die richtigen Worte nach, aber sie wollten ihm einfach nicht einfallen.

Als er schließlich vor Pats Haus anhielt, war er richtiggehend nervös. Er wollte es nicht vermasseln.

Offenbar war Pat zu Hause. Ihr Golf stand in der Einfahrt, und ein Fenster zu ebener Erde war weit geöffnet. Doyle wollte nach dem Wildblumenstrauß greifen und aussteigen, blieb dann aber sitzen. Er lehnte sich zurück, schloss die Augen und zählte in Gedanken ganz langsam bis fünf. Doch er fühlte sich danach nicht wesentlich entspannter. Also ließ er die Augen geschlossen und zählte noch einmal, diesmal halblaut.

Es hatte keinen Sinn. Er wurde einfach nicht ruhiger, und er konnte hier nicht den ganzen Nachmittag sitzen und in der Sonne schmoren.

»Auf zum letzten Gefecht«, sagte er zu sich selbst, griff nach den Blumen neben sich und öffnete die Augen.

Fast erschrocken stellte Doyle fest, dass er nicht länger allein vor dem Haus war. Neben dem Tamora stand Pat. Sie trug ein ärmelloses, weißes, mit blauer Stickerei verziertes Sommerkleid, das eine Handbreit über den Knien endete. Das Material war so leicht, dass der sanfte Wind mit dem Kleid spielte. Pat sah darin wunderschön aus. Sie schaute ihn an, und sie lächelte.

NACHWORT

Victor Hugos 1866 veröffentlichter Guernsey-Roman *Les travailleurs de la mer* ist auf Deutsch, zuweilen gekürzt, unter diversen Titeln erschienen: noch 1866 als *Die Meer-Arbeiter*, später als *Männer des Meeres* und als *Das Teufelsschiff*, aber auch unter dem originalgetreuen Titel *Die Arbeiter des Meeres*. Unter letztgenanntem Titel findet sich eine aktuelle, hervorragend editierte und mit erläuternden Anmerkungen versehene Buchausgabe. Eine Comic-Adaption nennt sich auf Deutsch *Der Kampf am Dover*.

Der Hollywood-Film von 1953 heißt im Original *Sea Devils*. Der deutsche Filmtitel lautet *Im Schatten des Korsen*. Dieser Korse (Napoleon I.) hat zwar nichts mit Victor Hugos Romanvorlage zu tun, aber im Film hat er tatsächlich einen Auftritt.

Wer sich näher für Victor Hugo und sein langes Exil auf Guernsey interessiert, sollte unbedingt eine Führung durch sein erstaunliches, voller kleiner Wunder steckendes Hauteville House mitmachen. Ganz gleich, in welcher Sprache und unabhängig von der Verständlichkeit des Personals, man muss es mit eigenen Augen sehen.

Die Zeit der deutschen Besatzung hat überall auf Guernsey Spuren hinterlassen, und man findet auf der Insel zahlreiche Erinnerungsstätten. Sehr eindrucksvoll ist das von Cyrus Doyle gern besuchte German Occupation Museum mit seiner nachgebauten Occupation Street und vielen anderen interessanten Schaustücken. Dort kann man hautnah nacherleben, wie sich die Einheimischen unter der deutschen Herrschaft fühlten.

Das im Roman nur kurz erwähnte German Military Underground Hospital, das größte Bauwerk der Insel, gibt den tiefgreifendsten Eindruck davon wieder, mit welchem Fanatismus die deutschen Besatzer auf Guernsey gebaut haben.

Der Bunker an der Küste von Pleinmont-Torteval (nicht zu verwechseln mit den ebenfalls von den Deutschen erbauten Beobachtungstürmen ganz in der Nähe) befindet sich in Privatbesitz und stand kürzlich zur Veräußerung. Ob man dem Rat der Maklerfirma, den Betonbunker zu einem Feriendomizil umzubauen, wirklich folgen sollte, muss jeder Kaufinteressent selbst entscheiden.

Mitten in der Hauptstadt St. Peter Port lädt das Beau Sejour Leisure Centre zu allerlei sportlichen und kulturellen Aktivitäten ein, ohne dass dort gleich ein Mord stattfindet.

Die wahre Schönheit Guernseys liegt in seiner vielfältigen Natur, von den sanften Badebuchten im Norden und Westen bis zu den Steilklippen mit ihren Wanderwegen im Süden und Osten. Icart Point an der Südostecke der Insel bietet bei gutem Wetter einen wunderbaren Ausblick aufs Meer bis hinüber zur Küste Frankreichs, die für Victor Hugo jahrelang ein unerreichbarer Sehnsuchtsort war. Wer zu dem Parkplatz bei Icart fährt, kommt natürlich auch an Cyrus Doyles Haus vorbei. Allerdings soll es recht versteckt liegen.

J. L.